KB083401

민족의식의 사상사와
한국 근대문학

저자

홍기돈(洪基敦, Hong, Gi-Don)

제주 출생. 1999년『작가세계』신인상을 수상하면서 문학비평가로 등단. 중앙대학교에서 1996년「김수영 시 연구」
로 석사학위를, 2003년「김동리 연구」로 박사학위를 취득하였다. 평론집『페르세우스의 방패』(백의)·『인공낙원
의 뒷골목』(실천문학)·『문학권력 논쟁, 이후』(예옥)·『초월과 저항』(역락), 연구서『근대를 넘어서려는 모험
들』(소명출판)·『김동리 연구』(소명출판), 산문집『인문학 프리즘 : 심장처럼, 약간 왼쪽에 놓인』(삶이보이는창)
등이 있다. 2007년 제8회 젊은평론가상(한국문학가협회 주관)을 수상하였으며,『비평과전망』,『시경』,『작가세계』
등에서 편집위원을 역임하였다. 2008년부터 가톨릭대학교 국어국문학과 교수로 재직 중이다.

민족의식의 사상사와 한국 근대문학

초판인쇄 2019년 12월 5일 **초판발행** 2019년 12월 15일

지은이 홍기돈 **펴낸이** 박성모 **펴낸곳** 소명출판 **출판등록** 제13-522호

주소 서울시 서초구 서초중앙로6길 15, 1층

전화 02-585-7840 **팩스** 02-585-7848 **전자우편** somyungbooks@daum.net **홈페이지** www.somyong.co.kr

값 21,000원   ⓒ 홍기돈, 2019

ISBN 979-11-5905-460-0 93810

민족의식의 사상사와
한국 근대문학

History of Ideas on National Consciousness
and Korean Literature

홍기돈 지음

소명출판

일찍이 단재丹齋는 조선인의 노예근성을 다음과 같이 질타하였다. "석가가 들어오면 조선의 석가가 되지 않고 석가의 조선이 되며, 공자가 들어오면 조선의 공자가 되지 않고 공자의 조선이 되며, 무슨 주의가 들어와도 조선의 주의가 되지 않고 주의의 조선이 되려 한다."(「낭객浪客의 신년만필新年漫筆」) 백여 년 흘렀어도 단재의 그와 같은 비판은 여전히 유효하다. 미국이나 유럽에서 유행한다고만 하면 어떠한 사상이든 아랑곳 않고 아무런 검증 없이 두 손 들고 버선발로 뛰쳐나가 웰컴을 외쳐대는 '기지촌 지식인'들이 득세하고 있기 때문이다. 이 책의 원고는 그러한 현실에 맞서고자 하는 의도를 바탕으로 쓰였다.

진작부터 학계의 풍토에 대하여 문제의식을 가지고 있었다. 그러던 중 탈식민주의라는 탈을 쓴 식민주의의 범람을 지켜보게 되면서 인문학자로서의 책임감이 생겼다. 이를 방치하는 것은 인문학자로서의 직무유기라는 반성이 일었던 것이다. 저들은 베네딕트 앤더슨의 주장을 신줏단지처럼 떠받들며, 민족이란 근대에 발명된 상상의 공동체에 불과하다고 주문을 왼다. 그러면서 친일親日과 반일反日의 경계를 허물고, 통일국가로서 신라의 위상은 근대로 진입하여 발견되었노라 떠들어 댄다. 일본『고사기古事記』의 신화로부터 촉발되어 단군신화에 대한 관심이 일었으며, 무녀巫女 소재 소설은 일본 신도神道의 영향으로 치부해 버린다.

그런데 과연 그러한가. 일례로 단군의 경우를 살펴보자. 구월산 부근

지역신이었던 단군이 민족의 기원으로 올라선 것은 고려 충렬왕(1275~1308) 때였다. 몽골 침략에 대응하기 위해서는 각각의 조상신을 모셨던 신라 계와 고구려 계의 단합이 요청되었던바, 공통의 근원으로서 단군신화가 호출되었던 것이다. 이후 나무(神檀樹, 木)의 아들(子) 이(李) 씨가 세운 조선에서는 기자조선과 함께 단군조선이 떠받들어졌다. 또한 조선 후기에 이르러 소론 계열 학자들은 단군조선을 고구려 중심으로 파악하였고, 남인 계열에서는 신라 중심으로 설정하였다. 신채호가 고구려의 기상을 강변하는 배경에는 소론의 사관이 자리해 있고, 화랑정신의 부활을 꿈꾸었던 범보凡父 김정설·김동리는 남인의 시각 위에 서 있었다.

단군을 이야기하고, 신라의 발견을 살펴보고, 무巫의 맥락을 가늠하기 위해서는 그 정도의 역사 파악이 수반되어야 한다. 덮어놓고 근대의 발명품이라 단언해서는 곤란하다는 것이다. 성리학에서 강조하는 화이부동和而不同은 각 민족국가의 특수성을 존중하는 한편 민족국가들의 공존 방안을 이끌어내는 개념이다. 그래서 성리학 국가의 군주 세종은 1443년 훈민정음을 창제하였고, 1449년 현재의 국경을 확정지을 수 있었다. 진상이 이러한데도 민족이 근대의 발명품일 수 있을까. 성리학 세계관의 특징을 이해하고, 이에 입각하여 민족어 창제·국경 확정 등의 의미를 파악할 능력이 있다면 그리 쉽게 말하기가 곤란할 터이다.

베네딕트 앤더슨이 틀렸다는 것이 아니다. 예컨대 에릭 홉스봄의 『혁명의 시대』를 읽어보면, 민족이 근대에 이르러 출현하고 있는 서구의 양상을 생생하게 확인할 수 있다. 그러니까 민족을 근대의 산물로 파악하는 베네딕트 앤더슨의 견해는 그네들의 맥락 속에서는 옳다고 하겠다. 하지만 이러한 사실이 동아시아의 역사와 전통까지 아우를 수는 없다. 즉 보편이론이 아니라, 유럽·아메리카 대륙의 역사와 관련된 특수이론이라는 것이다. 또한 마르크스주의 학자인 베네딕트 앤더슨은 자신의 이론이 파시즘에 동조했던 시인·소설가들을 옹호하는 데 이용되리라곤 미처 예상치 못하였으리라.

이 책 『민족의식의 사상사와 한국 근대문학』의 첫 번째 목적은 유·불·선으로 나뉘는 동아시아 각 사상에서의 민족의식을 정리하는 데 두었다. 민족은 근대의 발명품이라는 주장이 동아시아에서 잘못된 가설일 수밖에 없다는 사실을 증명하기 위한 가장 유력한 방법이 사상사의 검토이기 때문이다. 근대문학을 전공한 필자로서는 그러한 작업을 수행하기가 결코 만만치 않았다. 선교仙敎의 흐름을 체계적으로 공부하는 데에는 박광용 가톨릭대 국사학과 명예교수의 조언이 크게 도움 되었다. 그 분께서 읽어야 할 자료, 논문, 저술 등을 알려주신 덕분에 「국조 단군의 기원과 고구려·신라 담론의 형성 과정 고찰」 집필이 가능했다. 성리학의 민족 개념을 보다 체계적으로 가다듬을 때에는 백민정 가톨릭대 철학과 교수께 조언을 구했다. 이 기회를 빌려 두 분께 고마운 마음을 전한다.

두 번째 목적은 유·불·선의 전통사상이 한국 근대문학에서 어떻게 계승되고 있는가를 살피는 데 두었다. 퇴계退溪의 후손 이육사는 성리학 풍토 속에서 성장하였으며, 서구 르네상스와 견주면서 전통사상의 재전유 가능성을 타진하고 있었다. 공공연하게 근대와의 대결을 표명하였던 김동리는 선仙사상에서 논리의 근거를 마련하였다. 야호선野狐禪에 머물렀던 이광수는 불교사상을 왜곡하여 파시즘에 귀의할 수 있었으며, 한승원은 원효의 사상을 높은 수준에서 복원해 내고 있다. 이러한 검토는 일차적으로 전통사상이 근대로 이월하는 양상 검토이지만,

기실 이들의 시선은 근대 이후로 뻗어 있었기에 필자 역시 그들을 따라 새로운 르네상스의 방안을 탐색하는 도정으로 나아가게 되었다. 1930년대 후반 벌어졌던 네오-르네상스 논쟁을 이 책에 함께 묶은 것은 그러한 연유에서다.

현재 우리 학계는, 극히 일부의 특정 전공만 제외하고서, 선인先人들의 사상이 절맥絶脈된 상태에 처해 있다. 전공 연구에서 고전문학과 명확하게 경계를 쌓고 있는 한국 근현대문학의 경우에는 더 말할 필요가 없다. 그러다 보니 전통사상과 관련된 작가와 작품은 쉽게 예단되거나 곡해되기 일쑤이며, 심각한 경우에는 연구자의 입맛에 따라 파시즘이란 낙인이 찍히기도 한다. 일제의 천황제, 신체제新體制 담론이 동아시아 사상을 어떻게 왜곡하고 있는가는 모르는 채, 다만 차용에 따라 일치하는 용어가 확인된다는 데 주목하기 때문에 나타나는 현상이다. 이러한 문제점을 몰각한 채 진행되는 연구는 사상누각砂上樓閣일 수밖에 없다. 모쪼록 이 책이 그 모래 기반을 든든한 초석으로 만들어 나가는 시작점이 될 수 있기를 바란다.

끝으로 거친 원고가 깔끔한 한 권의 책으로 변모하는 데 정성을 쏟아주신 소명출판의 공홍 부장님과 편집해 주신 장혜정 선생님께 고마운 인사 올린다.

2019년 11월
홍기돈

차례

제1부

성리학의 민족 개념과 동아시아 문화공동체

제1장

일제 말기 동아시아문명론을 파악했던 두 가지 입장

제국주의 담론으로의 왜곡과 근대 극복으로의 기획

1. 동아시아문명권에서의 민족 문제

민족주의를 연구하는 학자들의 논의는 크게 두 가지 방향으로 나눌 수 있다. "민족을 어느 정도까지 새롭고 근대적인("만들어진" Anderson 1983; Gellner 1984; Hobsbawn 1990 참조) 것으로 이해해야 하는지 아니면 어느 정도까지 선재先在하는 지리적이거나 문화적인 토대 위에 형성된, 종족이 오랫동안 유지한 양식들이 연장된 것으로("원시시대부터 존재하는" Connor 1994; Geertz 1963; Smith 1986, 1991 참조) 이해해야 하는지에 모아진다. 이런 논쟁은 민족됨nationhood이 유례가 없는 근대적인 차원의 민족주의적인 정치적 동원의 산물인지 혹은 반대로 이전부터 존재했던 종족이 사실상 근대 민족성의 많은 부분을 설명해주는지에 관한 것이다."[1] 최근 한국 근현대문학 연구에서는 전자의 입장이 대세를 이루고 있다. 베네딕트 앤더슨이 『상상의 공동체*Imagined Communities : Reflections on the Origin and Spread of Nationalism*』에서 전개했던 내용을 전제로 삼아 작가·작품에서 확인할 수 있는 민족의식을 '근대의 발명품'이라고 주장하는 논문은 너무도 많아 구체적인 사례를 꼽는 일이 오히려 새삼스러울 지경이다.

  기실 유럽의 경우라면 민족(의식)을 근대의 발명품으로 파악해야 할 근거가 충분하다.[2] 예컨대 프랑스대혁명이 일어났던 1789년 무렵만 해도 유럽에서는 국경 개념이 희박했다. "프랑스에 있는 아비뇽과 같이, 외국의 영토가 마치 섬처럼 남의 나라 영토 깊숙한 곳에 자리잡고 있기도 했다. 한 국가 안의 영토들이 역사적인 이유에 의하여, 지금은 마침 다른 나라의 일부가 되어 있는 다른 영주에 종속되어 있음으로써 근대적인 말로 표현하면 이중주권 아래 있기도 했다."[3] 따라서 국경을 경계로 창출되는 일반 대중의 민족의식이 제대로 작동했을 리 만무하다. 독일과 전쟁을 벌였던 당시 나폴레옹의 프랑스가 서부 독일의 병사들을 아무런 거리낌 없이 전투병으로 고용할 수 있었던 까닭도 이로써 설명할 수 있다.[4] 그렇지만 유럽의 사례를 다른 지역에도 그대로 적용할 수 있는가는

---

1 신기욱, 이진준 역, 『한국 민족주의의 계보와 정치』, 창작과비평사, 2009, 19~20쪽.
2 일반적인 통념에 따라, 이 글에서 근대는 서유럽에서 출현하여 세계 전체로 확산된 체제 유형을 가리킨다. 한편 알렉산더 우드사이드(Alexander Woodside)는 근대를 합리화의 과정으로 전제하고, 합리화의 과정은 다양한 경로로 나타나며, 중국·베트남·한국에서 확인할 수 있는 과거시험과 관료제는 근대의식의 산물이라고 주장하고 있다. 알렉산더 우드사이드, 『잃어버린 근대성들』(민병희 역, 너머북스, 2012) 참조. 필자는 합리성 추구가 반드시 자본주의로 귀결하는 것은 아니라고 보며, 근대화의 경로는 다양하다고 보기 때문에 기본적으로 우드사이드의 입장에 동의한다.
3 에릭 홉스봄, 정도영·차명수 역, 『혁명의 시대』, 한길사, 1998, 199쪽.
4 위의 책, 277쪽.

신중하게 따져보아야 한다. 지구 전체 차원에서 근대-체제가 작동하기 이전에는 여러 문명권이 각자의 논리를 갖추어 운영되고 있었고, 공동체 단위를 사유하는 방식이 각 문명권에 따라 달랐기 때문이다.

한국 근현대문학 연구에서 민족 개념을 파악할 경우, 문명권으로서의 동아시아와 그 구성원으로서의 조선이라는 관계 위에서 접근해야 하는 까닭은 분명하다.[5] 먼저 국경 문제를 통해 유럽 사례와 비교해 보면, 중국에 宋(960~1279)이 들어선 이후 주변 국가들은 "영토를 변경 지역까지 유지"하였는데, 이는 "그 변경에 사는 사람들까지 편입하겠다는 것을 의미한다".[6] 한국이 현재의 국경을 확정하게 된 시기는 4군6진 설치가 일단락된 1449년이다. 민족의식은 국경 문제와 연동하여 발생 혹은 강화되었다. 예컨대 송의 영토를 차지한 북방민족의 입장에서 보건대, 그들은 정복민이면서 동시에 소수자였다. "금나라 칙령에서는 '관리들이 포고문을 작성할 때 여진, 거란, 한족은 각기 자신의 문자체계를 사용하게끔 한다'라고 명하고 있다. 이것은 요나라, 금나라, 원나라가 자신들의 국가 내에 존재한 다양한 문화적 그룹에 대해 각기 다른 제도와 특별할당제 등을 사용한 것과 잘 들어맞는다. 해당 그룹은 자신을 소수민족으로 인식하였고, 권력과 부에 대한 특별한 권리를 지속적으로 주장하기 위해서는 문화적 독특성을 유지할 필요가 있었다."[7]

---

5 여기서 동아시아는 명확한 지리적 범주라기보다는 잠정적으로 히말라야 산맥의 동쪽 지역을 한정한다. 오카쿠라 텐신(岡倉天心)은 『동양의 이상』(1904)을 다음과 같이 시작한 바 있다. "아시아는 하나다. 히말라야 산맥은 두 개의 강대한 문명, 즉 공자의 공동사회주의(communism)를 가진 중국 문명과 베다의 개인주의를 가진 인도문명으로 나누고 있지만, 그것은 단지 두 문명을 강조하기 위해서일 뿐이다."(오카쿠라 텐신, 「동양의 이상」, 『동아시아인의 '동양' 인식-19~20세기』, 문학과지성사, 1997, 29~30쪽) 이 글에서 말하는 동아시아문명은 두 개의 문명권 가운데 '중국 문명'에 해당한다.
6 피터 K. 볼, 김영민 역, 『역사 속의 성리학』, 예문서원, 2010, 38쪽.
7 위의 책.

현실의 변화를 주어진 조건으로 수용하는 한편, 그러한 변화에 적극적으로 대응하여 보편가치를 마련하고자 하는 시도는 이와 동시에 펼쳐졌다. 11세기부터 17세기까지 이뤄진 신유학이 여기에 해당하며, 신유학은 해당 시대 동아시아 문명권을 묶는 기본이념으로 작동할 수 있었다. 신유학의 논리를 매개로 동아시아 국가들은 개항 이전까지 하나의 문명권을 구성하는 각각의 주체로서 공존하였다. 그런 점에서 서세동점西勢東漸에 직면하여 한국, 중국, 일본에서 나타났던 동도서기東道西器, 중체서용中體西用, 화혼양재和魂洋才와 같은 입장이 주목을 요한다.[8] 이러한 세계관의 한편에는 한국·중국·일본이 함께 지켜내고자 했던 문명권의 가치가 굳건하게 존재하고 있으며, 다른 한편에서는 한국·중국·일본이 서구의 위협에 맞서 각각 대응방안을 모색해 나가고 있는 양상이 감지된다. 이를테면 문명권 층위에서의 대응과 국가 층위에서의 대응이 분화되지 않고 혼거하고 있는 양상이라는 것이다. 문명권으로서의 동아시아와 그 구성원으로서의 조선이라는 관계 위에서 한국 근현대문학사에 나타나는 민족 개념을 이해해야 하는 까닭은 이러한 전사前史로 인해 빚어진다.

문명권 단위의 결집을 통해 서구 열강의 침략에 대항해야 한다는 입장은 범아시아주의로 이어졌으며, 제국에 맞선 각 국가 단위의 상황 타개 노력은 민족주의로 나아갔다고 이해할 수 있을 법도 하다. 하지만 문제는 그리 간단치가 않다. 일제의 정책을 옹호하려는 측에서도, 반대로 일제의 침략에 맞서려는 측에서도 범아시아주의와 민족주의를 하나의 쌍으로 묶어 수시로 호출해내고 있기 때문이다. 가령 일제가 내세웠

---

8   이 가운데 일본만이 자율적인 근대화에 성공할 수 있었던 까닭에 대해서는 채석용의 『철학 개념어 사전』(소울메이트, 2010) 가운데 「동도서기와 화혼양재」 항목 참조.

던 동아협동체론이 이를 보여준다. "'동아협동체'론을 이루는 '신질서' 주장은 동아시아에서 일본의 제국주의적 패권확립의 의도와 행동을, 영·미에 대항한 '일·만·지日滿支' 공동의 '동아신질서'를 건설하기 위한 성전聖戰으로 뒤바꾸면서 성립된 것이다."[9] 일제가 만주국의 이념 으로 내세웠던 오족협화五族協和 역시 마찬가지다. 그 반대편에는 중국 팔로군八路軍 속에서 민족 단위를 유지하며 일제에 맞섰던 조선의용군 이 자리를 잡고 있다. 이들이 지향했던 바는 의용군의 마지막 분대장이 었던 김학철의 산문이라든가 의용군의 국내 조직원이었던 이육사의 시 편들을 통해 확인할 수 있다.[10]

근대-체제가 작동하는 지점 한가운데서 범아시아주의와 민족주의가 하나의 쌍으로 묶여 호출되었던 까닭은 무엇일까. 일제의 편에 섰든 항 일의 편에 섰든, 그러한 담론을 주창했던 이들은 근대-체제 극복의 실 마리를 여기서 마련할 수 있으리라 여겼던 것이 아닐까. 1973년 『전통 과 현대』 3월호의 대담에서 가와무라 지로川村二郎가 근대-체제에 관한 "본질적인 의문이 '근대의 초극' 논의 속에 적어도 맹아萌芽로, 가능성 으로 포함되어 있었다는 사실은 확실합니다. 그런데 이러한 측면도 모 두 침략 전쟁의 이데올로기로 고발하여, 똥과 함께 된장도 내다버리는 경향이 근대주의자 쪽에 있다고 봅니다"[11]라고 주장할 때, 그는 근대초 극론을 주장했던 이들의 의도를 읽어냈을 터이다. 히로마쓰 와타루廣松 涉가 "'근대의 초극' 논의를 말소하는 대신, 그 사상을 구성했던 당시의

---

9   고야스 노부쿠니(子安宣邦), 이승연 역, 『동아·대동아·동아시아─근대 일본의 오리 엔탈리즘』, 역사비평사, 2005, 87쪽.
10 홍기돈, 『근대를 넘어서려는 모험들』(소명출판, 2007)에 실린 「육사의 문학관과 연출 된 요양여행」, 「되돌아보는 그 날의 흔적」 참조.
11 히로마쓰 와타루(廣松涉), 김항 역, 『근대초극론』, 민음사, 2003, 12쪽.

지층을 탐사하는 쪽으로 방향을"[12] 잡아서 『근대초극론』(1989) 집필에
나섰던 까닭도 같은 맥락에서 이해할 수 있다. 범아시아주의와 민족주
의의 공존 모색, 그리고 이로써 이끌어내는 근대 비판을 성급하게 일제
가 유포했던 논리의 재판再版으로 치부해서는 근대초극론의 의미를 읽
어낼 수 없다.

이 글은 여섯 부분으로 구성된다. 첫째, 조선의 개항 직후 펼쳐졌던
범아시아주의와 민족주의의 관계를 탐색해 볼 것이다. 당시 서구에서
흘러들어온 사회진화론의 영향을 받아 조선 지식인들이 범아시아주의
와 민족주의로 각각의 입장을 구축해 나갔다는 것이 일반적인 견해지
만, 이는 진지하게 검토해야 하기 때문이다. 둘째, 당시 일군의 지식인
들이 사회진화론의 영향 바깥에서 범아시아주의와 민족주의의 관계를
설정해 나갔다면, 이를 가능케 했던 철학적 근거를 살펴보아야 한다.
이를 위하여 신유학의 성립 배경을 정리할 것이다. 셋째, 신유학의 성
립 배경 검토는 지역 측면에서 볼 때 중국 중심의 사례일 수밖에 없다.
그런 까닭에 신유학을 수용한 조선의 양상을 덧붙여서 문명권의 보편
성과 개별 국가의 특수성이 발현되는 사례를 제시할 것이다. 그리고 넷
째, 신유학의 범아시아주의를 왜곡하여 동아공영권으로 밀고 나간 니
시다 기타로의 논리와 다섯째, 신유학의 이념에 입각하여 범아시아주
의와 민족주의의 관계를 복원하고자 했던 일제 말기 미키 기요시의 시
도를 살펴보고자 한다. 마지막으로 이와 연관되는 조선에서의 사례로
서인식의 사상을 분석하도록 하겠다.

---

12 김항, 「지금 이곳의, 혹은 지나간 미래」, 히로마쓰 와타루, 김항 역, 『근대초극론』, 민음
사, 2003, 251쪽.

2. 사회진화론과 동도서기론

조선에 사회적 다원주의(사회진화론)가 소개된 시기는 1880년대이며, 이후 '우성열패'·'생존경쟁'과 같은 논리가 조선 지식인들 사이에 유포되며 점차 영향력을 획득하게 되었다. 신기욱은 당시 조선 지식인들의 동향을 두 부류로 나누어 이해하고 있다. 첫째, 범아시아주의 : "당면한 세계를 인종, 특히 백인종과 황인종 사이의 경쟁의 장으로" 파악했던 이들은 "황인종 사이의 협력과 연대, 특히 중국과 한국과 일본의 연대가 이 지역뿐만 아니라 한국 자체를 방어하는 데" 필요하다고 역설했다. 둘째, 민족주의 : "당대를 제국주의시대로" 파악했던 이들은 "일본은 제국주의 야심을 가진 국가이므로 일본과의 동맹은 한국이 민족주권을 지키는 데 전혀 도움이 되지" 않는다고 주장하였다.[13] 신기욱은 1910년 경술국치 이전까지 이 두 입장이 경합하면서 공존했던 것으로 이해하는 듯하다. "이 두 집단은 한국인들의 근대적 정체성의 근원으로서, 그리고 개혁과 변화의 원리로서 서로 경쟁했다."[14] 별다른 이견이 있는 것은 아니지만, 논의를 보다 풍성하게 이끌기 위해서는 이러한 입장에는 두 가지 지점에서 보충이 필요할 것으로 보인다.

첫째, 범아시아주의와 민족주의가 경합한 측면이 없는 것은 아니나, 그보다는 1905년의 을사늑약을 기준으로 먼저 혹은 나중에 커다란 영향력을 행사하였던 두 개의 시국관으로 접근할 필요가 있다. 즉 러일전쟁에서 승리를 거둔 일본이 제국으로서의 정체를 드러낸 데 따라 조선

---

13 신기욱, 이진준 역, 앞의 책, 60~61쪽.
14 위의 책, 74~75쪽.

지식인들의 동향이 범아시아주의에서 민족주의로 나아간 과정으로 이해해야 하리라는 것이다. 『대한매일신보』에 실렸던 범아시아주의를 비판하는 단재의 「보종保種・보국保國의 원비이건元非二件」(1907.12.3), 「제국주의帝國主義와 민족주의民族主義」(1909.5.28), 「동양주의東洋主義에 대한 비평批評」(1909.8.8~10) 등이 별다른 반론에 직면하지 않았음이 이를 보여주며, 민족주의가 표출된 자료로 신기욱이 활용하고 있는 장지연의 「시일야방성대곡是日也放聲大哭」(『황성신문』, 1905.11.20)이라든가 『유년필독幼年必讀』(1907) 등은 단재의 논설들과 마찬가지로 을사늑약 체결 이후에 출현한 인쇄물들이다. 반면 범아시아주의를 강조했던 『황성신문』, 대한협회의 논리 그리고 김옥균, 윤치호, 이상재 등의 입장은 1905년 을사늑약 체결 이전의 상황에 대응하여 펼쳐졌다.

둘째, 범아시아주의자들이 당면한 세계를 인종 경쟁의 장으로 이해했던 것은 분명하지만, 이는 문명권의 충돌이 사회적 다원주의의 외피를 입어 표현된 결과라는 측면에 주목할 필요가 있다. 예컨대 안중근의 「동양평화론東洋平和論」(1910)을 보자. 예로부터 "동양 민족은 다만 문학에만 힘쓰고 제 나라만 조심해 지켰을" 뿐이나 "최근 수백 년 이래로 유럽의 여러 나라들은 도덕道德을 까맣게 잊고 날로 무력을 일삼으며 경쟁하는 마음을 양성하면서 조금도 꺼리는 바가" 없다는 사실이 "황백인종黃白人種의 경쟁"의 전제로 자리를 잡고 있다.[15] 안중근이 일본에 저항하는 근거도 같은 맥락에서 형성되고 있다. 서양 세력의 침략을 "동양 인종이 일치단결하여 극력 방어해야 함이 제일의 상책上策임은" 익히 아는 일이지만, 일본은 오히려 "러시아보다 더 심하게" 만행을 저지

---

15 안중근, 「동양 평화론」, 『동아시아인의 '동양' 인식―19~20세기』, 문학과지성사, 1997, 206쪽.

르고 있어서 문제라는 것이다.[16] 그러니까 일본은 유럽 여러 나라가 최근 수백 년 이래로 걸어온 경로를 그대로 좇고 있는 셈이 된다. 안중근은 러시아 관헌에서 조사받을 때, 이토 히로부미伊藤博文가 대한의 독립 주권을 침탈한 원흉이며 동양평화의 교란자인 까닭에 사살하였다고 밝힌 바 있다.

이렇게 두 가지 사실을 보충한다면, 당시 범아시아주의에서 확인할 수 있는 황인종과 백인종 사이의 대결 의식은 서구 인종주의를 그대로 수용한 결과로서만 이해할 것이 아니라, '동도서기東道西器'라는 용어로 표출된 바 있었던 동아시아문명권의 보위와 연관될 수도 있음이 드러난다. 기실 동도서기가 처음 제기된 것은 1880년대이니 범아시아주의가 크게 일었던 시기와 일치하는 바도 있다. 또한 범아시아주의와 민족주의는, 안중근의 사례에서 알 수 있듯이, 둘 가운데 하나를 선택해야 하는 배타적인 관계가 아니라 둘 모두를 동시에 취할 수도 있으며, 정세 변화에 따라 하나의 입장에서 다른 입장으로 유연하게 변모할 수 있는 가치라는 사실도 확인할 수 있다. 그렇다면 '동도東道'로 표상되는 동아시아문명권의 면모가 과연 어떠한 것인지 접근해야 할 필요성이 요청된다. 이를 위하여 다음 절에서는 문명 및 민족의 관계 설정과 연관되는 신유학의 성립 배경을 살펴볼 것이다. 안중근이 선비였을 뿐만 아니라, '동도서기'라는 태도는 결국 사상 측면에서 성리학 세계관(신유학)을 고수하겠다는 의지의 표명이기 때문이다.

---

16 위의 글, 207쪽.

3. 신유학의 성립 배경[17]

신유학Neo-Confucianism이란 송·원·명 시대, 즉 11세기부터 17세기에
까지 이루어진 유학을 가리킨다. '신'이란 접두사가 붙었으니 당연히 전
단계의 유학과는 변별될 터, 그 차이를 낳게 되는 역사적인 배경을 살피
자면 먼저 동아시아의 정세 변화에서 출발해야 한다. 주지하다시피 당
은 명실상부한 제국으로서 실크로드를 따라 아주 먼 곳까지 군사를 파
견하여 자신의 존재감을 과시했었다. 그렇지만 송이 성립한 시대에는
제국의 영광을 온전하게 재현하기가 어려운 상황이 펼쳐지고 있었다.
주변 부족들 또한 강성해지는 방법을 배워 국가체계를 구축하고 중국과
맞섰기 때문이다. 예컨대 거란은 송의 북동 지역에 요遼, Kara Khitan(907~
1125)를 건국했고, 황하 상류 만곡부의 서쪽에서는 탕구트Tanguts의 서하西
夏, the Great Xia(1038~1227)가 출현하였다. 중국의 남쪽에서도 상황은 다를
바 없었다. 북베트남 지역이 독립하여 대월국大越國, Dai Viet(1054~1804)을
세운 것이다. 물론 과거 당나라 때의 영광을 기억하고 있는 송으로서는
이들 변방의 국가들을 용납하기가 어려웠을 터이다. 하지만 그들이 벌
였던 전쟁은 번번이 기대했던 바와 정반대 결과로 나타났다.

예컨대 다음과 같은 역사적 사례들을 떠올려 보라. "송나라 군대는
요나라로부터 현재의 북경 부근에 있는 연운 16주燕雲十六州를 탈환하려
고 시도했으나 요나라에 패배를 당하였다. 요나라 군대가 송나라 수도
에 진군하고 난 뒤인 1004년에 화약이 맺어졌는데, 그 첫 번째 대가로

---

17 3절의 내용은 피터 K. 볼의 『역사 속의 성리학』에 크게 기대고 있다. 3절에서 인용 뒤
괄호 안의 숫자는 이 책의 쪽수를 가리킨다.

송나라는 요나라에 매년 20만 필의 비단과 10만 온스의 은을 바쳐야 했다."(33~34) 서하가 성립한 뒤 송은 서하에도 조공을 바쳐야 했다. "1044년에 송나라는 요나라에 바치던 것의 절반에 해당하는 액수를 서하에게 바치기로 하였다."(34) 요가 멸망한 뒤에도 송의 처지는 나아진 바 없었다. "1115년, 지금껏 요나라에 복속되어 있었던 여진족은 자신들의 나라인 금나라(1115~1234)를 세우고 요나라를 공격하였다. 송나라는 이때가 북경 주변의 연운 16주를 차지할 수 있는 기회라고 생각하여 위기에 처한 요나라를 공격하였다. 금나라가 승리하기는 했지만, 금나라는 요나라의 파괴에만 만족하지 않고 송나라를 다음 상대로 삼았다. 그리하여 결국 송나라 황제와 퇴위한 그의 아버지가 사로잡혀 북쪽으로 끌려갔다. 송나라 왕조는 항주杭州에 근거지를 두고 다시 성립되었다."(35)

혼란한 동아시아 정세로 인하여 "전 지역을 통괄하는 단수의 통치자 없이 그저 복수의 국가가 공존하는 이러한 국제적 현실을 어떻게 이해해야 하는가, 이것이 당면한 이데올로기적 질문이었다".(36~37) 동아시아의 민족 개념은 이에 대한 답변 속에서 다듬어졌다. "가능한 한 가지 답은, 일종의 민족성ethnicity 개념을 추구해 가는 것이다. 즉 각 나라들은 구별되는 별개의 사람들을 지배하기 때문에 정당하다고 생각하는 것이다."(37) 각 민족국가의 존재 인정은 특수성의 작동과 맞닿을 터인데, 신유학을 만들어 나간 선비들은 특수성이 공존할 수 있는 바탕으로써 보편성의 모색으로까지 나아갔다. 다음과 같은 사실이 이를 상징적으로 드러낸다. "13세기 전반기—이 무렵 송나라는 금나라와 교전 중이면서 동시에 확장 중인 몽고제국에 대해서도 알게 된, 과거 북방에 있던 역사적인 중심성the historical political center을 잃어버린 상태였다—의 과거시험 문제는 다음과 같이 세계의 다양성을 인정하면서 제국의 통일성unity through empire에 대한 대안을 제시하는 것이었다. '성인聖人은 천하를 한 가족으로 보고 중국中國을 한 사람으로 본다.'"(195~196)[18]

그렇다면 보편성은 어떻게 가능해지는가. 진秦(기원전 221~기원전 206)이 통일국가를 형성했을 때부터 제국의 모델은 황제를 정점으로 하는 위계적인 관료체계로 수립되어 있었다. 이때 황제皇帝 = 천자天子는 '천명天命, the mandate of heaven'을 부여받아 지상에서 권력을 행사하는 유일한 자로서 '우주 감응cosmic resonance'하는 면모를 갖추고 있는 존재였다. 그런데 앞서 언급하였던 요와의 조약에서 송은 요의 통치자에 대해서도 천자라 칭할 수밖에 없었다. 이로써 우주와 감응하는 천자가 둘이 되었으니 재래의 천자 개념은 폐기 혹은 수정되어야 할 상황에 이르고 말았다. 이러한 난제를 해결하는 방식이 정치와 도덕의 통일이었다. 가령 정이程頤는 통치governance와 학學, learning의 대립을 정식화하였는데, '학'은 '교教 혹은 教化'와 명백하게 구별되는 용어라 할 수 있다. "'학'은 사람들이 스스로 행하는 일인 반면, '교'는 정부가 백성들에게 행하는 것이었다."(209) 정치와 도덕은 구분될 수 있으며, 학을 수행하여 도덕적 앎에 이른 자가 정치의 권위를 획득해야 한다는 것이 정이가 펼치고 있는 견해의 요체이다.

주자朱子는 정이의 견해를 보다 적극적으로 재구성하여 모든 전기제국의 통치자들에게 도전하는 데까지 나아갔다. "고대의 성왕들은 올바른 학을 구현하여 그에 따라 다스린 반면 전기제국 황제들은 다스리긴 하되 학의 방법을 알지 못했다고 주희는 생각하였다. 성왕들은 진정한

---

18 과거시험 문제의 원출전은 程公許, 『滄州塵缶編』 권14, 1a, "聖人以天下爲一家, 以中國爲一人."

'왕王'(왕도정치를 행한 이들; 역자 주)이지만, 후대의 황제들은 '패霸'(패도정치를 행한 이들; 역자 주) 즉 힘을 통해 통치하고 동기가 이기적이었던 이들에 불과하다는 것이다."(210) 이로써 도통道統, moral authority과 정통政統, political legitimacy의 분리는 명확해졌고, 맹자의 입장을 수용한 주자는 "악한 통치자는 전복시킬 수 있다고"(217) 파악함으로써 정통이 도통에 따라야 할 근거도 마련하였다. 주자가 통치자에게 학의 필요성을 강조한 근거는 두 가지로 나눌 수 있다. "분명하고 공정하게 보고 공적인 이해에 합치하는 판단을 내릴 수 있는 잠재력을 발달시키기 위해서 통치자는 반드시 학學에 종사해야 한다."(218) "상황 전반을 간파하고 적합한 사람을 뽑으며 고관들이 올린 정책의 선후를 판단하기 위해서 통치자에게는 학이"(220) 요구된다.

정리하건대, 신유학에 이르러 각 나라의 특수성을 인정하면서 동시에 상호공존의 보편성으로 나아갈 수 있는 논리적 근거는 '도통' 개념 위에서 형성되었다. "성인이기는 하되 천자는 아닌 공자가 통치자의 특권을 자임하였을 때, 정당한 권위의 소재는 통치자로부터 학인man of learning에게로 옮겨가게 되었다."(214) 따라서 도통을 잇는 학인이 정통政統 또한 획득하여 국가를 운영할 수 있다면, 그렇게 작동하는 국가가 천명天命을 따르는 셈이 된다. 이때 바람직한 통치자는 학學을 통해 스스로 부단히 수양하는 존재여야 한다. "주희는 통치자에게 정치적 역할뿐 아니라 도덕적 권위를 주장할 수 있는 근거도 함께 부여한 것이다. 그것은 위기지학爲己之學, learning for oneself의 모델을 세상에 제공함으로써 가능한 것이었다."(223) 이러한 철학적 설계에 따라 송나라의 정치시스템에서 "황제는 행정 권력을 지닌 존재에서 상징 권력을 지닌 존재로 변하였다. 그렇게 변한 황제는, 늘 신하들이 요구하는 이상에 따라 행동

하는 것은 아니었을지라도, 자신이 속해 있는 시스템으로부터 엄격한
제한을 받는 존재였다".(205)

4. 조선 선비들의 민족의식[19]

신유학의 관점에 따를 경우, 도통道統에 의거하여 왕도정치를 실현한
다면 중국뿐 아니라 다른 어떤 나라에서도 천명天命을 받들 수 있다. 조
선朝鮮(1392~1910)이라고 예외일 리 없다. 신유학을 받아들인 조선의 학
자들 역시 "중국인이든 조선인이든 최고의 유교문명을 실현한 곳이 있
으면 그 땅이 바로 유교의 이상향, 즉 중화中華이자 중국中國이라고"(32)
보았다.[20] 이때 중요한 경전이 『서경』이었다. "왕도정치란 그 연원을
거슬러 올라가면 고대중국 황제皇帝의 정치교과서라 할 『서경』, 특히
『서경』「홍범」을 통해 그 이상적 의미가 잘 드러난다. 『서경』「홍범」
제14장 '無偏無黨, 王道蕩蕩, 無黨無偏, 王道平平'에서 왕도정치란 '탕탕

---

19 4절의 내용은 백민정의 「조선 지식인의 王政論과 정치적 公共性－箕子朝鮮 및 中華主
義 문제와 관련하여,(『東方學志』 164, 延世大學校 國學硏究院, 2013.12)에 크게 기
대고 있다. 4절에서 인용 뒤 괄호 안의 숫자는 이 논문의 쪽수를 가리킨다.

20 이는 백민정만의 견해라 할 수 없다. 피터 K. 볼 또한 중국을 영토 개념이 아닌 문화 개념
에서 이해하고 있다. "나는 중국을 China보다는 central country로 번역한다. 송, 금,
원, 명나라의 士들에게 중국이란 '중심성에 대한 주장(claim to centrality)'을 의미하
였다. 중국이란, 東周의 봉건 제후들에게는 통상 '중국(central states)'이라는 중원지
역의 국가를 지칭하는 영토적인 용어인 동시에, 주나라 문화에 충성스러운 그 지역들을
지칭하는 문화적 용어이기도 하였다."(『역사 속의 성리학』, 36쪽) 그러니까 中國이 문
화적인 용어라면 조선이 유교문명을 꽃피워 중국이 될 수도 있다는 인식이 가능해지는
것이다.

평평'한 기준, 즉 '극極'을 세우는 정치라고 말했는데, 중국과 조선의 수많은 유교 지식인이 추구한 왕정王政의 원형이 바로 이것이다."(30~31) 그런데 조선에서『서경』이 가지는 의미는 남다를 수 있었던 바,「홍범」에 등장하는 '아홉 가지 범주九疇'의 전파에서 은나라 말기의 유민遺民인 기자가 결정적인 역할을 하고 있기 때문이다. 여기서 말하는 기자는 고조선의 세 시기를 나타내는 단군조선, 기자조선, 위만조선에서의 기자를 가리킨다.

기자箕子가 주周(기원전 1046~기원전 256)에「홍범」을 전했다는 '기자홍범설箕子洪範說'의 내용은 무엇인가. "요순삼대의 이상적인 왕도정치론이 은나라 기자시대까지는 잘 전수되었는데, 서이西夷라고 할 만한 무왕武王과 문왕文王이 주나라를 세우면서부터 이 도가 끊어질 위기에 처했고, 그것을 기자라는 인물이 등장해서 주나라 무왕에게 전수함으로써 그 맥이 이어지도록 했다"(31)는 것이다. 이에 따른다면, 기자는 중국에서 왕도정치가 이어지는 데 지대한 영향을 끼친 인물이 된다. 뿐만 아니라 기자가 다스렸던 고조선에서도 왕도정치가 펼쳐졌으리라고 추론할 수 있게 된다. 기실 고려를 뒤이었던 조선은 기자조선의 왕도정치가 곧 자신들의 국가 이념임을 드러내기 위하여 국호를 그렇게 정하였다. 따라서 "이미 태조 때부터 홍범구주의 가르침이 제왕학 수업의 핵심 내용으로"(33) 간주된 것은 당연한 수순이라 할 수 있다.「홍범」을 둘러싼 그와 같은 인식을 바탕으로 조선의 신유학자 사이에서는 "조선의 국제國制와 정치체제가 현존하는 중국왕조와 비교했을 때 결코 뒤처지지 않는다는 자신감과 자존의식이, 명나라가 쇠망하기 훨씬 전부터"(34) 자리를 잡아나갔다.

조선에서 기자홍범설은 널리 퍼졌던 듯하다. 당대를 대표하는 학자

들이 적극 수용하고 있는 데서 그러한 추론이 가능하다. 예컨대 "기자
조선의 의미를 왕도정치론과 관련하여 가장 분명하게 밝힌 인물은 율
곡 이이다. 그는 『동호문답』과 「기자실기」 등에서, 구체적 사적과 전거
가 불분명해 단군조선은 언급하기 어렵다는 점, 동방에 왕도王道를 전
한 것은 결국 기자이며 기자의 왕정은 정전제井田制와 팔조교八條敎를 통
해 구현되었다는 점, 그러나 기자 사후 중국은 말할 것도 없고 동방에
서도 왕정의 선치善治가 이루어지지 못했다는 점 등을 비판적으로 기술
했다".(36) 퇴계 이황 또한 기자홍범설을 받아들였다. 그는 「무진육조
소戊辰六條疏」에서, 기자의 가르침이 맥이 끊긴 뒤 여말선초 주자학을 도
입한 조선 지식인들, 특히 사림 지식인의 도학道學을 통해 새롭게 부활
했다고 말했다".(36) '대명의리大明義理'를 주창했던 우암 송시열도 기자
홍범설에 입각하여 자신의 입장을 펼쳐 나갔다.[21] "송시열은 우리나라
가 본래 기자의 나라이며 포은 정몽주 이래 도학을 밝힌 여러 선비들,
이언적, 퇴계, 율곡, 우계 등이 도학을 통해 기자의 정신을 계승했다는
점을 수차례 강조했다."(37)

　정리하건대, 조선의 선비들은 중국中國·중화中華를 왕도정치王道政治
에 입각한 문화적인 개념으로 파악하였다. 예컨대 정약용의 다음과 같
은 주장은 그래서 가능해진 것이었다. "성인聖人의 법은, 중국이면서도
오랑캐 같은 행동을 하면 오랑캐로 대우하고 오랑캐이면서도 중국 같

21　백민정은 송시열의 '대명의리'가 어떤 구체적인 왕조에 대한 추숭이 아니라, 왕도정치
　　를 시행하는 보편적 왕정에 대한 존숭으로서의 '尊王論'이었다고 설명하고 있다. "송시
　　열 시대에 조선의 많은 중화주의자들이 '尊周論'을 강력하게 내세웠어도, 이것은 주나
　　라 정치(洪範)가 箕子에서 유래되었다고 본 점에서, 결국 '尊周'라기보다는 오히려 '尊
　　箕子朝鮮'의 의미로 해석될 수 있는 것이었고, 나아가 홍범과 관련된 기자조선의 유훈
　　을 돌아볼 때 결국 '尊王道政治'로서의 '尊王論'으로 평가할 만한 것이었다."(백민정,
　　앞의 글, 42~43쪽)

은 행동을 하면 중국으로 대우한다. 중국과 오랑캐의 구분은 도리와 정치의 여하에 달린 것이지 지역의 여하에 달린 것이 아니다."(47)[22] 따라서 어떤 종족이 세운 국가이든 간에 상관없이, 왕도정치에 입각한 문화를 융성하게 피워낼 수만 있다면 세계의 중심에 핀 꽃, 즉 중화中華로 자리를 잡을 수 있었다. 동아시아문명권의 보편성은 이러한 사상에 동의하는 국가들의 공조를 통하여 확보되었다. 물론 이들 국가에서 나아갈 방향을 정했던 세력은 도통道統을 계승한다고 자부하였던 학인들이었다. 그렇지만 학인들은 자신이 몸을 담고 있는 국가의 특수성 또한 포기하지 않았다. 조선의 학인들 사이에서 강력하게 영향력을 끼쳤던 기자홍범설이 그러한 양상을 상징적으로 보여준다. 오랑캐란 이러한 가치를 거부한 채 패권주의로만 치닫는 종족 혹은 국가를 가리킨다.

5. 니시다 기타로의 사상 변모와 동아공영권

패권을 앞세워 양이洋夷의 세계관이 급격하게 밀고 들어올 때, 동양사유에 입각하여 이에 맞서고자 시도했던 근대일본 최초의 철학자는 니시다 기타로西田幾多郎였다. 여기서 동양사유라 함은 니시다 기타로가 서양 근대철학과 비교·대조되는 요소들을 뭉뚱그려 끌어안고 있는 측면을 가리킨다. 예컨대 그의 전반기 대표작『선善의 연구』(1910)를 보면,

---

22 원출전은『茶山詩文集』卷十二, 論,「拓跋魏論」. "聖人之法, 以中國而夷狄則夷狄之, 以夷狄而中國則中國之, 中國與夷狄, 在其道與政, 不在乎疆域也."

불교·힌두교 등의 면모가 드러난다. 불교의 경우를 먼저 몇 대목 보자. "실재의 근본적인 방식은 하나임과 동시에 다多이고, 다多임과 동시에 하나"[23]라는 주장은 신라 의상 스님의 「법성계法性偈」 가운데 "일중일체다중일一中一切多中一 / 일즉일체다즉일一卽一切多卽一 : 하나 속에 모든 것이 들었고 여럿 속에 하나가 있어 / 하나가 전부이고 전부가 하나로다"라는 문구가 겹쳐지며, "고인도 온종일 행하였지만 한 것이 없다고 하였는데"(『연구』, 49)라는 대목에서는 『벽암록碧嚴錄』 제16칙에 나타나는 동일한 어구를 떠올릴 수 있다. "사상은 어디까지나 설명할 수 있는 것이 아니다. 그 근저에는 설명할 수 없는 직각이 있다"(『연구』, 48)라는 인식에서는 선종의 불립문자不立文字 관점이 확인되기도 한다.

힌두교의 경우, "우주의 본체는 브라만Brahman이고 브라만은 우리의 마음 즉 아트만Atman이다"(『연구』, 50)라는 주장이 책의 여러 곳에서 반복되고 있다. 뿐만 아니라 근대사상에 대응하는 종교의 가치를 부각시키는 대목에서는 『성경』도 심심치 않게 인용되는 양상이다. 다음과 같은 구절이 대표적이다. "그리스도가 '제 목숨을 살리려고 하는 사람은 잃을 것이며, 나를 위하여 제 목숨을 잃는 사람은 얻을 것이다'라고 말한 것이 종교의 가장 순수한 것이다."(『연구』, 171) 도교 사상에 입각하여 '자연 = 신神'이라는 견해를 드러내기도 하였다. 자연은 "한편에서는 무한한 대립 충돌임과 동시에 한편에서는 무한한 통일"이며, "이 무한한 활동의 근본이야말로 우리가 신이라고 부르는 것이다. 신이란 결코 이 실재의 밖에 초월한 것은 아니다. 실재의 근저가 바로 신이다".(『연구』, 99)

---

23 니시다 기타로(西田幾多郞), 최박광 역, 「선의 연구」, 『선의 연구 / 퇴계 경철학』, 동서문화사, 2009, 73쪽. 이하 이 책에서 인용할 경우, 따옴표 뒤 괄호 안에 『연구』, 쪽수를 적시하는 것으로 한다.

이렇게 살펴보았을 때 『선의 연구』에는 불교, 힌두교, 성경, 도교 등 다양한 사유의 궤적이 스며들어 있다고 정리해도 무방할 것이다. 그렇다면 니시다 기타로가 이처럼 다양한 갈래의 사유들을 하나로 묶을 수 있었던 근거는 무엇일까.

직접 관련은 없지만, 야스퍼스의 발언을 염두에 둔다면 한결 이해하기 용이할 것이다. "수천 년 전부터 중국이나 인도나 유럽의 철학자들은, 전달내용은 다르지만 모든 장소에서 또한 모든 시대를 통해 동일한 내용에 대하여 말로 표현해왔다. 인간은 모든 대상적인 것이 소멸하고 자아가 해소되어가는 과정에서 주객분열을 뛰어넘어 주체와 객체가 완전히 일체화하는 경지에 도달할 수 있다는 것이다."[24] 「법성게」의 '하나', 힌두교의 '브라만', 도교의 '자연' 등은 모두 존재의 초월transcendence 가능성을 담고 있는 용어이다. 즉 뭇 생명들은 하나, 브라만, 자연 안에서 삶을 펼쳐 나간다. 서양의 근대철학 따위에서는 주체 '나'를 먼저 설정하기 때문에 주체와 대립하는 객체로 나아갈 수밖에 없지만, 뭇 생명을 끌어안은 포월자로서 하나·브라만·자연에서 시작한다면 주객분열은 극복할 수 있다. "원래 무한한 우리의 정신은 결코 개인적 자기의 통일을 가지고 만족하는 것은 아니다. 다시, 더 나아가 한결 더 큰 통일을 찾지 않으면 안 된다. 우리의 큰 자기는 남과 자기를 포함하는 것이기 때문에 남에게 동정을 나타내어 남과 자기와의 일치 통일을 찾게 된다."(『연구』, 103)

포월자 = 신은 모든 생명이 나서 살다가 돌아가는 바탕인 까닭에 전부이며, 부분에 불과한 개체가 온전히 인식할 수 없다는 점에서는 무無

---

24 카를 야스퍼스, 전양범 역, 「철학입문」, 『철학학교 / 비극론 / 철학입문 / 위대한 철학자들』, 동서문화사, 2009, 249쪽.

라 할 수 있다. "신은 우주의 통일자이다. 실재의 근본이다. 다만 능히 무이기 때문에 있지 않은 곳이 없고, 작용하지 않는 데가 없다."(『연구』, 102) 이때 니시다 기타로가 포월자를 설정하면서 천국과 같은 가상의 세계를 부정하고 있다는 사실은 눈여겨보아야 한다. 성경 구절을 인용할 때에도 니시다는 포월자의 이러한 속성을 놓친 바 없다. "신을 외계에서 구한다면, 신은 도저히 가정의 신이라는 것을 면하지 못한다. 또 우주의 밖에 세운 우주의 창조라든가 지도자라든가 하는 설은 진정으로 절대 무한한 신이라고 할 수 없다."(『연구』, 101) 신유학에서는 도道가 포월자로서의 역할을 감당한다. 그래서 퇴계 이황의 『성학십도』는 다음 문장으로 시작되고 있다. "무극이면서 태극이다. 태극이 움직여 양을 낳고, 그 움직임이 극에 달하면 다시 고요해진다. 고요해지면 음을 낳고, 그 고요함이 극에 달하면 다시 움직인다. 이렇게 한 번 움직이고 한 번 고요해짐이 서로의 뿌리가 되어 음과 양으로 나뉘어져서 양의兩儀가 형성된다."[25]

그런데, 『선의 연구』로써 동양사상의 요체를 정리하여 서구 근대철학과 맞서고자 시도했던 니시다는 1930년대 초반부터 점차 일본 국가주의로 경사하기 시작한다.[26] 이와 함께 니시다의 동양사상 역시 변모를 거치면서 파시즘의 색채를 드러내게 된다. 니시다철학을 전반기와

---

25 퇴계, 고려대 한국사상연구소 편, 「태극도설(太極圖說)」, 『역주와 해설 성학십도』, 예문서원, 2010, 48~49쪽. 율곡 또한 도라는 단어로써 『순언(醇言)』을 시작하고 있다. "道生一ㅎ고 一生二ㅎ고 二生三ㅎ고 三生萬物ㅎ니". 一은 양(기수奇數), 二는 음(우수耦數)을 가리킨다. 주자는 "셋은 기수와 우수가 모인 것이다. 둘이 셋을 낳는다는 것은 둘과 하나가 합해서 셋이 되는 것과 같다. 셋이 만물을 낳는다는 것은 기수와 우주가 합해서 만물이 만들어지는 것이다"라고 말한 바 있다.(李珥, 이주행 역, 『醇言』, 인간사랑, 1993, 11~2쪽)

26 허우성의 『근대 일본의 두 얼굴―니시다 철학』(문학과지성사, 2000) 가운데 제6장 「역사철학 이전의 '역사'와 전회」 참조.

후반기로 나누어 접근해야 하는 것은 이 때문이다. 후반기 니시다철학의 특징이라고 한다면 신유학자들이 분리해내었던 도통道統과 정통政統을 다시 결합시키면서 '종교적 국가론'으로 나아갔다는 사실이다. 예컨대 그는 「국가이유의 문제」(1941)에서 일본인들을 다多, 황실을 일一로 치환하면서 일본국을 다음과 같이 설명하고 있다. "황실은 과거와 미래를 감싸는 절대 현재로서 우리는 여기에 태어났고, 여기에 일하고, 여기에 죽는다. 때문에 일본에서 주권은 제정일치라고 말할 수 있는 바와 같이 종교적 성질을 갖는 것이다."[27] 개인이 각자의 모순, 불안, 고뇌를 넘어서려면 "신의 부름"을 듣고 "생명의 전환"을 이루는 "종교적 회심"이 필요하다는 「예정조화설을 실마리로 하여 종교철학으로」(1944)의 주장 또한 같은 맥락에서 이해할 수 있다.[28]

  일본 황실의 이러한 절대성이 대외적으로 표출될 때 팔굉일우八紘一宇(도의로써 천하를 하나의 집처럼 만듦), 동아공영권東亞共榮圈[29] 따위의 논리로 나타난다. 주장하는 바는 「세계 신질서의 원리」(1943)에 잘 나타나 있으므로 이를 중심으로 요지를 간략하게 살펴보도록 하겠다. 그는 먼저 당대를 "국가의 세계사적 사명 자각의 시대"라고 규정한다. "각 국가는 각자 세계적 사명을 자각함으로써 하나의 세계사적 세계, 즉 세계적 세계를 구성해야 한다. 이것이 오늘날의 역사적 과제다."[30] 그렇다면 각 국가가

---

27 西田幾多郎, 「國家理由の問題」, 『西田幾多郎全集』 第十卷, 東京 : 岩波書店, 1978, 333쪽.
28 西田幾多郎, 「豫定調和を手引として宗教哲學へ」, 『西田幾多郎全集』 第十一卷, 岩波書店, 1978, 140쪽.
29 대동아전쟁이 시작되면서 '동아공영권'은 '대동아공영권'으로 단위가 확장된다. "'남방권'은 제국 일본의 대외적 인식에 새로운 요소를 부가하였다. '동아'는 이 '남방권'을 포함하여 '대동아'가 되었으며, 그때부터 '대동아'는 서양 / 동양. 식민주의 / 민족주의 그리고 종속 / 자립과 같은 계열의 개념적 틀 속에서 이념화되었다."(고야스 노부쿠니, 이승연 역, 앞의 책, 91쪽)

자각해야 할 사명의 내용은 무엇인가. "어느 국가민족도 각각의 역사적 지반에서 성립하고, 각각의 세계사적 사명을 가지고 있으며, 거기에 각 국가민족이 각자의 역사적 생명을 갖는 것이다. 각 국가민족이 자기에 입각하면서 자기를 넘어서 하나의 세계적 세계를 구성한다는 것은 각자 자기를 넘어서 각각의 지역 전통에 따라서 먼저 하나의 특수한 세계를 구성하는 것이어야 한다. 그래서 이런 역사적 지반에서 구성된 특수한 세계가 결합하여 전 세계가 하나의 세계적 세계에 구성되는 것이다."[31] 니시다는 이를 "팔굉위우八紘爲宇의 이념"이라 표현하고 있다.

일견 신유학의 민족국가관을 반복하고 있는 듯하나, 천명天命을 받들어 실현하는 주체가 일본 황실로 고정되어 있다는 점에서 그와 결정적으로 다를 수밖에 없다. "황실은 과거와 미래를 포함하는 절대 현재로서, 황실이 우리 세계의 시작이고 끝이다. 황실을 중심으로 하여서 하나의 역사적 세계를 형성해온 데에 만세일계인 우리 국체의 정화精華가 있는 것이다. 일본의 황실은 단순히 하나의 민족적 국가의 중심이라고 말하는 것이 아니다. 일본의 황도에는 팔굉위우의 세계 형성 원리가 포함되어 있는 것이다."[32] 일본인 각자의 다양한 개별성을 만세일계萬世一系 일본 황실(一)로 묶었듯이, 각 국가의 개별성 또한 일본 황실로 묶어 세우는 것이다. 세계사적 사명을 강조하면서 시작된 「세계 신질서의 원리」는 다음과 같이 정통正統을 확인하는 논리로 마무리 되고 있다. "신황정통기神皇正統記가 대일본국 자신이고, 외국에서 유래가 없는 일본의 국체에는 절대의 역사적 세계성이 포함되어 있다. 우리 황실이 만

---

30 西田幾多郎, 「世界新秩序の原理」, 『西田幾多郎全集』第十二卷, 岩波書店, 1978, 427쪽, 강조는 원문.
31 위의 글, 428쪽, 강조는 원문.
32 위의 글, 430쪽.

세일계로서 영원한 과거에서 영원한 미래라는 것은 단순하게 직선적인 것이 아니라, 영원한 지금으로서 어디까지나 우리의 시작이고 끝이어야 하는 것이다."[33]

일제의 황실이 천명을 받들어 실현하는 유일한 주체라고 모든 나라가 인정한다면 별 문제는 없다. 그렇지만 이는 타국인은 물론 국경 안 조선인에게서도 쉽게 동의를 이끌어내는 전제가 될 수 없다. 이러한 균열 지점에서 부각된 것이 왕도정치가 아닌 패권주의에 입각한 일본제국주의의 야욕이었다는 사실은 역사가 증명하는 바다. 그럼에도 니시다는 세계 전체와 일본제국을 매개하는 중간 단계로 설정된 동아공영권東亞共榮圈을 철학적으로 옹호해 나갔다. 니시다의 제자들은 서구에서 출현한 근대를 구체제로 절하하면서 신체제新體制, 즉 근대초극의 실마리를 니시다의 논리 위에서 발전시켜 나갔다. '멸사봉공滅私奉公' 따위의 용어가 확산된 것은 이러한 이념을 만드는 과정에서였다. 일제 말기 근대초극론을 이끌었던 니시다의 제자들은 흔히 '교토학파'라 일컬어진다. "일본의 파시즘 체제와 전쟁에 대해 철학계에서 가장 큰 변증자辨證者가 된 것은 니시다 기타로와 타나베 하지메田辺元 밑에서 배운 일군의 철학자들이었다. 그것은 '교토학파'라 불리는 코사카 마나아키高坂正顯 · 타카야마 이와오高山岩男 · 니시타니 케이지西谷啓治 등이다."[34]

---

33 위의 글, 434쪽.
34 아라카와 이쿠오, 이수정 역, 「1920, 30년대의 세계와 일본의 철학」, 『일본근대철학사』, 생각의나무, 2001, 336~337쪽.

6. 미키 기요시의 동아협동체론

일본철학사에서 미키 기요시三木淸는 군국주의의 논리를 뒷받침했던 학자로 비판받기도 하는 모양이다.[35] 가령 요네타니 마사후미米谷匡史는 미키를 모리타니 가쓰미森谷克己, 스즈키 다케오鈴木武雄와 한데 묶어 그들의 논리를 다음과 같이 평가하고 있다. "이는 식민지 / 제국주의 간의 분쟁 극복을 표방함과 동시에 '맹주 일본'에 의한 '동아'의 민족해방·사회해방을 통어通御하고자 하는 논의이자, 제국주의 비판을 통해 산출된 새로운 식민주의 담론이라 할 수 있습니다."[36] 이와 같은 오해를 극복하기 위하여 일제 말기 급박하게 변화했던 정세 속에서 미키의 논리를 재구성할 필요가 있겠다. 미키 기요시가 엄혹한 시기에 직면하였다고 감지했던 것은 1936년 일어난 2·26사건을 통해서였다. 2·26사건이란 황도皇道를 추종하는 청년 장교들이 일으킨 군사쿠데타를 말한다. 이때 미키는 「시국과 사상의 동향」을 써서, 일본 파시즘이 강화된 것을 경고하면서, 이와 같은 정세가 대다수의 문화적 자유주의를 취하는 지식인에게 이미 '막연한 자유주의에 머무는' 것을 불가능하게 해, '문화적 자유주의자도 정치적 결정을 받게 될 것이다'라고 지적하였다".[37]

파시즘의 발흥을 목도하면서 장고를 거듭했던 미키 기요시는 1938

---

[35] 그러한 관점에서 미키 기요시를 규정하고, 이에 영향 받은 것으로 강점기시대 조선 작가를 연구한 논문으로는 구모룡, 「식민성 근대주의의 한 양상」(『문학수첩』 10, 2005.봄), 김철, 「'근대의 초극', 『낭비』 그리고 베네치아(Venetia)」(『'국민'이라는 노예』, 삼인, 2005) 등이 있다.

[36] 요네타니 마사후미, 조은미 역, 『아시아 / 일본─사이間에서 근대의 폭력을 생각한다』, 그린비, 2010, 175쪽.

[37] 아라카와 이쿠오, 이수정 역, 앞의 글, 321쪽.

년 현실 한가운데로 뛰어들겠노라 의지를 표명하고 나섰다. 『중앙공론』 8월호에 발표한 「지식계급에게 고함」에서 이를 확인할 수 있다. "만약 끝까지 방관자일 수 있다면 방관자여도 나쁘지 않으리라. 그러나 피할 수 없는 운명이라면, 적극적으로 떨쳐 일어나 현실 문제 해결에 능동적으로 참여하는 일이 인텔리겐치아에게 적합한 것이다."[38] 미키의 결단은 1937년 6월 고노에 후미마로近衞文磨가 수상으로 취임한 사실과 관계가 있어 보인다. "당시 여론으로는 군부의 횡포를 억제해서 정당 정치를 회복시킬 수 있는 사람은 고노에밖에"[39] 없었으며, 이러한 기대감을 바탕으로 미키가 고노에의 브레인집단인 쇼와연구회昭和研究會의 일원으로 적극적으로 활동하게 되기 때문이다. 그렇지만 1940년 오자키 호쓰미尾崎秀実 등과 주도했던 신체제운동이 천황제에 어긋나는 '적赤의 운동'으로 규정당하면서 근거를 잃게 된다. 이는 코노에가 "결국은 군부를 추인하면서 시대의 흐름에 역주행하고"[40] 마는 과정 속에서 벌어졌다. 1942년 육군에 징집되기도 했던 그는 1945년 9월 26일 결국 옥사하기에 이르렀다.

미키 기요시에게 제국주의 논리의 제공자란 혐의가 따라붙는 까닭은 쇼와연구회 활동 때문이라 할 수 있다. 즉 그가 오자키 호쓰미 등과 함께 제출한 동아협동체론이 1938년 11월 3일 고노에 수상이 발표한 '동아신질서 성명'에 반영되었던 것이다. 그런데 미키의 동아협동체론의 성격을 제대로 파악하기 위해서는 같은 해 1월 16일 발표된 성명과 비교할 필요가 있다. 여기서 일제는 "교섭 상대로서 국민정부를 부인하

---

38 히로마쓰 와타루, 김항 역, 앞의 책, 134쪽에서 재인용.
39 위의 책, 133쪽.
40 아사히신문 취재반, 백영서·김항 역, 『동아시아를 만든 열 가지 사건』, 창비, 2008, 181쪽.

고 점령지의 괴뢰정권과의 교섭을 통해 동아시아를 제패하고자 하는 강경노선을 표명하고 있었습니다. 이에 반해 11월의 '동아신질서' 성명은 그러한 강경노선의 궤도를 수정하고 국민정부와의 교섭 가능성을 살피려는 것이기도 했습니다".[41] 열 달 사이에 성명의 성격이 바뀐 까닭은, 1938년 10월 일제가 전략적 요충지인 우한武漢 점령에 성공하여 중국의 항복을 기대하였으나, 중국은 오히려 더욱 거세게 저항해왔고, 이에 전쟁의 확대불가 방침을 주장했던 고노에가 기회를 틈타 중국과의 교섭에 나섰기 때문이다. 따라서 전면적인 군사 대결의 지양을 유도했다는 점에서 미키 기요시, 오자키 호쓰미의 개입을 부정적으로만 평가하기는 곤란해진다.

　　동아협동체를 주장하는 미키 기요시의 논리를 살펴보더라도 별다른 문제점을 발견할 수 없다. 「신일본의 사상원리」(1939)부터 살펴보자. 그는 벌어지고 있는 중일전쟁의 세계사적 의의를 "시간적으로는 자본주의 문제의 해결, 공간적으로는 동아 통일의 실현"[42]에 두고 있다. 여기서 말하는 '동아 통일'은 "동아에서 여러 민족의 협동에 기초해 헬레니즘 문화처럼 세계적 의의를 갖는 새로운 '동아문화'를 창조하는"(「원리」, 55) 것을 의미한다. 이때 미키는 『선의 연구』에 감동받아 철학의 길로 들어선 자답게 서양과 비교되는 동양 사유의 전통에서 실마리를 끄집어낸다. "서양 휴머니즘의 근저에 있는 것은 '인류'의 사상인 것에 반하여 동양적 휴머니즘의 근저에 있는 것은 오히려 '무無'나 '자연' 또는 '하늘天'의 사상이다."(「원리」, 57) 이는 신유학을 통하여 방법론으로 발전

41　요네타니 마사후미, 조은미 역, 앞의 책, 163쪽.

42　미키 기요시, 「신일본의 사상원리」, 『동아시아인의 '동양' 인식−19∼20세기』, 문학과 지성사, 1997, 54∼55쪽. 이하 이 논문에서 인용할 경우, 따옴표 뒤 괄호 안에 「원리」, 페이지를 적시하는 것으로 한다.

한다. "동양적 휴머니즘은 자기 수양을 바탕으로 한 윤리적인 도道를 통하여 사회의 합리적 질서에 도달하려고 한다. (…중략…) 그리고 왕도王道 정치의 사상에서 볼 수 있는 것처럼 정치와 윤리의 통일은 동양 정치 사상의 중요한 특색이며, 동양적 휴머니즘의 한 표현이다."(「원리」, 57)

왕도정치의 사상을 재현하기 위해서는 문명권을 이루는 각 국가의 개별성이 보장되어야 한다. 미키는 먼저 그러한 사실을 다음과 같이 적시해 두고 있다. "동아협동체는 민족 협동을 의도하는 것이기 때문에 그 사상은 단순한 민족주의의 입장을 넘어선 것이어야 한다. 그럼에도 이 협동체 내부에서는 각각의 민족에게 독자성이 인정되지 않으면 안 된다."(「원리」, 59) 이어서 협동체의 유지를 위하여 제국으로서 일본이 행하는 폭력이 견제되어야 함을 분명하게 밝혀 놓았다. "일본의 지도에 의해 성립되는 동아협동체 속에 일본 자신도 들어가는 것이며, 그 한에서 일본 자신도 이 협동체의 원리에 따르지 않으면 안 된다는 의미에서는 당연히 그 민족주의에 제한이 가해지지 않으면 안 된다."(「원리」, 59) 그렇다면 전쟁 대상국인 중국은 어떠해야 하는가. "일본은 중국의 민족적 통일을 방해해서는 안 되며 오히려 중국이 그 민족적 통일에 의하여 독자성을 획득하는 것이야말로 동아협동체가 진정으로 성립하기 위해 필요하다. 그렇지만 동시에 중국은 이 신체제에 들어가기 위해 역시 단순한 민족주의를 초월할 필요가 있다."(「원리」, 59~60)

그런데 미키 기요시는 사회주의자에서 전향한 철학자였다. 즉 시대 상황 속에서 마르크스주의와 거리를 두게 되었더라도, 비합리적인 것들을 부정하고 비판하는 습성은 쉽게 탈각할 수 없었을 텐데, 만세일계로 선전되는 천황의 절대성을 전제하면서 동아협동체론을 주장할 수 있었을까. 미키의 답변은 이러하다. "한 민족의 내부에서는 인간은 어떤 내밀한 것, 비합리적인 것, 신화적인 것에 의해서는 결합될 수 있다. 그렇지만 민족과 민족을 결합시키는 것은 이와 같은 비합리적인 것일 수 없으며, 공공성을 띤 것, 세계성을 띤 것이 필요하다."(『원리』, 61) 뚜렷하게 드러내지는 않았으나, 여기서 천황제를 비판하는 미키의 시선을 발견하는 것은 그리 어렵지 않다. 비판을 가하는 미키의 주장은 다음과 같이 정리할 수 있다 : 일본은 변화해야 한다. 그래야 일본이 "동아신질서 건설에서 지도적 위치에" 설 수 있다. "동아협동체가 일본의 지도 아래 형성되는 것은 일본의 민족적 에고이즘에 의지하는 것이 아니라 반대로 이번의 중일전쟁에 대한 일본의 도의적 사명에 의거하는 것이며 이러한 도의적 사명을 자각하는 것이 중요하다."(『원리』, 70)

「신일본의 사상원리」의 내용을 이렇게 정리한다면 크게 두 가지 사실이 중요하게 부각된다. 첫째, 신유학에서 체계화한 바 있는 왕도정치의 이상을 동아협동체로써 실현하고자 나섰다는 점. 둘째, 동아협동체의 실현을 위하여 먼저 일본의 변화를 촉구하고 있다는 점. 기실 정확하게 얘기하자면 두 번째 특징 또한 신유학의 전통 속에서 이해해야 한다. 앞서 2절에서 '학學'과 '교敎'를 대조하여 파악했던 신유학의 사례를 소개한 바 있는데, 학學이란 자발적인 수양(修身)을 통하여 도道에 이르는 과정을 가리키는 개념이기 때문이다. "주희의 사상은 철두철미하게 '자기 자신을 위한 배움爲己之學'이라는 목표로 시작해서 그것으로 끝난다. 이 말은 『논어論語』의 「헌문憲問」 편에 나오는 공자孔子의 말에서 유래한 것이다. 공자는 참된 배움이란 자기 자신을 위한 배움, 곧 스스로의 수양을 위한 배움이어야 하며, 남들을 위한 배움, 곧 남의 눈에 들고 남들을 기쁘게 하기 위한 것이어서는 안 된다고 말했던 것이다."[43] 그러니까 미키 기요시는 신유학이 학學에서 강조하는 '자기 자신己'이라는 단위를 자신의 국가 일본으로 치환해나간 셈이 된다.

　중일전쟁이 벌어지고 있던 시기에 미키 기요시는 여러 곳에서 일본의 책임을 강조하고 나섰다. 「사변의 진보적 의의」(1938)에서 그는 "편협한 일본주의의 폐해를" 비판하면서 다음과 같은 주장을 펴고 있다. "뜻이 있어서 스스로 일본주의자라 칭하기 주저하는 사람을 일본주의로 부르면 안 된다. 나서서 협력하고자 하는 사람들을 널리 포용할 수 있는 원대한 사상 없이 새로운 질서 건설은 불가능하다."[44] 중일전쟁이 한창일 때 그는 「내선일체의 강화」(1938)를 써서 조선인의 지위 문제를 거론하기도 했다. 제목은 '내선일체의 강화'이지만 "반도인의 지위향상은 내선일체의 기초이다. 차별대우가 존재한다면 그 이상은 실현되지 않는다"라는 구절에서 알 수 있듯이, 초점은 조선인의 지위 향상을 위한 일본 정책의 변화에 맞춰져 있다. "반도인의 인간적인 지위 향상은 인도주의 윤리가 보급될 때까지 기다려야 할 것이다. 하지만 특히 생각해야 할 것은 모든 인간적인 지위 향상은 경제적 그리고 정치적 지위 향상과 관련되어 있으니, 반도인의 인간적 지위 향상을 도모하려는 자는 그와 동시에 경제적 · 정치적 지위 향상에 대해서도 끊임없이 고려해야 할 것이다."[45]

　물론 역사의 격랑 속에서 미키의 시도가 악용된 것은 사실로 봐야 한다. 먼저 그가 제시했던 동아협동체론은 1942년 5월 근대의 상징인 프랑스 파리가 낙성落城된 이후 교토학파의 근대초극론으로 변질되었다. 이는 태평양전쟁을 지지하는 일제의 이데올로기로 기능하였고, 일본국

43　Wm. 시어도어 드 배리, 표정훈 역, 『중국의 '자유' 전통』, 이산, 1998, 56쪽.
44　三木淸, 「事変の進步的意義」, 『東亞協同体の哲學』, 書肆心水, 2007, 436~437쪽.
45　三木淸, 「內鮮一体の强化」, 『東亞協同体の哲學』, 書肆心水, 2007, 437~438쪽.

민들에게 유포된 '귀축영미鬼畜英美' 따위의 구호에 타당성을 제공한 측면도 있다. 「신일본의 사상원리」에서 펼쳤던 "개인이 먼저이고 사회는 나중이라고 생각하는 개인주의에 반대하여 협동주의는 오히려 사회가 먼저이고 개인은 나중이라고 생각한다"(64)라는 미키의 구상은 성전聖戰을 위하여 개인의 목숨까지도 바치라는 멸사봉공滅私奉公 논리로 타락하였다. 미키 자신은 신유학의 전통과 관련하여 극기복례克己復禮를 가늠하며 입장을 피력했을 테지만 말이다. 극기복례는 공사公私 일치를 지향하는 다음 맥락 속에서 이해해야만 한다. "사회의 구성원으로서 한 개인은 자신이 속한 공동체의 이익을 위해 사사로운 욕망을 접어 두어야 하는 것이다. 결국 한 개인의 참된 인격은 자신의 욕망을 공공의 이익과 맞서지 않고 그것에 순종할 수 있도록 잘 다스림으로써 완성될 수 있다."[46]

일제 말기의 정치경제적 맥락 속에서 미키 기요시가 펼쳤던 철학적 기획의 한계를 지적할 수도 있다. 중일전쟁이 발발하자 사후 일제 관변학자들은 군사적 사태의 진전에 정당성을 부여하기 위하여 '공아공영권'을 유포하였다. "만주를 동양의 중공업지대로, 지나를 동양의 경공업지대로 그리고 일본을 동양의 고도산업지대로 한 동아협동체 건설의 가능성은 사변의 진행과 함께 사변 그 자체가 지닌 역사적 필연으로 묘사되어왔다."[47] 개별적 국가의 자율성을 전제로 동아시아 문명권을 하나로 묶고자 했던 미키의 구상은 이와 형식적으로 비슷하기에, 다음과 같은 비판도 존재한다. "물론 미키 기요시의 협동주의 등은, 드러내 놓고 국가독점자본주의를 지향하지는 않았다. 하지만 이념 자체는 그렇

---

46 Wm. 시어도어 드 배리, 표정훈 역, 앞의 책, 61~2쪽.
47 杉原正巳, 『東亞協同体の原理』, モダソ日本社, 1939; 고야스 노부쿠니, 이승연 역, 앞의 책, 89쪽에서 재인용.

다 하더라도, 현실에서는 국가독점자본주의의 재편성, 게다가 동아시아 블록경제의 확립이라는 즉자적인 역사의 추이를 인정하면서, 그 전개가 장식품이 되었다고 평가할 수밖에 없다."[48] 이러한 비판에서는 동아협동체의 실현을 위하여 "종래 흔한 블록경제의 사상과 같은 데 멈추지 말고, 새로운 이론적 기초를 바탕으로 해야 한다"[49]라는 미키의 의도가 조금도 고려되지 못하는 듯하다.

미키 기요시가 펼쳤던 동아협동체론의 문제점은 논리 자체의 허점에서 비롯되고 있는 것이 아니다. 그의 의도와는 무관하게 악용해 나간 이후의 사례와 결부시키면서 비난이 쏟아지는 데서 이를 확인할 수 있다. 미키 기요시에게 향하는 비난과 의혹보다는, 다음과 같은 아라카와 이쿠오荒川幾男의 평가에 보다 더 설득력을 느끼게 되는 까닭은 그러한 맥락에서 이해할 수 있을 것이다. "미키 기요시의 철학적 발걸음이 걸은 도정은, 1920 · 30년대를 통과하면서 언제나 현실 속으로부터 철학적 개념을 구축해 나갔다. 그것은 시대의 철학적 과제에 대한 증인으로서의 길이었다고 할 수 있다."[50] 오해를 피하기 위하여 한 가지 사실을 덧붙여 둔다. 간혹 미키가 교토학파의 일원으로 소개되기도 하는데, 이는 니시다 기타로의 영향을 받은 학파라는 넓은 측면에서 논의할 경우 나타나는 현상이다. 이때의 교토학파는 "코사카 · 타카야마 · 니시타니를 우파로 하고, 중앙파에 무타이 리사쿠務台理作 · 시모무라 토라타로下村寅太郎 · 미야케 고이치三宅剛一 등이 있으며, 좌파에 미키 기요시三木清 · 토사카 준戶坂潤 · 나카이 마사카즈中井正一 등을 들 수 있다".[51]

---

48 히로마쓰 와타루, 김항 역, 앞의 책, 226~7쪽. 강조는 원문.
49 三木清, 「事變の進步的意義」, 앞의 책, 436쪽.
50 아라카와 이쿠오, 이수정 역, 앞의 글, 322쪽.
51 위의 책, 338~339쪽.

7. 서인식의 '세계성의 세계'

서인식의 친일 여부에 관한 평가 또한 엇갈린다. 『서인식 전집』을 엮은 차승기·정종현의 소개에 따르면, 그는 일제 말기 군국주의에 동조하였던 관변철학자였다. "ML파 마르크시스트로 활동하다가 5년여 동안 투옥되었고, 출옥 후에는 니시다 기타로西田幾多郎, 코야마 이와오高山岩男, 미키 기요시三木淸 등의 교토학파와 동아시아론에 적극 공명하는 제국의 지식인으로 전신하였다."[52] 반면 조관자, 이혜진의 판단은 이와 정반대다. 조관자는 "서인식의 사유를 빌려 '동아협동체'와 '세계사'를 거론한 당대의 담론을" 다음과 같이 평가하고 있다. "그것들은 역사 발전의 합리성을 추구하는 '능산적 지성'이고자 했지만 제국이 추구하는 '절대주체' '절대성의 원리' 안에서 '지성'을 잃었으며 지배 권력의 승인을 받고서 소비되는 정치적 슬로건이었다고 말할 수 있겠다."[53] 그리고 이혜진의 일제 말기 서인식 사상의 이해는 다음과 같다. "서인식에게 지성을 매개로 한 '행위'의 주체화는 역사를 '연속적 체계', 즉 '만세일계의 천황'이라는 세계로 구성된 일본적 전체주의사관에 대응하는 역사과학적 방법론의 노정이라고 할 수 있다."[54]

기실 서인식이 일제 파시즘에 동조하지 않았음은 분명하다. 『인문평론』 창간호에 발표한 「문화에 있어서의 전체와 개인」만 봐도 알 수 있

---

52 차승기·정종현, 「한 보편주의자의 삶」, 『歷史와 文化』(서인식 전집 1), 역락, 2006, 5
    쪽.
53 조관자, 「세계사의 가능성과 〈나의 운명〉─서인식의 역사철학과 교토학파」, 『日本硏
    究』 9, 고려대 일본학연구센터, 2008, 63쪽.
54 이혜진, 「서인식의 역사철학과 쇼와비평의 문제들」, 『한민족문화연구』 37, 한민족문화
    학회, 2011.6, 14쪽.

다. 여기서 그는 일제가 강변했던 전체주의를 세 가지 측면에서 비판하고 있다. "첫째 그 정치원리에 있어서 보편·개성의 자유로운 결합을 원리로 하는 민주주의 일반을 배제하는 반면에 '지도자정치'라는 특수한 정치적 이념 밑에서 '직분국가職分國家'라는 일종의 분신체제分身體制의 건설을 요구한다." 둘째, "개인과 계급에 대하야 특히 민족의 우위를 주장한다. 이리하야 국내에 있어서 한 개인에 대한 민족의 절대의 초절성을 주장하는가하면 국제 간에 있어서는 돌으혀 자민족본위의 폐쇄적 입장에서 타민족에 대한 자민족의 절대의 우월성을 고지한다." 셋째, "전체주의는 이와 같이 개인과 민족 민족과 민족의 양립을 배제하는 만큼 그는 한 개의 문화 원리로서는 일방 각 개인의 자립이 보증되는 한에서만 실현될 수 있는 문화의 세계성 보편성을 저해하지 않을 수 없으며 타방 각 민족의 자립이 가능한 한에서만 확보될 수 있는 타민족문화의 민족성 전통성을 조상阻傷하지 않을수없다."[55] 그러면서 그는 오히려 현대 일본이 "질머진 특수한 결함"으로 "개성적 정신의 박약한 사실"을 비판하고 있다.[56]

따라서 차승기·정종현의 견해에 동조하기는 어렵다. 하지만, 친일 / 반일 여부를 떠나, 서인식의 사상적 기획을 온전히 파악하기 위해서는 다음과 같은 그의 지향까지 검토해야 할 것이다. "그렇다면 현대의 우리가 요구하는 전체성의 원리는 형식적으로말하야 어느 의미에서는 근대의 고유한 개인주의와 현대의 고유한 전체주의를 합리적으로 지양한 한 개의 종합적 원리라고 말할 수 없을까? 간결하게 말하야 전체와 함께 개인을 살릴 수 있는 원리가 아닐까?"[57] '전체성의 원리'를 구현

---

55 徐寅植, 「文化에 있어서의 全體와 個人」, 『人文評論』, 1939.10, 5~6쪽.
56 위의 글, 8쪽.

하기 위한 방안으로 서인식은 '세계성의 세계'를 제시하고 있다. "간결하게 말하면 모든 개체가 개체로서 독립하여 있으면서 그대로 곧 전체가 될 수 있는 구조를 가진 세계이다. 다多가 다로서의 특수성을 유지하면서 그대로 곧 일—이 될 수 있는 일종의 무적無的 보편普遍의 성격을 가진 세계이다. 그런데 이러한 구조를 가진 세계는 무한대의 원과 같이 도처가 중심이 될 수 있다. 그것은 한말로 말하야 개個가 곧 보편이 될 수 있기 때문이다. 따라서 이러한 구조를 가진 세계에는 중심과 주변이 있어가지고 지배와 귀속의 관계를 형성하는 일이 생길 수 없다."[58] 이러한 '세계성의 세계'를 파악하는 지점에서 조관자, 이혜진과 나의 서인식 이해는 다소 다르다.

먼저 이혜진의 입장을 살펴보자. 그는 서인식이 동아협동체를 설명하면서 "새로 건설될 그 신질서의 이념형으로서 안출하여낸 가상적 체제"[59]라고 기술한 대목을 근거로 "서인식은 일본이 식민지 조선을 '동아협동체'의 한 구성원으로 호명할 때, 그것이 서구의 자본주의와 소련의 공산주의를 지양하는 제3의 원리로서의 전체주의·파시즘으로 귀결될 것이라는 사실을 명확히 인지하고 있었다"[60]라고 평가하고 있다. 물론 그의 주장처럼 동아협동체는 상상의 공동체에 불과하다. 그렇지만 "모든 개체가 개체로서 독립하여 있으면서 그대로 곧 전체가 될 수 있는 구조를 가진 세계"라는 서인식의 설정도 결국 상상적인 체제에 지나지 않는 것 아닐까. 따라서 논점은 '동아협동체'라는 가상적 체제에 관한 서인식의 태도 여부로 모아져야 한다. 민족과 민족의 양립 불가능

---

57 위의 글, 10~11쪽.
58 위의 글, 14쪽.
59 위의 책, 108쪽.
60 이혜진, 앞의 글, 21쪽.

을 근거로 전체주의 비판에 나선 서인식의 '전체성의 원리' 구상은 민족 협동의 협동주의를 주장하는 미키 기요시의 논리에 근접해 있다. "전체주의는 폐쇄적으로 되어 배타와 독선에 빠지기 쉬운 경향을 갖고 있다. 동아시아 사상의 원리는 그러한 전체주의가 아니라 민족 협동의 협동주의가 되어야 한다."(「원리」, 60)

서인식이 주장하는 "다多가 다로서의 특수성을 유지하면서 그대로 곧 일一이 될 수 있는 일종의 무적無的 보편普遍의 성격을 가진 세계"를 이해하는 이혜진의 방식에도 이견이 있다. 그는 "결국 '개체적 다多'는 '전체적 일一'로 수렴됨으로써 모든 특수성과 정치적으로부터 탈각될 것임은 뻔한 이치이다. 이것은 '식민지 없는 제국주의'에 지나지 않는다. 따라서 서인식이 주장하는 '세계성의 세계'란 '개체적 다'가 갖고 있는 각각의 고유한 문화를 형성·발전시킴으로써 궁극적으로는 다양하게 존재하는 '세계문화'를 형성하는 것이다".[61] 서인식이 말하는 '전체적 일'은 문맥 그대로 "무無적 보편의 성격"을 가리킨다. 이때의 '무無'는 5절에서 분석했던 「법성게」의 '하나', 힌두교의 '브라만', 도교의 '자연' 등에 닿아있는 개념이다. 따라서 '개체적 다'는 응당 '전체적 일'로 수렴하여야 한다. 「동양문화의 이념과 형태」에서 서인식은 '전체적 일'을 다음과 같이 설정한 바 있다. "문화의 구극의 이상이 인간의 배후에 잇는 한 우리는 그것에 귀합하기 위하여서는 주관과 객관의 대립을 발무하고 주객분리 이전의 행의 세계에 도라가 그것을 체득하도록 노력하지 안흐면 안될것이다."[62]

조관자의 논리는 대체로 동의할 만하다. 특히 다음과 같은 대목에서

---

61 위의 글, 23쪽.
62 徐寅植, 「東洋文化의 理念과 形態－그 特殊性과 一般性」(3), 『東亞日報』, 1940.1.5.

는 명석함이 돋보인다. "본래 '무'의 통념은 니시다나 미키의 '행위'를 둘러싼 유무有無의 변증 논리에서 유래한다. 이때 행위는 인간이 일상에서 세계로, 객관적인 유에서 주체적인 무로 초출超出하는 곳에서부터 생기는 것을 의미하며, '주체적 무'란 소여의 현실을 부정하고 초월하려는 인간의 창조력, 상상력을 내포한다. 서인식이 니시다철학으로부터 인용한 '무'는 현실 비판적인 인간 활동의 표현이지, 결단코 인간의 인식이나 행위를 초월한 무엇인가의 상징이 아니었던 것이다."[63] 그런데 조관자가 환기시키고 있는 서인식의 '주체적 무無'는 기실 '초월적인 무', 즉 '전체적 일一'의 한 측면으로 이해하여야 한다. 다시 말해 아트만의 네치否, 불교의 공空, 노장의 무명無名 등이 "부정적으로 밖에 언표할 수 없다는 것은 실체의 대상화가 불가능하다는 것을 의미한다". 그러니 언표되지 않는 포월체로서의 '전체적 일一'에 이르기 위해서는 부분자部分子로서의 개별 인간이 "궁행躬行(고행苦行)을 통하여 오득된 해탈의 지혜"를 얻어야 한다. '주체적 무'란 바로 이러한 부분자의 '궁행(고행)' 과정을 가리키는 용어가 된다.[64]

물론 서인식 자신이 「동양문화의 이념과 형태」에서 혼란을 보이는 것은 사실이다. 그래서 조관자는 니시다 기타로, 코야마 이와오의 논리에 다소 거리를 두는 서인식의 입장을 다음과 같이 정리하고 있다. "동양문화를 무無 공空과 같이 부정否定적으로 언급하는 상징 형식은 실재한 문화를 절대적 초월 또는 절대적 타자로 해석한다. 때문에 그것은 인간의 표현이자 인식 활동에 다름 아닌 문화 일반을 인식 불가능한 것으로 만들어 버린다."[65] 그렇지만 앞서 『선의 연구』에서 확인했듯이,

---

63 조관자, 앞의 글, 55쪽.
64 徐寅植, 「東洋文化의 理念과 形態－그 特殊性과 一般性」(4), 『東亞日報』, 1940.1.6.

전반기 니시다는 "신이란 결코 이 실재의 밖에 초월한 것은 아니다. 실재의 근저가 바로 신이다"라고 파악하고 있었다. 그리고 이는 동아시아 사상의 특징이기도 하다. 차안에서 피안으로 넘어간다는 따위의 초월 개념과 변별되는 이러한 인식은 현대철학에서의 주장하는 내용과 비슷한 바 있다. 신승환은 '초월 / 초월성'에 대하여 다음과 같이 설명하고 있다. "그것은 어떤 초월적 세계를 가리키는 것이 아니라 자신의 존재성을 '스스로 넘어섬'에서 찾는 것이다. 즉 초월을 실체론적이 아니라 넘어섬 그 자체에서 이해하는 존재성을 말한다."[66]

서인식이 니시다, 코야마 등의 논리를 비판적으로 전유한 것은 사실이지만, 그렇다고 해서 '초월적인 무' 바깥에서 '주체적 무'를 설정했던 것은 아니다. 예컨대 '초월적인 무無' = '전체적 일一'을 전제하고 있기 때문에 제국 일본의 책임을 '주체적 무'의 입장에서 다음과 같이 환기시킬 수 있었던 것이 아닐까. "원리적으로말하면 '캬피탈리즘'이 고도로 성숙한 나라의 선발된 국민만은 그 자체가 그 내부에 민족적, 특수적문제와 세계사적, 일반적 문제와를 통일하고잇는 구체적 보편자의 지위에 잇다. 그러므로 그들은 모두 세계사적 민족, 즉 주체가 될 가능적 지위에잇다고 보지안흘수업다. 왜 그러냐 하면 그들은 모두 자기의 문제를 문제하는 것이 곳 타국민의 문제를 문제하는 것이 되며 타국민의 문제를 해결하는 것이 곧 자기의 문제를 해결하는 것이 될 필연적 운명을 질머지고 있기 때문이다."[67] 자기 민족의 특수한 문제와 시대가 봉착한 일반적인 문제를 통일시켜 세계사적 의식 속에서 주도적으로

---

65 조관자, 앞의 글, 54쪽.
66 신승환, 「초월 / 초월성」, 『우리말 철학사전』 4, 지식산업사, 2006, 354쪽.
67 徐寅植, 「選拔民族의 資格－現代의 世界史的 意義」(4), 『朝鮮日報』, 1939.4.11.

풀어나갈 자격은 아시아 국가들 가운데 일본에 주어져 있다. 일본만이 자본주의가 고도로 성숙한 나라이기 때문이다. 그렇다면 일본이 가져야 할 세계사적 의식은 무엇이며, 어떻게 발현될 수 있을까.

여기에 대해서 서인식은 명확하게 이야기하지 못했다. 그런 점에서 서인식의 사상은 미완이라고 할 수 있겠다. 다만 추측하건대 미키 기요시, 오자키 호쓰미 등이 주도했던 쇼와연구회의 동향과 호응하는 바 있지 않았을까 싶다. 예컨대 「신일본의 사상원리」, 「내선일체의 강화」 등에서 미키가 반복해서 강조하고 있는 제국으로서 일본이 감당해야 할 역할·책임과 서인식의 주장이 일치하는 바 있기 때문이다. 또한 쇼와연구회가 해체되었던 1940년 10월에 이르러 절필한 이후 낙향하여 문학·철학계에서 모습을 영영 감추어버린 선택도 염두에 두어야 할 것이다. 일제 말기 누구 못지않게 주목받는 사상가였으나, 한순간 모든 것을 내려놓아야겠다고 결심했을 때, 아마도 그는 어찌하지 못할 운명의 막다른 벽을 절감했을 것이다. 다음은 그가 남긴 일기의 한 대목이다. "사람은 제각기 제 운명에서 사는것이다. 나의 운명인 한 나는 석냥 한 가지로서도 세상을 불사르려 뛰어들겠다. 그러나 나의 운명이 아닌 한 나는 금후로는 길까의 쪼악돌 하나 움직이지않겠다. 그리고 그것은 할 수 없는 일이다. 당위와 가능이 단적으로 일치하는 것이 운명이다."[68]

---

68 徐寅植, 「思索日記」, 『人文評論』, 1940.6, 120쪽.

8. 역사의 반복성에 대하여

사상사적 차원에서 말하건대, 자유주의가 막다른 벽에 직면하였음은 명확해졌다. 이는 근대를 구축하고 지탱해왔던 자유주의의 가정이 이미 설득력을 잃은 데 따른 것이다. 자유주의는 다음과 같은 가설 위에서 출발하였다. "고전적 자유주의의 눈에 비친 인간의 세계란 어떤 생래적生來的인 정열과 충동을 가진, 독립자족하는 개개 원자로 구성되어 있었다. 그리고 그 각각의 원자는 무엇보다도 자신의 만족을 극대화하고 불만족을 극소화하기를 꾀하며, 이 점에서 다른 모든 원자와 평등하고, 그래서 그 강한 충동에 대해서 당연히 어떠한 제한이나 간섭을 가할 권리도 인정하지 않는 것이다."[69] 접두어 '포스트post-'를 달고 적지 않은 주장들이 백가쟁명을 펼칠 수 있는 근거도 자유주의의 가설로부터 멀찍이 벗어나려는 시대 조류 속에서 형성되었다고 이해할 만하다. 그런데 이러한 시도는 1930년대에도 있었다. 적어도 유럽, 일본, 조선에서는 근대의 휴머니즘을 대체할 새로운 휴머니즘의 모색 노력이 치열하게 펼쳐졌다. 다만, 제2차 세계대전이라는 격랑 속에서, 또한 종전 뒤의 급박한 세계질서 재구축 과정 속에서 그 흔적이 점점이 지워졌을 따름이다.

마르크스는 다음과 같이 역사의 반복을 냉소한 바 있다. "헤겔은 어디선가 세계사에서 중요한 사건과 인물은 두 번 나타난다고 말했다. 그는 다음과 같이 덧붙이는 것을 잊었다. 처음에는 비극으로 다음에는 희

---

69 에릭 홉스봄, 정도영·차명수 역, 앞의 책, 439쪽.

극으로."[70] 그렇지만 어떤 측면에서, 예컨대 혁명의 가능성을 예감할 수 없는 처지에서 보자면, 역사는 반복을 거듭하면서 천천히 나아가는 것인지도 모른다. 비록 미완에 그쳤으나 전향한 좌파철학자 미키 기요시가 신유학을 도약대 삼아 근대 극복으로 나아가고자 했던 기획은 그래서 유의미하게 다가온다. 마찬가지로 우리 세대 역시 풍부한 역사의 사례 앞에 제 자신을 비춰가다 보면 어떤 실마리를 부여잡게 될 수도 있을 터이다. 위기에 처한 인문정신이 상황을 타개하는 두 가지 경향을 염두에 두었을 때, 역사 가운데서도 특히 동아시아의 전통은 적지 않은 시사점을 던져줄 수 있다. 위기를 타개하는 인문주의의 보편적인 두 가지 경향을 동시에 품고 있기 때문이다. 두 가지 경향은 다음과 같다. "하나는 인문주의의 숨겨진 잠재력을 진작하기 위하여 전통으로 복귀하는 경향이다. 다른 하나는 인문주의의 핵심적 이념으로서 인간을 재규정하는 것이다."[71]

자유주의에 입각해서는 공공철학이 불가능하다. 마이클 샌델의 주장이다. 그는 구성원들의 공동체의식과 시민으로서의 참여의식을 불러일으키지 못한다고 이유를 들었다. 그러면서 자치sharing in self-government와 함께하는 자유를 옹호하고 나섰다. "자기 통치를 공유하기 위해서는 시민들이 어떤 특정한 성품 혹은 시민적인 덕을 이미 갖고 있거나 아니면 습득해야 한다. 하지만 이 점은 공화주의적 정치가 시민들이 지지하는 가치와 목적들에 대해 중립적일 수 없다는 점을 의미한다. 자유주의적 자유관과 달리 공화주의적 자유관은 형성적 정치a formative politics, 즉 자기 통치에 필요한 성품들을 시민들 안에 길러내는 정치를 요구한다."[72] 그

---

70 칼 마르크스, 편집부 역, 『루이 보나파르트의 브뤼메르 18일』, 태백, 1987, 11쪽.
71 김상환, 「해체론 시대의 인문주의」, 『해체론시대의 철학』, 문학과지성사, 1996, 318쪽.

렇다면 자기 통치에 필요한 시민들의 성품은 어떻게 길러낼 수 있으며, 그에 합당한 정치-체제는 어떻게 작동하는 것인가. 아쉽게도 마이클 샌델은 여기까지 나아가지 못한 듯하다. 그런데 신유학에서 강조했던 '학學'의 개념과 이에 입각한 정치-체제는 기실 마이클 샌델이 제기하는 문제를 정치하게 다듬은 하나의 사례에 해당하는 것이 아닐까. 동아시아의 전통은 예컨대 이러한 방식으로 자유주의의 득세 속에 개입할 수 있을 것이다.

---

72 마이클 샌델, 김은희 역, 「자유주의와 무연고적 자아」, 『공동체주의와 공공성』, 철학과 현실사, 2008, 38쪽.

제2장

이육사 시에 나타난 성리학 이념 고찰[*]

「한 개의 별을 노래하자」, 「청포도」, 「광야」를 중심으로

1. 성리학 안의 이육사, 이육사 안의 성리학

이육사李陸史(1904~1944)는 퇴계 이황退溪 李滉(1501~1570)의 14대 손으로 안동에서 태어났다. 주지하다시피 퇴계는 조선을 대표하는 성리학자로 '동방의 주자'라 숭앙받는 인물이다. 성리학에 드리운 퇴계의 영향력이 얼마나 대단했던지, 퇴계가 절차탁마했던 안동 부근의 청량산은 퇴계 사후 유학자들 사이에 성스러운 공간으로 자리 잡았다.[1] 오늘날 안동이

---

[*] 이 글은 가톨릭대학교 교육대학원에서 진행하였던 '2014학년도 코칭프로그램 하계 독서토론논술지도교사 직무연수'(2014.8.4~8.8, 가톨릭대학교 성심교정)에서 발표한 「위기지학으로서의 학문」을 다듬는 한편, 여기에 제4장과 제5장을 덧붙여 완성하였다.
[1] "청량산은 퇴계(退溪)의 영향과 함께 영남유교의 메카와 같은 성지로 인식되어, 선비들

'양반의 고장'으로 일러지며, 안동 사람들이 자신의 터전을 '한국 정신 문화의 수도'라 자부할 수 있는 근거는 이러한 퇴계의 영향력과 관계가 있다. 뿐만 아니라 퇴계의 종손 계보는 안동에 뿌리를 내려 아직까지도 안동에서 그 맥을 이어 나가고 있다. 육사의 작가의식 및 그가 지향했던 바를 이해하기 위해서는 이러한 맥락에 주목하여야 한다. 성리학 이념 은 그만큼 육사의 (무)의식 한가운데서 중요하게 작동하였기 때문이다.

육사가 성리학 전통 속에서 성장했음은 산문 「은하수」를 통하여 확 인할 수 있다. "가령 말하자면 내 나이 7, 8세쯤 되었을 때 여름이 되면 낮으로 어느 날이나 오전 열 시쯤이나 열한 시경엔 집안소년들과 함께 모여서 글을 짓는 것이 일과였다." 오후 세 시 무렵에는 집안 어른들이 모여 이들의 시문을 심사한 후 상지상上之上·상지중上之中·상지하上之下 로 급수를 매겼으며, 특출한 작품이 있을 경우 가상지상加上之上을 부여 하였다. 가상지상 등급을 받은 이는 장원례壯元禮를 내었는데, "이것이 우리네가 받은 학교 교육 이전의 조선식 교육사의 일부이었기도 했다". 장원례가 끝나면 학동들은 "강가에 가서 목욕을 하고 석양에는 말을 타 고 달리고 해서 요즘같이 '스포츠'란 이름이 없을 뿐이었지 체육에도 절대 로 등한히 한 것은 아니었다". 그리고 "저녁 먹은 뒤에는 거리로 다니며 고시古詩 같은 것을 고성 낭독해도 풍속에 괴이할 바" 없었고 "밤이 이 슥하고 깨끗이 갠 날이면 할아버지께서는 우리들을 불러 앉히고 별들 의 이름을 가르쳐 주시는 것이었다".[2]

의 유산과 유산기 작성은 일종의 성지순례와 순례보고서 제출의 의미마저 지니게 되었다."(이성원, 「서문」, 『옛 선비들의 청량산 유람록』 1, 청량산박물관, 2006, ix쪽)

[2] 이육사, 「銀河水」, 『李陸史全集』, 깊은샘, 2004, 170~172쪽. 강조는 인용자. 육사의 한학 교육이 이보다 앞섰음은 「剪爪記」의 "내 나이 여섯 살 때 소학을 배우고는"이라는 구절을 통하여 확인할 수 있다.(148쪽)

인용의 강조점에서 드러나는데, 육사는 근대의 학교-제도를 의식하면서 「은하수」를 써내려 갔다. 그러한 까닭에 당시의 교육과정도 빠뜨리지 않고 정리하여 복원해 놓았다. "한여름 동안 글을 짓는 데도 오언, 칠언을 짓고 그것이 능하면 제법 운을 달아서 과문을 짓고 그 지경이 넘으면 논문을 짓고 하는데, 이 여름 한 철 동안은 경서經書는 읽지 않고 주장 외집外集을 보는 것이다. 그 중에는 『고문진보古文眞寶』나 『팔대가八大家』를 읽고 「동인東人」이나 「사초詞抄」를 외이게도 했다." 가을이 되면 교재가 바뀌었다. "여태까지 읽던 외집을 집어 치우고 등잔불 밑에서 또다시 경서를 읽기 시작하는 것이었고 그 경서는 읽는 대로 연송連誦을 해야만 시월 중순부터 매월 초하루 보름으로 있는 강講을 낙제치 않는 것이었다. 그런데 이 강이란 것도 벌써 경서를 읽는 처지이면 『중용中庸』이나 『대학大學』이면 단 권이니까 그다지 힘들지 않으나마 『논어論語』나 『맹자孟子』나 『시전詩傳』, 『서전書傳』을 읽는 선비라면 어느 권에 어느 장이 날는지 모르니까, 전질을 다 외우지 않으면 안 되므로 여간 힘든 일이 아니었다."[3]

연보에 따르면, 육사는 최소한 17세까지 성리학 안에서 배움을 이어 나갔다. "1920년(17세) 백형 및 아우 원일과 함께 대구로 나오다. 두인斗人 원일과 경주 양동 사람 운거雲居 이명룡李命龍이 석재石齋 서병오徐丙五에게 사사할 때 육사도 그들과 동행, 서예·그림을 익히다."[4] 유년기부터 소년기까지 성리학에 매진하였으니 어느 정도 문리文理도 트였을 터, "열다섯 애기 시절은 '수신제가치국평천하修身齊家治國平天下'의 도를 다 배웠다고 스스로 달떠서" 지냈을 만큼 자신감에 차 있었노라 밝혀 놓기

---

3   위의 책, 171~173쪽.
4   손병희, 「李陸史 연보」, 『李陸史全集』, 깊은샘, 2004, 406쪽.

도 하였다.[5] 그러니 훗날 육사가 자신의 종교를 유교라고 밝혔다든가,[6] 성리학을 익히며 의식을 키워나갔던 시절에 대하여 "영원한 내 마음의 녹아綠野!"라고 회상하고 있는 장면은 당연하다고 볼 수 있다.[7] 그처럼 성리학은 육사가 (무)의식을 형성해 나가는 데 원점原點으로 자리를 잡았던 가치관이자 이념이었다.

육사의 작품세계를 온전하게 파악하기 위해서는 성리학 이념과 관련하여 접근할 수 있어야 한다. 육사의 (무)의식 속에 뿌리 내린 성리학의 가치 체계가 창작에 영향을 끼쳤으리라는 사실은 충분히 예상할 수 있기 때문이다. 그럼에도 불구하고, 육사의 작품이 한시 형식을 차용하였다는 분석은 진작부터 펼쳐졌으나, 작품의 내용이 담고 있는 성리학 이념을 구체적으로 착목하여 체계적으로 논의된 바는 거의 없다. 다만 최근에는 한국사학을 전공한 도진순 교수가 한문학 전통과 관련하여 육사 시의 이념을 구체적으로 분석하여 그 성과를 내어놓고 있다.[8] 이 글은 기존 연구의 이러한 한계를 극복하기 위한 시론試論 성격을 띤다. 즉 육사 (무)의식의 원점으로 자리를 잡은 성리학 이념이 육사의 작품에 관통하는 바를 구명하는 데 연구의 목적을 둔다는 것이다. 분석 대상은 「한 개의 별을 노래하자」, 「청포도」, 「광야」가 된다. 「한 개의 별을 노래하자」와 「청포도」는 성리학의 화이부동 이념을 적극적으로 구현하였으며, 「광야」는 성리학의 이理 개념에 입각하여 창작된 것으로 판단하기 때문이다.

---

5   이육사, 「季節의 五行」, 『李陸史全集』, 깊은샘, 2004, 150쪽.
6   「증인 李原祿 신문조서」, 『義烈闘爭』 4(韓民族獨立運動史資料集 31), 國史編纂委員會, 1997, 194쪽.
7   이육사, 「銀河水」, 『李陸史全集』, 깊은샘, 2004, 174쪽.
8   도진순, 「육사의 「청포도」 재해석―'청포도'와 청포(青袍), 그리고 윤세주」(『역사비평』, 역사비평사, 2016.봄)와 「육사의 「절정」―'강철로 된 무지개와' 'Terrible Beauty'」(『민족문학사연구』 60, 민족문학사학회, 2016.4) 등.

2. 「한 개의 별을 노래하자」 읽기
— 화이부동에 입각한 민족국가의 존립근거 및 국제질서의 원리 모색[9]

일찍이 공자는 군자의 덕목으로 화이부동和而不同을 꼽은 바 있다. "군자는 화합하되 같기를 요구하진 않고, 소인은 같아지길 요구하면서 화합하지는 않느니君子和而不同 小人同而不和"[10] 화이부동 논리가 민족국가의 존립 근거 및 국제질서의 원리로 부각된 것은 성리학에 이르러서이다. 이는 성리학이 태동했던 송宋(960~1279)의 상황에서 기인하였다. 송은 제국이었던 당唐(618~907)의 영광을 재현하고자 주변 국가들과 연이어 전쟁을 벌였으나 번번이 패퇴할 따름이었다. 그 결과 1004년 맺은 조약에 따라 거란의 요遼(907~1125)에게 매년 20만 필의 비단과 10만 온스의 은을 바쳐야 하였으며, 1044년부터는 탕구트의 서하西夏(1038~1227)에 그 절반을 바쳐야 했다. 설상가상 요를 무너뜨린 여진의 금金(1115~1234)이 송의 북부 영토를 점령해 버렸으니, 송 왕조는 근거지를 항주杭州로 옮겨 새롭게 나라 만들기에 나서야 하는 수모까지 겪었다(南宋, 1127~1279). 이러한 상황으로 인하여 송의 지식인들은 다음과 같은 이데올로기적 질문에 맞닥뜨리게 되었다. 단수의 통치자는 없고 복수의 국가가 공존하는 가운데 전쟁이 끊이지 않는 국제 현실을 어떻게 타개할 수 있겠는가. 이에 대한 답변으로 출현한 것이 성리학이었다.

---

9 2장에서 성리학(신유학) 이념에 입각한 중화체제에 관한 내용은 앞에 실린 「일제 말기 동아시아문명론을 파악했던 두 가지 입장」에서 인용하였으며 「한 개의 별을 노래하자」를 분석한 두 문단은 홍기돈, 「육사의 문학관과 연출된 요양여행」(『근대를 넘어서려는 모험들』, 소명출판, 2007)에서 인용하였다.

10 배병삼 주석, 「자로(子路)」, 『논어』 2, 문학동네, 2002, 166쪽.

송의 지식인들은 우선 일종의 민족성ethnicity 개념을 승인하였다. "각 나라들은 구별되는 별개의 사람들을 지배하기 때문에 정당하다고 생각하는 것이다."[11] 그렇다면 마땅히 보장받아야 할 각 나라의 특수성은 어떠한 보편원리에 입각하여 공존할 수 있는가. 각국의 패권의지를 배격하는 한편 인간의 도덕성에 절대적인 가치를 부여하는 것이 그 방편이었다. 주자(1130~1200)가 도통道統, moral authority과 정통政統, political legitimacy을 분리한 까닭이 여기 있었다. "고대의 성왕들은 올바른 학을 구현하여 그에 따라 다스린 반면 전기제국 황제들은 다스리기는 하되 학의 방법을 알지 못했다고 주희는 생각하였다. 성왕들은 진정한 '왕王(왕도정치를 행한 이들—역자)'이지만, 후대의 왕들은 '패霸(패도정치를 행한 이들—역자)' 즉 힘을 통해 통치하고 동기가 이기적이었던 이들에 불과하다는 것이다."[12] 따라서 통치자는 고대 성왕 대의 태평성대를 다시 구현하기 위하여 위기지학爲己之學으로써 부단히 수양해야만 하며, 이렇게 획득한 도덕적 권위 위에서 왕도정치를 행해야 하였다. 문명과 야만을 가르는 기준은 바로 이것이었으니, 이에 합의한 국가들이 나서서 국제질서를 주도함으로써 군사 대결을 넘어선다는 것이 성리학의 기획이었다.

성리학 이념에 근거하여 판단하건대, 1880년대 조선에 소개된 사회진화론은 인간을 금수禽獸의 수준으로 전락시키는 논리에 불과할 따름이다. 내용을 구성하고 있는 '우성열패', '생존경쟁' 따위는 사사로이 이익을 추구하는 세력이 다만 패도로써 세계를 장악하는 데 정당성을 부여하는 관점이기 때문이다. 따라서 성리학자들은 그러한 세계관에 적극 맞섰던바, 범아시아주의와 민족주의가 이를 보여준다. 조선에서

---

11 피터 K. 볼, 김영민 역, 『역사 속의 성리학』, 예문서원, 2010, 37쪽.
12 위의 책, 201쪽.

는 1905년 을사늑약을 경계로 하여 범아시아주의가 민족주의로 전환하는 양상이 펼쳐졌다. 일본 제국주의의 정체가 백일하에 드러난 까닭에 동아시아를 단위로 하는 문명권 차원에서의 대응이 어려워졌고, 이제 민족을 단위로 하는 생존에 집중하게 되었던 것이다. 주지하다시피 육사는 의열단 활동까지 했던 민족주의자였다. 그렇지만 근대-체제의 근간으로 작동하는 배타적 민족주의를 추구했던 것은 아니며, 오히려 성리학에서 설정해 나갔던 국제질서를 지향했다고 이해하여야 온당하다. 「한 개의 별을 노래하자」가 이를 보여주고 있다.

> 한개의 별을 노래하자 꼭한개의 별을
> 십이성좌(十二星座) 그숫한 별을 엇지나 노래하겟늬
>
> 꼭 한개의별! 아츰날때보고 저녁들때도 보는별
> 우리들과 아—주 친하고 그중빗나는별을노래하자
> 아름다운 미래를 꾸며볼 동방의 큰별을가지자
>
> 한개의 별을 가지는건 한개의 지구를 갓는 것
> 아롱진 서름밖에 잃을것도 없는 낡은이따에서
> 한개의새로운 지구를차지할 오는날의깃븐노래를
> 목안에 피ㅅ대를 올녀가며 마음껏 불너보자
>
> 처녀의 눈동자를 늣기며 돌아가는 군수야업(軍需夜業)의 젊은동무들
> 푸른 샘을 그리는 고달픈 사막의 행상대도마음을 축여라
> 화전(火田)에 돌을 줍는백성들도옥야천리(沃野千里)를 차지하자

다같이 제멋에 알맞는풍양(豊穰)한 지구의 주재자로
임자없는 한개의 별을 가질 노래를 부르자

한개의별 한개의 지구 단단히다져진 그따우에
모든 생산의 씨를 우리의손으로 휘뿌려보자
영속(罌粟)처럼 찬란한 열매를 거두는 찬연(餐宴)엔
예의에 끄림없는 반취의 노래라도 불너보자

렴리한 사람들을 다스리는신이란항상거룩합시니
새별을 차저가는 이민들의그틈엔 안끼여갈테니
새로운 지구에단 죄없는노래를 진주처럼 훗치자

한개의별을 노래하자 다만한개의 별일망정
한개 또한개 십이성좌 모든 별을 노래하자.
　　　　　—「한개의 별을 노래하자」(『風林』, 1936.12) 전문

　"아롱진 설움밖에 잃을 것도 없는 낡은 이 땅에서" 추구하는 '한 개의
별'이 독립된 민족국가임은 쉽게 짐작할 수 있다. "매운 계절의 챗죽에
갈겨 / 마츰내 북방으로 휩쓸려" 나간 「절정」과 비교한다면 "아름다운
미래를 꾸며볼 동방의 큰 별"이란 우리가 살고 있는 이 땅의 미래임이
분명하다. 그러니 이 별이 우리에게 친숙한 것은 당연할 수밖에 없다.
"아침 날 때 보고 저녁 들 때도 보는 별 / 우리들과 아주 친하고 그 중
빛나는 별을 노래하자" 이육사는 이 별에서 함께 살아나갈 이들로 "군
수야업軍需夜業의 젊은 동무들", "고달픈 사막의 행상대", "화전火田에 돌

을 줍는 백성들"을 꼽고 있다.

그런데 '한 개의 별'이 다른 별들, 그러니까 "십이성좌 그 숱한 별"과 어울리는 양상은 특별한 주목을 요한다. 첫 번째 연에서 "한 개의 별을 노래하자. 꼭 한 개의 별을 / 십이성좌 그 숱한 별을 어찌 다 노래하겠니"라고 읊던 시인은 마지막 연에서 "한 개의 별을 노래하자 다만 한 개의 별일망정 / 한 개 또 한 개 십이성좌 모든 별을 노래하자"라고 이야기하고 있다. 여기에는 "한 개의 별"이 "십이성좌 모든 별"로 나아가기 위하여 "렴리한 사람들"이 지구의 질서를 만들어 나갈 수 있어야 한다는 전제가 따라붙는다. '렴리厭離한 사람'이란 더러운 속세가 싫어서 떠난 이를 말하니, 이들이 살아가는 세계의 원리는 패권이 아닌 왕도에 입각해 있을 터이다. 7연에 나타난 "새로운 지구"라거나 "죄 없는 노래"는 이를 가리킨다. 다른 별을 찾아가는 이민移民의 대열에 끼지는 않을 테지만, 그렇다고 다른 별의 존재 가치를 폄하하거나 무시하지는 않겠다는 것이다. 이렇게 파악한다면, 5연의 "다 같이 제멋에 알맞은 풍양豐穰한 지구의 주재자"를 다층적으로 이해할 수 있게 된다. 한 개의 별에 함께 모여 살 다양한 부류의 사람들이 되는 동시에 진주처럼 지구를 수놓을 "십이성좌 모든 별"의 다양성이 되기 때문이다. 이는 화이부동을 지향하는 성리학의 이념과 일치한다.

기실 「한 개의 별을 노래하자」는 그리 잘된 작품이라고 할 수 없다. 주제의식은 분명하나, 절제된 형식을 갖추지 못하였을 뿐만 아니라, 상징하는 바도 풍부하지 못하기 때문이다. 그래서 시적인 울림이 떨어진다. 아마도 이는 육사가 아직 시 창작에 본격적으로 매진하기 이전 발표된 작품이기에 빚어진 결과일 터이다. "그의 문학 활동은 1930년 시 1편과 평론 1편을 발표하면서 시작되었지만, 본격적인 활동은 1934년부터 이루어진다. 그런데 처음에는 시사평론이나 문학평론 그리고 수필 등이 많았고, 1938년 이후에야 시작품 발표가 급증한다."[13] 훗날 육사는 「한 개의 별을 노래하자」와 동일한 주제를 다루었으나 그 한계를 넘어서서 절창의 수준으로 내달은 작품을 내놓았으니, 이 작품이 바로 1939년 『문장』에 발표된 「청포도」이다.

3. 「청포도」 읽기 – 조선의용군과 중국 팔로군의 반파시즘연대

내 고장 칠월은
청포도가 익어가는 시절

이 마을 전설이 주저리주저리 열리고
먼데 하늘이 꿈 꾸며 알알이 들어와 박혀

하늘 밑 푸른 바다가 가슴을 열고
흰 돛 단 배가 곱게 밀려서 오면

내가 바라는 손님은 고달픈 몸으로
청포(靑袍)를 입고 찾아 온다고 했으니

---

13 강연호, 「문사적 소명의식과 시적 행동주의 미학」, 『이육사 문학과 저항정신』, 이육사 문학관, 2014, 39쪽.

내 그를 맞아 이 포도를 따 먹으면

두 손은 함뿍 적셔도 좋으련

아이야 우리 식탁엔 은쟁반에

하이얀 모시 수건을 마련해두렴

— 「청포도(靑葡萄)」(『문장』, 1939.8) 전문

아마도 육사는 "청포靑袍"에서 "청포도靑葡萄"로 이어지는 어감의 반복
에서 이 시를 착안했을 것이다. 그만큼 이 시에 나타나는 '청포'의 의미
는 중요하다. 따라서 「청포도」의 1연, 2연, 3연은 4연의 '청포'를 예비
하는 맥락으로 파악할 필요가 있다. 먼저 1연 "내 고장 칠월은 / 청포도
가 익어가는 시절"을 보자. 청포도는 칠월 하순에 본격적으로 출하되
며, 그 이전에 시판되는 일도 드물지 않다. 따라서 '청포도가 익어가는
시절'은 굳이 칠월일 필요가 없고 유월이라도 무방하겠으나, '청포靑袍'
와의 관련성을 갖추기 위해서는 마땅히 칠월이어야만 한다. 그 까닭을
파악하기 위해서는 육사의 산문을 참조할 필요가 있다.

육사는 1932년 스물아홉의 나이로 조선군관학교(교장 金元鳳)에 입학
하여 1933년 제1기로 졸업하였다. 이 당시의 상황은 산문 「연인기戀印
記」에 나타나 있는데, 이때 육사는 자신이 끔찍하게 아끼는 비취인장에
「칠월장七月章」을 새겨 넣었으며, 고향 생각이 날 때마다 가슴에 품고
있던 인장을 만지작거리면서 「칠월장」을 외며 향수를 달랬다고 했다.
왜 하필 「칠월장」이었는가는 「칠월장」에 대한 김학주의 설명을 통하여
파악할 수 있다. "이 시는 빈豳나라 농민의 세시歲時 생활의 모양과 전가
田家의 정경을 노래한 것이다. 굴만리屈萬里 교수는 '칠월지시七月之詩는

주공周公을 따라 동정東征한 빈豳나라 사람들이 향토鄕土를 생각하며 지은 듯하다'(釋義)고 하였다."[14] 조국을 떠나 전쟁터로 나와 향수에 젖은 빈국 병사들의 처지가 고향을 등지고 중국 남경의 조선군관학교에 머물렀던 육사의 상황과 일치하고 있다. 따라서 「연인기」에서 확인할 수 있는 「칠월장」의 '칠월'을 끌어안기 위해서는 「청포도」가 익어가는 시절이 반드시 칠월이어야만 하는 것이다.

　1연의 '칠월'을 육사의 조선군관학교 시절과 겹쳐서 이해한다면, 2연에 나타나는 "이 마을"과 "먼데" 사이의 공간적 거리가 무엇을 의미하는지는 자연스럽게 드러나게 된다. '이 마을'은 이육사가 그리워했던 1연의 '내 고장'이며, '먼데'는 조선군관학교가 자리한 중국 남경에 해당한다. 다시 말하자면 내 고장 / 이 마을에서의 결실("열리고")과 먼데 / 남경 조선군관학교에서 품었던 포부('꿈')가 일치하는 상황("알알이 들어와 박혀")이 2연에 제시되어 있다는 것이다. '이 마을'과 '먼데' 사이의 공간적 거리가 이러한 방식으로 해소된다면, 두 곳을 잇는 교통로는 마치 주단을 깔아놓은 듯 편안하고 아름답게 펼쳐지게 된다. 3연이 이를 보여준다. 한때 '이 마을'과 '먼데' 사이에는 "그 무서운, 또 맵고 짜고 쓰고 졸도라도 할 수 있는 광경들"이 펼쳐져 있었다.[15] 그렇지만 지금은 상황이 다르다. 이를 "하늘 밑 푸른 바다가 가슴을 열고 / 흰 돛 단 배가 곱게 밀려서 오면"이라고 하여 선명한 시각 이미지로 나타나는 데서 시인으로서 육사의 자질을 확인할 수 있다.[16]

14　金學主 譯著, 『詩經』, 明文堂, 1997, 245쪽.
15　이육사, 「年輪」, 『李陸史全集』, 깊은샘, 2004, 184쪽.
16　일제 때 독립운동을 위해 중국으로 건너갔던 경로는 크게 육로와 해로 두 가지로 나눌 수 있다. 뱃길을 택할 경우 인천에서 출발하여 중국 칭다오(靑島)로 들어가는 경로가 일반적이었는데, 이로 인해 칭다오는 독립지사들이 일단 머무르는 거점이 되기도 했다. 백신애의 「청도기행」(이중기 편, 『원본 백신애 전집』, 전망, 2015) 등에서 이를 확인할

여기서 「청포도」의 전체 구조를 살펴볼 필요가 있다. 시는 '1연, 2연, 3연 / 4연, 5연, 6연'의 구조를 취하고 있다. 앞의 세 연은 '~한다면'의 조건에 해당하고, 뒤의 세 연은 이에 따른 바람 및 준비에 해당한다는 것이다. 앞서 1연, 2연, 3연은 4연의 '청포'를 예비하는 맥락으로 파악해야 한다고 전제하였는데, 그 주장은 내용의 전개에 의한 것이기도 하지만 이러한 「청포도」의 전체 구조에 따른 것이기도 하다. 그렇다면 이를 바탕으로 하여 고달픈 몸으로 찾아오는 손님이 입고 있는 '청포靑袍'의 의미를 살펴보도록 하자.

강점기 문학작품을 읽노라면 중국 민중을 '푸른 옷'으로 표현하는 사례를 가끔 접하게 된다. 심훈의 시 「북경의 걸인」에는 "나에게 무엇을 비는가? / 푸른 옷을 입은 인방隣邦의 걸인이여"라는 구절이 나타나 있다.[17] 또한 북경에서 상해로 떠날 즈음의 궁핍했던 상황을 나타낼 때에는 "쿠리苦力나 입는 푸루둥둥한 두루마기로 혈혈단신을 누르고"라고 표현하고 있다.[18] 이광수의 기록을 보면, 위당 정인보에게서 얻은 돈으로 "퍼런 청복淸服을 한 벌 사 입고" 상해로 향했다는 구절이 확인된다.[19] 김사량의 소설 「향수」에서는 "푸른 지나 옷차림의 누나"라는 표현이 발견된다.[20] 남편과 함께 독립운동을 위해 중국으로 떠났으나, 거꾸로 민족의식을 잃었을 뿐만 아니라 마약에 빠져든 누나를 가리키는

수 있다. 「청포도」 3연은 육사의 중국 출입 경로와 관련하여 생각해 볼 여지를 남기기도 한다.

17 심훈, 「북경의 걸인」, 정종진 편, 『그날이 오면(외)』, 범우, 2005, 95쪽.
18 심훈, 「무전여행기-북경서 상해까지」, 정종진 편, 『그날이 오면(외)』, 범우, 2005, 202쪽.
19 李光洙, 「人生의 香氣」, 『李光洙全集』 13, 三中堂, 1962, 328쪽.
20 김사량, 이경훈 편역, 「향수(鄕愁)」, 『한국 근대 일본어 소설선 1940-1944』, 역락, 2007, 43쪽.

장면에서 표현되었는데, 이는 존재근거를 깡그리 잃고 북경 뒷골목의 마약 소굴에서 허덕거리는 중국인들 가운데 하나로 전락하였음을 상징하고 있다. 이태준의 산문 「이민부락견문기」에서도 푸른 옷을 확인할 수 있다. 도저히 가난을 견디지 못한 까닭에 만주로 떠난 농민들이 드넓은 만주의 땅을 보면서 감격하지만, 결국 그 땅에도 주인이 있을 것이라는 데 생각이 미치면 실망하게 된다는 대목에서이다. "푸른 옷을 입은 사람들을 볼 때는 '그래도 모다 임자 있는 밭들이 아닌가!' 하고 피곤한 머릿속엔 메마른 생활의 꿈이 어지러웠을 것이다."[21] 물론 여기서 '푸른 옷 입은 사람들'은 중국민중을 가리킨다. 이효석의 산문 「호텔 부근」에서는 이웃의 청복靑服 입은 중국 여성이 제시되어 있다.[22] 중국 민중을 상징하는 '푸른 옷'은 한자로 나타낼 경우, 푸르다는 뜻의 靑과 겉에 입는 옷 혹은 웃옷을 나타내는 袍를 조합한 '청포靑袍'가 될 터이다.

육사가 아무런 맥락 없이 「청포도」에 '청포', 즉 중국(민중)을 끌어들였을 리 만무하다. 시에서 '청포'가 차지하는 의미를 확인하기 위해서는 다시 「연인기」의 상황으로 되돌아갈 필요가 있다. 육사가 다녔던 조선군관학교는 국민당 장제스蔣介石의 자금으로 설립, 운영되었다. 일본이라는 공동의 적을 앞에 두고 조선의 독립군과 중국의 항일 세력은 연대할 필요가 있었던 것이다. 뿐만 아니라 조선군관학교를 졸업한 뒤에도 조선 독립군은 중국의 항일 세력과 공동전선을 유지해 나갔다. 재학 중 육사가 가장 가깝게 지냈던 윤세주尹世胄의 행로가 이를 보여준다. 조선군관학교에 입학했던 목적이 조국 독립에 헌신하기 위함이었으니

---

21 이태준, 「만주 기행」, 『무서록』, 깊은샘, 2003, 164쪽.
22 이효석, 「호텔 부근」, 『이효석 전집』 5, 서울대 출판문화원, 2016, 163쪽.

졸업을 즈음하여 학생들은 각자 자신에게 주어진 임무에 따라 흩어져야만 했다. 이에 따라 육사는 국내로 돌아오고, 윤세주는 중국에 남게 되었다. 헤어지는 마당에 육사가 윤세주에게 건넨 이별 선물이 바로 「칠월장」이 새겨진 비취인장이었다.

> S(윤세주─인용자)에게는 나로부터 무엇이나 기념품을 주고 와야 할 처지였다. 금품을 준다 해도 받지도 않으려니와 眞正을 고백하면 그때 나에겐 금품의 여유란 별로 없었고 꼭 목숨 이외에 사랑하는 물품이래야만 예의에 어그러지지 않을 경우이라, 나는 하는 수 없이 그 귀여운 비취인 한 면에다 '贈S · 一九三三 · 九 · 一〇 · 陸史'라고 새겨서 내 평생에 잊지 못할 하루를 기념하고 이 땅에 돌아왔다.[23]

이때 헤어진 육사와 윤세주는 그 후 단 한 번도 다시 만나지 못한 채 육사는 1944년 1월, 윤세주는 1942년 5월 죽음을 맞이했다. 윤세주, 즉 S의 죽음을 설명하기 전에 윤세주를 향한 육사의 뜨거운 감정이 느껴지는 「연인기」의 마지막 대목을 덧붙인다. "지금 S가 어디 있는지 십 년이 가깝도록 소식조차 없건마는 그래도 S는 그 나의 귀여운 印을 몸에 간직하고 천태산 한모퉁이를 돌아 많은 사람들 틈에 끼어서 강으로 강으로 흘러가고만 있을 것같이 생각된다. 나는 오늘도 이불 속에서 모시毛詩 칠월장七月章이나 한 번 외워보리라. 나의 비취인과 S의 무양無恙을 빌면서."[24]

윤세주는 조선군관학교를 졸업한 이후 조선의용군에서 활동하였다.

---

23 이육사, 「戀印記」, 『李陸史全集』, 깊은샘, 2004, 180쪽.
24 위의 글, 181쪽.

조선의용군은 조선인들로만 구성된 부대이기는 하나, 중국 공산당의 팔로군 산하로 편제된 부대였다. 윤세주는 1942년 5월 이른바 '5월 반소탕전'에서 목숨을 잃었다. 소설가 이원규는 김사량, 김학철의 문학비를 세우기 위해 떠난 여행의 자료집에서 '5월 반소탕전'에 대해 다음과 같이 설명한 바 있다. "이 무렵 일본군은 태항산 지역에 대공세를 펴기 시작했다. 5천 명의 팔로군 지휘부는 고립된 채 일본군 10만 병력에 포위되어 있었고 조선의용군에 활로를 뚫으라는 명령을 내렸다. 조선의용군은 절망적인 상태에서 내려진 명령을 받아들였다. 이때 의열단과 조선의용군의 제2인자로 투쟁해온 윤세주와 진광화가 전사했다. 이 전투를 중국현대사는 '5월 반소탕전'이라고 부른다."[25]

이러한 사정을 염두에 둔다면 어찌해서 「청포도」에 '청포'가 등장하는지 맥락을 파악할 수 있게 된다. 일제에 대한 투쟁에서 조선과 중국이라는 국적 차이는 그리 큰 문제가 되지 않았다. 육사의 의열단 체험을 근거로 하건대 오히려 공조 양상이 두드러졌다고 할 수 있다. 여기서 확인할 수 있는 민족(국가)과 민족(국가)의 연대 및 공존은 육사의 성리학적 소양과 일치한다. 청포를 입은 손님, 즉 제국주의를 배격하는 중국인들은 3연의 '흰 돛 단 배'를 타고 해방된 조선에 방문한다. 일제와의 투쟁을 막 마친 상황이니 '고달픈 몸'일 수밖에 없는 것이 당연하겠다.[26]

---

25 홍기돈, 「기억은 멈추지 않는다─김학철 · 김사량 항일문학비 건립 행사 참관기」, 『근대를 넘어서려는 모험들』, 소명출판, 2007, 298쪽.
26 조선시대 4품에서 6품의 관원들이 입었던 도포가 푸른색이었던 까닭에 일각에서는 '청포(靑袍)'를 관복으로 해석하기도 한다. 그렇지만 '민족공산주의자'(각주 34 참조)였던 육사가 그러한 신분제 시대로의 회귀를 갈구하였을 리 만무하다. 도진순은 『강희자전』에 입각하여 '청(靑)'의 의미를 규정한 후, 이를 독립운동가 윤세주와 관련으로 해석해 나갔다. 반면 필자는 당시 문학작품에 나타난 청포(푸른 옷)의 용례를 통하여 그 의

5연에서는 청포를 입고 찾아온 손님과 함께 청포도를 함께 나누고 싶다는 바람이 드러나 있다. 2연 분석에서 확인했듯이, 청포도는 '이 마을 전설'과 '먼데'의 꿈이 한데 어울려 얻어낸 결실이므로 그 결실을 함께 나누는 것은 당연하다. 이 순간의 기쁨을 충분히 누리겠다는 희망이 "함뿍 적셔도 좋으련"이라는 시구에 집약되어 있다. 그리고 적극적인 상상력을 발휘할 경우 6연은 퍽 흥미롭게 읽어낼 수 있을 것이다. 청포·청포도의 색감이 중국에 닿아있다면 모시수건의 하얀 색은 백의민족을 상징하게 된다. 청포도에 함뿍 적신 손을 하이얀 모시수건에 닦는다면 그 흔적이 배어들 터, 이는 조선과 중국이 함께 벌였던 제국주의와의 투쟁을 내면 깊숙하게 받아들이려는 자세로 해석할 수 있기 때문이다.

4. 「광야」 읽기―'태극 = 理'에 올라선 초인의 노래

퇴계의 『성학십도聖學十圖』에서 첫 번째 그림은 우주와 인간의 본질을 담고 있는 주렴계周濂溪의 '태극도太極圖'이다. 주렴계는 이와 함께 「태극도설太極圖說」을 제시하였으며, 퇴계의 해설은 「태극도설」 뒤에 붙어 있다. 「태극도설」의 처음 네 문장은 다음과 같다. "무극이면서 태극이다. 태극이 움직여 양을 낳고, 그 움직임이 극에 달하면 다시 고요해진다.

미를 귀납적으로 추출하였고, 이를 육사의 독립운동 이력과 결부하여 해석하였다는 점에서 차이가 있다.

고요해지면 음을 낳고, 그 고요함이 극에 달하면 다시 움직인다. 이렇게 한 번 움직이고 한 번 고요해짐이 서로의 뿌리가 되어 음과 양으로 나뉘어져서 양의兩儀가 형성된다.(無極而太極. 太極動而生陽, 動極而靜, 靜而生陰, 靜極復動. 一動一靜, 互爲其根, 分陰分陽, 兩儀立焉)"[27] 이에 따르면, 태초에 태극太極이 존재하였으며, 태극에서 양의─그러니까 양陽과 음陰이 나왔다. 성리학은 존재의 근원인 '태극 = 理'라는 전제 위에서 성립하였다. 따라서 「태극도설」 첫 문장의 '태극'을 이해한다는 것은 곧 성리학의 理를 이해한다는 사실을 의미한다. 그렇다면 理란 무엇인가.

이학理學을 창시한 이정(二程, 程顥·程頤 형제)은 理의 특성을 네 가지로 파악하였다. "첫째, 천天·도道·역易·신神·성性은 이理의 별명別名이며 천하만물을 규제하는 불변의 보편적 법칙이다. 둘째, 이理는 존재법칙이면서 동시에 당위법칙이다. 그러므로 이理는 자연계뿐 아니라 사회도덕의 최고규범이다. 셋째, 또한 이理는 만물을 생성하고 주재하는 존재의 근원이므로 사물에 앞서 존재하는 선험적인 능산자能産者다. 넷째, 이理는 하나이며 동시에 천하만물이 각각 완전하게 이理를 내재하고 있다. 그러므로 사물과 나의 이理는 하나이고 그 점에서 만물은 일체一體다."[28] 따라서 성리학의 理는 신성神性을 거느린 절대적인 개념이라고 할 수 있다. 퇴계는 理의 절대성을 다음과 같이 설명하였다. "이理라는 글자는 알기 어렵다. 사물은 각각 지극한 공허요 또한 지극한 실체이며, 지극한 허무요 또한 지극한 존재이며, 동動이면서 동이 없고 정靜이면서 정이 없는, 깨끗하고 깨끗하여 / 한 올도 보탤 것이 없고 한 올도 덜 것이 없다."[29] 육사의 시 「광야」에 펼쳐진 '광야'의 절대성은 바로

---

27 주렴계, 「태극도설(太極圖說)」, 『역주와 해설 성학십도』, 예문서원, 2010, 48~49쪽.
28 기세춘, 『성리학개론』上, 바이북스, 2007, 89~90쪽.

이러한 '태극 = 理'의 특성 위에서 창출되고 있다.

까마득한 날에
하늘이 처음 열리고
어데 닭 우는 소리 들렷으랴

모든 산맥들이
바다를 연모해 휘달릴때도
참아 이곳을 범하든 못하였으리라

끊임없는 광음을
부즈런한 계절이 피어선 지고
큰 강물이 비로소 길을 열었다

지금 눈 나리고
매화향기 홀로 아득하니
내 여기 가난한 노래의 씨를 뿌려라

다시 천고의 뒤에
백마타고 오는 초인이 있어
이 광야에서 목놓아 부르게 하리라

— 「광야(曠野)」(『자유신문』, 1945.12) 전문

---

29 퇴계 이황, 『退溪集』 권16 「答奇明彦 別紙」. 번역 및 재인용은 기세춘, 『성리학개론』
下, 바이북스, 2007, 70쪽.

육사는 시의 제목을 '광야'로 제시하면서, 공간적으로 넓다는 의미의 '광廣'이 아니라 비었다 혹은 공허하다는 뜻의 '광曠'을 취하였다. 그래서 시의 제목은 '廣野'가 아닌 '曠野'이다. 그러한 까닭에 「광야」의 구성은 '1연, 2연 / 3연, 4연, 5연'으로 나뉘게 된다. 1연과 2연의 광야는 그야말로 비어있음을 드러내는 반면, 3연·4연·5연에서의 광야는 그곳에서 펼쳐지는 과거-현재-미래의 사건을 다루고 있으니 변화가 펼쳐지는 시·공간으로 기능하기 때문이다. 달리 표현하자면, 1연과 2연은 양의兩儀가 출현하기 이전 '태극이면서 무극'인 理의 절대성을 드러내고 있으며, 3연·4연·5연은 "건곤의 두 기운이 교감하여 만물을 화생化生하니, 만물이 끊임없이 생겨나 그 변화가 무궁하다(二氣交感, 化生萬物, 萬物生生, 而變化無窮焉)"[30]라는 양의의 조화를 나타내고 있다. 「광야」의 탁월함은 구성의 이러한 면모가 시어의 상징을 통하여 구체적인 내용으로까지 일이관지한다는 점이다.

1연에는 하늘이 처음 열렸다고 상황이 제시되어 있다. 이정二程이 지적하였듯이, 하늘天은 이理의 다른 이름이다. 그러니까 하늘이 열렸다는 것은 이理의 출현을 가리킨다. 리는 어떠한 사事와 물物보다도 앞서 생성된 '만물을 생성하고 주재하는 존재의 근원'인 까닭에, 이理의 출현 시점이라고 한다면 그저 "까마득한 날"이라고 말할 수밖에 없다. 「광야」 1연이 흥미로운 점은 "닭 우는 소리"를 등장시켜 이理의 절대성을 사事, 즉 시간 측면에서 부각시키고 있다는 사실이다. "닭은 존재양상의 이중성, 즉 날개가 있지만 날아다니지 않고 지상에서 생활하는 것과 어둠과 밝음을 경계 짓는 새벽을 밝히는 존재로서의 상징성을 함축하

---

30 주렴계, 앞의 글, 48·50쪽

고 있다."[31] 그런데 닭 우는 소리조차 없었으니 낮(陽)과 밤(陰)의 경계가 나뉘기 이전에 理가 자리하고 있는 것이다.[32] 이를 주자는 태극理 = 체體라고 설명한 바 있다.

2연에서 육사는 理의 절대성을 물物, 즉 공간 측면에서 제시하고 있다. 산이 높고 바다가 깊다는 것은 불변하는 사실처럼 누구나 다 아는 바다. 그런데 높은 산이 침강沈降에 의해 낮아지고, 깊은 바다가 융기隆起에 의해 높아지는 공간 지형의 변화는 간혹 일어나기도 한다. 심지어 거대한 대륙이 사라진 바도 있다. 그러니까 "모든 산맥들이 / 바다를 연모해 휘달릴 때"란 바로 그렇게 공간의 변화가 벌어지는 양상을 가리킨다. 하지만 산맥이니 바다니 하는 만물의 생성 및 변화는 양의兩儀의 조화에 따른 것이며, 제시된 상태는 아직 양의兩儀조차 형성되기 이전이므로, 공간 지형의 변화가 비어있고 공허한 理에 영향을 끼칠 수는 없는 노릇이다. 육사는 이를 "차마 이곳을 범하지 못하였으리라"라고 표현했던 것이다.[33] 이처럼 「광야」의 1연과 2연은 각각 사事와 물物 측면에서, 또한 무시無始와 무종無終 측면에서 理의 절대성을 드러내고 있으므로 의미상 대구 관계를 이루고 있는 것으로 정리해도 무방하겠다.

---

31 윤열수, 「빛의 전령 금계(金鷄)」, 『신화/속 상상동물 열전』, 한국문화재보호재단, 2010, 45쪽.
32 「광야」 1연은 理의 절대성에 대한 주자의 다음 비유를 연상시키는 바 있다. "주돈이가 무극(無極)이라 한 것은 그것은 공간도 형상도 없는데도 사물이 존재하기 이전에 존재하고 사물이 있은 후에도 없어지지 않으며, 음양의 밖에도 존재하고 음양의 안에서도 운행하지 않음이 없다고 생각하기 때문이다. 이처럼 전체를 관통하여 있지 않은 곳이 없으며 그렇다고 처음부터 소리나 냄새나 그림자나 메아리로 말할 수도 없는 것이기 때문이다."(『주자대전(朱子大全)』 권 36 「답육자정(答陸子靜)」, 번역 및 재인용은 기세춘, 『성리학개론』 上, 바이북스, 2007, 183쪽)
33 「광야」 2연은 理의 절대성에 대한 주자의 다음 비유를 연상시키는 바 있다. "산하와 대지가 모두 함몰되는 경우에도 필경 이(理)는 도리어 그 속에 있다.(山河大地都陷了 畢竟理却是在這里)"(『주자어류(朱子語類)』 권1 「이기(理氣)」 上, 번역 및 재인용은 기세춘, 『성리학개론』 上, 바이북스, 2007, 184쪽)

3・4・5연은 양의兩儀의 생성과 그 이후를 다루고 있다. 그런데 과거
―현재―미래로 연결되며 펼쳐지는 3・4・5연의 전개, 즉 변화의 의미
를 제대로 파악하기 위해서는 이정二程이 제시하는 理의 두 번째 특성에
주목할 필요가 있다. 다시 말하여 "소이연所以然 즉 존재Sein와 소당연所當
然 즉 당위Sollen를 포괄하는 것이 이理 개념의 특색"이라는 측면에 관심
을 기울여야 한다는 것이다.[34] 성리학에서 주리론主理論의 입장을 견지
하는 경우 理의 이러한 면모를 강조하는 경향이 두드러지는데, 퇴계는
주리론을 전개했던 대표적인 학자로 꼽는다. 예컨대 그는 "어떤 일이
있기 전에 먼저 이理가 있었다. 예를 들어 아직 군신이 있기 전에, 이미
군신의 이理가 있으며, 부자父子가 있기 전에 이미 부자의 이理가 있었던
것"이라고 설명하고 있다.[35] 그러한 까닭에 주리론을 따르는 학자라면
응당 선재先在하는 理를 좇아야 하며, 만약 현실이 도의道義에 어긋나게
작동하는 상황이라면, 현실의 어지러움은 반드시 바로 잡히리라는 신
념을 품고 신념이 가리키는 길로 나서야 하였다. 理의 다른 이름이 도道
이고 또 역易인 까닭이 여기 있다.

이를 바탕으로 3・4・5연의 내용을 살펴보도록 하자. 기실 理의 운
동이란 관점에서 보건대 인간의 역사는 그리 유구한 것이 못 된다. 3연
이 담아내고 있는 바가 이를 보여준다. 3연의 각 행은 각각 다음 ㉠, ㉡,
㉢에 대응한다. ㉠ '광음光陰'은 양음陽陰으로 달리 표현할 수 있으니,
"끊임없는 광음"은 '건곤 두 기운의 생성과 교감' — 즉 양과 음의 운동
을 나타내고 있으며 ㉡ 양과 음의 운동에 따라 "부지런한 계절이" 피어

---

34 기세춘,『성리학개론』下, 바이북스, 2007, 71쪽.
35 『退溪集』권25 「論沖漠無眹萬象森然已具」. 번역 및 재인용은 기세춘,『성리학개론』
下, 바이북스, 2007, 62쪽.

선 졌으니 순환하는 자연의 시간이 반복하여 흘렀음을 알 수 있고 ㉢ 자연의 시간이 오랫동안 경과한 뒤 "비로소" 인간의 역사("큰강물")가 출현하게 되었다. 따라서 「광야」 3연의 주체는 대대待對 관계에 입각하여 운동하는 양의兩儀라고 보아야 할 것이다. 理를 기준으로 보자면, 이는 '理의 용用'이라 표현할 수도 있겠다.

그렇다면 현재란 理의 운동 속에서, '무지개'처럼 펼쳐진, 겨우 찰나에 불과한 것이 아닐까. 하지만 엄중한 현실에 처하여, '강철'과 맞닥뜨린 듯이, 느끼게 되는 주관적 고통을 폄하할 수 있는 것은 아니다. 4연 1, 2행에 드러난 상황은 이를 보여주고 있다. 주지하다시피 "지금 눈 내리고" 있다는 시구는 육사가 처한 일제 강점기의 엄혹한 배경을 나타낸다. 생명력이 고갈되어 버린 상황 가운데 오로지 "매화향기"만이 "홀로" 존재하는 형국이다. 물론 사군자의 하나인 매화는 추위에 아랑곳하지 않고 봄을 먼저 알리는 식물로 선비가 지향하는 정신을 상징한다. 그런데 여기서 "아득하니"라는 형용사에 주목할 필요가 있다. 국어사전에 따르면, 아득하다는 단어는 다음 두 가지 의미로 사용된다. "① 보이는 것이나 들리는 것이 희미하고 매우 멀다. ② 까마득히 오래되다." 그러니까 "아득하니"에는 시인이 처한 현실 상황과 선비정신이 지향하는 '매화'(理) 사이의 거리감이 집약되어 있다고 볼 수 있다. 이 순간 육사에게는 아무런 선택권이 없다. 소이연Sein·소당연Sollen의 근거가 되는 理에 근접하기 위하여 끊임없이 수신修身해야 하는 것이 위기지학爲己之學으로서의 성리학이기 때문이다. 그런 점에서 4연의 실제 주체 역시 理("매화향기")일 수밖에 없다.

육사가 주체로 등장하는 것은 5연에 이르러서이다. 이를 이해하기 위해서는 "가난한 노래의 씨를" 뿌리는 4연의 화자가 5연에 등장하는

"백마 타고 오는 초인"과 일치한다는 사실을 간파할 수 있어야 한다. 초월이란 무엇인가. "그것은 어떤 초월적 세계를 가리키는 것이 아니라 자신의 존재성을 '스스로 넘어섬'에서 찾는 것이다. 즉 초월을 실체론적이 아니라 넘어섬 그 자체에서 이해하는 존재성을 말한다."[36] 이처럼 초월이란 주어진 상황을 극복하여 넘어서는 과정에서 실현되는 것이니, 초인超人, Übermensch의 등장을 결과론에 입각하여 접근해서는 곤란해진다. 초인의 등장을 하나의 과정으로 이끄는 매개는 바로 노래인 바, 4연에 뿌려진 "가난한 노래의 씨"가 계기가 되어, 5연의 초인이 노래를 "목 놓아 부르게" 되는 것이다. 덧붙이건대, 4연·5연의 서술어는 이상의 맥락을 이해해야만 해명이 가능해진다. 씨를 뿌리는 화자가 스스로에게 "뿌려라"라고 명령형을 취해야 하는 까닭은 실제 주체가 理이기 때문이며, 백마 타고 등장한 초인에게 "부르게 하리라"라고 사역동사를 취할 수 있는 근거는 그가 바로 화자의 미래상이기 때문이라는 것이다. 그렇다면 초인은 과연 어떠한 노래를 목 놓아 부르게 될까. 아마도 「한 개의 별을 노래하자」에서 표현한 바 있는 "예의에 끌림 없는 반취半醉의 노래"가 틀림없을 것이다.

---

36 신승환, 「초월/초월성」, 『우리말 철학사전』 4, 지식산업사, 2006, 354쪽. 초인이 탄 백마는 신성성을 품고 있는 소재이기도 한다. "말은 역경(易經)의 팔괘 가운데 건괘(乾卦)의 상징동물로 하늘에 해당된다. 말 가운데 특히 흰말을 신성시하였고, 날개 달린 천마는 신이 하늘을 달릴 때 타는 것으로 믿고 있었다. 때문에 말은 새와 함께 승천하는 영혼의 조력자임을 상징하기도 한다."(윤열수, 「제왕의 출현을 알리는 말」, 『신화/속 상상동물 열전』, 한국문화재보호재단, 2010, 182쪽) 하지만 이는 엄중한 상황이 타개된 순결한 상태를 부각시키기 위한 장치로 보아야 할 터이다.

5. 이육사의 지성과 네오-르네상스 기획

전형기轉形期라고 하면 통상 카프KAPF가 해산을 선언한 1935년 이후 몇 년간을 가리킨다. 문단을 주도하였던 마르크스주의의 권위가 추락한 반면, 이를 대체할 만한 사상이 들어서지 못한 상황을 가리키는 용어이다. 네오-휴머니즘에 관한 논의는 카프가 해산될 즈음 제기되었다. 네오-휴머니즘을 직접 거론한 본격적인 평문으로는 김오성金午星의 「문제의 시대성」(『조선일보』, 1936.5.1~10)·「네오-휴머니즘론—그 근본적 성격과 창조의 정신」(『조선일보』, 1936.10.1~9) 등이 처음이니 그 시기를 카프 해산 이후라고 파악할 수 있겠으나, 논의가 등장하게 된 맥락은 카프 해산 이전으로 설정할 수 있다. 근대-체제가 태동한 유럽에서 파시즘이 대두함에 따라 이에 맞서는 유럽 작가들의 조직적 저항이 1932년부터 펼쳐졌고, 이와 함께 근대의 위기 담론이 확산된 까닭에, 새로운 르네상스를 통한 네오-휴머니즘의 확립 요구가 불거졌던 것이다.

주지하다시피 르네상스는 고대 그리스·로마의 학문과 사상을 부흥시키고자 했던 문화운동이다. 새로운 르네상스를 일으켜야 한다면 이를 실현해 낼 지반으로 근대 이전의 특정한 인문사상이 요청될 수밖에 없다. 성리학에서 그 가능성을 타진해 볼 수는 없을까. 육사는 그러한 모색을 포기하지 않았다. 그는 1934년 문단에 대한 희망을 다음과 같이 밝혔던 바 있다. "외국의 문학유산의 검토도 유산이 없는 우리 문단에 필요한 일이겠지만 과거의 우리나라의 문학에도 유산은 적지 아니합니다. 좀 찾아보십시오. —거저 없다고만 개탄하지 말고."[37] 사상의 좌표를 잃은 작가들이 친일로 들어섰던 1938년에는 다음과 같이 발언하기도 하였다. "조선 문화의 전통 속에는 지성을 가져보지 못했다고 하는데 좀 생각해 볼 문제입니다. 가령 구라파의 교양이 우리네 교양과 다르다는 그 이유를 르네상스에서 지적한다면 우리네 교양은 르네상스와 같은 커다란 산업문화의 대과도기를 경과하지 못했다는 것일 겁니다."[38] 그렇다고 하여 육사가 복고주의로 기울었던 것은 결코 아니다. "서구와 동양 사상을 애써 구별하려고 해 보아도 지금의 우리의 머릿속은 순수한 동양적이란 것은 있을 수 없다는 것은 여기서 별 말할 필요조차 없으므로, 지성 문제는 유구한 우리 정신문화의 전통 속에 그 기초가 있었고 우리가 흡수한 새 정신의 세련이 있는 만큼 당연히 문제되어야 할 것입니다. 다시 말하면 르네상스를 경과한 구주문화도 이제는 벌써 구주만의 문화는 아닌 것이며, 그들의 정신의 위기도 그들만의 위기라고는 생각해지지 않는 까닭입니다."[39] 성리학에 근거를 두었으나, 육사가 이를 발판으로 삼아 사회주의자로 나아간 까닭은 이로써 유추해 볼 수 있다. 즉 그는 화이부동에 입각한 국제질서 구현해 낼 새로운 체제로써 사회주의에 주목하였다는 것이다.[40]

1991년 소비에트 사회주의 공화국 연방(소련)이 붕괴하고 나서 근대 이후에 관한 논의가 다양하게 펼쳐지고 있다. 인간에 관한 새로운 규정, 자본주의 모순에 관한 비판, 배타적 민족주의에 대한 반성, 자연과

---

37 이육사, 「1934년 문단에 대한 희망-앙케에트에 대한 응답」, 『李陸史全集』, 깊은샘, 2004, 378쪽.
38 이육사, 「朝鮮文化는 世界文化의 一輪」, 『李陸史全集』, 깊은샘, 2004, 343쪽.
39 위의 글, 344쪽.
40 일제는 이를 '민족공산주의'라 는 용어로 명명한 바 있다. "배일사상, 민족자결, 항상 조선의 독립을 몽상하고 암암리에 주의의 선전을 할 염려가 있었음. 또 그 무렵(조선혁명 정치군사학교 시절 : 1932.10~1933.4-인용자)은 민족공산주의로 전환하고 있는 것으로 본인의 성질로 보아서 개정의 정을 인정하기 어려움."(「李源祿 소행조서」, 『義烈鬪爭』 3(韓民族獨立運動史資料集 30), 國史編纂委員會, 1997, 178쪽)

의 공존 방안 모색 등 세부주제를 나열하자면 끝이 없을 지경이다. 이는 세계 학계의 거대한 흐름인 까닭에 한국이라고 하여 이로부터 자유로운 것은 아니다. 그런데 현재 한국 지식인의 대체적인 수준은 외국에서 진행되는 새로운 논의를 국내에 발 빠르게 소개하는 형편에 머물러 있는 것은 아닌지. 성리학에 입각한 이육사의 지성을 면밀하게 되돌아보는 일은 그래서 중요한 작업일 수밖에 없다.

제3장

정지용의 산수시 이해와 주체 재구성의 문제

「장수산 · 1」, 「장수산 · 2」를 중심으로

1. 『문장』 시기 정지용 시 비평의 세 좌표

— 자연自然, 인간人間, 고전古典

1939년 2월 『문장』이 창간되자 정지용은 이 잡지의 시 분야 편집을 책임지게 되었다. 이를 달리 표현하자면, 그가 시에 관한 자신의 모든 역량을 『문장』으로써 증명해야 하는 상황 속으로 뛰어든 셈이라고 할 수 있다. 『문장』을 통해 정지용이 떠맡은 역할이랄까 획득할 수 있었던 문학사적인 의의에 대해서는 박태상이 간략하게 잘 요약해 놓았다. 첫째, 정지용의 문학사적인 공로는 청록파를 비롯한 역량 있는 신인들의 발굴이라고 할 수 있다. 정지용의 추천으로 조지훈, 박두진, 박목월 청록파 3인과 박남수, 이한직, 김종한 등의 신인들이 문단에 얼굴을 내밀게 되었다. 둘째, 정지용은 『문장』을 통해 시 비평의 세계를 개척하였다. 잡지의 편집위원인 동시에 신인을 추천하는 심사위원으로서의 자격을 염두에 두지 않을 수 없게 된 것이었다. 셋째, 『문장』을 통해 다양한 시 세계를 개척하고 새로운 시어의 창조에도 진력하였다. 특히 새로운 형태의 산문시나 2행 1연의 단형시를 실험한 것은 큰 의미를 지닌다.[1]

이 가운데 관심을 가질 만한 사항은 두 번째 이 시기에 구축해 나간 시 비평의 세계와 세 번째 이를 바탕으로 전개해 나간 시 세계가 교직하는 양상이다. 기실 이 즈음 발표된 정지용의 비평은 우리가 익히 알고 있는 식민지 말기 그의 시 세계와 일치하는 양상으로 나타난다. 가령 『백록담』(문장사, 1941)으로 표상되는 산수시의 세계는 다음과 같은 비평 내용과 그대로 일치한다. ① "시작이 완료한 후에 다시 시를 위한 휴양기"에 "좋은 것을 얻을 수 있는 것은 바다와 구름의 동태를 살핀다든지 절정에 올라 고산식물이 어떠한 몸짓과 호흡을 가지는 것을 본다든지 들에 나려가 일초일엽一草一葉이 벌레 울음과 물소리가 진실히도 시적 운율에서 떠는것을 나도 따라 같이 떨 수 있는 시간을 가질 수 있음이다".[2] 기실 그는 금강산, 한라산 등에 오르면서 그러한 태도를 실제 보여주었고, 산수시란 그 체험을 시로 옮긴 것이라고 정리해도 무방할 정도이다. 따라서 다음과 같은 구절은 산수시를 써 내려가는 자신의 마음가짐을 진술한 것으로 이해해도 별 무리가 없겠다. ㉠ "무엇보다도 돌연한 변이를 꾀하지 말라. 자연을 속이는 변이는 참신할 수 없다. 기

---

1   박태상, 「『문장』에 발표한 정지용 '한적시'의 특성」, 『정지용의 삶과 문학』, 깊은샘, 2010, 106~108쪽.
2   鄭芝溶, 「詩와 發表」, 『문장』, 1939.10, 190쪽.

벽스런 변이에 다소 교활한 매력은 갖훌수는 있으나, 교양인은 이것을 피한다. 귀면경인鬼面敬人이라는것은 유약한 자의 슬픈 괘사에 지나지 않는다. 시인은 완전히 자연스런 자세에서 다시 비약할 뿐이다."[3]

그런데 ① 뒤에 이어지는 다음 문장에 주목할 필요가 있다. ② "시인이 더욱이 이 기간에서 인간에 집착하지 않을수 없다. 사람이 어떻게 괴롭게 삶을 보며 무엇을 위하여 살며 어떻게 살것이란것에 주력하며, 신과 인간과 영혼과 신앙과 애愛에 대한 항시 투철하고 열렬한 정신과 심리를 고수한다. 이리하여 사름과 죽음에 대하여 점점 단段이 승진되는 일개표일一個飄逸한 생명의 검사로서 영원에 서게 된다."[4] 이는 정지용이 자연을 이야기하는 한편, 이에 못지않게 인간에 대해서도 고민하였음을 증명하는 단서가 된다. '더욱이'라는 부사가 이러한 사실을 강조하고 있다. 그리고 ㉠ 다음에 오는 단락은 한 문장으로만 구성되었는바, ㉡ "우수한 전통이야말로 비약의 발 디딘 곳이 아닐 수 없다"가 이에 해당한다.[5] 그러니까 시인이 새로운 단계로 비약하기 위해서는 '완전히 자연스런 자세'를 유지하되, '우수한 전통' 위에 발을 디뎌야 한다는 주장으로 읽을 수 있다. 같은 글에는 "고전적인 것을 진부로 속단하는 자는, 별안간 뛰어드는 야만일 뿐이다"[6]라고 해서 고전을 강조하는 내용도 포함되어 있다.

정지용은 ①, ②의 자연과 인간, ㉠, ㉡의 자연과 고전을 하나로 잇기 위해 '동양화론東洋畫論',[7] '경서經書'의 세계로 진입한 듯하다. 이러한 추

---

3   鄭芝溶, 「詩의 擁護」, 『문장』, 1939.6, 126쪽.
4   鄭芝溶, 「詩와 發表」, 앞의 책, 190쪽.
5   鄭芝溶, 「詩의 擁護」, 앞의 책, 126쪽.
6   위의 글.
7   '시와 그림은 본디 하나(詩畵本一律)'라는 인식은 중국 당나라 때 이미 발견할 수 있으며, 송에 이르러 전체적으로 퍼졌다(崔炳植, 『동양회화미학─수묵미학의 형성과 전

정은 다음과 같은 내용을 통해 가능하다. "시학과 시론에 자조 관심할 것이다. 시의 자매 일반 예술론에서 더욱이 동양 화론畵論 서론書論에서 시의 방향을 찾는 이는 빗둘은 길에 들지 않는다. // 경서 성전류를 심독하야 시의 원천에 침윤하는 시인은 불멸한다."[8] 따라서 식민지 말기 정지용의 시 세계를 동양화론이라든가 경서와의 연관을 염두에 두고 읽어나갈 필요가 있겠다. 즉 정지용의 시 세계가 동양화론, 경서와 한데 어울리는 맥락이 드러날 때, 이를 통하여 자연과 인간에 관한 정지용 관점의 일단이 파악되리라는 것이다. 이러한 독법이 가지는 장점은 분명하다. 그동안 주로 자연의 관점에서 분석되어왔던 그의 산수시가 어떻게 동시에 인간에 대한 고민을 담아내고 있는가를 확인할 수 있게 된다는 것, 그리고 고전정신이 그를 통하여 근대와 접합되면서 어떻게 굴절되고 있는가를 살펴볼 수 있게 된다는 것이 장점이다. 따라서 이 글은 이러한 독법에 근거하여 작성해 나가고자 한다.[9]

글의 구성은 다음과 같다. 2절에서는 「장수산·1」, 「장수산·2」를 분석하고자 한다. 두 작품을 선택한 까닭은 『백록담』의 가장 앞에 실린 시편이기 때문이다. 시인들은 대체로 시집 전체 정신을 관통하고 있는 시로써 처음을 장식한다. 따라서 『백록담』의 정신을 파악하기에 「장수산·1」, 「장수산·2」가 유효하리라고 판단한 것이다. 3절에서는 그 동안 두 편의 시에 가해졌던 해석의 문제점들을 따져보고자 한다. 이로써

개」, 東文選, 1994, 217~225쪽 참조). 그러니 정지용이 동양화론과 시 창작의 상관성에 주목한 것은 이미 그 자체로 고전정신에 입각한 것이었다고 볼 수 있다.

8   위의 글, 125쪽.

9   기실 정지용의 산수시가 동양화의 영향을 받았다는 사실은 그리 새로울 바 없다. 하지만 동양화의 구체적인 소재와 구도가 내포하는 의미에 주목한 후, 이에 입각하여 정지용 시의 분석으로 나아간 사례는 찾아보기 힘들다. 이 글은 그러한 지점에서 이전 연구와 변별되는 의미를 갖는다.

앞에서 내세웠던 독법의 변별성이 드러날 것이다. 4절은 인간 문제에 관한 시인의 고민을 들여다보는 내용으로 전개할 필요가 있겠다. 「장수산·1」, 「장수산·2」를 그러한 관점에서 펼쳐나간 제대로 된 연구가 없는 데서 기인한다. 그리고 마지막 5절에서는 정지용의 산수시를 둘러싸고 실증적으로 복원해야 할 지점을 이후의 과제로 밝혀 놓을 것이다.

2. 겨울 장수산의 정지용, 그 밤과 낮

1) 「장수산·1」 다시 읽기 — 흰 달빛의 의미

벌목정정 이랬거니   아람도리 큰솔이 베혀짐즉도 하이   골이 울어 멩아리 소리   쩌르렁   돌아옴즉도 하이   다람쥐도 좃지 않고   뫼ㅅ새도 울지 않어   깊은산 고요가 차라리 뼈를 저리우는데   눈과 밤이 조히보담 희고녀!   달도 보름을 기달려 흰 뜻은 한밤 이골을 걸음이란다?   웃절 중이 여섯판에 여섯번 지고 웃고 올라 간뒤   조찰히 늙은 사나히의 남긴 내음새를 줏는다?   시름은 바람도 일지 않는 고요에 심히 흔들리우노니   오오 견듸란다   차고 궤연히   슬픔도 꿈도 없이   장수산속 겨울 한밤내——

—「장수산·1」 전문[10]

<hr>

10　鄭芝溶, 「長壽山·1」, 『白鹿潭』, 文章社, 1941, 12쪽.

익히 알려졌다시피 "벌목정정伐木丁丁"이란 『시경詩經』 「소아小雅 벌목伐木」 편에 등장하는 구절로 "커다란 나무를 산에서 벨 때 쩡 하고 큰 소리가 난다는 뜻"이다.[11] 그런데 시의 주된 정조를 이해하기 위해서는 '벌목 편'에서 이 구절과 이어지는 전체 내용을 염두에 둘 필요가 있다. 벌목 삼장三章 가운데 첫 번째 장을 옮겨 적고 해석하면 다음과 같다.

벌목정정(伐木丁丁)이어늘	나무 베는 소리 쩡쩡 울리는데
조명앵앵(鳥鳴嚶嚶)하고	새들은 삑삑 울면서
출자유곡(出自幽谷)하여	깊은 골짜기를 날아와
천우교목(遷于喬木)하도다.	큰 나무로 날아가네.
앵기명의(嚶其鳴矣)는	삑삑 우는 것은
구기우성(求其友聲)이로다.	자기 벗을 찾는 소리지.
상피조의(相彼鳥矣)라도	새들을 봐도
유구우성(猶求友聲)이어늘	벗을 찾는 소리 내거늘
신이인의(矧伊人矣)이	하물며 사람이
불구우생(不求友生)가?	친구를 찾지 않겠는가?
신지청지(神之聽之)면	삼가 벗과 잘 어울리면
종화차평(終和且平)이니라.	언제나 화평케 되리라.[12]

정지용은 '벌목 편' 첫 번째 장의 맥락을 전제하고서 '벌목성정'이라는 구절을 인용하였다. "아람도리 큰솔이 베혀짐즉도 하이"라는 구절과 "골이 울어 멩아리 소리 쩌르렁 돌아옴즉도 하이"라는 구절이 서로

---

11 권영민, 「長壽山·1」, 『정지용 詩 126편 다시 읽기』, 민음사, 2007, 531쪽.
12 김학주 역, 「나무를 베네(伐木)」, 『새로 옮긴 시경(詩經)』, 明文堂, 2010, 458쪽.

조응하는 데서 이를 확인할 수 있다. 두 구절의 관계는 불러서 찾고, 이에 화답하는 친우親友 관계와 일치한다는 것이다. 그렇지만 '~즉도 하이'라는 데서 드러나듯이 이는 상상에 머무를 따름이며, 현실은 고요하기 이를 데 없다. 친구를 찾아 큰 나무를 기어오르는 다람쥐도 없고, 삑삑 우는 산새 또한 뵈지 않는다. 짐승조차 이러할진대 벗을 찾을 수 없는 처지의 사람이라면 그 적막함이 어느 정도에까지 이를까. 시인은 이러한 고립감을 "깊은산 고요가 차라리 뼈를 저리우는데"라고 표현하고 있다. 그러니 "신지청지神之聽之 종화차평終和且平"이라는 데로 나아가기는 요원하기만 한 상태이다.

그런데 시인은 이러한 상태에서 흰 빛을 발견해 내고 있다. 마을로부터 멀찍하게 떨어진 "장수산속 겨울 한밤"이니 응당 깜깜하게 어두울 터이나, 하늘에는 마침 보름달이 밝게 떠올랐고 사위에 쌓인 눈은 그 빛을 반사하고 있으니, 밤은 종이보다도 오히려 더 희게 느껴진다. 이 흰 빛의 의미를 어떻게 파악하는가, 라는 것은 「장수산·1」 읽기의 관건이라고 할 수 있을 정도로 중요하다. 우선 흰 빛이 "달도 보름을 기달려 흰 뜻은"이라고 하여 이지러졌다가 다시 차오르는 달의 변화와 결부된다는 사실에 주목해야 한다. 이는 "되돌아간다는 것은 도의 움직임反者道之動"[13]이라는 노자老子의 인식과 일치시켜 이해해도 무방하다. 달 또한 적막한 상황을 상징하는 "한밤 이골을" 가로질러 나아가는 "걸음"(움직임)으로 표현되고 있기 때문이다. 흰 빛은 어두운 현재의 상황을 전회轉回시키는 운동, 혹은 기운이라고 볼 수 있다.

다음으로 정지용의 심사心事가 '달 = 道'의 움직임을 좇아 결정되고

---

13 노자, 김학주 역, 「제40장 거용(去用)」, 『노자』, 을유문화사, 2005, 214쪽.

있음을 눈 여겨 보아야 한다. 달이 흰 빛을 발하기 위하여 보름을 기다렸던 것처럼, 시인 자신도 일단은 "오오 견듸란다"라며 의지를 결연하게 가다듬고 있다. 물론 "장수산속 겨울 한밤" 속에 홀로 내던져진듯한 고립감은 시가 종결된 뒤에도 여전히 남아있고, 고요가 깊어질수록 시름의 진폭이 커지는 것 또한 어찌할 수 없을 것이다. 그렇지만 "차고 兀然히 슬픔도 꿈도 없이"라는 구절에서 확인할 수 있듯이,[14] 시인은 고요(靜)를 지켜 나가기는 하되 스스로를 비워나가는(虛) 방향으로 자세를 취할 수 있게 되었다. 즉 달의 변화에 자신을 맞추면서 기다림의 자세를 확정할 수 있게 되었다는 것이다. '달＝道'를 좇았으니 이러한 결심은 어쩌면 당연한 귀결인지도 모른다. 노자는 이를 '귀근歸根'이라고 했다. "마음이 텅 빈 상태를 극도에 이르게 하고 고요함을 지키는 일을 독실하게 해야 한다. 만물은 아울러 생겨나고 있지만, 우리는 그 모두가 그 근원으로 되돌아감을 본다(致虛極, 守靜篤, 萬物並作, 吾以觀其復)."[15]

　　기실 귀근으로 나아가 차고 기우는 만물의 흐름에 몸을 내맡길 수 있다면, 한밤의 어둠과 달빛의 밝음을 대립시켜 파악하며 이 분별 속에 스스로를 가두어 버리는 수준으로부터 한 단계 떠오를 수 있지 않을까.[16] "여섯판에 여섯번 지고 웃고 올라 간", 그러니까 현상으로 드러난 승패 결과에 초연한 "웃절 중"에게서 그러한 가능성을 발견할 수 있다.

14　시 전체 인용에서는 '几然히'라고 되어 있으나 여기서는 '兀然히'로 고쳐서 풀어 나간다. '几然히'는 '兀然히'의 오식이라고 보기 때문이다. "『문장』에 발표할 당시에는 '올연(兀然)히'로 표기되었는데, 『백록담』에서 '궤연(几然)히'로 고쳐졌다. (…중략…) '几'를 '兀'의 오식으로 보아 바로잡는 것은 해방 후의 『지용시선』에서 이를 '올연히'로 다시 고쳐 놓았기 때문이다."(권영민, 「長壽山・1」, 앞의 책, 531쪽)

15　노자, 김학주 역, 「제16장 귀근(歸根)」, 『노자』, 을유문화사, 2005, 161~162쪽.

16　이는 '대대(待對)' 개념의 체득 수준과 관련되는 사항이다. 따라서 이에 입각하여 이해할 필요가 있다.

아마도 그 중은 이러한 경지로 올라서기 위하여 부단하게 수양(점수漸修)을 전개했을 터이다. 시인은 '웃절 중'을 다시 "조찰히 늙은 사나히"라고 표현함으로써 수양의 연륜을 암시해 두었다. 이렇게 이해한다면, "장수산속 겨울 한밤 내─" 견디고자 하는 시인의 의지는 "조찰히 늙은 사나히의 남긴 내음새를" 얼마나 짙게 주울 수 있었는가에 성취 여부가 달렸다고 봐도 무방하겠다. 그는 '달＝道'와 정지용 사이를 매개하는 위치에 자리하고 있는 셈이니 말이다.

2) 「장수산·2」 다시 읽기─산수화 속의 돌과 물

풀도 떨지 않는 돌산이오   돌도 한덩이로   열두골을 고비고비 돌았세라   찬 하눌이 골마다   따로 씨우었고   어름이 굳이 얼어   드딤돌이   믿음즉 하이   꿩이 긔고 곰이 밟은 자옥에   나의 발도 노히노니   물소리   귀또리처럼 즐즐(唧唧)하놋다   피락 마락하는 해入살에   눈우에 눈이 가리어 앉다   힌시울 알에 힌시울이   눌리워 숨쉬는다   온산중 나려앉는 획진 시울들이   다치지 안히!   나도 내더져 앉다   일즉이 진달레 꽃그림자에 붉었던   絶壁   보이한 자리 우에!

─「장수산·2」 전문[17]

이 시를 파악하기 위해서는 먼저 장수산이 "풀도 떨지 않는 돌산"이라

---

17   鄭芝溶, 「長壽山·2」, 『白鹿潭』, 文章社, 1941, 13쪽.

는 사실에 주목해야 한다. 시인이 열두 곡 전체를 하나의 돌덩어리라고 강조하고 나섰을 정도로 장수산은 바위산으로서의 면모를 드러내고 있다. 산수화에서 바위란 무엇을 의미하는가. 송나라 사람 곽희郭熙(1020~1090)는 「임천고치林泉高致」에서 "바위란 천지의 뼈에 해당한다"[18]라고 진술하고 있다. 곽희의 이러한 인식은 산수화에 두루 통용되는 바, 예컨대 정선鄭敾(1676~1759)이 〈인왕제색도仁王霽色圖〉에 담아낸 바위산의 굳건한 기상이 여기에 해당한다. "돌은 억겁의 긴 세월 동안 형성된 것이고 영원히 변치 않는 그 무엇이다. 돌은 겉보기에 거칠고 추할지 모르나 그 외양 안쪽 깊은 곳에 사람들조차 본받기 어렵다고 탄복해 마지않는 굳센 정신을 간직한다."[19] 인간으로 치면 강골强骨을 상징하는 셈이다. 그러니 정지용이 돌산으로서 장수산의 면모를 강조하는 맥락에는 어떠한 외파에도 끄떡하지 않는 우뚝한 정신을 설정하고 있다고 이해해야 할 것이다.

물론 장수산이 상징하는 바는 시인이 지향하는 세계를 나타내기도 한다. 즉 어떠한 세파에도 휘둘리지 않겠노라는 시인의 다짐이 우뚝한 정신으로 표상되는 바위산의 이미지에 중첩된다는 것이다. 수묵미학에서는 이를 '천상묘득遷想妙得'이라고 이른다. 풀이하자면 '정신세계를 대상으로 옮겨 절묘함에 도달함'이라는 뜻이다.

'천상(遷想)'이란 일차적으로는 자신의 심사(心思)와 심정(心情), 즉 사상과 감정을 회화 대상에 옮겨서 그 대상으로부터 내재정신을 체험하고 감수함으로써 회화적 표현에 내포되게 된다는 뜻과, 객관 대상물이 본질적

---

18 곽희 · 곽사, 「임천고치」, 『중국화론선집』, 미술문화, 2002, 157쪽.
19 오주석, 「노시인의 초상화, 정선의 〈인왕제색도〉」, 『옛 그림 읽기의 즐거움』, 솔, 1999, 227쪽.

으로 갖고 있는 생명력과 신(神)의 경지를 회화의 형상으로 전이한다는 뜻을 동시에 지니고 있다. '묘득(妙得)'이란 그러한 자신의 사상과 감정, 그리고 객관 대상이 지니는 본질적 성정 등이 융합된 관조·체험·심미 등이 심원한 경지에 이르러 본질을 깨달았을 때를 말하는 것이다.[20]

이 대목에서 시의 제목이 '장수산長壽山'이라는 사실을 떠올릴 필요가 있다. 만약 정지용의 시선이 우람한 산의 골격에만 머물렀다면 '개골산皆骨山' 등의 제목을 취하는 게 타당했을 것이다. 하지만 "귀또리처럼 즐즐喞喞하"게 들리는 "물소리"가 기입되면서 '개골산'은 '장수산'으로 나아갈 수 있었다. 곽희는 "산은 물로써 혈맥을 삼고, 덮여 있는 초목으로 모발을 삼으며, 안개와 구름으로써 신채神彩를 삼는다"[21]라고 일렀다. 그러니까 '물소리 = 혈맥'을 끌어안고 이 바위산의 생명력이 확인되고 있으니 이 시의 제목 '장수산'은 비로소 타당한 의미를 획득하게 된다는 말이다. 얼음장 아래를 흐르는 물이 눈에는 보이지 않으나, 그 소리만은 또렷하다. 끊긴 듯 생각되었던 혈맥이 오롯이 이어지고 있으니 '장수長壽'산의 의미는 한층 각별해진다. 이러한 '물소리 = 혈맥'은 바위산의 우뚝한 정신과 조응하고 있다.

'바위산 = 강골'과 '물소리 = 혈맥'이 조응하는 장면은 물소리가 풍경으로 변주되는 지점에서 확인할 수 있다. 점층적으로 구성되는 다음 세 문장을 보라. ① "눈우에 눈이 가리어앉다" : 먼저 내린 눈이 나중 내린 눈에 의해 가리어졌으니 눈에 보이지 않는다. ② "흰시울 알에 흰시울이 눌리워 숨쉬는다" : 흰 시울 아래의 흰 시울은 눌린 상태에서도 여

20 崔炳植, 『동양회화미학—수묵미학의 형성과 전개』, 東文選, 1994, 55쪽.
21 곽희·곽사, 앞의 글, 156쪽.

전히 숨을 쉬고 있다. ③ "온산중 나려앉는 획진 시울들이 다치지 안히!" : 이는 "하얀 눈으로 덮인 뚜렷한 시울(능선)이 그 모습을 그대로 지니고 있음을 말한다".[22] ①, ②, ③의 차례는 눈 덮인 풍경을 점차 멀리서 조망하는 과정에 따르고 있다. 이는 곽희가 주장하는 '원망가진遠望可盡'(멀리서 보아야 다 알 수 있다)에 해당하는 착상이라고 이해해도 된다. 이때 "원망遠望은 비단 거리상의 투시학적인 입장에서 뿐만 아니라, 그 내면적인 본질을 이해하는 뜻 또한 부분적으로 내포하고 있다"[23]라고 이해해야 한다. 따라서 이러한 세 문장의 전개에서 확인할 수 있는 것은 "눈우에 눈이 가리어앉"은 상황으로부터 한 발짝 벗어나서 시간적으로, 심리적으로 멀찍이 내다보고자 하는 시인의 자세라고 할 수 있겠다.

정지용은 '바위산 = 강골'과 '물소리 = 혈맥'이 조응하는 바로 그 곳에 자신의 자리를 마련한다. "나도 내더져 앉다"의 조사 '도'가 이를 드러낸다. 뿐만 아니라 그 자리는 "일즉이 진달레 꽃그림자에 붉었던 絕壁 보이한 자리 우"이다. '절벽絕壁'의 위태로움이 마음가짐의 절대성을 가리킨다면, '일즉이 진달레 꽃그림자에 붉었던'이란 수식은 단심丹心, 즉 진심에서 우러나오는 변치 않는 마음을 나타낸다. 그러니 '바위산 = 강골 = 마음가짐의 절대성'과 '물소리 = 혈맥 = 단심'이 종합되는 표현이 "일즉이 진달레 꽃그림자에 붉었던 絕壁 보이한 자리 우에!"라고 이해해도 무방할 것이다. 이 시에 사용된 두 번의 느낌표가 외면의 풍경과 내면의 각오에 각각 대응하고 있다는 점도 기억해 둘 만하겠다. '천상묘득'으로 나아가는 측면을 효과적으로 드러내는 한편, 시의 전체적인 균형을 획득하고 있기 때문이다.

---

22 권영민, 「長壽山·2」, 『정지용 詩 126편 다시 읽기』, 민음사, 2007, 536쪽.
23 崔炳植, 앞의 책, 209쪽.

3. 산수시 이해와 주체 재구성의 문제

산수시란 무엇인가. 김지하는 다음과 같이 이야기하고 있다. "산수시는 그냥 '산이 높고 물이 맑고' 이런 정도로 쓰는 것이 아니에요. 산수, 즉 자연 안에 있는 눈에 보이지 않는 영적인 것과 자기가 감통할 때 느껴서 서로 일치되는 경지를 썼을 때 산수시라고 하죠."[24] 이 말의 의미를 온전하게 이해하기 위해서는 주체를 새롭게 구성할 수 있어야만 한다. 즉 보편적으로 통용되는 근대 주체의 틀을 뛰어넘을 수 있어야 비로소 산수시의 경지에 다다르게 된다는 것이다. 그 동안 정지용의 『백록담』을 분석했던 대부분의 연구들은 이러한 지점을 제대로 숙고하지 못했던 까닭에 의도치 않은 오류를 반복해서 범해왔다. 「장수산·1」, 「장수산·2」에 관한 독해들 역시 예외가 아니다.

일례로 「장수산·1」에 나타나는 '걸음'을 해석하는 방식을 살펴보자. 권영민은 "산중의 하얀 눈과 달빛이 함께 비치는 대목을 그린 중간 부분은 겨울 눈 덮인 산골의 하얀 달빛을 따라가는 산행을 묘사한다"라고 풀어놓고 있다. '걸음'을 화자의 움직임(산행)으로 파악해 나간 것이다. 처음부터 「장수산·1」을 "달밤의 정경을 섬세하게 묘사하고 있는" 시로 한정하고 출발하였으니, 화자의 객체로 물러나 앉은 '달'이 움직임의 주체로 편입될 가능성은 당연히 배제될 수밖에 없었다.[25] 같은 대목에서 "깊은 산 속의 화자의 발길을 하얗게 밝혀주는 것은 보름달빛"을

---

24 김지하, 「그늘에서 흰 그늘로!−명지대학교 생명시학론 강의 2」, 『흰 그늘의 미학을 찾아서』, 실천문학사, 2005, 69쪽.
25 권영민, 「長壽山·1」, 앞의 책, 532쪽.

끌어내는 박태상 또한 다를 바 없다. 시의 화자를 단일한 주체로 설정하고 나니 흰 달빛은 한낱 "고요와 적막감을 더욱 북돋우게" 하는 장치로 전락하고 말았다.[26] '걸음'의 주체를 시의 화자로 기술하고 있다는 점은 권혁웅도 마찬가지다. 그는 "산의 고요함이 말과 말 사이에 묵언默言을 낳고, 눈 온 산의 흰 빛이 검은 글자와 글자 사이에 백색을 풀어놓았다고 할 만하다"라고 전제하고 나서 "그 적막한 공간을 내가 걸어간다"고 진술하고 있다. 「장수산·1」에 애당초 대화對話가 없었으니 '말과 말 사이'가 존재할리 만무하며, '눈 온 산의 흰 빛'이 '검은 글자와 글자 사이' 여백과 일치한다면 「장수산·1」이 빽빽한 산문시로 남아 있어야 할 하등의 까닭이 없다. 수사는 화려하나, 수사를 채우는 내용은 빈약하여 포즈에 머무르고만 경우라고 하겠다.[27]

우리 선조들은 단일한 주체에 입각하여 세계를 구성하지 않았다. 예컨대 안견安堅(1400?~1479?)의 〈몽유도원도〉의 원근법을 보면 세 가지 시각이 겹쳐서 나타난다. 첫째, 깎아지른 높은 산을 아래에서 위로 치켜다본 시각(高遠法). 둘째, 엇비슷한 높이에서 뒷산을 깊게 비껴본 시각(深遠法) 셋째, 높은 곳에서 아래쪽을 폭 넓게 조망한 시각(平遠法). 이를 통틀어서 '삼원법三遠法'이라고 하는데, 이는 산수를 한가운데 모시는 사고의 산물이라고 볼 수 있다. "서양의 일점투시는 일견 과학적인 듯 보이지만 카메라 앵글처럼 포용력이 부족한 관찰 방식이다. 일점투시는 인간 중심주의적 사고의 산물인 까닭에 자연의 살아 있는 모습을 따라잡는 데는 실로 많은 어려움을 드러낸다. 애초 산이란 것이 하나의 숨 쉬는 생명체라면 그것은 자연과 인간의 상호 양보를 전제로 하

---

26 박태상, 앞의 글, 103쪽.
27 권혁웅, 「「長壽山·1」의 구조와 의미」, 『다시 읽는 정지용 시』, 月印, 2003, 189쪽.

는 동양의 고차원적 인본주의, 즉 회화적으로는 삼원법에 의해서만 충분히 표현된다."[28] 따라서 달이 제 스스로 뜻을 품고 이에 따라 움직이는 양태로 해당 내용을 파악할 수 있느냐의 여부는, 단순히 시구를 어떻게 해석할 것인가의 수준에서만 머무르는 문제가 아니라, 산수 가운데서 인간(화자 = 주체)을 어떻게 규정할 것인가의 문제라고 이해하여야 한다.

기실 『백록담』에는 이러한 방식에 입각하여 독해해 나가야만 하는 시편들이 몇 편 포함되어 있다. 어떤 대목에서 권영민은 그러한 지점을 예리하게 포착해 내기도 했다. 「폭포瀑布」 해석이 이에 해당한다. 「폭포」를 보면 1연에서 6연까지는 시의 화자가 물의 이동을 묘사의 대상으로 삼고 있다. 그런데 7연에서 12연까지는 폭포를 이루어 떨어지는 물이 묘사의 주체로 나서며, 이후 13연에서 물은 다시 묘사의 대상으로 되돌아간다. 다음은 이러한 사실에 대한 권영민의 지적이다. "시적 화자가 묘사의 대상으로 삼고 있는 물이 어떤 경우에는 묘사의 주체가 되어 폭포 주변을 그려낸다. 폭포의 물이 인격화되면서 묘사의 초점도 함께 부여받고 있는 것이다. (…중략…) 나는 이 대목에 나타난 묘사적 관점의 이동을 제대로 읽어낸 경우를 찾지 못했다. 대부분의 논자들이 이 장면을 평면적으로 설명하고 있기 때문이다."[29] 권영민은 이러한 관점을 주체의 재구성이라는 사상의 차원으로까지 끌어올려 보다 광범위하게 적용시켰어야 했을 것이다.

「장수산 · 2」에 대한 해석은 거의 찾아볼 수 없다. 대부분의 연구자들

---

28 오주석, 「꿈길을 따라서, 안견의 〈몽유도원도〉」, 『옛 그림 읽기의 즐거움』, 솔, 1999, 72쪽.
29 권영민, 「정지용 시의 해석 문제」, 『정지용詩 126편 다시 읽기』, 민음사, 2007, 72~76쪽.

이 "「장수산·1」과 함께 겨울 장수산의 정경을 그려낸 산문시 형태의 작품"[30]이라는 입장에 머물러 이면의 깊이를 들여다보지 못했기 때문이 아닌가 싶다. 장도준이 나름의 해석을 전개해 나간 바 있지만 도저히 수긍하기가 곤란하다. 그는 "자연 앞에서 모든 것을 초극하여 죽음조차도 삶의 형식으로 수용되는 경지가 지용이 궁극적으로 지향하려던 경지"였다고 전제하면서 「장수산·2」에 대하여 자살을 통한 자연과의 합일이라고 풀어나간다. "산의 세계에 몰입된 자아는 그 자연과 일체가 되어, 내리는 눈처럼 절벽에서 뛰어내린다. 그리하여 '일즉이 진달레 꽃그림자에 붉었던 절벽 보이한 자리 우에' 내려 앉아 눈과 진달래가 되려는 것이다."[31] 삶을 죽음의 방향으로 밀어붙여 삶과 죽음의 통일을 주장하는 것은 명사형 사고의 산물이다. 삶 속에서 죽음의 측면을 끌어안지 못하고 둘을 대립시켜 파악하였기 때문에 그러한 결과에 이르고 말았다. 이를 넘어서기 위해서는 동사형 사고로 전환해야만 한다.

삶과 죽음을 대립적으로 파악하는 것이 명사형 사고의 결과라면, 동사형 사고에서는 삶과 죽음을 공존하면서 펼쳐지는 하나의 과정으로 파악한다. 만물萬物을 기의 유행流行으로 파악하는 인식이 이의 대표적인 사례이다. "중국철학에서 우주 자연의 모든 생명체가 기의 생성과 소멸에 의해서 생사가 결정된다는 믿음은 뿌리 깊은 것이었다. 자연은 이 기가 흐르는 생명의 광장이며 이 흐름이 왜곡되거나 중단되어서는 안 된다. 기의 흐름 자체가 생명의 탄생과 소멸의 과정이고 이 전 과정은 유기적으로 연결되어 있다. 즉 자연 속에서 기의 유행을 전일적 흐름으로 파악하여 전체적 생명의 흐름으로 보는 것이니, 모든 자연 존재

---

30 권영민, 「長壽山·2」, 앞의 책, 537쪽.
31 장도준, 『정지용 시 연구』, 태학사, 1994, 194~195쪽.

는 서로가 기를 매개로 상호연결되어 있는 한 집안 같은 관계에 있다."[32] 이러한 사유는 동아시아 전통사상의 근간으로 자리를 잡고 있었다. 그러니 「장수산·2」를 이해하기 위해서는 먼저 동사형 사고의 지평으로 나아가는 것이 마땅하다. 앞에서 언급했던 '천상묘득遷想妙得'이라는 개념도 이러한 가운데서 온전하게 이해할 수 있을 것이다. 이는 주체 재구성에 관한 문제이기도 하다.

그동안 펼쳐졌던 「장수산·1」, 「장수산·2」 해석들은 주체 설정 방식에서 커다란 문제를 안고 있었다. 그래서 '산이 높고 물이 맑고' 정도에서 파악되었던 것이다. 동아시아 문인화론에서는 "시를 짓는 일이 그림을 그리는 것과 같이 사물의 본질의 경지를 헤아리고 깨닫는 것"[33]이라는 인식이 일반적으로 통용되었다. 그런 만큼 산수시라든가 산수화를 이해하기 위해서는 시인·화가가 체득하고자 했던 '사물의 본질의 경지'를 더불어 헤아리는 방향으로 나아갈 수 있어야 할 것이다. 그 시작은 근대 주체의 바깥에서 주체를 다시 구성해 나가는 작업이라고 할 수 있다.

---

32 김병환, 「맹자 인성론에 대한 사회 생물학적 해석」, 『논쟁과 철학』, 고려대 출판부, 2007, 451쪽.
33 黃山谷, 『鷄肋集』 卷30; 崔炳植, 앞의 책, 221쪽에서 재인용.

4. 정지용의 민족의식과 우회적 글쓰기 전략

「장수산·1」, 「장수산·2」에서 민족의식을 읽어내기란 그리 어려운 일이 아니다. 「장수산·1」의 경우, "달도 보름을 기달려 흰 뜻"만 제대로 파악한다면 "시름"이라든가 "오오 견듸랸다"라는 의지가 어디서 기원하는가를 파악할 수 있기 때문이다. 다시 말한다면, 그믐에서 보름으로 차오르는 달처럼 민족의 어두운 현실 또한 변이하리라는 신념이 담겨 있다는 것이다. 「장수산·2」에서는 "귀또리처럼 즐즐하"게 흐르는 "물소리"가 이러한 신념을 담고 있는 소재에 해당한다. 민족에 대한 믿음이 있었기에 시인은 "풀도 떨지 않는 돌산"에 자신의 태도를 비기면서 자신의 위치를 "일즉이 진달래 꽃그림자에 붉었던 절벽"이 보임직한 곳에 마련해 나갈 수 있었다. 제목 '장수산'에서 '장수'가 상징하는 바는 이러한 맥락에 적절하게 부합한다. 그리고 정지용이 이 두 편의 시를 시집 『백록담』의 가장 앞머리에 배치해 나갔던 의도 또한 심상히 보아 넘길 일이 아니다.

칠언고시 「정군지용시기소위금강산시鄭君芝溶示其所爲金剛山詩(정지용 군이 그가 지은 금강산시를 보여주기에)」를 보면 당시 정인보는 정지용의 그 붉은 마음丹心을 꿰뚫고 있었던 것으로 보인다. 그는 마지막 11, 12구를 다음과 같이 읊었다. "무심해야지 강탈하려 들면 경계가 널 따를 것인가? 無心逼取境隨女 그대에게 권하노니 붉은 신나무 꺾질 말게나勸君莫折楓葉頳"[34] 물론 이 시는 정지용의 「옥류동玉流洞」(『조광』, 1937.11)에 대한 응답

---

34 정인보, 정양완 역, 「鄭君芝溶示其所爲金剛山詩(정지용 군이 그가 지은 금강산시를 보여주기에)」, 『薝園文集』中, 태학사, 2006, 168쪽.

으로 봐야 한다. 제1구가 "옥류동은 대체 어떠하던가?玉流之洞夫如何"로 시작되며, 창작 시기는 1938년 8월로 알려져 있기 때문이다.³⁵ 이는 「장수산・1」, 「장수산・2」가 발표된 시기(『문장』 제2호, 1939.3)보다 앞서는 것이다. 그렇지만 정지용이 산수시의 세계로 넘어간 전체 맥락에서 이해한다면 '楓葉頹(붉은 신나무)'로 상징되는 의지를 굳이 「옥류동」으로만 한정지을 필요가 없어진다. 정지용은 산수화, 경전 등을 심독하는 까닭에 대해 다음과 같이 말한 바 있다. "시학과 시론에 자조 관심할 것이다. 시의 자매 일반 예술론에서 더욱이 동양 화론 서론에서 시의 방향을 찾는 이는 빗둘은 길에 들지 않는다. // 경서 성전류를 심독하야 시의 원천에 침윤하는 시인은 불멸한다."

해방 이후 정지용이 밝힌 일제 말기 시작詩作에 관한 입장도 그의 민족의식을 증명하는 자료로 삼을 만하다. 그는 망명하여 적극적으로 배일排日에 나섰던 김사량의 길, 『문장』 폐간 이후 침묵으로 일관했던 김기림・김동리의 길로 나아가지는 않았다. 하지만 신변의 위협을 피할 수 있는 방안을 모색하면서 민족을 염두에 두면서 시 창작을 전개하였다. "친일親日도 배일排日도 못한 나는 산수山水에 숨지못하고 들에서 호미도 잡지 못하였다. 그래도 버릴 수 없어 시를 이어온 것인데 이 이상은 소위 '국민문학'에 협력하던지 그렇지 않고서는 조선시를 쓴다는 것만으로도 신변의 협위를 당하게 될 것이었다."³⁶ 이렇게 냉엄한 현실과의 경계에서 펼쳐진 민족의식에 입각한 시 창작을 우회적 글쓰기의 한 가지 사례로 파악할 수 있을 것이다. 그러므로 한국문학사에서 차지할 만한 정당한 지분을 요구하는 다음과 같은 그의 주장은 어느 정도 타당

---

35 정양완, 「담원 연보」, 『舊園文集』 下, 태학사, 2006, 563쪽.
36 지용, 「朝鮮詩의 反省」, 『문장』, 1948.10, 112쪽.

성이 있다고 평가하여야 하겠다.

위축된 정신이나마 정신이 조선의 자연 풍토와 조선인적 정서 감정과 최후로 문자를 고수하였던 것이요 정치감각과 투쟁의욕을 시에 집중시키기에는 일경의 총검을 대항하여야 하였고 또 예술인 그 자신도 무력한 인테리 소시민층이었던 까닭이다.

그러니까 당시 비정치성의 예술파가 적극적으로 무슨 크고 놀라운 일을 한것이 아니라 소극적이나마 어찌할 수 없는 위축된 업적을 남긴 것이니 문학사에서 이것을 수용하기에 구태여 인색히 굴 까닭은 없을가 한다.[37]

과연 정지용은 동양화론에서 방법을 찾아 삐뚤어진 길로 들지 않았고, 『시경』 등의 경서를 심독하여 불멸로 지향하는 정신의 절정을 드러내었다. 그 자신이 '소극적이나마 어찌할 수 없는 위축된 업적을 남긴 것'이라고 밝히고 있으나, 올연한 정신이 확보하는 기상과 깊은 울림으로 이어지는 시적 성취를 파악할 수 있는 안목이라면, 한국문학사에서 위상을 부여하는 데 그보다 더욱 적극적인 입장을 취할 수밖에 없을 것이다. 그러니 "우수한 전통이야말로 비약의 발 디딘 곳이 아닐 수 없다"라는 주장을 시집 『백록담』을 통하여 정지용 자신이 직접 증명해 나간 셈이라고 봐도 무방하겠다.

---

37 위의 글, 113쪽.

5. 과제 – 정지용과 강화학파의 연관성

정지용이 민족을 하나의 주체로 내세우되 근대사상에서의 주체 구성 방식과 다르게 사유했다는 사실은 특기할 만하다. 이와 관련하여 김지하의 논의는 흥미를 끄는 바 있다. 그는 "정지용이 초기 한국 현대시에서 최고봉이라고"[38] 파악하고 있는데, 『백록담』에서 감지할 수 있는 '흰 그늘'을 근거로 제시한다. '흰 그늘'이란 무엇인가. "우리 민족 신화의 창조적 상징이요 미학적 원형의 원형인지도 모를"[39] 미학 요소이다. 그는 『삼국유사』「고구려」의 다음 대목에서 "일영日影", 즉 '해그늘 = 흰 그늘'의 상징에 주목하며 논리를 펼쳐 나갔다. "해모수와 사통한 뒤 버림 받은 유화를 이상하게 여긴 동부여의 왕 금와가 그녀를 방에 가두었는데 햇빛이 비추니 몸을 이끌어 이를 피하고 해그늘이 좇아와 비추니 받아들여 이로 인해 잉태했고 하나의 알을 낳았다.(金蛙異之幽閉於室中爲日光所照引身避之日影又逐而照之因而有孕生一卵)"[40] 창자唱者의 목소리에 깃든 그늘을 중요하게 여기는 판소리 등의 예가 있는 만큼, 김지하의 이러한 관점은 일단 검토해 볼 만하다고 판단할 수 있다.

하지만 하나의 문화는 홀로 정체되는 일 없이 인접한 문화와 충돌하면서, 혹은 그 영향을 받아들이거나 인접 문화 속으로 스며들면서 습합 과정을 거치게 마련이다. 문화 전승의 이러한 경향을 염두에 둔다면 시집 『백록담』과 『삼국유사』 사이의 시간적 거리를 고려하지 않을 수 없

---

38 김지하, 앞의 글, 68쪽.
39 김지하, 「흰 그늘의 미학 (초)」, 『흰 그늘의 미학을 찾아서』, 실천문학사, 2005, 550쪽.
40 위의 글, 551쪽.

다. 즉 「장수산·1」 등 정지용의 산수시에서 '흰 그늘'의 요소가 파악된다고 하더라도, 이를 곧장 『삼국유사』의 진술과 실선으로 직접 이어나갈 것이 아니라, 식민지시대에 이르러 '흰 그늘'을 전통으로 '발견'해낸 맥락 속에서 이해할 필요가 있으리라는 것이다. 예컨대 범보凡父 김정설金鼎卨(1897~1966)은 주기론에 초점을 맞춰 민족사상사를 재구성해낸 바 있는데,[41] 식민지시대에 김동리가 범보에게 정지용을 소개받아 이후 형제처럼 지내었다는 진술이 남아있는 만큼,[42] 범보와 정지용 사이의 공유점을 살펴보는 작업이 가능하겠다. 기실 『백록담』에서 주기론의 흔적이 느껴지기도 한다. 물론, 그렇다고 하더라도, 정지용에게서는 범보가 표 나게 내세웠던 신라정신이 확인되지 않고 있으므로 그 영향 관계를 일면적으로 한정시킬 필요가 있을 것이다.

범보와 정지용의 관계를 한정하여 연관 지을 때, 아마도 양명학 사상이 중요하게 불거질 수밖에 없을 것이다. 우선 범보의 사상이 양명학 측면에서 해명될 여지가 있으며,[43] 정지용은 한국 양명학의 본산이라 할 수 있는 강화학파 계보의 정인보와 깊은 교류를 했던 것으로 추정되기 때문이다. "정인보가 지용의 시에 화답했다는 것은 한편으로는 그만큼 지용의 「옥류동」을 높이 평가했다는 뜻이기도 하고 다른 한 편으로는 두 사람의 친분이 매우 깊었음을 뜻하기도 한다. 당시 지용의 문단적 위치로 보아 그가 자신의 작품을 이렇게 남들 앞에 내세운다는 것은 흔치 않은 일이었을 것이라고 짐작된다."[44] 그리고 1922년 봄을 전후

---

41 김범부, 「陰陽論」(『風流精神』, 정음사, 1986) 참조.
42 金東里, 「橫步 선생의 追憶」(『孤獨과 人生』, 백만사, 1997) 참조.
43 정다운의 「凡父 金鼎卨과 陽明學」(『양명학과 지구, 생명 그리고 공생』(제7회 강화양명학 국제학술대회 자료집), 2010.10.8~9 진행) 참조.
44 최동호, 『그들의 문학과 생애, 정지용』, 한길사, 2008, 96~97쪽.

하여 정인보가 불교중앙학교와 관계를 가지기 시작했다는 기록이 있고,[45] 범보가 불교중앙학교를 거점으로 삼아 활동을 펼쳐나갔던 사실을 염두에 둔다면,[46] 정인보와 범보 사이에도 교류가 있었으리라 추정할 수 있다. 덧붙이자면 해방이 되고 1946년 3월 13일 전조선문필가협회가 창립될 때 범보는 준비위원의 가장 첫 머리에 이름을 올렸으며, 정인보·정지용 역시 여기에 참가하였고, 정인보는 회장으로 피선되기도 하였다.

아직까지 강화학파 정인보와 정지용의 교류에 대해서 구체적인 자료가 나와 있지 않다. 다만 정인보의 한시를 매개로 삼아 영향 관계를 추정할 수 있을 따름이다. 또한 양명학의 사상 맥락에서 정지용의 산수시를 가늠할만한 경지에 이른 연구자가, 필자를 포함하여, 눈에 띄지 않는다. 그러한 까닭에 이와 연관되는 사항에 대해서는 이후의 과제로 미뤄둔다.

---

45 閔泳珪, 「爲堂 鄭寅普 선생의 行狀에 나타난 몇 가지 문제－實學元始」, 『江華學 최후의 광경』, 又半, 1994, 68~69쪽.

46 홍기돈의 『김동리 연구』(소명출판, 2010) 가운데 제2장 '식민지 시대의 행적' 중 제1절 '불교계 동향과 범보의 행방' 참조.

제2부

조선 도교의 기원·발전과 민족의식의 구축 과정

제1장

국조國祖 단군의 기원과
고구려 · 신라 담론의 형성 과정 고찰
선仙이념의 성립 및 발전 과정과 관련하여

1. 근대 이전의 단군 담론과 민족 개념의 이해 방식

위당 정인보가 작사한 〈개천절 노래〉 1절 가사는 다음과 같다. "우리가 물이라면 새암(샘)이 있고 / 우리가 나무라면 뿌리가 있다 / 이 나라 한아바님은 단군이시니 / 이 나라 한아바님은 단군이시니" 고조선 개국시조인 단군은 이처럼 한민족韓民族의 시원으로 숭앙받고 있다. 한민족이 하나의 핏줄로 이어진 단일민족이라는 신화가 성립하는 데에도 단군의 상징은 크게 작용하였으니, 한국 민족주의를 이해하기 위해서는 단군에 관한 연구가 필수일 수밖에 없다. 개천절이 국경일로 제정된 연도는 1949년이며, 개천절을 10월 3일로 정하여 경축행사가 진행된 것은 1909년 대종교(단군교)에서 비롯되었다. 따라서 단군이 국조國祖로서의 위상을 차지하여 제도적으로 정착한 것은 근대에 접어들어서라고 정리할 수 있겠다.

그런데 국조 단군의 출현을 근대-체제의 구축 속에서 이루어졌으리라고 일찌감치 단정하려는 태도는 다소 성급한 시도라고 느껴진다. 이는 제도 차원에서의 이해에 한정되는 까닭에 국경일 및 종교 의례가 성립할 수 있었던 근거까지 드러내는 것은 아니기 때문이다. 물론 근대제도가 민족의식을 창출한다는 전제에 전적으로 동의한다면 더 이상의 탐구는 불필요하겠지만, 단군이 민족의 기원이라는 주장은 지금으로부터 740여 년 전부터 제기되었던 만큼, 기존에 통용되던 단군 담론의 민족의식이 근대-체제의 구축에 영향력을 끼쳤으리라는 가능성도 열어놓아야 한다. 그러한 까닭에 이 글을 써 내려가는 필자의 기본 태도는, 근대의 발명품으로서가 아니라, "어느 정도까지 선재先在하는 지리적이거나 문화적인 토대 위에 형성된, 종족이 오랫동안 유지한 양식들이 연장된 것으로" 민족을 파악하는 입장에 놓이게 된다.[1] 그리고 글의 구성은 이러한 관점에 충실하기 위하여 단군 담론의 기원과 변화 과정을 추적하는 통사通史 형태로 작성하였다.

기실 국조 단군의 기원과 이를 둘러싼 해석은 단선적인 경로를 밟으며 축적·강화되어 오지 않았다. 아마도 가장 큰 원인은 단군이 신화를 통하여 기록되었기 때문이라고 할 수 있을 것이다. 신화의 서사는 상징적인 논리에 근거하여 펼쳐진다. 상징적인 논리란 "실재가 아니면서 실재를 표상하는 기능"을 말한다. 예컨대 "수선화라는 상징적 매체를 통하여 자기중심적 인간의 본성을 나르시스 신화는 설명하고 있다. 수선

---

1   신기욱, 이진준 역, 『한국 민족주의의 계보와 정치』, 창작과비평사, 2009, 19쪽.

화는 실재하는 하나의 인간본성을 상징하되 본성 자체는 아니다".[2] 사실 여부만을 취하여 접근할 경우 상징적인 논리는 설 자리를 잃고 만다. 예컨대 조선의 일부 성리학자라든가 일제의 관변학자들은 이러한 견지에서 단군신화를 부정한 바 있다. 신화의 상징적인 논리를 인정할 경우에도 상황이 명료해지는 것은 아니다. 어떤 상황에 처해 있는가에 따라 해석자들은 자신의 입장에서 신화의 상징적인 논리를 파악하게 마련이고, 그렇게 파악된 단군의 면모는 민족(국가)의 이념으로 포장되어 정당성을 확보하는 방편으로 활용되기 때문이다. 단군을 둘러싸고 펼쳐진 담론의 역사는 이를 증명하는 데 모자람이 없다.

먼저 분명하게 밝히건대, 이 글은 단군에 관한 사실 여부라든가 단군신화의 상징 분석과 같은 층위의 논의와 아무런 관계가 없으며, 다만 단군 담론의 역사적인 전개 양상만을 연구 대상으로 취하였다. 그리고 단군 담론이 변화·발전하는 과정에서 병자호란 이후 출현한 고구려 담론·신라 담론과 결합하고 있는 양상에 주목하였다. 근대로 돌입한 이후 단군신화와 결합한 고구려 담론·신라 담론의 논리가 보강되면서 이념성이 강화되었기 때문이다. 민족의식의 형성과 관련하여 신라의 의미를 발견한 주체가 누구인가에 관한 논쟁이 치열하게 전개된 바 있으나,[3] 단군조선과의 관계 및 병자호란 이후 신라 담론과의 사상적 연

---

2 尹以欽, 「檀君神話와 韓民族의 歷史」, 『단군―그 이해와 자료』, 서울대 출판부, 2001, 11쪽.

3 논쟁 과정은 다음과 같다. 먼저 ① 김흥규가 「신라통일 담론은 식민사학의 발명인가」, (『창작과비평』, 2009.가을)를 통해서 『신라의 발견』(동국대 출판부, 2008)에 실린 윤선태의 「'통일신라'의 발명과 근대역사학의 성립」과 황종연의 「신라의 발견」을 비판하였다. ② 이에 윤선태는 「통일신라론을 다시 말한다」(『창작과비평』, 2009.겨울)로써 반론하였고 ③ 김흥규는 다시 동일한 견지에서 「한국 근대문학 연구와 식민주의」(『창작과비평』, 2010.봄)로 김철과 황종연을 비판하였다. ④ 이에 대한 황종연의 반론이 「문제는 역시 근대다」(『문학동네』, 2011.봄)였으며, ⑤ 김흥규의 재반론이 「식민주의

계성·고구려 담론과의 긴장 관계 등이 제대로 다루어지지 않아 한계를 드러내었다고 평가하게 된다. 신채호라든가 최남선 그리고 이광수, 현진건, 김동리 등 한국문학의 굵직한 작가들은 나라 잃은 상황을 타개하기 위하여 각자 추구하는 민족국가의 모델로 단군조선 혹은 고구려, 신라에 주목한 바 있다. 따라서 이 연구는 이들 작가들의 사상을 해명하기 위한 근거 확보라는 의미를 가지게 될 것이다.

2. '개국시조開國始祖 단군'의 발견과 확립

1) 평양의 지역신에서 민족의 개조로 등장하는 과정

고려시대만 하더라도 국가가 민족을 단위로 작동되지는 않았던 듯하다. "고려 후기까지도 고구려·백제·신라라는 삼국의 부흥을 표방하는 민간 반란이 계속된 데서 알 수 있듯이, 기본적으로 지방마다 삼국의 어느 한 시조만을 자기 지역의 시조로 받드는 인식이 강하게 남아 있었기 때문이다."[4] 그러니 중앙에서도 출신 지역을 근거로 하는 권력들 간의 쟁투가 치열하게 벌어졌을 터, 1135년(인종 13) 일어난 묘청의 난은 대표적인 사례라 할 수 있겠다. 서경西京(평양) 세력을 배경으로 삼고 있던 묘청과 경주 세력의 대표주자인 김부식이 정면으로 맞섰던 것

와 근대의 특권화를 넘어서」(『창작과비평』, 2011.가을)이었다.

4   朴光用, 「檀君 認識의 變遷」, 『韓國史學史研究』, 나남출판, 1997, 79쪽.

이 묘청의 난이었던바, 이를 자주파와 외세파의 대결로 이해하는 입장도 있으나, 다른 시각에서 보자면 고구려 계와 신라 계의 대결이 되기도 하는 것이다. 당시 신라 계가 중앙권력까지 장악하여 묘청 세력의 서경 천도遷都를 좌절시켰으므로 이들은 고려 수도의 이름을 따서 '개경파'라 불리기도 하였다.[5]

상황이 그러하였으니 단군의 위상이 국조로서 통용되었을 리 만무하다. 물론 단군에 관한 언급이 없었던 것은 아니다. "『삼국사기』에서 평양은 본래 단군이 살았던 곳이라고 한 것이나, 「조연수묘지趙延壽墓誌」에서 단군을 평양의 개척자라고 한 것, 그리고 1010년(현종 1) 거란족의 침입 때 서경의 신西京神 = 단군이 평양을 지켜준 것으로 여겼다는 사실은 단군이 평양의 개척자 내지 수호자로 여겨져 제사의 대상이 되었음을 보여준다."[6] 그렇지만 "김부식 등의 지식인층에서는 평양 지방의 지역신으로"[7] 단군이 받아들여졌을 따름이었다. 삼성사三聖祠(桓因·桓雄·檀君을 모신 사당)가 있던 구월산 지역에서는 민간신앙 차원에서 단군이 숭배되기도 하였다. 구월산은 단군이 산신으로 좌정한 아사달산阿斯達山으로 추측되는 곳이다. 그러니 단군은 오랜 동안 평양의 지역신과 구월산의

---

5 "5대 임금인 경종(景宗) 때(976~981) 김부(金傅 : 신라 마지막 임금 경순왕―인용자)의 딸이 제1비가 되는 데서 단적으로 드러나듯이 경주계가 부상하기 시작하였으며, 다음 대인 성종조(成宗朝, 982~997)에 이르러 유교정치 이념의 채택과 함께 최승로(崔承老)로 대표되는 구신라귀족계가 유력한 정치 세력의 하나로 등장하는 것이다. (…중략…) 이후 유교정치 이념의 수립과 더불어 문신 중심의 귀족정치가 확립되면서 신라의 전통과 문화가 차지하는 비중은 점차 커져 갔으며, 그에 따라 고려는 신라를 계승한 나라라는 의식 역시 높아가게 되었다. 고구려 계승의식이 강고했던 초기와는 분위기가 상당히 바뀌어 가고 있었던 것이다."(박용운, 『고려의 고구려 계승에 대한 종합적 검토』, 일지사, 2006, 74·83쪽)

6 徐永大, 「檀君關係 文獻資料 硏究」, 『단군―그 이해와 자료』, 서울대 출판부, 2001, 64쪽.

7 崔柄憲, 「檀君認識의 歷史的 變遷―고려시대 檀君神話 傳承文獻의 檢討」, 『단군―그 이해와 자료』, 서울대 출판부, 2001, 154쪽.

산신 수준에 머물렀다고 정리할 수 있다.

그러했던 단군은 일연의 『삼국유사』와 이승휴의 『제왕운기』 편찬이 계기가 되어 국조로 부상하게 되었다. 주지하다시피 이 두 편의 자료는 단군신화가 실려 있는 가장 오래된 문헌이며, 두 문헌 모두 단군을 민족의 기원으로 설정하고 있다. 『삼국유사』가 고려 충렬왕 시기(1275~1308), 『제왕운기』는 충렬왕 13년(1287)에 편찬되었으니 이들은 13세기 자료이다. 그리고 "1361년(고려 공민왕 10) 백문보白文寶가 공민왕에게 개혁의 필요성을 역설하면서 지금이 단군으로부터 3600년이 되어 주원지회周元之會를 맞이했음으로 개혁의 호기라 하였는데, 이것은 이제 한국사의 출발점으로서의 단군의 위치가 움직일 수 없는 것으로 확립되어 있었음을 반영하는 것이다".[8] 따라서 단군에 대한 새로운 인식이 싹텄던 것은 13세기 후반이었으며, 14세기 중반에 이르러서는 단군의 위상이 조정에서 논의될 정도로 자리를 잡아나갔다고 파악하게 된다.

그렇다면 당시 고려에서는 대체 무슨 일이 벌어졌기에 단군이 국조로서 호출되었던 것일까. 13세기의 동북아 정세가 상당히 혼란스러웠고, 그로 인하여 고려는 외세의 침략에 시종 노출되어 있었기 때문이다. 요遼(916~1125)가 망한 이후 몽골에 쫓긴 거란족이 1218년 침범했는가 하면(강동의 역役), 신흥강자로 떠오른 몽골은 1231년부터 1259년까지 여섯 차례에 걸쳐 고려를 침략하였다. 삼별초를 정벌하기 위하여 몽골은 1271년 다시 한 번 고려 출병에 나섰다. 존립 자체가 위태로운 상황에 직면한 고려로서는 대응책 마련에 나설 수밖에 없었다. "이에 따라 고려 내부 사회의 결속을 저해하는 고구려 또는 신라 계승의식에 대

---

8   徐永大, 앞의 글, 71쪽.

해서도 어떤 반성이 일어났을 것으로 생각된다. 그렇다고 할 때 그것은 당연히 고려사회 내부의 결속을 뒷받침할 수 있는 역사의식이었을 것인바, 여기서 고구려든 신라든 간에 그 기원을 거슬러 올라가면 모두 하나의 뿌리에서 갈라져 나왔다는 인식이 필요하게 되었을 것이다. 단군은 바로 이러한 시대적 요청에 잘 부응할 수 있는 존재였다."[9]

따라서 『삼국유사』와 『제왕운기』에 실린 단군신화는 고려가 직면한 위기 상황 속에서 읽어나갈 필요가 있다. 특히 『제왕운기』는 조선 전기의 고조선 이해에 커다란 영향을 끼쳤다는 점에서 주목을 요한다. 첫째, "이름을 단군檀君이라 하고, 조선朝鮮의 땅을 차지하여 왕이 되었다. 이런 까닭에 시라尸羅(신라)·고례高禮(고구려)·남북옥저南北沃沮·동북부여東北扶餘·예濊와 맥貊은 모두 단군의 자손인 것이다".[10] 이로써 한민족韓民族의 혈통 범위가 확정되었으며, 한반도뿐만 아니라 요동반도 및 북만주 일대까지도 차후에 수복해야 할 한민족의 영토로 인식하는 경향이 확산되었다. 둘째, 고조선의 역사를 단군조선―기자조선―위만조선으로 파악하고 있는바, 이러한 세 단계로의 고조선 인식은 이후 오랫동안 정설처럼 이어지게 된다. 셋째, 『제왕운기』에는 단군과 기자가 각각 前고조선, 後고조선의 시조로 구분되어 내세워져 있다. 이는 "이승휴李承休에게 있어서 단군은 조국지주肇國之主로서 민족의 동질성과 독자성의 원천이며, 기자는 문명화의 상징으로서 인식되었음을 말해준다".[11]

---

9 위의 글, 70쪽.
10 李奎報·李承休, 朴斗抱 譯, 『東明王篇·帝王韻紀』「帝王韻紀」卷下, 乙酉文化社, 1987, 161~162쪽.
11 崔柄憲, 앞의 글, 154쪽.

2) 조선 건국의 이데올로기로 활용된 단군신화

고려를 무너뜨리고 1392년 들어선 조선은 초창기 여러 방면에서 자신의 정당성을 입증해야 할 필요가 있었다. 단군신화 역시 예외일 수 없었다. 독법에 따라 단군신화의 주제는 목자위왕木子爲王, 즉 나무(신단수神檀樹)의 아들이 왕이 되리라는 방향으로 나아갈 수도 있다. 조선왕조는 "신화를 이씨(木子 = 李)가 왕이 된다는 예언으로 해석하고, 이 해석을 국왕 가계의 신성화에 이용함으로써 이씨 왕조의 정통성을 강화하는 데 사용하였다".[12] 그러니 단군이 국조로 숭상된 것은 당연한 현상이었다. 조선 건국의 밑그림을 그렸던 정도전은 『조선경국전朝鮮經國典』(1394)을 통하여 고조선 시대에는 단군조선, 기자조선, 위만조선이 있었다고 정리하고 나섰다.[13] 앞서 언급했다시피, 고조선을 세 시기로 나누는 견해는 『제왕운기』에서 비롯된 것이며, 이러한 이승휴의 견해는 정도전을 통해 추인되었고, 이는 다시 15세기의 문헌에 그대로 이어지는 양상으로 전개되었다.

15세기에 편찬된 문헌들을 살펴보자. 권근權近의 『동국사략東國史略』(1403), 노사신盧思愼 등의 『삼국사절요三國史節要』(1476), 세종 때의 『동국세년가東國世年歌』(1436), 권람權擥의 『응제시주應制詩註』(1457)는 모두 3조선설로 통일되어 있다. 16세기 단군 인식의 기본적인 지침이 된 『동국통감東國通鑑』(1485) 역시, 상고사가 불완전한 기록이라 하여 외기로 처리하고는 있으나, 민족공동체의 출발로서의 단군과 3조선을 인정하고 있

---

12 朴光用, 앞의 글, 81쪽.
13 백민정, 「조선 지식인의 王政論과 정치적 公共性−箕子朝鮮 및 中華主義 문제와 관련하여」, 『東方學志』 164, 연세대 국학연구원, 2013.12, 33쪽.

다.[14] 또한 이들 사서들은, 『동국통감』의 경우 다르게 나타날 뿐, 단군이 요堯 원년에 즉위하였다고 기술하고 있다.[15] 단군이 즉위한 해와 중국 요의 즉위년(무진년戊辰年)이 같다는 주장은 『제왕운기』에서 처음 제시되었다. 『삼국유사』에서는 요가 즉위하고 50년 뒤인 경인년庚寅年에 단군이 고조선을 건국한 것으로 기술되어 있다.

문헌을 통한 단군조선의 정립과 함께 이루어진 것이 단군을 역사적 맥락 속으로 안착시키는 작업이었다. 즉 지역신 혹은 민간신앙 대상으로서의 흔적을 제거하면서 단군을 실존인물로 부각시켜 나갔다는 것이다. "민간신앙의 신격으로서 단군을 제사하던 기존의 구월산 삼성사를 무시하고 평양에다가 새로 단군사檀君祠를" 건립했다든가, "단군은 세 아들을 시켜 강화도에 삼랑성三郎成을 축조했으며, 왕자 부루夫婁를 중국에 파견하여 도산회塗山會에 참석하게 했다는 등, 군주로서의 단군과 구체적인 치적들이" 제시되고 있는 양상은 그 사례로 꼽을 수 있다.[16] 이렇게 하여 13세기 후반 『삼국유사』・『제왕운기』를 통하여 제출된 국조 단국의 위상은 조선의 건국과 함께 더욱 강화되었으며, 15세기에 이르러서는 의심하기 어려운 정설로 굳어지게 되었다.

그렇지만 15세기 유학자들은 단군을 개국시조라는 의미로 평가했을 뿐, 지식인이 따르고 추구해야 할 모범으로 설정하려는 노력을 기울이지 않았음은 분명히 해야겠다. 오히려 당대 지식인들에게 이념적인 영

---

14 朴光用, 앞의 글, 81・83쪽.
15 徐永大, 앞의 글, 56쪽. 『동국통감』의 시점이 다른 까닭에 대해서 서영대는 다음과 같이 설명하고 있다. "『동국통감』의 설은 「응제시」(더 소급하면 『제왕운기』의 설)에 따라 단군 즉위년이 무진년임을 인정하되, 다만 前說과는 달리 요 원년을 갑진으로 보는 西晉 皇甫謐의 설에 근거하여 무진년을 다시 환산한 것에 불과할 뿐, 단군 인식에 있어서 근본적인 차이를 보이는 것은 아니라고 할 수 있다."
16 위의 글, 71~72쪽.

향력을 끼쳤던 인물은 후고조선의 시조인 기자箕子였다. 기실 고려를 뒤이어 출현한 국가가 국호를 조선으로 정했던 것도 기자조선의 왕도정치가 곧 자신들의 국가 이념임을 드러내기 위해서였다.[17] 바로 이 대목에서 성리학의 이념을 떠올리게 된다. 성리학에서는 패도정치覇道政治를 비판하며 왕도王道에 의한 국가 운영을 지향하는바, 요순시대는 왕도가 구현되었던 이상적인 세계로 설정되어 있다. 그리고 기자는 이들로부터 도통道統을 이어받아 중국 주周에 전달하는 한편 조선에서 이를 구현해 낸 인물로 이해되었다.[18] 그러니 단군과 기자는 별개의 맥락에서 존숭되었던 것이다. 이러한 사항 역시 『제왕운기』의 견해 위에서 풍부해졌다고 볼 수 있겠다.

---

[17] 성리학을 이념으로 삼았던 조선시대 선비들이 가졌던 기자조선 이해와 민족의식에 대해서는 제1부 제1장 「일제 말기 동아시아문명론을 파악했던 두 가지 입장」의 제4절 '조선 선비들의 민족의식' 참조.

[18] 그렇다고 당시 집권층이 이를 선명하게 부각시킬 수 있었던 것도 아니었다. "건국 자체가 정통을 이은 것이 아닌 역성혁명(易姓革命)이므로 명분(名分)·의리(義理)의 주장에는 한계가 있을 수밖에 없었던 것이다."(박광용, 「箕子朝鮮에 대한 認識의 변천—高麗부터 韓末까지의 史書를 중심으로」, 『韓國史論』 6, 서울대 국사학과, 1980, 260쪽) 기자가 "도학정치(道學政治)의 핵심인 왕도 및 명분·의리를 체득한 인격자이며, 조선 내에서 삼대지치(三代之治)의 유일하고 실제적인 구현자라는 위치까지 상승하면서, 당대 정치의 모범으로 개인 숭봉(崇奉)을 받게 되는" 것은 16세기 사림파의 등장과 함께이다.(262~263쪽)

3. 단군 해석의 변화 양상

1) 병자호란 이전-기자에 가려진 단군과 선교仙敎의 귀환[19]

16세기 벌어졌던 중앙권력 지형의 중요한 변화로는 사림계의 진출을 꼽을 수 있다. "사림은 문자 그대로 선비의 숲이란 뜻으로서, 사족士族의 군집성群集性을 드러내는 표현이다. (…중략…) 그러다가 15세기 말엽 이후로 사림은 재야지식인층을 가리키는 것으로 바뀌게 된다. (…중략…) 사림의 대두는 정치사적으로 정치여론권의 형성이란 중요한 의미를 가지는 것이었다."[20] 사림계의 중앙 진출은 성종 초 김종직金宗直 등의 영남사류 등용으로부터 시작되었다. 기득권자였던 훈구파 측에서 사림의 중앙정계 진출을 순순히 허용했을 리 없다. 그래서 벌어졌던 사건이 무오사화戊午士禍(1498)·갑자사화甲子士禍(1504)·기묘사화己卯士禍(1519)·을사사화乙巳士禍(1545)였고, "1세기에 걸친 사화祠華(훈구파-인용자)·이학理學(사림파-인용자) 양파의 살벌한 항쟁은 이학파의 승리로 끝나 조선전기 사화지상주의 시대로부터 조선 후기 이학지상주의 시대로 넘

---

19 선교는 도교와 다르기에 '선교'라는 용어를 사용하였다. "신선 하면 언뜻 중국의 도교를 생각하기 쉬우나, 도교와 신선사상은 그 기원이 다르다. 도교가 후한 말 사천에서 시작된 것이라면, 신선사상은 선진시대에서부터 기원하는 산동과 발해만 부근의 문화이다. 즉 도교와 신선사상은 중국의 서쪽과 동쪽으로 완전히 분리되어 있는 두 가지 문화이다. 신선은 기실 우리 고대문화와 관련된다."(자현, 「'신선도' 안의 산신은 도대체 누구인가요?」, 『사찰의 상징세계』下, 불광출판사, 2012, 190~191쪽) 다만, 신채호가 「東國古代仙敎考」(『大韓每日申報』, 1910.3.11)에서 중국도교와의 차이점으로 기술하고 있는 선교의 특징이 인용된 자료에는 선명하게 드러나지 않는다는 사실을 밝혀둔다.
20 李泰鎭, 「조선시대의 정치적 갈등과 해결-사화와 당쟁을 중심으로」, 『조선시대 정치사의 재조명』, 태학사, 2003, 49~50쪽. 사림 등장의 배경이 되는 사회경제적인 면에서의 발전 양상에 대해서도 같은 논문 참조.

어간다. 그런즉 이학파 박해기는 동시에 이학지상주의理學至上主義의 대두기 내지 준비기가 되는 것이다".[21]

중앙에 진출한 사림계는 훈구파의 부패와 비리를 비판하면서 사림의 요건으로 성리학적 이념과 도덕성을 강조하였다. 그러한 까닭에 사림계는 스스로를 일컬어 '사류士類' 혹은 '정류正類'라고 자부했던 반면 훈구파를 '소인小人'으로 지목할 수 있었다.[22] 그런데 성리학 이념이 강조될수록 기자의 의미가 강조되고, 이에 반비례하여 단군의 위상이 하락하는 현상은 피할 수 없게 된다. 조선에 왕도王道를 전수해준 기자야말로 역사의 정통으로 평가되고, 단군은 주변적인 존재로 격하되기 때문이다. "16세기의 시대적 주류는 왕도정치를 강조하는 도학적 사관이었다. (…중략…) 중국의 상고사 곧 하夏 · 은殷 · 주周 삼대의 역사를 특히 존중하여, 이 문화와 직접 연결된다는 기자조선과 마한의 역사가 핵심적으로 보완되면서 높게 평가되었다. 당연히 상대적으로 단군조선의 우리 역사공동체상의 중요성은 축소되었다. (…중략…) 우리 역사공동체 체험에서 기자에 부수되는 존재인 단군이라는 역사인식은 (…중략…) 17세기 전반까지 일반적으로 계속되었다고 판단된다."[23]

이러한 상황 가운데 주목되는 저작은 1615년(광해군7) 편찬된 한백겸

---

[21] 石井壽夫, 洪順敏 譯, 「후기 이조 당쟁사에 관한 일고찰—후기 이조 이학지상주의 국가사회의 消長을 중심으로」, 『조선시대 정치사의 재조명』, 태학사, 2003, 67쪽. 강조는 원문.

[22] 사림파는 훈구파를 성리학적 인간으로 인정하지 않았다. 고려왕조를 멸망시키고 조선왕조 건국에 협력한 훈구파의 선택은 "남송이 멸망한 후, 절개를 지키지 않고 원나라에 항복하여 벼슬을 한 허형(許衡) 같은 일부 잘못된 주자 제자들의 처신과 다를 바 없다는 것이다".(박광용, 『영조와 정조의 나라』, 푸른역사, 2001, 33쪽) 사림파 = 士類(正類), 훈구파 = 小人이라는 설정은 1890년경 작성된 이건창의 『黨議通略』에서도 확인되고 있다. 李建昌의 『黨議通略』(李民樹 譯, 乙酉文化社, 1972) 참조.

[23] 朴光用, 앞의 글, 84~85쪽.

韓百謙의『동국지리지東國地理志』이다. 한백겸 역시 "기자문화를 특히 부각시켜 보려는 도학 중심 역사 이해, 중화의식적 세계관에서 벗어나지 못했다". 하지만 그는 『제왕운기』 이래로 이어져왔던 3조선설을 비판하는 한편 역사공동체의 이원설을 제시했다는 지점에서 독특하다. "한백겸은 우리 역사공동체에서는 북방의 조선朝鮮과 남방의 한韓이 같은 시대에 존재했다는 점을 고증을 통하여 설득력 있게 제시하였다. 곧 우리 역사 강역의 북부 지역은 고조선 → 한사군 → 부족국가 → 고구려로, 남부 지역은 진국 → 삼한 → 삼국(마한 = 백제, 변한 = 가야, 진한 = 신라)으로 연결되었다는 이원적 역사인식이다."[24] 『동국지리지』의 관점은 이후 소론계와 남인계의 역사의식에 커다란 영향을 끼친다.

한편 같은 시기 선교仙敎가 귀환하고 있었다는 사실을 놓쳐서는 곤란하겠다. 이는 훗날 그 기원을 선인仙人 단군으로 설정해 나가게 되기 때문이다. 조선도교의 개조開祖로 손꼽히는 인물은 김시습金時習(1435~1493)이지만, 조선도교가 체계를 잡아나가는 것은 정렴鄭磏(1506~1549)부터이며, 그는 조선 단학파의 태두泰斗로 평가받고 있다. 온양溫陽 정씨鄭氏 일가는 정렴으로부터 비롯된 선풍仙風을 집안 내력으로 이어갔고, 이는 『온성세고溫城世稿』로 정리되었다.[25] 이들이 계승했던 선교는 중국 도교와 성격이 달랐던 듯하다. 정렴은 「유훈遺訓」을 남기면서 주자의 가례에

24　위의 글, 85~86쪽.
25　『온양세고』는 8권의 문집을 합본하여 영인한 책이다. 여기에 묶인 문집은 다음과 같다. 정렴의 「북창선생시집(北窓先生詩集)」, 정작(鄭碏, 1533~1603)의 「古玉先生詩集」, 정적(鄭磧, 1537년 전후)의 「금송당유고(琴松堂遺稿)」, 정담(鄭磻, 1517~1561)의 「십죽헌유고(十竹軒遺稿)」, 정현(鄭礥, 1526~?)의 「만죽헌유고(萬竹軒遺稿)」, 정지승(鄭之升, 1550~1589)의 「총계당유고(叢桂堂遺稿)」, 정회(鄭晦, 1568~?)의 「무송당유고(撫松堂遺稿)」, 정두경(鄭斗卿, 1597~1673)의 「동명선생집(東溟先生集)」. (정재서, 「『온성세고』(溫城世稿)를 통해 본 조선 단학파(丹學派)의 이념적 성격」, 『한국도교의 기원과 역사』, 이화여대 출판부, 2006, 194~195쪽)

의거하여 모든 제사를 행하도록 당부하고 있다. "나의 말이 무엇에 힘입은 것인가? 『근사록近思錄』(성리학 해설서-인용자)·『소학小學』의 단계이나 세속에서는 이것들을 읽지 않는다."[26] 이는 성리학의 영향임에 분명하다. 그리고 정렴으로 도통道統이 전수되는 과정에서는 불교와의 밀접한 관련이 드러난다. 그는 "유승儒僧이었던 매월당梅月堂 김시습金時習과 승僧 대주大珠로부터 도통을" 이어받았던 것이다. "결국 온양 정씨 일문의 도교학은 유·불·도 삼교가 회통會通하는 성격의 도교학이라는 것을 알 수 있다."[27]

유·불·도를 한데 아우르는 사상이라면 일찍이 최치원이 「난랑비서문」에서 언급한 바 있다. "나라에 현묘한 도가 있으니 풍류風流라 이른다. 그 가르침의 연원은 『선사仙史』에 상세하게 실려 있거니와, 그것은 실로 세 가지 종교(유·불·도)를 포함하고 있어 뭇 중생을 감화시킨다."[28] 이에 따르면 최치원이 언급하고 있는 '현묘지도'의 맥락에서 온양 정씨 일문의 도교학을 이해할 수 있는 가능성이 마련된다. 『온성세고』 마지막 문집의 저자인 정두경은 상고사와의 관련을 높이고자 노력하기도 했다. 그는 "「단군사檀君詞」·「동명왕사東明王詞」 등의 회고적 작품을 통해 민족의 기원과 역사에 대한 긍지와 자부심을 농후히 표현하였고 이러한 취지는 제자인 홍만종洪萬宗에게 계승되어 한국의 신선 전기집인 『해동이적』을 편찬함에 있어 단군을 첫머리에 놓이게끔" 하였던 것이다.[29]

---

26 『溫城世稿』所載, 정재서, 「『온성세고(溫城世稿)』를 통해 본 조선 단학파(丹學派)의 이념적 성격」, 『한국도교의 기원과 역사』, 이화여대 출판부, 2006, 197쪽에서 재인용.

27 정재서, 「『온성세고(溫城世稿)』를 통해 본 조선 단학파(丹學派)의 이념적 성격」, 『한국도교의 기원과 역사』, 이화여대 출판부, 2006, 198쪽.

28 최치원, 김수영 편역, 「난랑비(鸞郎碑) 서문」, 『새벽에 홀로 깨어』, 돌베개, 2008, 105쪽. 책에 실린 번역을 인용자가 다소 수정하였다.

2) 병자호란 이후─선인仙人이 된 단군과 문화공동체로서의 단군조선

　누르하치가 후금後金을 건국한 것은 1616년이었고, 후금은 1619년 명明(1368~1644)과 벌인 사르후 전투에서 승리를 거두면서 동아시아의 강자로 떠올랐다. 이후 동아시아의 명실상부한 패자覇者로 군림하게 되자 1636년 후금은 국호를 청淸으로 바꾸었다. 막강해진 후금 / 청은 1627년(인조 5, 정묘호란)과 1636년(인조 14, 병자호란) 두 차례 조선을 침략하였다. 주지하다시피 이미 망한 명은 중화 질서를 이끌었던 한족漢族의 국가이며, 새롭게 등장한 청은 야만족으로 폄하해 왔던 여진족(만주족)의 국가였다. 그동안 성리학자들은 한족이 주도했던 중화 질서 속에서 스스로를 규정하고 있었다. 그런데 이제 조선 지식인들은 변화된 동아시아 질서 속에서 조선이 나아가야 할 방향을 재정립하여야만 했던 것이다.

　먼저 선교 계통의 양상부터 살펴보도록 하자. 수련에 관한 서적으로는 『용호비결龍虎祕訣』, 『단서구결丹書口訣』 등이 16세기에 이미 등장한 바 있고, 1639년(인조 17)에는 권극중權克仲의 『참동계주해參同契註解』가 나왔다. 활발하게 저술된 분야는 신선 전기집이다. 한국 도교의 계보를 정리한 책으로 가장 먼저 편찬된 책은 한무외韓無畏의 『해동전도록海東傳道錄』인데, 이는 후금이 건국되기 이전인 1610년(광해군 2) 편찬되었다. 그러한 까닭에서인지 다른 선교 서적과는 달리 중화의식이 드러난다. 선교의 연원을 중국 팔선八仙 중 하나인 종리권鍾離權으로 설정했다거나, 선교를 중국 도교의 종파인 전진교全眞敎와 관련시키는 맥락[30] 등이 그

29　정재서, 앞의 책, 205~206쪽.
30　韓無畏, 李鍾殷 譯註, 「海東傳道錄」, 『海東傳道錄・靑鶴集』, 普成文化社, 1986, 165~

러한 면모를 보여준다.

병자호란 이후 최초의 신선 전기집은 조여적趙汝籍의『청학집靑鶴集』이
다. 정확한 편찬연대를 알 수는 없으나, 1588년(선조21) 과거에 낙방한
저자가 편운자片雲子의 문하로 들어가서 60여 년 동안 사사받은 후 썼다
고 밝혔으니 대략 1648년(인조 26) 무렵이 아닐까 추측할 수 있는 것이
다.[31] 이 책의 특징은 환인진인桓因眞人을 선교의 조종祖宗으로 제시하였
으며, 환웅천왕桓雄天王·단군에게 이어진 도맥道脈이 고려로까지 이어
졌던 계보를 정리해 놓았다는 데 있다. 그런 점에서『청학집』은『해동
전도록』보다 민족의식이 한 차원 높은 셈이다. 하지만 상고시대 중국
선인仙人인 광성자廣成子의 도가 제자 명유明㿔를 거쳐 환인에게 전수된
것으로 판단하고 있으므로,[32] 아직까지는 중국도교의 영향력이 남아
있다고 봐야 하겠다.

홍만종洪萬宗의『해동이적海東異蹟』은 1666년(현종 7) 편찬되었다. 고조
선으로부터 조선에 이르기까지 역대 선인들을 시대별로 배열하고 있는
이 책에서 가장 앞머리에 등장하는 인물은 단군이다. 선교 계보에서 중
국도교의 흔적을 말소해 버렸으니, 홍만종의 민족의식이 두드러진다고
하겠다.[33] 이와 같이 17세기 편찬된 선교 계통의 저술을 살펴보면 다음

168쪽.

31 趙汝籍, 李鐘殷 譯註, 「靑鶴集」,『海東傳道錄·靑鶴集』, 普成文化社, 1986, 13쪽.

32 위의 글, 16쪽.

33 『해동이적』의 발문은 송시열(宋時烈)이 썼다. "홍만종(洪萬宗) 군은 마음이 쓸 곳이 없
다면 옳지 않다고 여겨, 고금의 선도(仙道)에 관한 여러 이야기들을 널리 수집해서 책을
만들었다. 내가 생각건대, 마음 쓸 곳이 없는 것도 진실로 옳지 않지만, 마땅히 쓰지 말
아야 할 곳에 마음을 쓰는 것도 옳지 않다."(우암(尤庵),「해동이적발(海東異蹟跋)」,
『증보 해동이적』, 景仁文化社, 2011, 273쪽) 이러한 송시열의 태도를 통하여 조선도교
에 대한 노론의 입장을 확인할 수 있다. 주지하다시피 그는 명 멸망 이후 대명의리론(對
明義理論)을 강경하게 견지하였던 노론의 영수였다.

두 가지 흐름을 확인할 수 있다. 첫째, 『해동전도록』 — 『청학집』 — 『해동이적』으로 나아가면서 점차 선교의 독자성이 강화되고 있다. 둘째, 『해동전도록』과 『청학집』의 선파 계보가 일치하지 않는 것으로 보건대 "조선시대에는 여러 계통의 선파가 존재했었던 것임을 추측할 수 있다".[34] 이후 18세기에 작성된 『오계일지집梧溪日誌集』에서 이의백李宜白 역시 "단군이 한국 선파의 조종으로 존봉尊奉되고" 있으며, "한국도교가 자생적이고 그 연원이 중국에 있지 않음을" 표명하고 있다.[35]

고대사 인식에서도 변화가 나타나고 있다. 이는 상반된 두 가지 계열로 나눌 수 있는데, 단군조선의 근거를 부정하는 부류와 긍정하는 부류이다. 전자의 경우, 유계兪棨의 『여사제강麗史提綱』은 "제대로 된 주자 강목법을 기준으로 하면, 단군조선은 우리 역사공동체 속으로 아예 들어오지 못할 정도의 기록만이" 남아 있다고 주장하고 있으며, 홍여하洪汝河는 『동국통감제강東國通鑑提綱』에서 "단군조선은 동이족의 4개 계열의 한 흐름일 뿐이며, 그나마 '나라도 끊어지고 후손도 없었다國絶無嗣'라고 하여 우리 역사에서 완전히 제거해" 버리는 데까지 나아갔다.[36] 『여사제강』은 1667년(현종 8), 『동국통감제강』은 1672년(현종 13) 편찬되었다. 유계·홍여하는 주자의 강목법과 정통론을 철저하게 도입함으로써 조선 = 문명, 청 = 야만이라는 구도를 확고하게 구축하려고 했던 것으로 판단된다. "당시 산림학자들은 급변하는 정세에 대한 대응방식으로, 정치적으로는 여진족 국가를 쳐서 치욕을 갚아야 한다는 북벌론을 제기하였고, 사상적으로는 중국보다 강력한 진정한 성리학 체계를 건설하

---

34 정재서, 「한국도교 개설」, 『한국도교의 기원과 역사』, 이화여대 출판부, 2006, 49쪽.
35 위의 글, 50쪽.
36 朴光用, 앞의 글, 86~87쪽.

자는 조선중화주의를 제기하였다."[37]

성리학적 도학 계보가 강화되는 경향의 반대편에서는 적극적인 단군 끌어안기가 펼쳐졌다. 『여사제강』과 같은 해 편찬되었음에도 허목許穆의 『동사東事』는 그와 정반대의 인식을 보여준다. 먼저 조선의 독자성을 강조하고 있다는 사실이 주목된다. "허목은 여기에서 우리나라를 '방외별국方外別國'이라 강조하였다. 우리나라를 중국과는 또 다른 독립된 천하 질서로 파악했던 것이다." 또한 유계·홍서하가 강목체綱目體를 고수했던 반면, 기전체紀傳體로 서술되었다는 점도 두드러진다. "조선성리학에서 도출한 조선중화주의와 그 세계관의 역사적 표현 방식인 강목체 사학을 배척하고 기전체를 채택한" 점이 독특하다는 것이다. 내용에서도 『동사』는 독창적이다. 허목은 "단군 이래의 고유 혈통과 고유문화를 부각시키려는 사관"에 입각하여 "시조설화를 그대로 서술하여 신비주의를 인정하는" 입장을 드러내었다. "이러한 사관은 그의 무위자연無爲自然과 신비주의를 기본으로 하는 도가적道家的 세계관과 육경의 원시유학에 직접 파고들어 가는 고학풍에 연유한 것이다."[38]

1705년(숙종31) 홍만종이 쓴 『동국역대총목東國歷代總目』에서는 허목이 제시했던 문화공동체로서 단군조선의 면모가 구체적으로 기술되어 있다. "단군시대부터 '백성에게 머리털을 땋고 머리를 덮도록 가르쳤다敎

---

37 박광용, 『영조와 정조의 나라』, 푸른역사, 2001, 71쪽. 당시 기자 열풍이 얼마나 대단했던가는 다음 진술을 통해 확인할 수 있다. "기자에 대한 숭봉(崇奉)이 강화되는 경향을 보이고 있어서, 평양에 기자서원이 건립되고, 국가보조금이 지급되는 등의 관심이 기울여지며, 기자영당(箕子影堂)이 각처에 생기게 된다. 또 기자 후손이 수용되고, 군역이 면제되는 특전이 주어지고 있음을 알 수 있다."(박광용, 「箕子朝鮮에 대한 認識의 변천─高麗부터 韓末까지의 史書를 중심으로」, 『韓國史論』 6, 서울대 국사학과, 1980, 275~276쪽)
38 정옥자, 「미수 허목(眉叟 許穆)─육경학에서 실학의 근거를 제시한 도덕주의자」, 『우리가 정말 알아야 할 우리 선비』, 현암사, 2002, 189~190쪽.

民編髮蓋首'는 서술", "단군이 신하 팽오彭吳를 시켜서 홍수로 혼란된 국내 산천을 다스려서 백성의 주거문화 수준을 높였다는(尊民居) 내용", "단 군시대 문화에서 군신·남녀 관계의 구별과 의복·주거제도가 출발했음" 등이 이에 해당한다.[39] 이처럼 문화공동체의 면모로써 고대사를 조명하려고 한 지점에서 허목과 홍만종의 태도가 일치를 보이기는 하지만, 고대사의 흐름을 설정하는 데에서는 차이를 드러내고 있다. 허목이 "단군→부여→고구려·백제의 북방계와, 기자→마한→신라의 남방계 두 주류로" 인식했던 반면, 홍만종은 "단군조선을 정통국가로 하고 기자→마한→삼국(無統)→통일신라로 이어지는 정통론을" 수용하였던 것이다.[40]

4. 18세기 단군조선의 전유 양상[41]

1) 중화사상과 대명의리의 이해

병자호란의 피해가 막대하였기에 그 치욕을 갚아야 한다는 주장은 정서적인 호소력을 크게 발휘하였다. 노론이 주도하였던 북벌론北伐論

---

39 박광용, 「箕子朝鮮에 대한 認識의 변천－高麗부터 韓末까지의 史書를 중심으로」, 『韓國史論』 6, 서울대 국사학과, 1980, 89~90쪽.
40 위의 글, 88·89쪽.
41 이번 절에서 18세기 소론과 남인의 견해를 대조해 나간 구성은 趙成山의 「조선후기 소론계의 古代史 연구와 中華主義의 변용」(『역사학보』 202, 역사학회, 2009)에서 착안했음을 밝힌다.

과 대명의리론對明義理論이 여기에 해당한다. 하지만 소론·남인은 노론과 입장이 달랐다. 그들은 "노론의 지나친 대명존숭 의식과 북벌론을 비판하고, 그러면서 주자학 그 자체에 입각한 대명의리를 제시하고자 했던 것이다".[42] 그런데 이때 노론은 물론 이를 비판하는 소론·남인 역시 '대명의리'를 내세우고 있음은 눈여겨보아야 한다. 즉 노론이 내세우는 대명의리와 소론·남인이 주장하는 대명의리는 표현만 같을 뿐 의미가 달랐다는 것이다. 이는 '중화中華'에 대해서도 동일하게 적용하게 된다. 이 시기에 나타나는 중화사상의 의미 또한 서로 다른 의미로 변별하여 파악할 수 있어야 한다는 것이다.

흔히 알려진 바와는 달리, 성리학에서 통용되는 중화는 특정 국가를 가리키는 개념이 아니다. 성리학은 요遼(907~1125)·서하西夏(1038~1227)·대월국大越國(1054~1804)·금金(1115~1234)·원元(1271~1368) 등에 휘둘렸던 송宋(960~1279)의 고단한 상황 가운데서 태동하였다. 즉 "전 지역을 통괄하는 단수의 통치자 없이 그저 복수의 국가가 공존하는 이러한 국제적 현실을 어떻게 이해해야 하는가, 이것이 당면한 이데올로기적 질문"이었으며, 성리학은 "각 나라들은 구별되는 별개의 사람들을 지배하기 때문에 정당하다고 생각하는" 방향에서 논리가 구축되었다. 다시 말해 "일종의 민족성ethnicity 개념을" 바탕으로 삼아 각 민족국가의 특수성을 존중하되, 공존의 가치가 보편적으로 작동하는 틀로 화이부동和而不同의 세계를 제시했던 것이다.[43] 화이부동에 입각하여 세계가 작동하기 위해서는 마땅히 패권주의를 경계해야만 한다. 여기에 해답을 내놓은 이가 주자였다. "고대의 성왕들은 올바른 학을 구현하여 그에 따라

---

42 위의 글, 58~59쪽.
43 피터 K. 볼, 김영민 역, 『역사 속의 성리학』, 예문서원, 2010, 36~37쪽.

다스린 반면 전기제국 황제들은 다스리긴 하되 학의 방법을 알지 못했다고 주희는 생각하였다. 성왕들은 진정한 '왕王'(왕도정치를 행한 이들-역자주)이지만, 후대의 황제들은 '패霸'(패도정치를 행한 이들-역자 주) 즉 힘을 통해 통치하고 동기가 이기적이었던 이들에 불과하다는 것이다."[44]

중화란 어디를 가리키는가. 왕도에 입각하여 통치권이 행사되는 나라를 말한다. 다시 말한다면, 종족이나 지역에 상관없이, 왕도로써 운영된다면 그 나라가 바로 중화라는 것이다. 정몽주가 다음 시편을 남겼던 이유는 그러한 사실을 환기시키기 위함이었다. "공자께서 필삭筆削하신 의리가 정미하니, 눈 내리는 밤 푸른 불빛 아래 세밀히 음미하네. 일찍이 이 몸을 이끌고 중국(中華)에 나아갔는데, 주변 사람들은 이를 모르고 이적夷狄에 산다고 말하는구나."[45] 따라서 성리학자라면 마땅히 중화를 지향하게 마련이었다. 대명의리 또한 같은 맥락에서 이해할 수 있다. 멸망한 명이 왕도에 바탕하고 있었다면, 현실 질서를 주도하고 있는 청의 근거는 패권주의였다. 즉 대명의리란 청의 패권주의에 굴복할 수 없다는 의지 표명으로 이해할 수 있어야 하는 것이다. 노론이든 소론·남인이든 그들의 이념은 성리학(신유학)이었기에 중화라든가 대명의리에서 차별성을 나타낼 일이 없었다.

다만 명·청 교체 이후 성리학의 가치를 실현하는 과정에서 노론과 소론·남인은 차이를 드러내었는데, 그 차이가 퍽 컸다. 노론에서는 성리학 이념에 충실하기 위하여 성리학 이외의 견해를 철저하게 배격하였다. 그들에게 기자는 왕도정치와 관련이 있었으니 허용되었던 반면,

---

44 위의 책, 210쪽.
45 鄭夢周, 『圃隱先生文集』 卷之二, [詩] "冬夜讀春秋, 仲尼筆削義精微. 雪夜青燈細玩時, 早抱吾身進中國, 傍人不識謂居夷.", 백민정, 앞의 글, 41쪽 재인용.

단군은 부정해야 할 대상에 불과하였다. 또한 중화사상과 대명의리를 실현하는 방식에서 경직된 양상을 드러내기도 하였다. 예컨대 1704년 (숙종 30) 황단皇壇 = 大報壇을 건립하여 명황제의 제사를 받들었다든가, 1703년(숙종 29) 만동묘萬東墓(明의 신종·의종의 신위를 봉안한 사당)를 창건하여 제사지냈던 사례가 이에 해당한다. 또한 북벌 의지를 과시하기 위해서 국가통치 모델을 "중국 통일국가인 한·당·북송·명 체제에서 여진족과 대결한 남송체제로"[46] 변환시킨 것도 마찬가지다. 반면 소론과 남인 계열에서는, 이를 지나친 대명존숭이라 비판하면서, 중화사상의 현실 적용에서 유연성을 발휘하였다. 즉 성리학의 기반 위에서 기자 존숭은 이어가는 한편, 왕도정치가 구현될 만한 바탕을 마련했다는 측면에서 단군까지도 포용해 나갔던 것이다. 뿐만 아니라 화이부동의 질서는 반드시 성리학의 틀 내에서만 가능한 일도 아닐 터, 그 가능성을 조선의 역사 속에서 모색하기도 했다.

2) 소론의 고구려 정통론—북방 강역으로 향하는 관심과 강병強兵 의지

고대사에 관하여 노론이 간혹 언급하는 수준에 머물렀던 반면, 소론과 남인은 체계적이고 본격적인 역사서를 저술하는 데까지 나아갔다. 17세기 서울·경기 지역의 서인을 근원으로 하고 있는 소론은 고대사 가운데 특히 고구려사·발해사에 초점을 맞추었다는 특징을 드러내었다. 1671년(현종 12) 함경도 관찰사로 부임한 이후 남구만南九萬(1629~

---

46 박광용, 『영조와 정조의 나라』, 푸른역사, 2001, 86쪽.

1711)은 이 지역에 관심을 기울여 「함경도지도咸鏡道地圖」 등을 제작하였고, 그에게서 비롯된 북방에 대한 관심은 신경준申景濬·서명응徐命膺·홍양호洪良浩·정동유鄭東愈·유득공柳得恭·이종휘李種徽 등에게로 이어졌다.[47] 소론에서 저술한 대표적인 역사서로는 유득공의 『발해고渤海考』와 이종휘의 『동사東史』를 꼽을 수 있다. 『발해고』는 1784년(정조 8) 편찬되었고, 『동사』는 이종휘(1731~1797) 사후 1803년(순조 3) 간행된 『수산집修山集』에 실렸다.

유득공의 관심이 북방 강역에 있었다는 사실은 『발해고』 서문에서 알 수 있다. "무릇 대씨(발해를 건국한 대조영—인용자)는 누구인가? 바로 고구려 사람이다. 그가 소유한 땅은 누구의 땅인가? 바로 고구려 땅으로, 동쪽과 서쪽과 북쪽을 개척하여 이보다 더 넓혔던 것이다. 김씨(통일신라—인용자)가 망하고 대씨가 망한 뒤에 왕씨가 이를 통합하여 고려라 하였는데, 그 남쪽으로 김씨의 땅을 온전히 소유하게 되었지만, 그 북쪽으로는 대씨의 땅을 모두 소유하지 못하여, 그 나머지가 여진족에 들어가기도 하고 거란족에 들어가기도 하였다."[48] 또 다른 서문을 덧붙이고 있는 박제가 역시 한반도 바깥의 강역을 바라보며 고대사를 되새기고 있다. "우리나라 선비들이 신라 영토 안에서 태어나 그 바깥의 일에 대해서는 눈과 귀를 틀어막아 버리고, 또한 한나라와 당나라, 송나라, 명나라의 흥망과 전쟁에 관한 일도 알지 못하니, 어찌 발해의 역사를 알 수 있겠는가?"[49]

강역 설정은 자연히 강병強兵 문제와 관련을 맺게 된다. 따라서 문약

---

47 趙成山, 앞의 글, 64~77쪽.
48 유득공, 송기호 역, 「유득공의 서문」, 『발해고』, 홍익출판사, 2011, 40쪽.
49 박제가, 송기호 역, 「박제가의 서문」, 『발해고』, 홍익출판사, 2011, 38쪽.

에 빠진 조선 현실을 비판하는 시각이 소론계에서 등장한 것은 당연한 수순이라 할 수 있다. 1794년(정조18) 홍양호가 완성한『해동명장전』은 그러한 맥락에서 접근하게 된다. "홍양호가『해동명장전』을 지어 무력 武力에 관심을 가졌던 것도 국가 수호와 국력에 대한 문제의식과 관련이 깊었고, 그러한 점에서 영토의 문제와 연결될 수 있었다. 이러한 사유는 주변에도 많은 영향을 끼쳐 성해응成海應의 경우에는, 북방지역에서 많은 인재들이 나왔음을 상기시키면서 이 지역을 무武와 연결시켜 국방에 대한 인식으로 나아갔다."[50] 이종휘의『동사』는 이러한 소론의 지적 풍토 위에서 출현한 저술이다. 즉 고구려·발해가 거느렸던 북방 영토에 대한 관심, 화이부동의 실현에 요구되는 무武의 인식 등을 바탕으로 삼아, 단군조선으로부터 고려까지의 역사를 일이관지한 역사서가 『동사』라는 것이다.

그렇다면『동사』의 특징을 구체적으로 살펴보자. 먼저 형식적인 측면에서 보자면, 한국사 서술에서 최초로「단군본기檀君本紀」를 설정하고 있음에 주목하게 된다. 이른바 '단군정통론'을 제시한 것이다. "단군정통론을 내세운 것은 소론계 역사가들이었다. 이 시기의 단군정통론이란 기자정통론, 곧 홍여하식 삼한정통론을 정면으로 부정하고 단군만을 우리 역사공동체의 출발로서 내세우는 역사의식이다."[51] 비교하건대 허목의『동사』에서 단군 논의는「단군세가檀君世家」항목으로 기술되었고, 홍만종의『동국역대총목』에는 강목체로 서술되었을 뿐이다. 한편 단군과 단군조선에 관한 내용은 허목·홍만종과 크게 다를 바 없다. 즉 단군을 기자와 더불어 교화의 주체로 설정하는 한편, 문화공동체로

---

50 趙成山, 앞의 글, 78~9쪽.
51 朴光用, 앞의 글, 93쪽.

서 단군조선의 면모를 부각시키고 있다는 것이다. 예컨대 "단군이 백성들에게 편발개수編髮蓋首를 가르치니 비로소 임금과 신하, 남자와 여자의 분별과 음식과 거처居處에 절도가 있게 되었다"[52]라는 등의 내용은 『동국역대총목』에 서술된 바와 다를 게 없다.

「신사지神事志」 항목을 배치한 것도 『동사』의 중요한 특징이다. 성리학 관점에서는 한낱 미신에 불과할 터이나, 이를 극복하여 고조선·부여·고구려·신라의 귀신 숭배와 신선신앙을 종교문화의 관점으로 정리해 놓았기 때문이다. 그에 따르면, 고조선은 제정일치 사회로 출범하였고 이러한 면모는 후대로까지 이어졌다. "신시神市(환웅이 제단을 중심으로 건설한 마을―인용자) 세상에서는 신으로써 가르침을 베풀었는데(以神設敎) 그 신에는 풍사風師·운사雲師·우사雨師와 무릇 목숨을 주관하고(主命), 질병을 주관하고(主病), 형벌을 주관하는(主刑) 등 360여 가지 일을 주관하는 것이 있었다."[53] 이종휘가 단군을 "맨 먼저 나온 성인(首出聖人)으로" 평가하여 중국의 전설상 황제인 "복희伏羲나 신농神農 같은" 위상을 부여하게 된 것도 이와 같은 맥락에서 가능해졌을 터이다.[54] 「신사지」에 정리되어 있는 종교문화의 내용은 훗날 단군이 무속巫俗과 연결되는 데 적지 않은 영향을 끼쳤으리라 생각된다.

마지막으로 『동사』에서 살펴볼 내용은 고구려 정통론이다. 『동사』의 고대사 체계는 단군→기자→마한→고구려로 설정되었으며, 종족種族 계보는 단군→부여→고구려로 기술되어 있다. 이는 기자문화와 단군 혈통을 고구려가 모두 계승하였다고 보는 관점이다. 기실 「사론史論」

---

52 이종휘, 김영심·정재훈 역주, 『동사』, 소명출판, 2004, 24쪽.
53 위의 책, 148쪽.
54 위의 책, 27쪽.

을 보면 신라에 대하여 "명목상은 유교라고 이름하였으나 실제로 행한 것은 노老(도교—인용자)였다"라고 비난하고 있으니,[55] 기자문화의 계승자가 되기에 신라는 자격 미달이라고 밝혀 놓기도 한 셈이다. "종족·지역·문화적 측면에서 소중화의 여건을 구비한 고구려에 대한 평가는 그 계승국인 발해에 대한 평가로까지 이어졌다. 신라의 삼국통일에 대한 부정적 평가는 고구려의 계승국인 발해를 우리의 고대사 체계에 적극적으로 자리매김하려는 의도가 내포된 것이었다. 발해를 독립된 세가로 나누어 다룬 것도 그러한 의지의 표현이었다."[56]

3) 남인계의 신라 정통론—중화로서의 정체성과 신라의 발견

소론계가 북방 강역에 커다란 관심을 보였던 반면, 남인계는 반대되는 태도를 취하였다. 두 계열의 입장 차이는 발해를 파악하는 관점에서 극명하게 드러난다. 전술했다시피 소론계는 발해가 고구려를 계승한 나라라고 이해하였으나, 남인계에서는 거란·완안完顔(여진)과 같은 이적夷狄으로 취급하고 있다. 1758년(영조34) 안정복이 쓴 「동국지계설東國地界說」은 대표적인 경우이다. "근본을 따져서 논하자면 요동遼東의 절반 땅인 오랄烏喇 이남은 모두가 우리 땅이다. 그런데 수隋·당唐·송宋의 즈음에 발해渤海·거란契丹·완안完顔 등의 잡종이 번갈아 일어나면서 땅의 경계가 점차 줄어들었다. 애석하게도 신라 문무왕 이후로 모든 원대한 꿈이 없이 백제를 병합하고 고구려를 평정하는 것으로 뜻이 이미 만

---

55 위의 책, 336쪽.
56 김영심·정재훈, 「해제—동사의 체제와 역사의식」, 『동사』, 소명출판, 2004, 13쪽.

족하여 다시는 고구려의 옛 강토를 회복하려 하지 않음으로써 발해로 하여금 가만히 앉아서 커지게 하였다."[57] 정약용은『다산시문집』의 '논論' 항목에서 「신라론新羅論」, 「고구려론高句麗論」, 「백제론百濟論」, 「요동론遼東論」, 「일본론日本論」, 「폐사군론廢四郡論」을 다루고 있으나 발해에 대해서는 생략해 버리고 있다.[58]

또한 강역 설정에 있어서도 남인계는, 진취적인 기상을 내보이는 것이 아니라, 현실을 수용하는 입장에 서고 있다. "왕자王者의 다스림은 덕을 힘쓰는 것이요, 땅 넓히기를 힘쓰는 것은 아니니 이는 작은 일에" 해당한다는 구절에서 알 수 있듯이,[59] 남인이 소론에 비해 성리학 이념에 보다 충실했기 때문에 나타난 결과인 듯하다. 이익은 민족의 활동 영역이 한반도로 국한된 데 대해 다음과 같은 감상을 피력하고 있다. "지금 압록강 이외의 지역은 지리적 조건이나 인간관계로 보아 다시 합할 수 없게 되어서 마침내 압록강을 국경선으로 만들게 되어 영토의 일부가 완전히 없어지고, 일부 지역만을 보존하고 있으면서도 오히려 문명의 전통인 옛 문화를 잃지 않고 있으니, 그런대로 천지간의 한 가지 즐거움이라 할 것이다."[60] 이익의 제자인 안정복 역시 당대의 강역을

---

57 안정복, 이백순·김홍영 역, 「우리나라의 지계에 관한 설(東國地界說)」,『국역 순암집』 4, 민족문화추진회, 1996, 107쪽.
58 정약용, 윤태순·이승창·양홍렬 역, 「다산시문집」 12,『국역 다산시문집』 5, 민족문화추진회, 1983, 157~166쪽.
59 안정복, 이백순·김홍영 역, 앞의 글, 108쪽.
60 이익, 임창순(任昌淳) 역, 「단기강역(檀箕疆域)」,『국역 성호사설』 1, 민족문화추진회, 1977, 105~106쪽. 그렇다고 이익이 강역 문제에 소극적이었던 것은 아니었다. 「두만쟁계(豆滿爭界)」, 「조선사군(朝鮮四郡)」 등을 보면, 1712년(숙종 38) 淸과 국경을 확정하면서 고려시대 두만강 북쪽 칠백 리 바깥에 세웠던 '윤관(尹瓘)의 비(高麗之境)'를 기준으로 삼지 않았느냐고 비판하는가 하면, 기자가 죽은 뒤 낙랑군이 들어섰던 장소를 학자들은 평양으로 파악하고 있으나 실은 요동 지역이 맞다고 주장하고 있다. 이외에도 「고죽안시(孤竹安市)」, 「조선지방(朝鮮地方)」 등 여러 글에서 이익은 강역 문제를 중요하게 제기하였다.

현실에 주어진 조건으로 수용하고 있다. "기자箕子의 강토와 고구려의 토지를 회복한다거나 목조穆祖·익조翼祖의 구거舊居를 회복하자고 말할 수는 없으니"라고 전제하여 논의를 펼치는 데서 이를 확인할 수 있다.[61]

정약용은 강역에 관하여 이익·안정복보다 더욱 냉정한 견해를 전개하였다. 그는 "요동을 수복하지 못한 것은 나라를 위하여 다행한" 일이라고 판단하고 있다. "중국과 오랑캐가 왕래하는 요충지"인 까닭에 "요동을 차지하고 있을 경우, 서로 화친한다면 사신使臣의 접대에 드는 비용과 병정兵丁을 징발하여 부역시키는 일 때문에" 곤란을 겪을 것이요, "서로 사이가 좋지 않다면 (…중략…) 전쟁이 그칠 때가 없을 것이므로" 나라를 지탱하기가 어려울 것이라는 이유에서이다. "우리나라의 지세地勢는 북으로는 두 강(압록강과 두만강)을 경계로 삼고, 나머지 삼면三面은 바다로 둘러싸여 있어서 국경의 형세가 그대로 자연적인 요새를 이루고 있으므로 요동을 얻는 것이 도리어 군더더기를 붙이는 격이 된다. 이러니 유감으로 여길 게 뭐 있겠는가."[62] 이에 이르면 소론과 남인의 견해가 이질적인 수준에 이르렀다고 볼 수 있을 것이다. 그러니 고대사의 전개를 파악하는 데서도 양자가 커다란 차이를 드러냈던 것은 피할 수 없는 일이었다.

먼저 이익의 견해를 살펴보면, "우리나라의 문화는 기자 이전에 벌써 이를 개척한 인물이 있었던" 것이라고 하여 단군시대를 역사 속으로 편입시키고 있다.[63] 그렇지만 다음과 같은 구절을 보면 이익의 단군 이해가 일관되지는 못했던 듯하다. "단군 시대는 원시적이어서 문화가 개척

---

61 안정복, 이백순·김홍영 역, 108쪽.

62 정약용, 윤태순·이승창·양홍렬 역, 앞의 글, 161~162쪽.

63 이익, 임창순(任昌淳) 역, 「병영(幷營)」, 『국역 성호사설』 1, 민족문화추진회, 1977, 63쪽.

되지 못했고 천백여 년이 지나서 기자가 동쪽 지방에 봉함을 받게 되면서 암흑이 걷혀졌으나, 그것도 한강 이남에까지는 미치지 못하였다.”[64] 그리고 중화로서의 정체성을 한반도 남쪽, 특히 경상도에 부여하고자 노력하는 입장이 두드러진다. “그는 호남에는 기자―마한의 유풍을, 신라에는 주周의 유풍을 대입시켰던 반면에 북방에는 위만을 개입시켰던 것이다. 나아가 이익은 남방을 중화로부터 유래한 문文에, 북방을 위만에서 유래한 무武에 연결시켜 대비적으로 파악하였고, 궁극적으로 서북 지역의 무예를 부정적으로 인식하고 이를 교화하고자 하였다.”[65] 이에 입각하여 그는 고대사의 흐름을 단군→기자→마한→삼국(無統)→고려로 흐름을 설정하고 있다.

안정복은 이익의 관점을 다듬어서 『동사강목 도상』의 〈동국 역대 전수도東國歷代傳授之圖〉를 다음과 같이 제시하였다. “단군→기자→마한 →삼국(無統)→신라→고려→조선”[66] 『동사강목』 제1의 상권이 “기묘년 조선 기자 원년”으로부터 시작되고 있으나, 해당 해의 내용은 단군조선을 중심으로 기술되어 있다. 단군조선에 관한 기술을 보면, “단군이 백성에게 편발編髮(머리를 땋다)과 개수蓋首(모자를 쓰다)를 가르쳤으며, 군신君臣·남녀·음식·거처居處의 제도가 이때에 비롯되었다”와 같은

---

64 이익, 「동방인문(東方人文)」, 『국역 성호사설』 1, 민족문화추진회, 1977, 99쪽.
65 趙成山, 앞의 글, 75쪽. 이러한 판단은 「국중인재(國中人才)」(『국역 성호사설』 1)의 내용을 근거로 하고 있다. 기실 「백두정간(白頭正幹)」·「동방인문(東方人文)」·「영남속(嶺南俗)」·「삼한시종(三韓始終)」 등을 보면, 영남을 중심으로 역사를 파악하는 이익의 관점이 드러나기도 한다. “퇴계(退溪)가 소백산 밑에서 태어났고, 남명(南冥)이 두류산(頭流山) 동쪽에서 태어났다. 모두 경상도 땅인데, 북도에서는 인(仁)을 숭상하였고, 남도에서는 의(義)를 앞세워 유교의 감화와 기개를 숭상한 것이 넓은 바다와 높은 산과 같게 되었다. 우리의 문화는 여기서 절정에 달하였다.”(이익, 「동방인문(東方人文)」, 앞의 책, 99~100쪽)
66 안정복, 김성환 역, 「동사강목 도상」, 『국역 동사강목』 1, 민족문화추진회, 1977, 73쪽.

내용에서 드러나듯이[67] 홍만종의 견해에 따르고 있음을 알 수 있다. 소론계 이종휘의 『동사』와 비교하건대, 기전체를 취하는 대신 강목체를 고수했다든가, 단군을 독자 항목으로 설정하지 못한 데서 확인할 수 있는 것처럼 성리학 이념에 상대적으로 보다 충실했다고 판단하게 된다. 또한 발해의 역사를 배제하는 한편, 삼국이 정립했던 상황을 신라가 극복·통일하였으므로 정통성을 획득하였다는 인식도 특징으로 꼽을 만하다.

5. 단재 신채호의 낭가사상과 범보 김정설의 신라정신

1) 구한말 단군 내셔널리즘과 일제하 대종교의 활동

개항기開港期라고 하면 대략 일본과 병자수호조약(강화도조약)을 맺은 1876년(고종 13)부터 을사늑약乙巳勒約이 체결되어 일제에 국권을 빼앗긴 1910년(순종 4)까지를 가리킨다. 개항은 이중적인 양상으로 펼쳐지게 마련이다. 한편에서 외국의 낯선 문물·풍습·사상이 밀어닥친다면, 다른 한편에서는 이에 맞서서 자신의 정체성을 굳건하게 확립하려는 노력이 펼쳐지는 것이다. 민족국가의 범주에서 서유럽에서 발원한 근대와 맞닥뜨렸던 개항기에는 그 양상이 전면적일 수밖에 없었다. 이전과는 달리 패러다임의 전환과 관련되었기 때문이다. 조선의 근대는 두

---

67 위의 책, 160쪽. 이에 덧붙여진 세세한 설명은 인용하면서 생략하였다.

조류가 갈등하는 가운데 습합^{習合} 과정을 거치면서 진행되어 나아갔다. 국조 단군의 계승 문제도 그러한 경로를 거쳤다고 볼 수 있다.

먼저 국호를 조선에서 대한제국으로 바꾸었던 중앙정부의 노력부터 살펴보자. "1897년 대한제국이 선포되는 19세기 말 20세기 벽두까지 고종과 신료들은 기자조선을 둘러싼 기존의 논쟁을 상세히 분석하고 평가했다. 우리나라가 단군과 기자 이래 군왕이라고 칭하고 삼국과 고려 때도 연호를 세워 황제의 예를 따랐기 때문에 자주국가로서 '황제국'이라 칭할 수 있다는 것, 그 핵심은 역시 예악문물과 정장제도에 근거한 중화문명의 정신을 우리가 계승했기 때문이라는 것, 그런데 기자는 중국인이기 때문에 이제 일정한 선을 그어 삼한三韓을 통일했다는 의미의 '일통삼한一統三韓'으로서의 '대한大韓' 제국이라고 명명하자는 것 등이 중요한 논제였다."⁶⁸ 이에 따르면 국조로서 단군의 위상이 부각될 수밖에 없다. 마한·진한·변한의 삼한은 하나의 혈통이기에 응당 통일되어야 한다는 전제가 '일통삼한'에 내재해 있으며, 여기서 하나의 혈통이란 단군조선을 가리키고 있기 때문이다. 그리고 삼한으로부터 이어졌던 고구려·백제·신라의 삼국시대, 즉 무통無統의 상황을 종식한 나라가 신라이므로 통일신라의 의미 또한 두드러지게 된다.

민간에서는 "일종의 '단군 내셔널리즘'이라고 할 수 있는 사조思潮가 전국을" 휩쓸었다. 예컨대 "1895~1905년 사이에 간행된 거의 모든 한국사 저술에는 단군을 한국사의 시초에 두고 건국 및 민족 시조로서 서술하였다. 곧 단군을 '신인神人'으로 신성화하여, 그가 지금의 묘향산인 태백산 신단수 하에 내려와 나라를 세웠다고 설명하였다."⁶⁹ 단군

---

68 『高宗實錄』1897년 5월 이후 논의 및 『高宗大禮儀軌』「詔勅」 등 참조. 백민정, 앞의 글 40쪽에서 재인용.

내셔널리즘의 정점은 대종교 창립이라고 할 수 있다. 1909년 1월 15일 나인영羅寅永＝羅喆은 고조선 시대부터 존재했던 선교仙敎의 중광重光이라고 하여 단군교檀君敎를 창립하였고, 1910년 7월 대종교大倧敎로 개칭하였다. 일제에 의하여 만주로 쫓겨난 대종교 조직은 산하에 대한군정서大韓軍政署(별칭 북로군정서北路軍政署)를 편성하여 군사작전까지 펼쳤다. 북로군정서의 대표적인 전공은 1920년 10월 21일부터 26일 새벽까지 삼도구三道溝와 이도구二道溝에서 연속하여 전개된 청산리독립전쟁을 꼽을 수 있다. 역사학계에서는 "청산리독립전쟁은 북로군정서독립군이 주도한 독립전쟁"이라 정리하고 있다.[70]

그러니 일제로서는 단군 담론의 차단에 나설 수밖에 없었다. "조선총독부를 중심으로 한 일본인 학자들의 조선사 연구는 우리의 고대사에서 고조선사를 삭제하는 것을 무엇보다도 중요한 목표로 삼았다. 그리하여 이들은 '조선 민족의 참된 시조는 단군이 아니고 박혁거세이다'라는 주장을 통해 조선사를 한사군漢四郡과 신라에서부터 기술하려고 하였다."[71] 고대사 조작과 병행된 것이 대대적인 대종교 탄압이었다. 예컨대 1925년 6월 11일 조선총독부 경무국장 미쓰야 미야마쓰三矢宮松는 장쭤린張作霖 군벌의 봉천성 경무처장 우진于珍과 미쓰야협정을 체결하였는바, "이것은 대종교가 만주에서도 불법화되고 포교가 금지된다는 것을 의미하는 것이었다."[72] 이후에도 대종교의 활동이 계속되자 일제는 1942년 11월 조선어학회와의 관계를 문제 삼아 대종교 간부들을

69 李弼泳, 「檀君 研究史」, 『단군─그 이해와 자료』, 서울대 출판부, 2001, 84~85쪽.
70 愼鏞廈, 「檀君認識의 歷史的 變遷─한말 일제시기의 檀君思想과 獨立運動」, 『단군─그 이해와 자료』, 서울대 출판부, 2001, 193쪽.
71 姜敦求, 「檀君神話의 民俗學 및 哲學·思想分野의 研究」, 『단군─그 이해와 자료』, 서울대 출판부, 2001, 231쪽.
72 愼鏞廈, 앞의 글, 195~196쪽.

대대적으로 구속하였다.[73] 대종교에서는 이를 '임오교변壬午教變'이라
부르며, 이때 고문으로 사망한 열 사람을 '순교십현殉教十賢'으로 받들고
있다.

2) 단재 신채호 — 소론계 역사인식의 계승·발전

단재 신채호가 대종교와 관계할 여지는 일찍부터 마련되었다. 1898
년 19세였던 단재는 독립협회에 가입하여 내무부원·문서부원으로 활
동하였는바, 당시 김교헌金教獻이 부회장 7인 가운데 한 사람이었고, 나
철羅喆이 도총무都總務 5인 가운데 하나였던 것이다.[74] 대종교가 성립하
고 난 뒤 단재는 교단에서 교육을 담당하였으며, 1916년 8월 초대 교
주 나철이 자결·순국하자 애절한 추도문을 발표하였고, 2세 교주가
된 김교헌은 단재와 함께 교육을 담당하였다.[75] 따라서 신채호가 단군
에 대하여 각별한 관심을 가졌던 것은 당연한 일이었다. 그런 점에서
1910년 단재가 『동사강목』을 싸들고 망명길에 올랐다는 사실은 하나
의 상징적인 장면으로 다가온다. 『동사강목』의 사관을 극복하고 단군
에 적극적인 위상을 부여하는 민족사 구축의 의지가 확연하게 드러나
기 때문이다.[76]

단군조선에 대한 단재의 열정은 낭가사상에서 확인할 수 있다. 단재

---

[73] 대종교와 조선어학회의 관계에 관해서는 홍기돈, 「식민지 말기 이태준의 소설과 백산
안희제 —「영월영감」과「농군」을 중심으로」(『근대를 넘어서려는 모험들』, 소명출판,
2007) 참조.
[74] 任重彬, 『先覺者 丹齋 申采浩』, 형설출판사, 1987, 83~84쪽.
[75] 위의 책, 213~214쪽.
[76] 위의 책, 170~183쪽 참조.

는 「동국고대선교고」(『대한매일신보』, 1910.3.11)를 발표한 바 있는데, 이를 정교하게 발전시킨 논문이 1925년 발표된 「조선 역사상 일천년래 제일대사건」이다. 랑이란 무엇인가. "'랑郞'은 곧 신라의 화랑이니, 화랑은 본래 상고上古시대 소도제단蘇塗祭壇의 무사武士, 곧 그때 '선비'라 불렀던 것인데, 고구려에서는 조의皂衣(검은 색의 옷)를 입었으므로 '조의선인皂衣仙人'이라 하였고, 신라에서는 그 미모를 취하여 '화랑'이라 하였다. 화랑을 국선國仙·선랑仙郞·풍류도風流徒·풍월도風月徒 등으로도 불렀다."[77] 이러한 화랑이 '묘청의 난' 실패로 멸절하였으니, 단재는 이를 두고 "조선 역사상 1천 년 이래 최대 사건"이라 규정했던 것이다. 묘청의 난 이전까지 화랑은, 존화주의尊華主義(중국을 높이 받드는 것을 國是로 함)에 찌든 유가에 맞서서, "언제나 국체國體 상으로는 독립·자주·칭제稱帝(고려의 王을 帝王이라 칭함)·건원建元(독자적인 연호의 사용)을 주장하고, 정책상으로는 군사를 일으켜 북벌北伐을 하여 압록강 이북의 옛 강토를 회복하자고" 주창했던 것으로 단재는 파악하고 있다.[78]

『조선상고문화사』(『조선일보』, 1931.10.15~12.3, 1932.5.27~5.31) 제2편 제2장 「삼랑三郞의 순유와 선교仙敎의 선포」에서도 단재는 낭가사상낭가(郞家)사상의 기원과 흐름을 정리하는 한편, 화랑이 패망한 데 대한 안타까움을 토로하고 있다. "대개 화랑은 단군 때부터 내려오던 종교의 혼魂이자 국수國粹의 중심이었음에도 불구하고, 다만 신라 말 고려 초에 유교도에게 잔멸殘滅당하여 그 역사조차 알 수 없게 되었다."[79] 『조선상고

---

77 단재 신채호, 박기봉 역, 「조선 역사상 1천년 이래 최대 사건」, 『조선상고문화사(외)』, 비봉출판사, 2011, 446~447쪽.
78 위의 글, 451쪽.
79 단재 신채호, 박기봉 역, 「조선상고문화사」, 『조선상고문화사(외)』, 비봉출판사, 2011, 63쪽.

사』(『조선일보』, 1931.6.10~10.14)에서는 고구려의 강성함이 '선배' 제도의 창설에서 비롯되었다고 전하면서, '선배'의 이두문자 표기가 '先人'· '仙人'이라고 밝히는 한편, 선배·조의선인의 문화와 체계·역할에 관하여 설명하고 있기도 하다.[80] 앞서 3절에서 살펴봤던 것처럼, 단군을 조종祖宗으로 삼는 선교의 계보는 병자호란 이후 이미 확립된 상태였다. 단재는 선교의 존재를 바탕으로 삼는 한편 조의선인·화랑의 연혁을 밝혀냄으로써 '仙 = 郎'이라는 낭가사상낭가(郎家)사상으로 발전해 나갔다고 이해할 수 있겠다.

단군조선의 부각과 반비례하여 추락한 것이 기자의 위상이었다. 단재는 『독사신론』(『대한매일신보』, 8.27~12.13)에서 기자가 하나의 속읍을 다스렸을 뿐이라고 추정하였는데,[81] 『조선상고문화사』에서는 이를 논증하는 데까지 나아갔다. 종교적·정치적인 이유에서 망명한 기자에게 고조선 정부는 "평양 한 구석에 군읍郡邑을 주어서 제후로" 삼았을 뿐이라는 것이다.[82] 그리고 기자는 수절 정도가 백이·숙제보다 낮게 평가되고도 있다. ① 기자는 "선왕先王의 서자庶子였기 때문에 왕이" 될 수 없었으나, "백이·숙제는 선왕의 적자嫡子였으면서도 왕위를" 버렸다는 사실 ② "기자는 지나족支那族이었으나 백이·숙제는 조선족朝鮮族이었으니" 무왕武王의 은殷 정벌을 막지 못한 데 따른 책임의 무게가 다르다는 점 ③ "백이·숙제는 굶어 죽었지만 기자는 수종壽終(수명대로 살다가 죽음)"하였다는 사실 등이 그 근거이다.[83] 이전 사가들이 감히 의심하지 못하였던 기자의 위상을 단재는 이처럼 적극적으로 허물어뜨려 버렸

---

80 단재 신채호, 박기봉 역, 『조선상고사』, 비봉출판사, 2014, 229~232쪽.
81 『독사신론』 제2편 제2장 「부여왕조와 기자」, 참조.
82 『조선상고문화사』 제3편 제2장 「기자 동래(東來)와 중국의 종교 전쟁」 참조.
83 위의 책, 114쪽.

다. 신유학에 근거한 세계 인식으로부터 결별해 나간 단재의 면모는 이 지점에서 선명하게 부각된다.

강역 설정에 있어서 단재는 소론계의 입장을 수용하고 있다. 이는 발해의 역사를 수록하여 "1천여 년 동안 사가史家들이 압록강 이북을 빼버린 결실을" 보완하였다면서 유득공의 『발해고』를 고평하는 데서 드러난다.[84] 고대사 인식에서도 단재는 소론계에 다가서 있다. "이종휘李鐘徽의 『수산집修山集』은 단군 이래 조선 고유의 독립적 문화를 노래하여 김부식 이후 사가들의 노예사상을 갈파喝破함으로써, 비록 특유한 발명發明과 채집採集은 없다고 하더라도, 다만 이 한 가지만으로도 불후의 업적이 될 것이다."[85] 그렇지만 『수산집』(『동사』)의 한계를 비판하는 데서 알 수 있듯이, 단재는 소론계의 견해를 발판으로 삼아 그보다 훨씬 더 멀리 나아갔다. 이를 위하여 단재는 사료史料의 수집과 선택에서 새로운 방법을 창안해 내었다. ① 옛 비석(古碑)의 활용이라든가 ② 각 서적들의 상호 증명(互證), ③ 명사의 새로운 해석과 ④ 위서僞書의 변별과 선택 기준 마련, ⑤ 몽골蒙·만주滿·토욕혼土 여러 부족의 언어와 풍속 연구가 이에 해당한다.[86] 이 가운데 ③항은 이두吏讀의 적극적인 활용을 통하여 가능하였으며,[87] ②항과 ⑤항은 한족漢族 사가들이 기술해 놓은 내용을 비판·극복케 하는 동력으로 작동하였다.

이로써 단재가 정리해 놓은 고대사의 흐름을 정리하면 다음과 같다.

---

84 단재 신채호, 박기봉 역, 「구사(舊史)의 종류와 그 득실(得失)의 간략한 평가」, 『조선상고사』, 비봉출판사, 2014, 41쪽.

85 위의 책.

86 위의 책, 47~68쪽 참조.

87 단재는 『조선사연구초(朝鮮史硏究草)』 앞 부분에서 이두문의 명사 해석 방법을 상세하게 설명하고 있다. 「조선사연구초」, 『조선상고문화사(외)』, 비봉출판사, 2011, 301~315쪽 참조.

① 단군은 삼신三神 사상에 입각하여 고조선을 세웠으니 삼경三京이 있었고, 이에 따라 신한·말한·불한이 각 지역을 다스렸던바, 이에 해당하는 도읍지는 지금의 하얼빈·평양·요동 남쪽의 개평蓋平 부근이었다. 이때 신한은 고조선 전역을 통치하는 대왕大王이었으며, 말한·불한은 신한을 보좌했던 부왕副王이었다. ② 기원전 4세기경 신조선·말조선·불조선으로 분립하였다. ③ 불조선은 기자의 후손에게 권력이 넘어간 뒤, 위씨조선이 되었다가 한에게 멸망당하였다. 신조선은 흉노의 침략을 받아 쇠약해진 후 멸망하였고, 신조선의 판도에 건국한 부여夫餘는 북부여와 동부여로 나뉘었고, 동부여는 다시 북동부여(＝옥저)와 남동부여(＝예)로 분립하였다. 말조선은 도읍을 월지국月支國(현재의 공주 부근)으로 옮기면서 국호를 마한으로 바꾸었다. 이후 마한 북부 지역에 낙랑국이 들어섰고, 마한은 신조선과 불조선의 유민들에게 땅을 나눠주어 각각 진한과 변한이라 하였다. ④ 졸본부여를 취하여 성장한 고구려가 과거 신조선과 낙랑의 영토를 확보하였으며, 마한의 봉토를 얻어 건국한 백제가 마한을 무너뜨리며 성장하였고, 진한 지역에서는 신라·변한 지역에서는 가야가 들어섰다. 이후 신라가 가야·백제를 멸하였다.

그러니 단재는 『조선상고사』의 흐름을 (단군)조선 → 삼조선 분립 → 열국列國 시대 → 삼국 시대로 파악했다고 볼 수 있겠다. 1928년 5월 단재가 일경에 체포된 뒤 1936년 여순 감옥에서 순국하였기 때문에 『조선상고사』는 미완에 머물고 말았다. 여타 논설에서의 주장을 바탕으로 하건대, 만약 『조선상고사』의 내용이 좀 더 이어졌더라면, 삼국시대 이후는 발해와 신라의 '남북(국) 시대'로 설정되었을 것이 자명하다. 한편 박기봉은 단재의 상고사 역대 구분을 고조선 → 삼조선 → 부여 → 삼국시대로 이해하고 있다.[88] 하지만 '열국 시대'를 '부여'로 대체할 경우, 말조선 이후 해당 지역에서 펼쳐진 삼국시대 이전의 역사는 말소되고 만다는 문제가 생긴다. 단재가 열국 시대를 기술하면서 부여에 많은 지면을 할애했던 데에는 두 가지 이유가 있을 터인데, 하나는 북방 강역에 대한 관심이 컸기 때문이며, 다른 하나는 중국 한족과 적극적으로 맞섰던 데 대한 자주의식이 개입하였기 때문이다.

3) 범보 김정설─남인계 역사 인식의 계승·발전

범보凡父 김정설金鼎卨과 대종교의 관계를 증명할 자료는 남아 있지 않지만, 전혀 무관하지 않았으리라는 추론은 가능하다. 1915년 19세의 범보는 백산상회 장학생으로 일본유학을 떠났는데, 당시 백산상회 설립자이자 사장이 백산白山 안희제安熙濟였다. 백산은 대종교인으로 임오교변 당시 일제의 고문으로 죽음을 맞이한 순교십현 가운데 한 사람이다. 그리고 범보는 다솔사 주지 최범술과 함께 단재의 『조선상고사』와 『조선상고문화사』 원고를 숨겨서 보관하다가 발각되어 1942년 9월 일제에 피검되기도 하였다.[89] 일명 '해인사사건'이었던 바, 이는 대종교의 임오교변·조선어학회의 '조선어학회사건'과 동시에 전개되었다. 일제는 세 단체가 공조한다고 판단했던 것이다. 1942년 7월 조선어학회사건으로 입건된 김법린은 다솔사를 거점으로 범보·범술 등과 함께 항일투쟁을 벌였던 인물이다.

일제강점기 절필 상태에 가까웠던 범보는 해방 이후 본격적으로 집

---

88 박기봉, 「옮긴이 서문」, 단재 신채호, 박기봉 역, 『조선상고문화사(외)』, 비봉출판사, 2011, 5쪽.
89 최범술, 「청춘은 아름다워라」, 『효당 최범술문집』 1, 민족사, 2013, 655~659쪽 참조.

필 활동을 펼쳐 나갔다.[90] 범보의 첫 번째 저작은 1954년 출간된 『화랑외사』다. 1948년 범보가 구술한 내용을 제자 조진흠이 받아 적어 원고가 갖추어졌고, 출간하면서 범보의 서序가 덧붙여졌다. 서의 내용을 보면, 범보가 '나라 만들기'를 염두에 두고 이 책을 구상하였음이 드러난다. "화랑은 우리 민족생활의 역사상에 가장 중요한 지위를 차지하게 된 일대사건이다. (⋯중략⋯) 정숙히 우리 역사를 회고하건대, 하대何代 하인何人의 정신과 행동이 과연 금일 우리의 역사적 역량을 살릴 수 있는 것인가? 보라 상하천고上下千古의 맥락을 짚어서 이것을 더듬어오다가 여기다 하고 큰 숨을 내어 쉴 자리는 역시 신라통일 왕시旺時의 화랑을 두고는 다시없을 것이다."[91] 그러니까 범보는 새로운 나라를 일으켜 세울 정신적인 기둥으로 신라의 화랑을 제시하였던 것이다. 범보는 죽을 때까지 이러한 입장을 조금의 흔들림도 없이 일관되게 유지하였다.

화랑을 전면에 내세웠다는 점에서 보자면, 범보는 단재의 낭가사상 낭가(郎家)사상을 계승하였다. 기실 범보는 선도가 단군 시대에 형성되었고, 고구려・백제・신라에서 이를 종교로 삼았다는 단재의 주장을 반복하고 있다.[92] 단재가 고대사 연구에서 문헌자료의 부족을 극복하기 위하여 다섯 가지 방법론을 창안했던 것처럼, 범보 역시 풍류도 연구에서 맞닥뜨리게 되는 같은 문제의 극복을 위하여 오증방법론 즉 ① 문헌文獻 ② 물증物證(고적) ③ 구증口證(구비설화) ④ 사증事證(유습遺習・유풍遺風・유속遺俗・풍속風俗・습속習俗) ⑤ 혈맥血脈(심정)을 제시하고 있기도 하

---

90 해방 이전 범보가 발표했던 글은 두 편에 불과하다. 「老子의 思想과 그 潮流의 槪觀」(『開闢』45, 1924.3), 「칸트의 直觀形式에 對하여」(『延禧』3, 1924.5)가 이에 해당한다. 한편 최제우의 면모에 관한 기억인 「大神師 생각」(『천도교회월보』162, 1924.3)은 범보가 구술하고 小春 金起田이 기록하였다.
91 金凡父, 「花郎外史」, 『風流精神』, 정음사, 1987, 2쪽.
92 金凡父의 「崔濟愚論」(앞의 책, 90쪽)과 「陰陽論」(앞의 책, 145~146쪽) 등 참조.

다.[93] 그렇지만 차이점도 분명한데, 범보는 단군 시대에 선교가 발생하였다는 사실만 언급할 뿐 상고사에 관하여 제대로 된 논의를 펼치지 않았다. 또한 범보에게서는 강역에 관한 관심을 발견할 수 없으며, 그가 통일신라를 부각시킬 때 발해는 고려해야 할 대상이 되고 있지 못하다. 따라서 범보가 초점을 맞추었던 것은 신라의 화랑 그 자체였다고 정리해도 무방하겠다. 또한 신라문화의 중심사상을 풍류도라 하였으니,[94] 그가 말하는 풍류도(화랑정신)란 곧 신라정신을 가리키는 것으로 보아도 되겠다.[95]

범보의 화랑정신이 독창적인 바는 최제우의 동학을 신라 풍류도의 귀환으로 파악하는 대목이라 할 수 있다. "국풍國風으로서의 신도神道가 (…중략…) 성장하고 세련되어서 마침내 풍류도가 출현하면서 문화면으로 정치면으로 신라의 번영을 가져왔던 것이다. 그러다가 이 정신이 세운에 쫓겨 점점 쇠미하던 나머지 (…중략…) 굿이니 도신禱神이니 별신別神이니 하는 야무배野巫輩의 호구소기糊口小技로 잔존하였던 것이다. 그런데 최제우가 (…중략…) '내림'(강령)의 위력을 새로이 천명하고 보니 인제는 과연 도상천재道喪千載에 분명히 신도는 재생한 것이다."[96] 신

---

93 金凡父, 「國民倫理 特講」, 『花郎外史』, 以文社, 1981, 228쪽.
94 金凡父, 「風流精神과 新羅文化—風流道論 緒論」(『韓國思想』 講座3, 1960) 참조.
95 이러한 차이로 인하여 김유신을 평가하는 지점에서 단재와 범보는 극명하게 갈라진다. 단재는 "다른 종족(種族)을 불러들여 동족(同族)을 멸망시키는 것은 도적을 끌어들여 형제를 죽이는 것과 다를 바 없다"(「독사신론」, 『조선상고문화사(외)』, 비봉출판사, 2011, 281쪽)라고 김유신을 비판하는가 하면, 김유신의 전공이 과장되었고 그의 특장(特長)은 다름 아닌 음모였다고 평가절하하고 있다.(『조선상고사』, 비봉출판사, 2014, 506~512쪽) 반면 범보는 『화랑외사』의 「김유신」장에서 그의 영웅적인 풍모를 부각시키고 있다.
96 金凡父, 「崔濟愚論」, 앞의 책, 103쪽. 이 논문에 내재된 주장의 특징에 대해서는 홍기돈, 『김동리 연구』(소명출판, 2010)의 「보론1—인간의 재규정, 민족(국가)의 새로운 존립 방식」 참조.

도의 내용을 설명하는 과정에서 전개되는 음양론에 입각한 성리학 비판 및 보완 논리가 날카로운데, 기실 그 비판이 과연 유·불·도를 아우르는 신도의 사상에 입각해 있는가는 제대로 확인할 수 없다. 즉 이를 범보의 시각으로 이해해도 어쩔 도리가 없을 정도로 전거가 불확실하다는 것이다. 또한 이와는 별개로 최제우가 경주 용담龍潭에서 내림을 받았다는 사실도 우연이 아닐 터이다. 즉 경주가 고향이었던 범보는 경상도에 이어져 내려왔던 남인의 역사인식을 계승하는 한편, 그 위에서 단재의 사상을 계승하였고, 이를 동학의 출현으로까지 적용시켜 나갔던 것이다.

단재와 범보의 차이는 그들을 둘러싼 조건의 차이에서 기인하는 측면이 크지 않을까 싶다. 나라 잃은 단재가 강렬한 민족의식을 불러일으키는 방향으로 나아갔던 반면, '나라 만들기' 단계에 자리를 마련하였던 범보로서는 경세가로서 구체적인 현실 조건을 감안할 수밖에 없었다는 것이다. 그럼에도 불구하고 신라정신으로써 현대의 과학주의·물질주의를 타개하고자 기획하였다는 점에서 보자면 범보는 상당한 야심가였는데, "현대문화의 위기를 자각한 사상가"라 자부하였던 장면이 이를 상징적으로 드러낸다.[97] 그렇지만 '거리의 철학자'로 떠돌았던 까닭에 범보는 사상계에 뚜렷하게 족적을 남기지 못하였고, 차라리 1950년대 한국문학계에서 그의 영향력을 확인하는 작업이 더욱 손쉬운 형편이다. 예컨대 최하림은 범보가 "동생 김동리의 영향권 아래 있는 문인들의 대부 역할을 했을 뿐 아니라 그들의 문학에 일정한 방향 표지판 역할을 해 주었다"라고 정리하고 난 뒤 다음과 같이 설명하고 있다.

---

[97] 金凡父, 「風流精神과 新羅文化－風流道論 緖論」, 앞의 책, 98쪽.

"1950년대 한국문학을 휩쓴 신라정신이 실은 김범부의『삼국유사』지식과 그가 태어나고 자라난 경주에 대한 사랑이 버물린 독자적 상상 세계였다는 점을 안다면 쉽사리 이해될 수 있으리라고 생각한다. 김동리의「화랑의 후예」를 비롯하여 서정주의「신라초」, 유치환·박목월·김상옥 등의「계림시편」이 그것으로서, 거기에는 직간접으로 김범부가 추구하던 신라 혹은 동양의 이미지가 아름답게 수놓아져 있다."[98]

사상가로서 범보는 당초 근대가 막다른 벽에 직면하였다고 판단하여 근대 이후를 모색하고 있었다. 그렇지만 정치 노선을 같이 했던 김구가 1949년 암살당하면서 사상을 현실화할 지반이 사라졌으며, 이후 전쟁이 벌어지고 분단 체제가 고착되면서 상황은 더욱 열악해졌다. 결국 1963년 5·16군사쿠데타 세력의 외곽단체였던 오월동지회(회장 박정희)의 부회장이 됨으로써 그는 실패한 경세가로 전락하고 말았다. 3년여 동안 대통령의 멘토 역할을 담당하였던 범보는 1966년 간암으로 영면에 들었다.

6. 근대의 한 측면 – 연장된 전통사상으로서의 민족의식

국조로서의 위상을 부여받고 단군이 현실 한가운데로 호출된 것은 13세기 후반이었다. 몇 번에 걸친 몽골의 침략 속에서 고려는 존립 근거가

---

98 최하림, 「'꽃잎처럼 쓰러진 신라' 김범부」, 『시인을 찾아서』, 프레스21, 1999, 78쪽.

위협받았고, 국난 극복이 시급하였던 고려 중앙정부는 구성원들을 하나의 동질성으로 묶어낼 수 있는 이념이 요청되었던바, 이로써 고구려·백제·신라의 후예로서 정체성을 유지해나갔던 각 세력들은 본디 하나의 뿌리에서 갈라졌다는 단군 담론이 출현한 것이다. 단군조선이 신단수神檀樹 아래 세워졌다는 신화의 내용은 조선 건국에서 '목자위왕木子爲王' 항설로 활용되었으며, 그러한 까닭에 훈구파가 집권하였던 15세기까지 국조 단군의 의미는 강화되는 추세를 드러내었다. 16세기 사림파가 집권하게 되자 기자를 부각시키는 한편 단군에 대한 평가절하가 널리 이루어졌으나, 이의 반대편에서는 선교仙敎가 귀환하였으며, 병자호란 이후에는 선교의 기원이 단군으로 굳어졌고 단군조선은 문화의 원형이 마련된 문화공동체로서 제시되었다. 병자호란이 그 동안 유지되어왔던 중화-체제의 붕괴를 의미하는 만큼, 변화된 동아시아의 상황에 대처하려는 시도가 성리학 내에서 펼쳐지기도 하였다. 18세기 나타난 소론계의 고구려 정통론과 남인계의 신라 정통론이 이에 해당한다.

　근대로 돌입하면서 분출한 국조 단군의 위상이라든가 대종교(단군교), 고구려 담론·신라 담론 등은 이러한 근대 이전의 논의를 바탕에 깔고 있다. 예컨대 대종교는 선교의 계승이며, 단재 신채호는 이에 입각하여 낭가사상낭가(郎家)사상을 제창하는 한편 소론의 고구려 담론을 체계적으로 발전시켰고, 김범보는 신라의 화랑이야말로 선교 이념의 정수라 파악하여 남인의 신라 정통론을 대한민국의 건국이념으로 제출하였다. 나라 잃은 일제강점기의 작가들은 이러한 논리들 가운데 하나를 선택하여 각자 민족이 번영하였던 시절을 상상하곤 하였다. 신채호, 최남선, 이광수, 현진건, 김동리 등이 이를 보여준다.

제2장

통일신라 담론과 선교의 재발견

1. 발명된 전통, 계승된 전통, 습합된 전통

뒤늦게 근대-체제에 합류한 국가에서는 전통 문제가 복잡하게 꼬일 수밖에 없다. 과거의 특정한 기억을 호출하여 역사적인 맥락으로 구축함으로써 정체성 확립이 가능해진다는 점에서는 전통이라 하겠으나, 지금-여기의 상황이 구축 과정에 개입하면서 그 전통은 변형을 감수해야만 하는 까닭에 비非전통이라고 말할 수도 있기 때문이다.[1] 마루야마 마사오丸山眞男는 전통에 관한 후발 근대국가의 이러한 모순을 '운명'이

---

1   전통과 기억의 연관 관계에 대해서는 전진성의 『역사가 기억을 말하다』(휴머니스트, 2005) 참조.

라는 단어로 정리하고 있다. "개국이라는 의미에는 자신을 바깥, 즉 국제사회에 여는開 동시에 국제사회에 대해서 자신을 국가國 = 통일국가로 선을 긋는다劃는 양면성이 내포되어 있다. 그런 양면의 과제에 직면한 것은 아시아의 '후진後進' 지역에 공통된 운명이었다."[2] 따라서 후발 근대국가로서 식민지 상황에 처했던 한국의 경우 전통과 非전통을 선명하게 이분하여 대립시켜 논의하는 것은 그리 현명한 접근이 아닐 것이다. '습합褶合'이라는 관점에서 이해해야만 전통과 비전통 사이의 모순을 파악할 수 있다는 나의 입장은 이로부터 출발한다.

예컨대 '만세萬歲' 행위에 관한 두 가지 상반되는 입장을 먼저 살펴보고 난 후, 다시 습합의 관점에서 여기에 접근해 보자. ① 황종연은 3·1운동의 '만세' 행위가 근대에 이르러 외부에서 수입되었다고 추정한다. 즉 유럽인들의 '후레이hooray'에서 일본의 '반자이萬歲'가 유래하였고, 1889년 일본제국 헌법이 공포될 때 메이지 덴노明治天皇를 송축했던 '반자이'를 조선인들이 모방했다는 것이다.[3] ② 이에 대해 김흥규는 『조선왕조실록』에서만 잡아도 '만세'의 용례가 30회 발견된다고 반박하고 있다. 한문문화권에서 '만세'는 군왕의 덕과 영광을 송축하기 위해 일찍부터 쓰인 관용어라는 것이다.[4] ③ 먼저 실증 측면에서 이해하자면 김흥규의 입장에 동의할 수 있다. 그런데 공동체 가치의 체현자인 왕을 송축했던 '만세' 행위가 3·1운동 당시 펼쳐졌던 '만세' 행위와 치환이 가능한가는 의문이다. 「기미독립선언서己未獨立宣言書」에 근거하여 이야

---

2 마루야마 마사오, 김석근 역, 『일본의 사상』, 한길사, 1998, 60쪽. 강조는 원문에 따랐다.
3 황종연, 「민족을 상상하는 문학―한국소설의 민족주의 비판」, 『비루한 것들의 카니발』, 문학동네, 2001, 97~98쪽.
4 김흥규, 「한국 근대문학 연구와 식민주의―김철·황종연의 담론틀에 관한 비판적 검토」, 『창작과비평』, 2010. 봄, 307~308쪽.

기하자면, "인류평등의 대의를 극명"하겠다는 문구나 "인류적 양심의 발로에 기인한 세계 개조의 대기운에 순응병진하기 위하여" 나섰다는 주장은 '공동체 가치의 체현자 = 왕'이라는 상징-체계 바깥에서 작동하고 있기 때문이다. 그렇다면 근대의 맥락 안에서 3·1운동 당시 '만세'라는 행위의 의미를 재구성해야 하는 것 아닐까.

어떤 하나의 행위에 근거하여 펼치는 전통 논의는 그래도 그 과정이 명료하게 드러난다. 하지만 한 국가의 정체성이 구축되는 과정에 관한 논의는 하나의 단락으로 요약하기가 용이치 않다. 2009년부터 2011년에 이르기까지 황종연과 김흥규의 '통일신라 담론' 논쟁이 복잡하게 펼쳐진 까닭은 그 때문이다. 논쟁에 임하는 두 사람의 입장은 분명하다. 황종연이 통일신라 담론의 창안자를 근대일본 역사학계, 고고학계의 학자들이라고 주장하고 있는 반면, 김흥규는 다양한 사료들을 근거로 적시하며 그러한 시각이 근대일본 학자들의 주장 이전에 이미 조선에 전해지고 있었음을 증명하고 있다. 그러니까 '만세' 행위를 둘러싸고 펼쳐졌던 각각의 입장, 그러니까 ①과 ②가 여기에서도 여전하게 이어지고 있는 셈이다. 나는 이 글에서 ③의 입장에서 통일신라 담론 논쟁에 개입하고자 한다.

이 글의 구성은 다음과 같다. 먼저 2절에서는 황종연과 김흥규 사이에서 벌어졌던 논쟁의 내용을 정리할 것이다. 그리고 3절에서는 논쟁이 실증 확보 중심으로 펼쳐지다 보니 간과되었던 통일신라 담론의 내용을 살펴보고자 한다. 이때 통일신라 담론의 내용이란 선교사상仙敎思想을 가리킨다. 이어서 4절에서는 선교사상이 근대 고고학, 미술사의 성취와 습합하면서 강화되는 양상을 검증할 것이며, 5절에서는 이제껏 진행해 나갔던 논의가 한국 근대문학과 맺는 관계를 해명하기 위하여 통일신라 담론을 적극적으로 끌어안았던 김동리의 사례 분석에 나설 것이다.

2. 통일신라 담론의 창안자 논쟁

논쟁의 발단이 된 글은 황종연의 「신라의 발견」이다.[5] 이 글에서 황종연은 통일신라 담론의 창안자가 근대 일본의 역사학계, 고고학계라고 주장하고 나섰다. "신라가 조선반도의 영토 지배라는 점에서 최초의 통일국가라는 위상을 보유하기 시작한 것은 바로 일본인 동양사가들의 연구에서였다."(ⓐ「발견」, 21) 물론 이러한 주장에는 나름의 근거가 동반하고 있다. 예컨대 담론의 기원으로 자리를 잡는 역사학계 저술은 1892년 하야시 다이스케林泰輔가 펴낸 최초의 조선사 개관 『조센시朝鮮史』이며(ⓐ「발견」, 21), 이마니시 류今西龍가 "1915년부터 1918년 사이 교토제대에서 행한 「신라사」와 「신라왕조사」 강의안은 실증사학의 방법에 의한 신라사 개관의 효시라고 부를 만하다"(ⓐ「발견」, 23)라는 진술이 이에 해당한다. 고적 및 유물 조사에서 중요한 역할을 담당했던 고고학자로는 야기 소사부로八木奘三郎, 구로이타 가쓰미黑板勝美, 도리이 류조鳥居龍藏, 세키노 다다시關野貞 등이 언급되었다.(ⓐ「발견」, 24)

근대로 접어들어 일본인들이 통일신라 담론을 창안해 내었다면, 이후 펼쳐지는 모든 통일신라 논의는 그 담론에 입각하여 펼쳐질 수밖에 없어진다. 가령 해방 이전의 조선인, 해방 이후의 한국인이 민족주의 견지에서 신라에 관한 어떠한 입장을 개진하더라도 기원으로부터의 영향은 결코 지워지지 않는다. 황종연은 이러한 사실을 냉정하게 지적하고 있다. "일본인이 발견한 신라로부터 당대 조선을 위한 의미와 상징

---

5   황종연, 「신라의 발견」, 『신라의 발견』, 동국대 출판부, 2008. 이후 같은 논문에서의 인용은 인용문 뒤 괄호 안에 'ⓐ「발견」,'으로 표기하고 쪽수를 함께 기입한다.

의 저장소를 만들어 내는 것, 일본인이 구축한 신라라는 상상계를 조선 민족의 문화적 자원으로 전유하는 것은 1930년대가 지나는 동안 조선 인의 지적·예술적 작업의 중요한 부분을 이루게 된다."(ⓐ「발견」, 29) 물론 조선인 / 한국인이 일제의 통일신라 담론을 무비판적으로 수용하는 경우라면 이에 대해 첨언할 필요조차 없어진다. "이병도를 비롯한, 해방 후 신라 연구를 주도한 한국인 사학자들이 그 일본인들의 발견과 해석에 의존하고 있었다는 것은 널리 알려진 바와 같다."(ⓐ「발견」, 23~24)

김흥규가 황종연의 「신라의 발견」에 대하여 날선 비판을 가했던 까닭은 여기서 비롯되었다. 과연 통일신라 담론의 창안자로 일제의 관변학자를 내세울 수 있느냐는 것. 따라서 「신라통일 담론은 식민사학의 발명인가」가 하야시의 담론이 전혀 새로울 바 없다는 내용으로 채워지는 것은 당연하다.[6] 가령 하야시의 『조센시』에서 통일신라에 관한 역사관이 부각되는 대목을 두고 가하는 "『동국통감』(1484)의 3개 사론史論에서 발췌한 네 토막과 『삼국사기』의 한 구절을 짜깁기 한 것"에 불과하다는 지적이 대표적이다.(ⓑ「발명인가」, 391) 이러한 입장 위에서 그의 태도는 완강하다. "일본 근대사학이 한국 민족주의 사학에 끼친 영향을 주장하는 데 쓰인 위의 논거가 사실은 조선 사대부들의 담론이었던 것이다."(ⓑ「발명인가」, 392) 뿐만 아니라 '삼한三韓'이라는 용어가 고려·조선시대에까지 고구려, 백제, 신라를 한데 지칭하는 말로 널리 사용되었다고 밝히면서, 삼한통일 담론이 면면히 이어져 왔음을 고증하기도 하였다. 이러한 주장을 뒷받침하는 사료는 『수서隨書』(636), 『일본서기日本

---

6 김흥규, 「신라통일 담론은 식민사학의 발명인가」, 『창작과비평』, 2009.가을. 이후 같은
   논문에서의 인용은 인용문 뒤 괄호 안에 'ⓑ「발명인가」'로 표기하고 쪽수를 함께 기입
   한다.

書紀』(720) 등 외국 역사서와 「청주시 운천동 사적비」(686), 「선덕대왕신종명」(771), 조선시대의 「국조오례의」, 안정복의 『동사강목』(1778), 소설 『삼한습유』(1814) 등 국내의 유물, 서적 등이다.(ⓑ 「발명인가」, 381~388)

황종연은 이러한 반론에 맞닥뜨려 「문제는 역시 근대다」로써 대응에 나섰다.[7] 자신의 입론은 『조센시』가 아니라 하야시의 『조센쭈시朝鮮通史』(1912) 위에서 마련되었으며, "'삼한통합'과 하야시가 말하는 삼국통일은 비슷한 단어이지만 그것들이 각각 속해 있는, 그것의 의미를 규정하는 담론은 동일한 담론이 아니"(ⓒ 「근대」, 432)라는 것이다. 그에 따르면, "전근대 한국 문헌에 등장한" 일통삼한一統三韓이라는 문구가 "문자 그대로 고구려, 백제, 신라가 한 나라가 되었음"을 가리키는 반면, 하야시가 주장하는 통일신라는 "나당전쟁에서의 신라의 승리까지 포함하는 사건"을 지시한다.(ⓒ 「근대」, 431) 여기서 후자의 입장은 근대와 관련을 맺는다. 어째서 그러한가. "당과의 전쟁을 통한 신라의 삼국통일 완성이라는 서사가 가능하려면 일정한 이데올로기적 조건이 필요하다. 무엇보다도 독립국가로서의 한국이라는 관념을 전제로 하는 한국사관이 필요하다. 그리고 그러한 한국사관은 한국인의 전통적인 중화숭배에서 탈각하지 않으면 생겨나지 않는다."(ⓒ 「근대」, 431~432) 이로써 황종연은 애초의 주장을 그대로 밀어붙일 수 있게 되었다. "『신라의 발견』에서 주목한 신라에 관한 언표는 역사학, 고고학, 미술사라는 학문과 연관되어 있으며 또한 식민 권력에 연루되어" 있는 까닭에 "일본인들의 발명품이라고 해도 무방하다".(ⓒ 「근대」, 432)

이러한 주장에 대하여 김흥규는 다시 비판을 가하고 나섰다. 「식민주

---

7   황종연, 「문제는 역시 근대다」, 『문학동네』, 2011.봄. 이후 같은 논문에서의 인용은 인용문 뒤 괄호 안에 'ⓒ 「근대」'로 표기하고 쪽수를 함께 기입한다.

의와 근대의 특권화를 넘어서」가 그 내용을 담고 있다.[8] 하야시가 『조센쮸시』에서 중화주의에서 탈각한 통일신라의 면모를 제시하기 이전에 신채호가 벌써 그러한 시각을 견지하고 있었다는 것이다. 김흥규가 제시하고 있는 사료는 논설 「허다고인지죄악심판許多古人之罪惡審判」(『대한매일신보』, 1908.8.8), 『대한매일신보』에 연재했던 「독사신론讀史新論」(1908.8.12), 「대동제국사 제언大東帝國史 諸言」(1909~1910년 추정) 등이다. 이를 통해 그는 신채호가 "백제, 고구려 멸망 이후 8년간 당과 싸우고 마침내 676년(문무왕16년) 그 세력을 한반도에서 축출함으로써 문무왕이 통일의 공을 성취했다는 시대 구획"을 제시하였으며, 이러한 주장이 여러 번 반복되는 만큼 이를 일회적인 발언으로 치부할 수 없다고 주장하고 나섰다. "신채호는 왕조의 정통성 문제보다 민족사 영토의 통합과 주권적 보위를 중시하는 '근대적' 관점에서 676년을 불충분하나마 삼국통일의 완성 시기로 본 것이다."(@「특권화를 넘어서」, 463) 이러한 진술에 따르면, 황종연이 강조하는 하야시의 통일신라 담론은 신채호의 통일신라 담론을 제거해야만 비로소 의미를 가지게 되는 곤혹한 처지에 빠지고 만다. 신채호의 발언이 하야시의 발언보다 시기적으로 앞서는 것은 분명한 사실이기 때문이다.

　통일신라 담론의 창안자에 관한 논쟁을 대략 이상과 같이 정리할 수 있다. 애초 담론의 기원을 따지는 문제였으니 구체적인 사료를 통하여 창안자를 확정짓는 작업은 응당 당연한 전개인 듯하다. 그런데 이 과정에서 통일신라 담론의 구체적인 내용에 관한 논의가 생략되어 있음은 눈여겨 볼 필요가 있다. 논쟁의 향방에서만 따진다면 실증 확보란 차원

8　김흥규, 「식민주의와 근대의 특권화를 넘어서」, 『창작과비평』, 2011.가을. 이후 같은 논문에서의 인용은 인용문 뒤 괄호 안에 '@「특권화를 넘어서」'로 표기하고 쪽수를 함께 기입한다.

에서 김홍규 쪽으로 무게의 추가 기우는 것을 확인할 수 있는데, 그럼에도 불구하고 그의 논의가 온전하게 근대 이후 통일신라 담론으로 향하고 있는가는 의문이다. 예컨대 그가 전거로 내세우는 신채호의 「독사신론」은 강역疆域 설정과 결부하여 고구려 중심의 민족사관을 내보이는 사료가 아닌가. 즉 통일신라 담론을 부정하면서 가능해지는 인식이라는 것이다. "신채호의 단군→부여→고구려 중심의 고대사 인식은, 종래의 춘추·강목과 정통론에 입각한 사서史書가 내세운 단군→기자→만위(또는 마한)→신라의 사관과는 대척점을 이루는데, 그것은 결과적으로 강역의 설정 인식에 있어서도 큰 차이를 드러내는 것이다."[9] 따라서 김홍규의 실증적인 작업을 존중하되, 이 위에서 재래의 민족의식이 어떠한 과정을 거쳐 근대의 통일신라 담론으로 이어지는지 살펴볼 필요가 요청된다고 하겠다.

3. 선교仙敎, 통일신라 담론의 기원

통일신라 담론을 살피기 위해서는 먼저 신채호의 「동국고대선교고東國古代仙敎考」(『대한매일신보』, 1910.3.11)를 살필 필요가 있겠다. 물론 「허다고인지죄악심판」(『대한매일신보』, 1908.8.8)에서 "신라 문무왕이 당병唐兵을 격파하고 본국 통일한 공"[10]이 언급되는 등 통일신라의 기점과 연동하

---

9   崔洪奎, 『申采浩의 民族主義思想－生涯와 思想』, 螢雪出版社, 1986, 298쪽.
10 申采浩, 「許多古人之罪惡審判」, 『丹齋申采浩全集』別集, 螢雪出版社, 1998, 120쪽.

는 민족의식은 그 이전부터 확인할 수 있다. 그렇지만 이는 중국과의 대결의식을 확인하는 데서나 유효할 뿐, 통일신라 담론이 형성되는 과정을 살피는 작업에서는 그다지 커다란 의미를 획득하지 못한다. 「동국고대선교고」가 중국과의 대결의식을 여전히 유지하면서도 이전 논설과 확실하게 변별되는 점은 선교仙敎에 주목하고 있다는 사실이다. "동사東史를 열閱하건대, 선교는 동국고대에 성행한 자라. 당시 서적이 산결하여 그 원류를 밝히기 어려운 고로, 혹자는 이를 지나 도교의 동입東入한 자로 인認할 이이而已나, 좌우로 참호參互하건대 차此가 동국에 고유한 자로, 지나에서 래來치 아니한 증좌가 실다하도다."[11] 이 논설에서 단재가 선도와 도교의 차이점으로 꼽고 있는 증거는 모두 여섯 가지이다.[12] 그러니까 이전에는 중국과의 대결을 통하여 민족의식을 확립했었다면, 「동국고대선교고」에서부터 신채호는 선교로써 민족의식의

---

11 申采浩, 「東國古代仙敎考」, 『丹齋申采浩全集』別集, 螢雪出版社, 1998, 47쪽.
12 "天仙·國仙·大仙의 名稱이 三國 以後 及 三國 初에 累現하였는데, 道敎의 經典은 高句麗 榮留王 時에 始作함이 (一)이요, 道敎의 東入함이 佛敎後에 在하거늘, 仙敎는 佛敎 輸入 以前부터 有함이 (二)요. 道敎는 老子에 始하였는데 『紀年兒覽』에 檀君을 天仙이라 稱하였으며, 『三國史』에 檀君을 仙人이라 稱하였은즉 檀君과 老子의 先後를 計하라. 檀君은 千數百年 以前人이요 老子는 千數百年 以後人이니, 千數百年 以前人이 어찌 千數百年 以後人의 創設한 敎를 輸入하리오, 此가 語不成說됨이 (三)이요. 仙敎가 萬一 三國時代의 人君이 支那로부터 輸入한 것일진댄 東明聖王과 大武神王도 彼 漢武帝·宣帝같이 方士를 海에 遣하여 不死藥을 求하였을지며, 明臨答夫와 金庾信도, 彼 張良·李泌같이 穀을 辟하고 導引을 學하였을지어늘 此가 無함이 (四)요. 道敎는 비록 天師眞人의 封爵이 有하나, 是가 唐·宋 以後에 始하였을 뿐더러 又只 齋醮 등을 司할 뿐이요 政治上에 何等 實權이 無한 者어니와, 麗·濟의 皂衣·大仙等은 其權力이 當時 王者와 相持하여 西洋 古代의 耶蘇敎 僧正과 如함이 (五)요. 支那 道敎는 避世의 敎요 畏死의 道라. 古로 帝王된 者가 是敎를 信하면 萬乘의 位를 脫蛇같이 視하고 白日昇天을 求하며, 士民으로 是敎를 信하면 山에 入하야 金丹을 鍊하되, 東國의 仙敎는 不然하여 明臨答夫는 大仙이로되 暴君(次大王)을 廢하고, 外寇(公孫度)를 却하였으며, 愚溫達은 大兄(即 仙人)이로되 鮮卑를 斥하여 疆土를 拓하며, 又 新羅와 激戰하다가 死하였으며, 金庾信은 國仙이로되 中岳에 入하여 國을 爲해 祈禱하고 麗·濟를 滅하였으며, 金欽純 金仁問은 仙徒로되 皆 戰場에 從事하던 名將이요, 官昌·金令胤·金歆運도 亦 仙徒로되 國事를 爲하야 視死如歸함이 (六)이라." (위의 글, 47~48쪽)

내용을 채워 나갔다는 사실이 달라진 지점이라고 할 수 있다.

솜씨 좋은 마술사는 비어있는 모자에서 비둘기를 꺼내곤 하지만, 역사가는 아무것도 없는 데서 무언가를 새롭게 만들어 내지 못한다. 신채호의 선교 역시 마찬가지다. 예컨대 조선 중기의 저술들만 간략하게 살펴보면, 한무외韓無畏(1517~1610)는 『해동전도록海東傳道錄』에서 "한국 선파仙派의 도맥道脈 전수 과정을 밝히고" 있으며, 조여적趙汝籍(1588 전후)의 『청학집靑鶴集』은 "한국 선파의 조종祖宗을 환인진인桓因眞人으로 설정하고 있는데, 환인진인은 그 아들 환웅천왕桓雄天王에게 도를 전하고 환웅천왕은 단군檀君에게 전했으며, 단군은 소를 타고 다니면서 백성을 다스린 지 1048년에 아사달阿斯達에 들어가 신선이 되었다고 한다". 『청학집』에 정리된 선파 계보가 『해동전도록』의 선파 계보가 일치하지 않는 것으로 보건대, "조선 시대에는 여러 계통의 선파가 존재했었던 것임을 추측할 수 있다". 그리고 홍만종洪萬宗(1645~1725)은 『해동이적海東異蹟』에서 "고조선에서 조선에 이르기까지 역대의 저명한 선인들을 시대순으로 배열 · 소개하였다. (…중략…) 홍만종이 이 책을 찬술한 배경에는 중국의 『열선전列仙傳』처럼 한국에도 신선이 존재한다는 사실을 입증하기 위한, 그리고 한국 도교가 자체의 기원을 갖고 있다는 역사적 사실을 부각시키기 위한 민족주의적 의도가 깔려 있다".[13] 그러니까 신채호는 선인들의 이러한 견지 위에 서서 민족의 역사를 파악했던 것이다.

물론 선교(한국 도교)를 민족의식의 중심에 배치해 나가는 시각의 교정자체가 통일신라 담론으로 곧장 이어지는 것은 아니다. 그렇지만 '국선國仙 = 화랑花郎'이라는 등식을 염두에 둔다면, 선교 담론이 통일신라 담

---

13 정재서, 『한국 도교의 기원과 역사』, 이화여대 출판부, 2006, 46~49쪽. 이 책에서 사용되는 '한국도교'란 표현은 신채호가 풀어나가는 '선교'라는 용어의 개념과 일치한다.

론으로 이어질 단초를 품고 있음이 드러난다. 신채호는 1925년 『동아일보』에 발표한 「조선역사상 일천년래 제일대사건朝鮮歷史上一千年來第一大事件」에서 그러한 전개의 가능성을 남겨 두기도 했다. "'랑郞'은 곧 신라의 화랑이니, 화랑은 본래 상고 소도제단의 무사 곧 그때에 '선비'라 칭하던 자인데, 고구려에서는 '조의선인早衣仙人'이라 하고 신라에서는 미모를 취하여 '화랑'이라 하였다. 화랑을 국선·선랑·풍류도·풍월도 등으로도 칭하였다."[14] 신채호의 이러한 인식을 고스란히 이어받고 있는 인물이 범보凡父 김정설金鼎卨(1897~1966)이다. 가령 범보의 『풍류정신』에 나타나는 "신선의 선도仙道는 한국에서 발생하였다. 중국 상대의 문건에는 신선설이 없다. 십삼경 중의 『노자』에도 없으며 춘추시대까지도 없다. 『장자』에 비로소 선인, 신인설神人說이 비치고 『초사』에 나왔는데, 이는 전국시대에 해당된다"[15]라는 주장과 진술 방식은 「동국고대선교고」의 그것과 일치하며, "화랑을 국선國仙이라고 하고, 화랑사花郞史를 선사仙史라고 하며, 화랑도花郞道는 풍류도風流道라고 하였다"[16]라는 단정은 「조선역사상 일천년래 제일대사건」의 인용 부분과 흡사하다. 뿐만 아니라 1942년 범보가 아직 책으로 묶이지 않은 신채호의 원고를 감추어 보관하다가 해인사 주지 최범술과 함께 일제에 검거되었다는 사실(일명 '해인사 사건')까지 고려한다면 그 영향 관계는 의심할 바 없을 것이다.[17]

---

14 申采浩, 「朝鮮歷史上 一千年來 第一大事件」, 『丹齋申采浩全集』 中, 螢雪出版社, 1995, 104쪽.
15 김범부, 『풍류정신』, 정음사, 1987, 145쪽.
16 위의 글, 146쪽.
17 최범술, 「청춘은 아름다워라―최범술」, (『국제신보』, 1975.1.26~4.6) 참조. 신채호가 대종교(大倧敎)에 몸을 담았다는 사실은 익히 알려진 사실이다. 가령 임중빈(任重彬)의 『先覺者 丹齋 申采浩』(형설출판사, 1986)만 보더라도 그가 대종교에 귀의하면서 동

주지하다시피 범보는 해방 이후 신라 담론의 확산에 지대한 영향을 끼쳤다. 문학의 차원에서만 접근하고 있어서 아쉽지만, 최하림의 다음과 같은 진술은 신라 담론에서 그의 역할을 가늠할 단서를 제공하고 있다. "그(범보-인용자)는 그의 동생 김동리의 영향권 아래 있는 문인들의 대부 역할을 했을 뿐 아니라 그들의 문학에 일정한 방향 표지판 역할을 해 주었다. 이는 1950년대 한국문학을 휩쓴 신라정신이 실은 김범부의 『삼국유사』 지식과 그가 태어나고 자란 경주에 대한 사랑이 버물린 독자적 상상 세계였다는 점을 안다면 쉽사리 이해될 수 있으리라 생각한다".[18] 그렇다고 해서 범보의 신라 담론을 해방 이후로만 한정시켜 이해하는 것은 적절치 못한 접근일 것이다. 김동리 자신이 "내 백씨伯氏는 동기同氣로서는 물론, 스승으로서도 이루 다 헤아릴 수 없는 은의를 나에게 끼쳐주신 분이다. 특히 내가 인생에 대해서 득력得力하게 된 것은 내 백씨의 화랑담花郞譚에서이다"[19]라고 진술하고 있거니와, 그가 처음 발표한 두 편의 작품 「화랑의 후예」(『조선중앙일보』, 1935), 「폐도의 시인」(『영화시대』, 1936)이 각각 '화랑'과 '경주'를 지시하고 있는 형국이고 보면, 범보 또한 진작부터 신라정신을 끌어안고 있었다고 이해해야 온당하겠다.

그렇다면 선교는 어떻게 해서 통일신라 담론으로 이어지게 되는가.

시에 고대사 연구에 매진해 나가는 모양을 확인할 수 있다(199~206쪽). 기실 단재가 주장하는 선교는 대종교와 밀접한 영향을 맺고 있기도 하다. 한편 범보 또한 백산(白山) 안희제(安熙濟, 1885~1943)를 매개로 하여 대종교와 관계를 맺고 있었다. 범보와 백산과의 관계 및 백산에 대한 자세한 내용은 홍기돈, 『김동리 연구』(소명출판, 2010)와 「식민지 말기 이태준의 소설과 백산 안희제」(『근대를 넘어서려는 모험들』, 소명출판, 2007) 참조. 범보는 「國民倫理 特講」(『花郞外史』, 以文社, 1981)에서 자신의 논의가 단재의 「朝鮮歷史上 一千年來 第一大事件」에서 이어지고 있음을 밝혀 놓기도 하였다.

18 최하림, 「'꽃잎처럼 떨어진 신라' 범부」, 『시인을 찾아서』, 프레스21, 1999, 78쪽.
19 김동리, 「跋文」, 『花郞外史』, 以文社, 1981, 180쪽.

그 경로를 파악하기 위해서는 「동국고대선교고」에서 확인할 수 있는 부류의 역사관이 근대의 고고학, 미술사 분야의 성취와 습합하는 양상을 추적해 들어가야 한다. 근대 고고학, 미술사가 이룩한 성과는 이러한 역사관을 실증적으로 뒷받침하는 동시에 통일신라의 의미를 부각시키는 방향으로 작용하였기 때문이다.[20] 범보가 "사적史蹟을 연구하는 법이 문헌에만 의거하는 것은" 아니라면서 "물증物證이라는 것이 있어서, 고적古蹟에도 우리가 자료를 구할 수 있는 것이고 또 하나는 그 외에 말하자면 구증口證이라는 것이 있는데, 그것은 무엇이냐 하면 구비전설과 같은 것입니다. 또 하나는 사증事證이라는 것을 들 수 있는데 그런 것은 유습遺習이라든지 유풍 · 유속 · 풍속 또는 습속, 이런 것들 가운데서 찾아볼 수 있는 것입니다"[21]라고 발언했던 것은 그러한 측면에서 이해할 수 있다.

---

20 바이칼 호수 방향에서부터 남하한 세력이 이룩한 '요하문명(동북아문명)'이 중국 남쪽으로부터 북상한 세력이 형성한 '황하문명'과 변별되는 지점을 밝혀낸 것도 근대 고고학의 주목할 만한 성과이다. 이러한 지점은 이 글의 내용에서 벗어나는 측면이 있으므로 생략하기로 하되, 고고학이 '문명' 단위의 발견 · '민족' 단위의 발견(三韓) · '국가' 단위의 발견(新羅) 등으로 나름의 계열로서 구축되고 있다는 사실만 상기시키고자 한다. 이러한 여러 단위의 관계 가운데서 통일신라 담론의 의미는 더욱 명료해질 것이기 때문이다. 요하문명에 대해서는 우실하의 『동북공정 너머 요하문명론』(소나무, 2007) 참조.
21 金凡父, 「國民倫理 特講」, 『花郎外史』, 以文社, 1981, 228쪽.

4. 근대 고고학, 미술사와 선교사상의 습합

선교 / 한국도교의 기원에 관해서는 크게 두 개의 입장으로 나뉘어 있다. ㉠ 중국 전래설 : "중국 전래설을 지지하는 강력한 근거는 현재까지 남아 있는 한국의 가장 오래된 역사서인 『삼국사기三國史記』에 적혀 있는 기록이다. 『삼국사기』(권20)에는 고구려 영류왕營留王 7년(624), 당唐의 고조高祖가 도사道士를 고구려에 파견하여 원시천존상元始天尊像 및 도법道法을 전했다는 기록이 있다."[22] ㉡ 본토 자생설 : "교단으로서의 체계를 갖춘 중국의 도교가 당唐 시대에 처음 한국으로 전래된 것은 사실이지만 교단 도교 성립 이전의 원시 도교 문화, 예컨대 신선神仙에 대한 동경 및 숭배 관념 같은 것은 한국에도 이미 자생하고 있었다고 보는 것이다."[23] 신채호, 범보 등은 물론 ㉡에 속한다. 그들이 선도 / 한국도교가 중국의 도교보다 시기적으로 앞서 존재한다고 주장하는 까닭이 여기에 있다. 근대의 고고학, 미술사의 성과는 ㉡ 본토 자생설에 힘을 실어주었다.

오늘날 학계에서는 도교의 한반도에로의 공식적인 전래시기를 위의 두 기록에 의거하여 7세기 초로 잡는 것이 상식이 되어왔다. 그러나 고고・미술사적 자료를 볼 때 7세기 이전에 이미 도교가 들어와 존재하고 있다는 사실이 명백하다. 4세기 초까지 평양 지역에 존재하였던 낙랑(樂浪)의 유물 중에 한대(漢代)의 동경(銅鏡)이 있는데 동경은 도교의 중요한 주구

---

22 정재서, 앞의 책, 28쪽.
23 위의 책.

(呪具)이다. 아울러 5세기 초에 축조된 것으로 편년(編年)되는 무용총 고
분 벽화에 이미 선인(仙人)·선수(仙獸)가 출현하고 있는 것을 비롯하여
6세기경에 성립된 다수의 고분 벽화에도 다양한 도교 모티프가 원숙한 화
필로 묘사되어 있다. 백제의 경우에도 6세기 초에 축조된 무녕왕릉(武寧
王陵)에서 출토된 방격규구신수문경(方格規矩神獸文鏡)과 의자손수대경
(宜子孫獸帶鏡)의 명문(銘文) 및 문양에서 이미 도교적인 취지가 엿보이
기 때문에 이제 『삼국사기』의 기록을 근거로 도교의 전래시기를 논하는
것은 사실상 의미가 없는 일이라 할 것이다.[24]

　　이러한 고고학, 미술사의 성과는 다시 '신라정신'이라 이를만한 지점
을 밝혀내는 데로 이어지기도 한다. 흥미로운 사실은 이러한 성취가 근
대의 지리학과 충돌하면서 전개된다는 점이다. 일본인 지리학자들이
발명해낸 한반도 지형이란 어떤 것인가. 애초 조선에서는 『산경표山徑
表』에 근거한 '1대간 1정간 13정맥' 개념이 통용되고 있었으나, 일본의
지리학자들은 이를 폐기하고 '산맥' 개념으로 대체해 나갔다. 수탈할
목적으로 실시했던 지질 및 광상鑛床 조사의 결과를 집약하기에 산맥
개념이 보다 용이했기 때문이다. 이러한 관점은 1903년 고토 분지로小
藤文次郎가 동경제국대학 논문집에 발표한 「조선산악론An Orographic Sketch」
및 「지질구조도」(1:200,000)로부터 시작되었으며, 야쓰쇼에이矢津昌永는
『한국지리韓國地理』(1904)를 펴내면서 이를 그대로 수용하였고, 야쓰쇼에
이의 산맥도가 지리교과서 『고등소학대한지지高等小學大韓地誌』(1908)에
실리면서 정설로 굳어지게 되었다. 이로 인해 백두대간白頭大幹 등 실제

24　위의 책, 80~81쪽.

y

b

d

로 이어져 있는 지형이 지도 위에서는 여기저기 끊긴 것으로 표시되기에 이르렀다.[25]

하지만 근대 고고학, 미술사의 성과는 이러한 근대지리학 담론과 마찰을 빚는다. 예컨대 비파형 동검의 전파 양상을 보자. "비파형 동검이 기원전 5세기경에 한반도의 서북부 지역에 전파된 이래, 동검의 한반도 전파는 주로 백두대간의 서쪽을 타고 내려온다는 점을 쉽게 알 수 있다. 특히 한국식 동검이 백두대간의 서쪽에서 동쪽인 낙동강 지역으로 넘어오기까지는 2~3세기의 시간차가 있다."[26] 여기서 확인할 수 있는 2~3세기의 시간차는 백두대간이 끊어지지 않고 마치 장벽처럼 굳건하게 이어졌기 때문에 발생하였던 문화 전파의 어려움을 증명한다. 일본 지리학자들의 담론으로는 이를 설명할 수 없다. 뿐만 아니라, 이러한 사실로 인하여 '신라정신'의 의미를 해명하는 데도 약점을 노출할 수밖에 없다. 나는 다른 글에서 한반도에서 신라정신이 차지하는 특징을 다음과 같이 정리한 바 있다.

북방에서 남하한 동이족은 본래 샤머니즘에 입각한 삼재사상을 가지고 있었다. 그런데 중국에서 태동한 역과 음양오행사상이 유입되면서 변화가 일어나기 시작한다. 이때 주목해야 할 사실은 역, 음양오행이 한반도의 등줄기인 백두대간의 서쪽에서 동쪽으로 넘어가는 데 2~3백년의 시간이 소요되었다는 사실이다. 이에 따라 백두대간 서쪽의 경우 중국에서 유입된 역사상과 음양오행사상이 삼재사상을 밀어내면서 사상의 중심지위로 올라선 반면, 백두대간의 동쪽에서는 샤머니즘에 입각한 세계관이 주류를 차

25 조석필, 『태백산맥은 없다』(산악문화, 1997) 가운데 제1장 「산경표란 무엇인가」 참조.
26 우실하, 『전통문화의 구성 원리』, 소나무, 1988, 187쪽.

지한 가운데 역사상과 음양오행사상을 수용하는 양상이 벌어졌다. 불교의 수용은 시기적으로 그 이후다. 전통을 이야기할 때 굳이 '신라정신'을 따로 변별할 수 있는 근거는 바로 이러한 차이에서 빚어진다. 신라의 천년 고도 경주의 문화적인 특징이랄까 전통은 여기에 닿아 있다고 정리할 수 있다.[27]

이러한 관점에 입각하여 판단한다면, 통일신라 담론은 이미 그 자체에 중국과의 긴장 관계를 어느 정도 안고 있었다고 볼 수 있다. 신라의 통일 이전에는 조선의 민족과 문화가 '잡다성Mannigfaltigkeit' 상태에 머물렀으나, 통일신라에 이르러 비로소 '조선'이라는 개념의 통일을 확보할 수 있게 되었으며,[28] 이러한 개념의 창출이 중국을 타자로 설정하는 계기로 작동하였던 것이다. 따라서 선교, 즉 샤머니즘에 입각한 삼재사상을 민족 단위에서 파악한다면 고구려, 백제, 신라를 한데 아우르는 관점이 성립하며, 그 중심을 신라에 부여한다면 통일신라 담론이 가능해진다고 말할 수 있다. 다음과 같은 범보의 진술은 이러한 관점에 그대로 일치한다. "단대檀代의 신도설교神道設教는 방사邦史의 일관한 교속教俗으로서 고구려·백제가 다 한 가지로 이것을 신앙의 표준으로 삼았는데, 신라에 와서는 마침내 이 정신이 더욱 발전하고 세련되고 조직화되어서 풍류도를 형성하여 신라 일대의 찬란한 문화를 양출하고 걸특한 인재를 배양하고 또 삼국통일의 기운을 촉진했던 것이다."[29]

통일신라 담론의 기원이 선교라는 사실에서 보건대, "신라와 당의 대립을 일종의 클라이맥스로 하는 신라통일의 서사는 한국이 중국에 대

---

27 홍기돈, 『김동리 연구』, 소명출판, 2010, 18~19쪽.
28 고유섭, 「朝鮮美術略史」, 『朝鮮美術史』上(總論篇), 悅話堂, 2007, 29~33쪽.
29 김범부, 「崔濟愚論」, 『風流精神』, 정음사, 1987, 90쪽.

하여 스스로 신하로 여기고 있었던 전근대에는 상상하기 어려운 것이 었음에 틀림없다"(「근대」, 431)라는 황종연의 주장에 동의하기가 어려울 듯하다. 민족을 자각하여 설정해 나가는 태도가 전근대라고 해서 균질 하였으리라 단정할 수는 없으며, 마찬가지로 고고학・미술사가 지리학과 충돌하는 양상에서 볼 수 있는 것처럼 근대 담론 또한 균열되어 있음을 확인할 수 있기 때문이다. 또한 전근대의 선교사상은 자신의 논리적인 틀을 마련하기 위하여 근대 담론의 어떤 요소는 수용하였고, 어떤 요소는 배척하였다. 그렇다면 "일본인이 발견한 신라로부터 당대 조선을 위한 의미와 상징의 저장소를 만들어 내는 것, 일본인이 구축한 신라라는 상상계를 조선 민족의 문화적 자원으로 전유하는 것은 1930년대가 지나는 동안 조선인의 지적・예술적 작업의 중요한 부분을 이루게 된다"(「발견」, 29)라고 주장하기보다는, 근대 담론의 어떤 부분을 활용하여 애초에 품고 있던 상상계를 더욱 정교하게 가다듬었다고 판단하는 편이 설득력 있지 않을까.

5. 신라정신으로써 근대를 가로지르려는 김동리의 사례

「문제는 역시 근대다」가 「신라의 발견」과 변별되는 다음과 같은 장치들에 주목할 필요가 있다(강조는 인용자). ㉠ "나는 한반도 최초의 통일 국가 신라라는 관념을 포함한, 현재 한국인 일반의 신라관에 영향을 미친 관념과 이미지의 중요한 일부가 근대 일본의 식민주의 역사학과 고고학의 산물이라는 생각을 가설로 삼아 (…중략…) 연구를 수행하였다."(ⓒ「근대」, 425) ⓛ "식민주의 역사학은 내가 주목한 신라 담론의 갈래 중 하나"(ⓒ「근대」, 430) ⓒ "김홍규는 문일평의 신라론에 대해 언급하는 가운데 그 원천 중에 하야시 다이스케가 있음을 부정하고 대신에 그 전거가 『삼국사기』 등 전근대 한국의 사서임을 지적하고 있다."(ⓒ「근대」, 434) 진한 글씨체를 보면 알 수 있듯이, 황종연은 일본의 동양사가들이 통일신라 담론의 창안했던 주장에서 한 걸음 물러나서, 통일신라 담론이 창안되는 다른 경로의 가능성을 열어두는 데로 비끼어 섰다(강조는 인용자). 이는 분명히 이전과 달라진 면모이다. 그러한 까닭에 ⓛ 앞에 내세우는 "나의 논문 「신라의 발견」을 읽은 사람이라면 누구나 알겠지만"이라는 수사는 부적절하게 파악될 수밖에 없다. 자신의 변화 지점을 지우면서 논점을 흐리는 방향으로 기능하기 때문이다.

그렇다면 관계를 따져 물어야 할 통일신라 담론은 세 가지라고 할 수 있다. ① 전근대로부터 유래한 담론 ② 일본 동양사가들이 발명해낸 담론 ③ 1930년대가 지나면서 구축된 조선인들의 담론. ③은 ①과 ②의 두 경로를 자양분 삼아 형성되었으며, 이때 ①과 ②는 한편에서는 길항하고 다른 한편에서는 수용하는 양상을 보였다. 그런 까닭에 ③의 스펙트럼은 넓을 수밖에 없다. 만약 ①로 기울어진다면 민족주의의 성격을 짙게 드러낼 것이며, ②의 측면을 강조한다면 식민사학의 영향에 갇힐 가능성이 커지게 된다. 내가 생각하기에 ③에 속하는 작가 가운데 가장 적극적으로 ①의 방향으로 나아갔던 이는 김동리다. 가령 다음과 같은 진술을 보자. 식민지시대에 그는 ㉠ "선仙의 이념"이란 "한限 있는 인간이 한없는 자연에 융화되므로서" 성취할 수 있는 것이라고 주장한 바 있다.[30] 이러한 관점은 해방 이후에도 이어져 '천지 사이에 태어나 한사람씩 한사람씩 천지 사이에서 살아지고 있다는 사실'을 통하여, 다음과 같은 진술로 나타나기도 한다. ⓛ "우리는 한사람씩 한사람 적어도 우리와 천지 사이엔 떠날래야 떠날 수 없는 '유기적 연관'에 관한 한 우리들에게는 공통된 운명이 부여되어 있다는 것을 발견하게 되는 것이라."[31]

이는 분명히 동아시아의 전통적인 인간 이해와 궤를 같이 하는 것이다. 왜 그러한가. 각각의 개별자個別子, individual가 먼저 존재하며, 이들이 모여서 사회계약설에 근거하여 만들어 나간 합체合體, assemblage를 사회라고 파악하는 인식이 근대의식에 해당한다. 반면 동아시아의 전통 사유에서는 통체統體, whole가 선험적으로 존재하며, 통체의 속성을 각각 나누어서 담고 있는 개체는 통체로부터 갈라져 나온다. 이는 분신分身에 해당하므로 부분자部分子, positioner라 할 수 있다. "개체는 전체인 태극으로부터 성분性分을 본분本分으로 부여받아 직분職分으로 실천하는 분적分的 존재이다. 태극은 계속적인 생성과 전개를 통해 영원한 반면 분적인 존재는 일회적으로 유한하다."[32] 그러니까 김동리는 여기서 말하는 태극을 자연(= 天地)이라 명명하면서, ⓛ 문학은 통체인 자연과 부분자로서의 인간 사이의 '유기적 관련'을 발견해야 하는 한편 ⓖ 그 경계(限)를 넘어 융화되는 상태로 나아가는 이념을 담보해야 한다고 설파했던 것이다. 김동리의 사상 전반에서 보자면, 김동리의 이러한 지향은 앞서 언급했던 신라정신과 깊숙이 관련되고 있다.[33]

왜 갑자기 김동리인가. ②→③의 틀 안에 갇혀 전통을 이해할 경우

---

30 金東里, 「新世代의 精神」, 『문장』, 1940.5, 91쪽.
31 金東里, 「文學하는 것에 對한 私考」, 『白民』, 1948.3, 44쪽.
32 최봉영, 「문화와 욕망의 형성과 실현」, 『주체와 욕망』, 사계절, 2000, 243쪽.
33 이에 대한 자세한 논의는 홍기돈, 「김동리의 '네오 르네상스'와 문명 전환」(『어문총론』, 한국문학언어학회, 2011.12) 참조.

나타나는 문제점의 환기를 위해서이다. 이러한 관점에 입각한다면 식민지시대 김동리의 작품에서 드러나는 민족적인 면모를 선험적으로 부정할 수밖에 없게 된다. 김동리에게서 확인되는 ③의 면모는 기껏해야 ②의 변형에 불과할 터, 언제나 근대 제국의 시선에 포획된 양상으로만 다가설 테니 말이다. 뿐만 아니라 인간이라는 개념을 전통사상 속에서 다시 정립하면서 근대의 틀과 맞서나갔던 작업의 의미까지 말소해 버릴 위험이 도사리고 있기도 하다. 그렇다고 내가 ①의 입장을 두둔하자는 것도 아니다. 고증考證의 측면에서만 따지자면 ①의 우위를 인정할 수 있지만, 과거의 기억을 지금-여기 현실 한가운데에 호출하여 역사로 구획하려는 시도는 근대-체제 내의 민족국가 기획과 긴밀하게 결합하고 있으므로, 상상계에 닿아있는 ①은 애초부터 ②와 만나는 순간 이미 오염되어 버릴 운명에 처해 있기 때문이다. 김동리는 대표적인 하나의 사례일 따름이다. 통일신라 담론에서 이러한 가능성을 열어두지 않는다면, 스펙트럼이 넓은 ③의 다양한 양상들은 결국 ①과 ② 양 극단 중 어느 한 편에 배치되고 만다.

현실의 복잡성은 언제나 이론의 단순함 너머에 존재한다. ③ 조선인들의 통일신라 담론이 민족주의의 방향으로 가다듬어지던 1930년대 후반 일본의 관변학자들은 백제 담론 만들기에 적극적으로 뛰어들었다. 1940년은 일제가 조선을 병합한지 30년이 되는 해이자, 일본이 건국되어 만세일계萬世一系의 국체를 이어나간 지 2,600년이 된다고 선전할 필요가 있었기 때문이다. 일제가 부여에 대규모 신궁을 짓기 시작한 것은 이와 연관이 있다. 그렇다면 이러한 이념을 적극 구현한 김동인의 『백마강』(『매일신보』, 1941.7.9~1942.1.31)은 어찌 파악할 수 있으며, 백제 담론과 통일신라 담론은 어떠한 긴장 관계를 형성하고 있었을까. 아마 이러한 접근까지 고려할 수 있을 때 ③ 1930년대 조선인들의 통일신라 담론의 의미는 한층 선명해지지 않을까 싶다.

제3장   선仙의 이념으로 기획하는 인간과
자연의 융화

1. 「무녀도」 – 한限 있는 인간과 한없는 자연이 융화되는 세계

김동리는 탁월한 소설가이면서 동시에 안목 높은 비평가였다. 이때
소설가로서의 면모와 비평가로서의 자질을 매개하는 항목은 김동리 자
신만의 창작이론이라 할 수 있다. 예컨대 「신세대의 정신」(『문장』, 1940.5)
을 일독해 보면 단박에 "「무녀도」, 「황토기」의 작가 김동리만큼 자신의
창작방법을 확실히 이론화한 작가는 거의 없다"[1]라는 평가에 동의하게
되는데, 바로 그 창작이론을 지렛대 삼아 김동리는 다른 작가에 관한

---

1   김윤식, 「그리움으로서의 청산—김동리의 「청산과의 거리」」, 『해방공간 한국 작가의 민
족문학 글쓰기론』, 서울대 출판부, 2006, 210쪽.

비평으로 나설 수 있었다는 것이다. 소월의 「산유화」를 두고 펼쳐나간 「청산과의 거리」에서 이는 분명하게 드러난다. 주지하다시피 이 글의 주제는 "「산유화」의 기적성"을 두고 펼친 "소월이 '저만치'라고 지적한 거리는 인간과 청산과의 거리인 것이며 이 말은 다시 인간과 자연 혹은 '신'에 대한 향수의 거리라고도 볼수 있다"[2]라는 분석이다. 그런데 이러한 분석은 아무나 할 수 있는 것이 아니다. 김동리의 목소리로 이야기하자면 "마음속에 '신'의 맹아를 갖고 그 모습의 발견을 항상 희구하는 사람에게만 그것은 가능할 수 있을 것"[3]이라고 할 수 있다. 그러니까 신의 발견을 항상 희구했던 김동리가 자신의 세계 위에서 소월의 「산유화」를 바라보고 있는 형국이라는 것이다.

여기서 신에 관한 이해가 퍽 중요하다. 이는 김동리 문학관의 핵심이라고 할 수 있는바, 그가 야심차게 주장했던 '제3휴머니즘'이라든가 「무녀도」에 대한 다음과 같은 자신감이 바로 그 신과 연결되기 때문이다. "모화가 파우스트와 대체될 새로운 세기의 인간상이란 것은 아무도 모를 것이다. 내가 그렇게 말한다면 남들은 비웃을 것이다. 그러나 백년만 두고 봐라! 모든 것이 증명될 것이다!"[4] 김동리가 말하는 신이 '선의 이념'을 중심으로 설정된다는 사실은 다음 비평 구절에서 확인할 수 있다. "'선의 이념'이란 무엇인가? 불로불사 무병무고의 상주의 세계다.(자세한 말은 후일로) 그것이 어떻게 성취되느냐? 한限 있는 인간이 한없는 자연에 융화되므로서이다. 어떻게 융화되느냐? 인간적 기구를 해체시키지 않고 자연에 귀화함이다. 그러므로 무녀巫女 '모화'에게 있어서

2　金東里, 「靑山과의 距離─金素月論」, 『文學과 人間』, 白民文化社, 1948, 57~58쪽.
3　위의 글, 51쪽.
4　金東里, 「창작의 과정과 방법─「巫女圖」偏」, 『新文藝』, 1958.11, 10쪽.

는 이러한 '선'의 영감으로 말미암아 인간과 자연 사이에 상식적으로 가로놓인 장벽이 문어진 경우다."[5]

범보凡父 김정설金鼎卨의 설명에 기대면 이해가 한결 쉬워진다. 범보는 김동리의 백형으로 김동리에게 사상적·정신적인 거점이 되었던 인물이다. 그는 서구문화의 특징을 다음과 같이 설명하고 있다. "서양 사람이 최고로 사랑하는 것은 첫째 신(동방사람들이 생각하는 그것과는 다른) 혹은 이데아idea 혹은 관념 또는 물질 이러한 것으로, 자연은 오히려 신·이데아·로고스·정신·관념에 대립되는 것으로 보는 경향이 강명하다."[6] 동양문화의 특징은 이와 선명하게 대비된다. "이러한 반면에 동양사람들은 자연계의 이면에 숨은 자연 그것을 곧 신(서방사람들이 생각하는 그것과는 다른)이라고 인정하고, 또 이데아(理)라고 인정하고, 로고스(道)라고 인정하고 문화의 근원이라고 인정하고, 유有의 진상이라고 인정하고, 또 아我의 진면목이라고 인정했다."[7] 그러니까 김동리에게 신이란 자연의 다른 이름이며, 경계 있는 인간이 경계 없는 자연에 융화되어야 한다는 주장은 동양정신으로의 회귀를 의미하게 된다.

득의만만하게 김동리가 주창했던 제3휴머니즘도 이를 바탕으로 한다. 자연과 문화를 대립관계로 파악했던 서구문화는 근대-체제가 견고하게 구축되면서 심각한 상황에 직면하였다는 것이 김동리의 진단이다. "개성과 생명의 구경추구究竟追求를 기본으로 한 인간성 탐구의 정신은, 19세기 말 20세기 초두에 걸쳐 왼 세계를 풍미한 물질주의 정신에 석권되고 말았으니 (…중략…) '물질'이란 한개 새 '이념적 우상'으로

---

5   金東里, 「新世代의 精神─文壇 '新生面'의 性格, 使命, 其他」, 『문장』, 1940.5, 91쪽.
6   凡父 金鼎卨, 「조선文化의性格─제작에對한 對話秒」, 『凡父 金鼎卨 단편선』, 선인, 2009, 21쪽.
7   위의 글, 22쪽.

화化하여 중세 때의 '신'이 차지했던 기능의 일면을 발휘하므로써 문학
세계에 있어 인간의 개성과 생명의 구경적究竟的 의의를 봉쇄해 버렸든
것이다."[8] 근대-체제가 한계에 봉착했다는 진단은 범보에게서도 꾸준
히 확인할 수 있다. "서양인은 지금까지 위대한 업적을 쌓았지만, 그러
나 '비극성'이 하나 있다. 곧 과학이 인간을 위하여 있느냐, 인간이 과
학을 위하여 있느냐? 만일 인간을 위한 과학이 아니라면 과학을 알 필
요가 없는 것이다. (…중략…) 그로 인하여 위기를 당하였고, 따라서
해결할 수 없는 벽에 부딪치고 있다."[9] 「무녀도」가 "동양정신의 한 상
징으로 취한 '모화毛火'"와 "서양정신의 한 대표로서 취한 예수교"의 대
결 구조를 취하고, 표면으로는 모화가 "예수교에 패배함이되나 다시 그
본질 세계에 있어 유구한 승리를 갖게 된다는"[10] 김동리의 승패 판단도
이와 관련되는 사항이다.

따라서 김동리 소설의 본류를 파악하기 위해서는 등장인물이 자연과
의 거리를 해결해 나가는 양상을 살필 필요가 있다. 그런 점에서 이 글
의 한 절이 이와 연관되는 작품 분석에 할애되는 것은 당연하다고 하겠
다. 그런데 이와 동시에 고려해야 할 사실이 있다. 자연과의 거리 설정
이라는 김동리의 핵심사상이 '신라정신'으로 곧장 이어지며, 이를 근거
로 하여 나름의 민족의식까지 마련된다는 사실이다. 구체적인 작품 분
석에 들어가기 전에 신라정신의 의미를 확인하는 과정이 요구되는 까
닭은 여기서 발생한다. 이 글의 목표가 김동리의 소설의 특징을 해명하
는 데 놓인 만큼 이와 관련하여 작품에 드러나는 면모도 분석의 대상이

---

8 金東里, 「新世代의 精神－文壇 '新生面'의 性格, 使命, 其他」, 『문장』, 1940.5, 83~84쪽.
9 김범부, 「陰陽論」, 『風流精神』, 정음사, 1987, 113~114쪽.
10 金東里, 「新世代의 精神－文壇 '新生面'의 性格, 使命, 其他」, 『문장』, 1940.5, 92쪽.

되어야 한다. 2절에서 신라정신의 의미를 확인한 후, 김동리 소설의 대표적인 두 가지 특징을 3절·4절에서 각각 하나씩 살펴보는 구성으로 기획하는 까닭은 여기서 말미암는다.

2. 폐도廢都에 갇힌 화랑 – 신라정신과 민족의식의 근거

김동리 소설에서 무당이 등장하는 작품으로는 단편소설 「무녀도」(『중앙』, 1936.5), 「달」(『문화』, 1947.4), 「당고개 무당」(원 발표지 미확인, 1958), 「만자동경」(『문학사상』, 1979.10) 등을 꼽을 수 있으며, 장편소설로는 『을화』(『문학사상』, 1978.4)가 있다. 김동리는 왜 하필 무당을 꾸준하게 몇 차례나 소설에 담아내었을까. 자연과 인간을 잇는 존재가 바로 무당이라고 파악했기 때문이다. 그가 「무녀도」의 마지막 장면을 설명하는 데서 그러한 인식의 일단을 확인할 수 있다. 주지하다시피 「무녀도」는 무당 모화가 시나위 가락에 맞춰 춤을 추고 노래 부르다가 물속에 잠겨 버리는 장면으로 끝맺는다. "여기 '시나윗가락'이란 내가 위에서 말한 '선仙' 이념의 율동적 표현이요, 이때 모화가 '시나윗가락'에 춤을추며 노래를 부른다함은 그의 전 생명이 '시나윗가락'이란 율동으로 화함이요(모화의 성격 묘사에 의하여 가능함), 그것의 율동화란 곧 자연의 율동으로 귀화합일한다는 뜻이다."[11] 여기서 무당과 자연 그리고 선이념이 서로 어울리는

---

11 위의 글, 91~92쪽.

양상을 눈여겨봐야 한다. 김동리의 논리 안에서 이들이 불가분의 관계를 구축하고 있는 까닭이다.

범보는 "신선의 선도는 한국에서 발생하였다. 중국 상대의 문헌에는 신선설이 없다"라고 단언하고 나서 선을 다음과 같이 설명하고 있다. "선仙은 인변人邊에 산山자 또는 선僊자로 쓰는데, 산에 사는 사람 또는 인간 세상에서 천거한 사람이란 뜻의 회의문자이다. 곧 산인이다. 선의 음이 '센'이니 '새이'는 무당을 말하고 경상도에선 '산이'가 무당이다. (…중략…) 이 '산이'니 '센'이니 하는 어원은 근본 '샤만'에서 온 것이다. 몽고계에서 전한 샤만은 곧 무당이라는 뜻이다."[12] 김동리가 「청산과의 거리」에서 소월의 '청산'을 자연으로 읽어냈듯이, 범보가 설명하는 선도仙道에서 '산'은 자연으로 파악할 수 있다. 이로써 선의 이념이 자연과 떨어지래야 도저히 떨어질 수 없는 사상임이 드러난다. 그리고 선이념의 계승자가 무당이라는 사실도 확인하게 된다.

여기서 한 걸음 더 나아가 범보는 선이념을 제도로 구축해낸 것이 신라의 화랑도라고 주장하고 있다. "그러므로 화랑을 국선國仙이라 하고, 화랑사를 선사仙史라고" 부른다는 것이다. "화랑은 신관으로서 그 지위는 사회적으로 최고위였으며, 풍류도는 국교였다. 화랑도는 그 당시 하나의 종교로서 그 영도자가 '도령'이며 그 단체를 '낭도'라고 하였고 평시에 종교적 수련과 음악, 무당, 무술 등을 수련하였는데 음악, 무용은 신과 교제하는 의식으로서 사용된 것이다. 그것은 뒤에 불교, 유교가 들어오면서 그 권위를 잃게 되어 무당은 사회적으로 천민 계급에 떨어지게 된 것이다."[13] 여기서 외래 종교가 유입되기 이전 신라에서는 화

---

12 김범부, 「陰陽論」, 『풍류정신』, 정음사, 1987, 145쪽.
13 위의 글, 146쪽.

랑이 곧 무당으로 자리하였으며, 화랑(무당)에 대한 권위가 사라지는 데 비례하여 선이념도 점차 쇠퇴하였으리라는 사실을 알 수 있다. 화랑정신의 복원으로 선이념의 부흥을 꾀하고, 이로써 민족의식의 기준을 확보하려는 범보·김동리의 기획은 그러한 인식 위에서 확정되었다.

신춘문예로 문단에 처음 모습을 드러냈을 때 김동리는 이미 선이념으로 무장하고 있었다. 등단작 「화랑의 후예」(『조선중앙일보』, 1935.1.1~10)와 뒤를 이어 발표한 「폐도의 시인」(『영화시대』, 1935.3)이 이를 보여준다. 선이념이 증발해버린 세상에서 화랑의 후예가 할 수 있는 일이란 기껏해야 떠돌이 약장수를 따라다니며 한낱 구경거리로 조롱당하는 수준을 벗어나지 못한다. 이는 천민 계급으로 전락한 무당이 일상 속에서 감당해야 하는 수모와 크게 다를 바 없다. 천년 고도古都 경주가 어느덧 천년 폐도廢道의 뒤안길을 걸어왔고, 그러한 뒤안길이 선이념의 몰락을 상징하고 있으니, 이를 직시하고 있는 시인의 심사는 시종 암울할 수밖에 없다. 그러니까 「무녀도」가 서구사상과의 대결을 전면에 내걸고 있다면 이전에 발표된 「화랑의 후예」·「폐도의 시인」은 아직 결기를 끌어올리지 못했다는 점만 다를 뿐, 선이념을 배경으로 삼고 있다는 측면에서는 공통점이 존재하는 것이다.

선의 이념, 즉 신라정신을 현재 상황 속으로 끌어내지 않고 곧장 당시를 무대로 삼아 형상화해 낸 작품들도 있다. 『김동리 역사소설』로 묶인 열여섯 편의 소설이 여기에 해당한다. 「자서」에서 김동리는 "이 책을, 나의 사랑, 나의 꿈의 요람인 신라의 모토母土 경주에 바친다"[14]라고 말하면서 헌정하고 있다. 내용에 대해서도 신라혼을 강조하는 양상이

---

14 金東里, 「自序」, 『金東里 歷史小說』, 智炤林, 1977, 4쪽.

다. "이 책에 수록된 열 여섯 편은, 전체적으로, 신라 사람들의 생활과 감정과 의지와 지혜와 이상과, 그리고 그 사랑, 그 죽음의, 현장을 찾아보려는 나의 종래의 계획에 따라 만들어진 완전히 동일한 기조의 작품들이다. 그것을 굳이 한마디로 표현하라면 '신라혼의 탐구'랄까, '신라혼의 재현'이랄까, 그런 성질의 것이다."[15] 신라정신에 관한 애정이 그만큼이나 깊었다. 그럴 수밖에 없는 것이 신라정신은 김동리의 세계를 지탱하는 근거였기 때문이다.

이는 범보의 경우도 마찬가지다. 범보는 해방을 맞은 신생국 대한민국의 기틀을 화랑정신으로써 세워 나가고자 하였고, 그러한 기획을 펼쳐나가려는 의도로 『화랑외사』를 집필하였다. 『화랑외사』가 세 번째 간행될 때 서문을 덧붙인 범보의 제자 이종후의 진술에서 이를 확인할 수 있다. "범부 선생은 일제 식민통치에서 해방되어 독립된 새나라를 건설하려는 이 나라 신생 국민에게 그 정신적 내지 사상적 교양을 위해 하나의 적합한 국민독본을 선사해 주려고, 오랜 세월 동안 탐구하고 구상하여 온 신라의 화랑과 화랑정신에 관한 설화를 1948년(기묘년) 겨울에 저술"[16]하였다. 범보는 서문에서 이를 다음과 같이 밝혀놓았다. "우리의 역사를 회고하건대 하대 하인의 정신과 행동이 과연 금일 우리의 역사적 역량으로서 살릴 수 있는 것인가? 보라 상하천고의 맥락을 짚어서 이것을 더듬어 오다가 '여기다'하고 큰 숨을 내어 쉴 자리는 역시 신라통일 왕시의 화랑을 두고는 다시 없을 것이다."[17]

신라정신이 이처럼 화랑(무당)을 근거로 하여 선의 이념을 끌어안고

15 　위의 글, 3~4쪽.
16 　李鍾厚, 「三刊序」, 金凡父, 『花郎外史』, 以文社, 1981, 6쪽.
17 　金凡父, 「序」, 『花郎外史』, 以文社, 1981, 11쪽.

있다면, 경계(限) 있는 인간이 경계(限) 없는 자연에 융화되는 세계는 신라정신의 중요한 한 가지 특징이라고 말할 수 있게 된다. 김동리의 민족의식을 이야기하려면 이 지점에서부터 시작해야 한다. 이에 관한 논의를 보다 심도 있게 끌어가기 위해서는 '통체統體—부분자部分子' 세계관에 뿌리를 둔 인간 규정, 신채호의 낭가사상낭가(郞家)사상 수용 맥락, 동학사상 및 대종교와의 관련 양상, 평화공존·호혜평등의 세계질서에 입각한 민족국가의 존립 방식 전망, 김구 노선과의 관계 등에 관한 언급이 필요하나 이는 이 글의 주제에서 벗어나므로 생략하기로 한다.

3. 구체적인 작품 분석 사례 ①—솔거가 그린 달, 늪, 꽃의 세계

한限 있는 인간이 한限 없는 자연에 융화되는 모습을 그려내고자 하는 의도 위에서 만들어진 작품이 「무녀도」다. 「산제山祭」는 이러한 「무녀도」와 짝패를 이루는 소설이라 할 수 있다. 「신세대의 정신」에서 김동리 자신이 직접 두 소설의 사상은 동일한 계열에 놓인다고 밝혀 놓았다. "인간의 개성과 생명의 구경을 추구하여 얻은 한 개의 도달점이 이 '모화'란 새 인물형의 창조였고, 이 '모화'와 동일한 사상적 계열에 서는 인물로선 「산제」의 '태평이'가 그것이다."[18] 김윤식은 두 작품의 창작과 개작이 나란히 이루어지는 양상을 통하여 「무녀도」와 「산제」의

---

18 金東里, 「新世代의 精神—文壇 '新生面'의 性格, 使命, 其他」, 『문장』, 1940.5, 92쪽.

관계를 대비 분석한 바 있다. 그리고 「무녀도」를 용왕사상에, 「산제」를 산신사상에 대응하여 파악하였다.[19]

「巫女圖」(『中央』, 1936.5) - 「巫女圖」(『巫女圖』, 을유문화사, 1947.5)
- 「巫女圖」(『等身佛』, 정음사, 1963.3) - 「乙火」(『文學思想』, 1978.4)
「山祭」(『中央』, 1936.9) - 「山이야기」(『民主警察』 제3권 4호, 1947.9)
- 「먼산바라기」(『等身佛』, 정음사, 1963.3)

그런데 「무녀도」의 모화가 물에 빠져 죽고 「산제」의 태평이가 시종 산속을 헤맨다거나 산속에 당집이 등장한다고 해서 용왕사상, 산신사상으로 규정할 수 있는가는 의문이다. 이를 뒷받침하는 근거가 미약하기 때문이다. 따라서 두 소설이 동일한 사상에 뿌리를 내리고 있다고 작가가 주장했던 만큼 이 둘을 같은 맥락으로 묶어 이해하되, 「무녀도」의 무녀 모화가 서구사상과의 대결을 보여주고 있는 반면 「산제」의 태평이는 무위無爲로써 자연과 융합하는 면모를 드러내는 인물 유형이라고 접근하는 것이 타당할 듯싶다. 그러니까 물이다, 산이다 굳이 나눌 필요 없이 이를 모두 자연의 상징으로 이해하고, 바로 그 자연과 인간 사이에 놓인 거리를 작가가 어떻게 해결해 나가는가를 살피는 것이 보다 효율적이리라는 것이다.

「무녀도」가 인간과 자연 사이에 놓인 '저만치'라는 거리감을 드러내고 있는 것처럼 내용 전개에서 그러한 거리감을 보여주고 있는 작품으로는 「솔거」(『조광』, 1937.8; 「佛畵」로 개제), 「달」(『문화』, 1947.4), 「진달래」(원발

---

19 김윤식의 「「무녀도」계와 「산제」계의 대비」(『미당 어법과 김동리의 문법』, 서울대 출판부, 2002) 참조.

표지 미확인, 1955), 「늪」(『문학춘추』, 1964.9), 「저승새」(『한국문학』, 1977.12) 등을 대표적으로 꼽을 수 있다. 반면 「산제」 계열의 작품은 갈등 구조를 취하지 않는 까닭에 직조되는 분위기라든가 인물을 바라보는 시점화자의 태도 등을 통해 접근하는 것이 적절하다. 즉 공통 자질로 묶기보다는 창작 환경에 따른 작가의 인식 변화 양상으로 파악하는 것이 유효하다는 것이다. 그러한 까닭에 「산제」 계열의 작품 분석은 다른 논문에서 다루기로 한다.

「솔거」는 '솔거' 3부작' 가운데 첫 번째 작품이다. 「솔거」 3부작이란 규정은 「완미설」(『문장』, 1939.11) 끝에 붙은 "부기附記 본편완미설本篇玩味說은 형식으로는 따로 독립된 단편이나, 내용으로는, 「솔거」「잉여설」과 같은 문제(運命)의 발전이요 변모인즉 상기 이작二作과 함께 읽어주시는 독자가 몇 분쯤 계셨으면 한다"[20]라는 작가의 당부에서 유래한다. 「솔거」의 주제는 예술을 통하여 과연 구원을 얻을 수 있는가, 즉 자연에 융화될 수 있는가에 관한 모색이다. 이는 다음과 같은 작가의 회고에 의해서도 확인할 수 있다. "「솔거」 무렵에 와서 나에게는 새로운 고통이 시작되었다. 소설을 쓴다는 것(혹은 문학文學을 한다는 것)만으로 나의 인생적 구경은 구원(구제란 어휘가 더 정확할지 모르겠다)에 통할 수 있는가 하는 문제였다. 문학관文學觀이 부지중不知中 종교의 영역을 침범하기 시작한 것도 이때부터의 일이었다. 그리고, 이 문제와 정면으로 부닥친 것이 「솔거」였다."[21]

---

20 金東里, 「玩味說」, 『문장』, 1939.11, 46쪽. 참고삼아 덧붙인다면 「剩餘說」은 『조선일보』(1938.12.8~24)에 발표되었으며, 후에 「庭園」으로 개제되었다. 「率去」 3부작에 관한 자세한 논의는 홍기돈, 『김동리 연구』(소명출판, 2010)의 3장 '식민지시대의 소설세계' 가운데 5절 '자기 고백적 소설 '率去' 3부작과 김월계와의 결혼 생활' 참조.

21 金東里, 「後記」, 『黃土記』, 수선사, 1949, 216쪽.

주인공 '재호宰浩'는 빨리 결혼하라는 집안의 독촉에 시달리면서도 그저 머뭇거리기만 한다. 자신이 발견한 '황홀한 세계'를 도저히 포기할 수 없기 때문이다. 물론 황홀한 세계란 그림으로 표상되는 예술의 세계인 바, 그 세계는 수행하는 승려들의 머리통조차 "수이하얀 해골바가지로 변할" 것이라고 인식하게 되는 유한한 인간의 세계 반대편에 자리하고 있다.[22] 따라서 구원은 그 두 세계가 하나로 융화될 때에야 가능할 터인데, 정처 없이 산속을 헤매던 재호가 솔거의 꿈을 꾸면서 비로소 그 길이 열린다. 꿈에 나타난 솔거는 "그런 것도 아닌데 그래", "나는 이렇게 살아있다"라는 두 마디만 남기고 사라져 버렸다. "문짓문짓 물러가며 안개처럼 퍼지드니 별안간 그의 몸덩이는 우뚝한 산으로 변해저 버렸다. 산에는 퍼런 소나무가 너울거리고 새들이 울고⋯⋯"[23]

신라시대의 화가 솔거는 단군을 많이 그렸다고 알려져 있다. 대종교에서 모시고 있는 단군 영정도 솔거의 그림을 다시 그린 것이라고 한다. 선교仙敎에서 기원으로 삼는 존재가 바로 단군이니 왜 하필 솔거가 등장하였는가는 충분히 짐작할 수 있다. 선仙의 흐름 속에서 예술의 의미를 부각시킬 수 있는 이가 솔거였던 것이다. 뿐만 아니라 사람人 솔거는 산山으로 변하면서 선의 면모를 드러내고 있기도 하다. 이로써 자연과 인간 사이에 놓인 '저만치'라는 거리감은 극복되고 있다. 「잉여설」, 「완미설」은 그렇게 찾아낸 거리감의 극복 가능성이 이후 어떻게 전개되는가를 보여주는 작품들이다.

「달」과 「늪」은 「무녀도」의 틀을 그대로 적용해도 밑그림이 어느 정도 드러나는 경우이다. 「달」의 주인공 '달이達伊'는 어머니가 무당이고

---

22 김동리, 「率去」, 『朝光』, 1937.8, 357쪽.
23 위의 글, 363쪽.

아버지는 화랑이다. 꿈에 달을 품고 낳은 아들이라 하여 달, 또는 달득達得이라고도 불렀다. 달이와 '정국貞菊'은 서로 사랑하는 사이나 글방 사장師丈인 무서운 정국 아버지의 반대로 만남이 어려워진다. 결국 정국이 물로 뛰어들어 죽어버리고 두 해가 지난 뒤 달이도 정국의 뒤를 잇는다. 이때 중요한 것이 도저히 거역할 수 없는 죽음의 절대성이다. 운명을 환기하는 뻐꾸기 울음소리가 퍼질 때 정국은 저절로 알아졌다면서 달이에게 자신이 물에 빠져 죽으리라는 사실을 전해준다.[24] 달이가 물속으로 뛰어들었을 때도 뻐꾸기가 울어댔다.[25] 달이와 정국의 사랑이 자연스러운 것이라면, 이를 갈라놓는 정국 아버지의 반대는 인위의 개입이다. 더군다나 달이는 신령께서 점지한 존재이고, 정국은 자신의 운명을 예감하는 존재이기도 하다. 따라서 달이의 자살에 대하여 내린 "근원적 세계로의 회귀" 또는 "자연과의 합치"[26]라거나 "그의 진정한 정체성인 하늘의 달로 회귀하기 위한 필연적인 과정으로 볼 수 있다"[27]라는 평가는 적절한 것으로 판단하게 된다.

모화가 자연의 율동에 스스로를 맞추는 방편으로 물속으로 몸을 내맡겼던 것처럼 달이도, 정국도 그 길을 따라갔다. 이는 「늪」의 '석이'도 마찬가지다. '여기' 석이 식구가 사는 곳과 '저기' 할아버지가 사는 곳 사이에는 도저히 건너지 못할 것 같은 늪이 놓여 있다. 키를 넘는 온갖 풀과 무서운 벌레들, 독사가 늪 주위에 가득하다. 하지만 늪만 건너가

---

24 金東里, 「달 이야기」(「달」의 개제), 『늪』, 文理社, 1977, 345~346쪽.
25 위의 글, 353쪽. 김동리 소설에 등장하는 뻐꾸기 우는 소리의 의미에 먼저 주목할 논문은 김윤식, 「자연과 근대 사이의 매개항 찾기-방법으로서의 진달래와 뻐꾸기」(『미당의 어법과 김동리의 문법』, 서울대 출판부, 2002)이다.
26 김동민, 「물의 원형적 상징을 통한 김동리 소설의 서사구조 고찰」, 『김동리 문학의 원점과 그 변주』, 계간문예, 2006, 60~62쪽.
27 신정숙, 「김동리 소설의 문학적 상상력 연구」, 연세대 박사논문, 2011, 145쪽.

면 새로운 세상이 펼쳐져 있다. 무슨 열매든 많이 있고, 곡식도 다양하며, 아름다운 빛깔과 울음소리를 자랑하면서 새들이 날아다닌다. 그럼에도 불구하고 노여움에 충만한 '석이 아버지'로 대표되는 세상 사람들은 늪을 건너 저편 세계로 건너가려는 시도를 봉쇄해 버린다. 결국 석이나 석이 어머니가 늪으로 몸을 던지는 것은 바로 그 금기에 가로막혔기 때문이다. 이렇게 「늪」의 내용을 정리한다면, 늪이란 인간과 자연 사이에 놓인 경계(限)를 의미하며 석이와 그 어머니는 경계 없는 자연에 융화되기를 꿈꾸었던 모화의 후예라 할 수 있다.

「늪」을 근친상간으로 파악하는 다음과 같은 견해에 동의할 수 없는 까닭은 그 때문이다. "비록 직접적인 묘사가 없지만, '아름답고 착한'에서 느껴지는 석이 어머니의 순종적인 성격, '무서운 외모와 붉은 입술과 침묵, 그리고 붉은 열매'에서 보이는 외할아버지의 신비스런 정열과 힘, 아버지의 금지령과 '끝없는 구박'과 어머니의 자살, 붉은 열매, 아름다운 새 소리, 꽃 등 온갖 감각적인 것, 이 모든 분위기는 석이 외할아버지와 석이 어머니의 근친상간 관계를 강하게 암시한다."[28] 근대-체제에 포박된 입장에서 본다면 체제 바깥으로 나아가려는 시도가 무모하고 불순하게만 이해될 터, 석이 아버지의 완고함도 이러한 맥락에서 파악하는 것이 온당할 것이다. "아버지의 허락없이 어머니는 숲속에 돌아가지 못하도록 되어 있었던 모양이었으나 그 까닭이 무엇인지는 아무도 들려주지 않았다. 또 세상에 둘도 없이 아름답고 착한 어머니가 왜 아버지로부터 그렇게 가혹한 명령을 받아야 했었는지도 석으로서는 이해할 수가 없었다."[29]

---

28 허련화, 「김동리 소설의 근친상간 모티프 연구」, 『한국현대문학연구』 34, 한국현대문학회, 2011.8, 163쪽.

「진달래」는 꽃만 먹기 위하여 산으로 돌아다니던 소년 '성혜性慧'가 자는 듯이 죽는 이야기다. 진달래꽃과 독버섯을 함께 먹어 죽음에 이른 성혜는 조부에서 모친 그리고 자신에게까지 이르는 "인연의 거미줄"로 인해 고독에 휩싸여 있다. "이복누이로 하여금 무서운 운명의 씨를 가지게 했던" 이가 현재 노승이 되어있는 그의 할아버지이며, 이로써 태어난 "핏덩이(계집애)는" 시집가서 "운명의 씨(성혜)"를 낳았으나 출생과 관련된 "그녀의 지체 문제"로 결국 쫓겨났고, 이후 노승에게 성혜를 "돌려주고 돌아갔던" 내막이 있었던 것이다.[30] 이처럼 무거운 인연의 끈이 돌고 도는데, 이를 끊어내기 위하여 성혜는 마치 산의 일부가 되려는 듯 죽음을 선택한다. 본디 근친상간이란 인간이 질서를 유지하기 위하여 만들어낸 금기일 뿐만 아니라, 골품제에서 알 수 있듯이 신라 때까지는 근친상간이 그리 비난받을 일이 아니었다. 출생에 따라 위계를 따지는 것도 그저 인간의 일일 따름이다. 이처럼 「진달래」는 한限으로 인해 한恨의 구렁텅이로 떨어지는 인간의 상처를 끌어안는 존재가 한限 없는 자연이라는 사실을 암시하고 있다.

이처럼 「솔거」, 「달」, 「진달래」, 「늪」에서 선명하게 제시되었던 인간과 자연 사이의 경계가 「저승새」에 이르러서는 해소되는 양상으로 나타난다. 노승 만허滿虛의 속명은 경술慶述이다. 머슴을 살던 경술과 주인집 딸 남이는 사랑하는 사이지만 남이는 부모에 이끌려 다른 남자에게 시집가고 만다. 사랑하는 사람을 잃은 남이는 시집간 이듬해 아들을 낳은 후 이내 죽고, 그 아들의 자식이 어린 사미沙彌 혜인慧印이다. 그런데 이러한 인연의 끈은 인간관계 내에서만 작용하는 것이 아니다. 삼십오

---

29 金東里, 「늪」, 『까치소리』, 一志社, 1973, 36쪽.
30 金東里, 「진달래」, 『實存舞』, 人間社, 1958, 102~103쪽.

년 동안 진달래 필 무렵이면 날아드는 저승새가 죽은 남이의 변신에 해당하기 때문이다. 바로 이 대목에서 이전 소설과는 달리 「저승새」의 경우에는 윤회사상을 끌어안고 있음이 확인된다. 저승새가 찾아든 날 만허는 마음속으로 "오, 가엾은 것…… 이제 나도 따라 가야지"라고 속삭였으며, 정말 그 이후 종적을 감추어 버렸다. 저승새를 바라보는 혜인이 까닭모를 감상에 젖는 것도 할머니의 윤회를 어렴풋하게나마 감지하기 때문이다. "혜인은 웬지 서럽고 아득하기만 했다. 그와 동시, 그의 노스님이 왜 그렇게 여러날 동안이나 저 새를 기다렸는지도 절로 알아질 것만 같았다. 그의 두 눈에는 어느덧 눈물이 괴었다."[31]

윤회의 관점에서 보자면 인간은 한 순간의 형상에 불과하며 그 다음 생에서는 예컨대 소나 말, 지렁이, 소나무 따위로 변형될 수도 있다. 인간은 윤회의 과정 속에서 자연의 일부일 수밖에 없다는 것이다. 그러니 누가 "스님과 이 새의 사이엔 무슨 남모를 사연이 얽혀 있으리라고" 생각하여 묻자 만허가 "새로도 태어나고, 사람으로도 태어나고……"라고 "밑도 끝도 없는 혼잣말을 몇 마디" 중얼거리는 대목은 자연과 인간의 경계를 넘어서서 하나로 꿰뚫어 묶는 관점을 보여준다고 할 수 있다.[32] 김동리가 모화를 파우스트와 대체될 새로운 세기의 인간상으로 내세울 때, 기실 이는 「무녀도」의 완성도를 확신했다기보다는 근대의 한계를 넘어서는 이러한 관점의 승리를 강조했던 것이다. 그러니 김동리의 주장이 과연 실현될지 아니면 호언장담에 그치고 말지의 여부는 이제까지의 논의 위에서 지켜보면 되겠다.

---

31 金東里, 「저승새」, 『韓國文學』, 1977.10, 29쪽.
32 위의 글, 32쪽.

4. 구체적인 작품 분석 사례 ② – 민속의 도입과 우회적 글쓰기

김동리와 범부는 선사상을 한국에서 발생한 것으로 파악하였다. 그러니 경계 있는 인간이 경계 없는 자연에 융화되는 세계를 그린 김동리의 작품들은 그 자체로 이미 민족주의 범주에 해당한다. 선의 이념을 다듬어 나간 시도에 해당하기 때문이다. 그런데 김동리·범부가 선사상으로 대표되는 한국의 민족정신을 복원해 내기 위하여 '오증방법론五證方法論'을 취하였다는 사실을 염두에 둘 필요가 있다. 범보는 문헌만을 가지고서는 민족정신을 해명할 수 없다면서 이에 우선 세 가지 증명법을 덧붙였다. "문헌 이외에 무엇이 있느냐 하면 물증이라는 것이 있어서, 고적에도 우리가 자료를 구할 수 있는 것이고 또 하나는 그 이외에 말하자면 구증이라는 것이 있는데, 그것이 무엇이냐 하면 구비전설과 같은 것입니다. 또 하나는 사증이라는 것을 들 수 있는데 그런 것은 유습이라든지 유풍·유속·풍속 또는 습속, 이런 것들 가운데서 찾아볼 수 있는 것입니다." 그리고는 "풍류도 문제에 대해서는" 한 가지 방법을 더 고려할 수 있는데, 이를 "혈맥 즉 살아있는 피"라고 정리한 후 "우리의 심정, 우리의 정신 속에서 찾아볼 수가 있는 것"이라고 설명하였다. 그러면서 "이 민족이 전체로 화랑의 피를 가졌던 것"이라고 덧붙였다.[33]

그러한 까닭에 김동리의 작품에서 민속의 도입은 종종 확인되는 편이다. 우선 「바위」(『신동아』, 1936.5)에서는 바위신앙이 드러난다. 『삼국유사』 곳곳에서 신성과 결합한 바위의 이미지가 출몰하는바, 복을 주는

---

[33] 金凡父, 「國民倫理 特講」, 『花郞外史』, 以文社, 1981, 228쪽.

바위·소원 성취를 이뤄주는 바위란 이의 연장에서 이해할 수 있다는 것이다. "우리 조상님들은 불교 전래 이전부터 바위신앙이 있었다. 바위에 빌면 병도 낫게 해주고 아기도 점지해 준다는 바위의 영험靈驗을 신앙하였던 것이다. 불교가 들어온 이후 바위의 힘은 부처로 이름이 변해 바위 속에 부처님이 계신 것으로, 부처님 영靈이 바위 속에 계시면서 필요할 때 방편에 의해 사람의 형상으로 나타나신다는 그러한 믿음으로 신앙되었던 것이다."[34] 「꽃」(원발표지 미확인, 1965)의 밑그림에는 「헌화가」의 배경 설화가 어른거린다. 주인공 '영기'가 마음에 두고 있는 '난이 누나'에게 꽃을 꺾어 바치려고 "하늘에 닿은 듯이 까마득하게 높은 벼랑"[35]으로 기어오르다가 떨어져 죽는다는 설정은 「헌화가」의 배경 설화와 그대로 일치하기 때문이다. 민속의 내용으로 판단하건대 이 두 편의 소설은 신라와 관련을 맺고 있다.

민족의 현실과 관련하여 민속을 도입하고 있는 대표적인 작품으로는 「황토기」(『문장』, 1939.5), 「두꺼비」(『조광』, 1939.8), 「윤회설」(『서울신문』, 1946.6.6~26)을 꼽을 수 있다. 「황토기」의 배경공간은 황토골로, 마을의 유래와 관련해서는 상룡설傷龍說, 쌍룡설雙龍說, 절맥설絶脈說 등이 전해진다. 이러저런 이유로 용이 승천하지 못하였다거나 당나라 장수가 마을의 혈을 잘라버렸다는 내용들은 당시 민족의 현실을 상징하고 있다. 현실이 이러하니 식민지 조선인으로서는 아무리 출중한 능력을 지녔더라도 그 능력을 펴나갈 무대가 마련되지 못한 꼴이다. 장사인 '억쇠'가 제 힘을 맞춤하게 사용할 데를 찾지 못하고 허송세월하는 까닭은 이로써 빚어졌다. 작가는 이를 두고 상룡설, 쌍룡설, 절맥설 "이런것들이 다 본대 그의 운명에 아주

---

34 윤경렬, 『경주 남산―겨레의 땅 부처님 땅』, 불지사, 2005, 220~221쪽.
35 김동리, 「꽃」, 『등신불·까치소리』(김동리 전집 3), 민음사, 1995, 195쪽.

교섭이 없으리란 법만도 없는 터이었다"[36]라고 기술해 놓았다. 그리고 장사(역쇠)가 나면 어깨의 힘줄을 끊거나 팔 하나를 분질러야 한다는 따위의 소란은 '아기장수 설화'와 관련된다. 물론 이 역시 민족의 상황을 암시하고 있다.

뱀에게 먹힌 두꺼비가 뱀의 뱃속에 알을 뿌리고, 이후 알을 깨고 나온 두꺼비 새끼들이 결국 뱀의 내장을 파먹으며 와글와글 살아서 돌아온다는 것이 '두꺼비 설화'의 내용인바, 이를 배경으로 삼는 작품이 「두꺼비」다. 이 작품 역시 현실을 두꺼비가 뱀에게 먹힌 상황으로 파악하고 있으니 민족의 처지에 관한 인식이 배어나오고 있으며, 그러면서도 동시에 "벍언 능구렁이를 코끝에 드려대이며 '이제 이놈 죽어서 마디마다 두꺼비 새끼가 나는걸입쇼. 아주 불개미 떼같이 가맣게 나는뎁쇼' 하든 강서방의 목소리를 지금도"[37] 간직하고 있는 측면에서 보자면 「황토기」보다 민족의식이 적극적이라고 할 수 있겠다. 해방 이후 두꺼비 설화를 이어받은 소설은 「윤회설」이다. 김동리는 당대의 혼란한 상황을 다음과 같이 표현하며 「윤회설」의 첫 대목을 열었다. "두꺼비를 잡아먹은 능구렁이는 과연 죽었다. 그러나 그 죽은 능구렁이의 뼈마디마다 생겨난 그 수많은 두꺼비의 새끼들은 그 형제들은, 또 서로 싸우고 서로 미워하기 시작했다고, 생각하였다."[38]

이렇게 파악한다면 민담과 설화 등을 활용하여 펼쳐나가는 「황토기」, 「두꺼비」의 민족의식은 퍽 강렬하다고 할 수 있다. 일제와의 대결을 적극적으로 이끌어 나가는 양상이기 때문이다. 더군다나 중일전쟁

---

36 金東里, 「黃土記」, 『문장』, 1939.5, 79쪽.
37 金東里, 「두꺼비」, 『朝光』, 1939.8, 356쪽.
38 김동리, 「윤회설(輪回說)」, 『역마·밀다원 시대』(김동리 전집 2), 민음사, 1995, 13쪽.

이후 일제 말기로 치달으면서 창작에 많은 제약이 가해졌다는 사실까지 염두에 두었을 때, 민담·설화의 도입을 통한 집필은 일제의 검열을 에둘러가기 위한 '우회적 글쓰기'에 속한다는 평가도 가능해진다. 「신세대의 정신」에서 김동리는 다음과 같은 문장을 남기고 있다. "나의 작품세계에 가끔 민속을 도입함에 대해서는 또 이밖에 나대로 다른 이유가 있으나 그것은 생략한다."[39] 나름의 이유가 있으나 생략해야만 하는 까닭은 아마도 민족의식과 연관된 사항이기 때문일 것이다. 1941년 4월 『문장』이 폐간되자 절필에 들어간 장면과 더불어 이러한 방식으로 펼쳐나간 우회적 글쓰기는 일제 말기 김동리의 민족의식을 파악하는 데 중요한 단서가 될 수 있겠다.

「역마」(『백민』, 1948.1)는 전래하는 풍수지리설을 취한 작품이다. 작품의 첫 문단은 다음과 같다. "'화개장터'의 냇물은 길과 함께 흘러서 세 갈래로 나 있었다. 한 줄기는 전라도 땅 구례求禮 쪽에서 오고 한 줄기는 경상도 쪽 화개골花開峽에서 흘러 나려, 여기서 합처서, 푸른 산 그림자와 검은 고목 그림자를 거꾸로 비최인채, 호수 같이 조용히 돌아, 경상 전라 양도의 경계를 그어 주며, 다시 남으로 남으로 흘러내리는 것이, 섬진강蟾津江물이었다."[40] 끊임없이 흘러오고 흘러가는 것이 자연의 운행이며, 그 가운데서 인연이 엮이면 합쳐져서 하나의 장면을 만들어 내기도 한다. 예컨대 흐름이 잠시 정지한 것처럼 호수같이 조용히 돌아, 푸른 산과 검은 고목 그림자가 거꾸로 비친 풍경을 담아내는 대목이 바로 인연이 엮이는 자리이다. 인간의 운명(사주)은 이러한 풍수지리에 따라 결정된다.

---

39 金東里, 「新世代의 精神－文壇 '新生面'의 性格, 使命, 其他」, 『문장』, 1940.5, 92쪽.
40 金東里, 「驛馬」, 『白民』, 1948.1, 59쪽.

'성기'는 왜 역마살을 타고 태어날 수밖에 없었던가. 그것은 우선 "어머니가 중 서방을 정한 탓이요, 어머니가 중 서방을 정한 것은 할머니가 남사당에게 반했던 때문이"다. 그렇지만 이들의 운명을 관장하는 것은 화개장터가 자리하고 있는 풍수라고 봐야 한다. "설흔 여섯 해 전에 꼭 하룻밤 놀다 갔다는 젊은 남사당의 진양조 가락에 반하야 옥화를 배게 된 할머니나, 구름같이 떠돌아다니는 중과 인연을 맺어서 성기를 가지게 된 옥화나 다 같이 '화개장터' 주막집에 태어났던 그들로써는 별로 누구를 원망할 턱도 없는 어미 딸이었다."[41] 남사당이나 중은 화개장터의 냇물처럼 그저 흘러와서 흘러갈 따름이다. 다만 그 사이에 인연이 엮이는 계기가 있어서 옥화가 나오고 성기가 나왔던 것이다. 이처럼 자연과 인간을 상동관계로 파악하고 있는 관점은 「역마」의 특징이라 할 수 있다.

풍수지리설에 입각하지는 않았으나 터의 기운을 둘러싼 민담을 도입한 작품으로는 「유혼설」(『사상계』, 1964.11)이 있다. 경주의 예기청수藝妓淸水는 "눈이 꽹과리만한 이시미가 울속에 살고 있다는둥, 명주 구리 하나가 다 들어간다는 둥, 해마다 사람이 둘 이상 빠져 죽어야 한다는 둥 별별 전설이 다 붙어 있는 무서운 소였다."[42] 일곱 살 혹은 여덟 살이 되었을 즈음 작품의 화자는 이곳에서 도깨비불을 목격했다. 그는 의과대학생 시절 여름방학 때 고향에 내려갔다가 또 도깨비불을 보았는데, 장소는 개울에서 옛날의 화장터에 이르는 이백 미터 거리의 길이었다. "옛날(약 사십여 년 전) 호열자가 한창 이 지방을 휩쓸 무렵 죽은 사람들을 모두 내다 살랐던" 곳이 옛날의 화장터라고 했고, "개울 가에서 가끔 제

---

41 위의 글, 62쪽.
42 김동리, 「遊魂說」, 『思想界』, 1964.11, 320~321쪽.

사도 지내고 푸닥거리도" 한다고 했으니 이 장소의 기운도 역시 만만치 않게 무서우리라 판단할 수 있다.[43] 이 작품에서는 자연을 불가해한 대상으로 설정하고 있다는 점이 두드러진다.

이 외에도 「연이와 계모」 설화를 모티프로 삼은 「연희와 경숙」(『신소녀』, 1947.6) 등이 있으나 앞에서 분석한 작품들에 비해 상대적으로 소품인 까닭에 자세한 논의는 생략하고자 한다.

5. 한국정신을 표현한 대표작가의 명과 암

김동리의 핵심사상은 선의 이념이라고 할 수 있으며, 선의 이념은 신라정신의 큰 줄기를 형성하고 있다. 이 글은 김동리 사상의 그러한 측면을 해명하고 난 후, 이에 입각하여 김동리의 단편소설들을 분석하였다. 경계가 있는 인간과 경계가 없는 자연의 거리감이 두드러지는 작품의 경우에는 범보가 제시한 오증방법론 가운데 혈맥에 의지하는 양상이 확인된다. 가령 솔거를 현몽現夢함으로써 갈등 해결의 가능성이 제시되는 「솔거」, 무당을 어머니로 두고 화랑을 아버지로 둔 달이의 운명(「달」), 할아버지가 자연의 상징으로 제시된 석이의 선택(「늪」), 자연의 율동에 스스로를 온전히 내맡기는 무녀 모화(「무녀도」) 등은 "우리의 심정, 우리의 정신 속에서 찾아볼 수가 있는" 어떤 것을 전제로 하여 쓰였

---

43 위의 글, 324쪽.

다는 것이다. 반면 민속을 도입한 경우의 작품들은 민담이라든가 설화, 풍수지리, 민간신앙, 문헌 등의 자료가 다양하게 활용되는 양상이다. 논의를 풀어나가기 위하여 구분하기는 했으나, 두 방면의 작품들이 모두 작가의 민족의식 속에서 창작되었음은 일치하며, 김동리가 한국정신을 작품 속에 담아낸 대표작가로 평가받는 데도 이러한 요소들이 크게 작용함은 의심의 여지가 없다.

이러한 정리가 김동리 자신만의 창작이론을 바탕으로 한 작품 분석에 해당한다면, 작품 분석의 뒤를 이어 평가의 측면이 뒤따를 것이다. 가령 "우리의 심정, 우리의 정신 속에서 찾아볼 수가 있는" 민족정신의 원형原型이란 게 과연 존재하는가, 라는 문제는 해방기 좌파 평론가들과의 논쟁에서 논란이 된 바 있으며, 최근에는 파시즘과의 연관 속에서 지적받고 있는 사항이다. 또한 1948년 이후 김동리의 작품세계는 점차 현실과 거리를 두는 방향으로 굳어갔는데, 이는 이어령을 위시한 후배 평론가들로부터 '성황당 문학'이라 조소 받는 근거가 되었다. 즉 현실을 우회하는 순수문학으로서의 면모로 인하여 김동리 문학이 지닌 현재의 가치와 의미를 적극적으로 드러내는 데 한계를 내보였다는 것이다. 그렇지만 한국문학을 심도 있게 논의하기 위해서는 바로 이러한 논란 지점 위에 다시 설 수밖에 없다. 한국문학으로서의 문학 정체성을 성찰할 때, 처음 맞닥뜨리는 문제가 김동리 문학의 명과 암에 걸쳐있기 때문이다.

제1장

장편소설에 나타난 원효 형상화의 수준과 과제

이광수, 남정희, 한승원, 김선우, 신종석의 원효 소재 작품에 대하여

1. 장편소설 원효가 노정할 수밖에 없는 어려움

원효(617~686)를 소재로 삼은 장편소설은 현재 다섯 편 발표되었다. ① 이광수, 『원효대사』(『매일신보』, 1942.3.1~10.31) 전2권 분량 ② 남정희, 『소설 원효』(장원, 1992) 전3권 ③ 한승원, 『소설 원효』(비채, 2006) 전3권 ④ 김선우, 『발원─요석 그리고 원효』(민음사, 2015) 전2권 ⑤ 신종석, 『원효』(청어, 2016) 전1권. 원효가 아무리 대단한 사상가이자 활동가라 할지라도 그에 대한 장편소설이 이렇게 두툼한 분량으로 여러 편 발표되었다는 사실은 놀라운 현상이다. 주지하다시피 역사소설이란 "역사적 사건이나 인물을 작가의 상상력을 통해 재구성하는 서사양식"을 가리킨다.(한국문학평론가협회 편, 『문학용어비평사전』, 국학자료원, 2006) 작가의 상상력이 개입한다고는 하나, 재구성해 낼 대상에 관한 정보가 빈약하다면 인물 및 사건의 형상화는 어찌할 수 없이 작위 수준에 머무르고 말 터이다. 원효에 관한 기록이 과연 두세 권 분량의 장편소설을 감당할 만큼 풍부하게 전해지고 있는가.

현재 원효의 생애를 기록한 행장은 전해지지 않고 있다. 일대기가 새겨진 「고선사서당화상비高仙寺誓幢和尙碑」 또한 단편만 남아있는 형편이다. 그 외 원효의 생애가 부분적으로 드러난 자료로는 일연一然(1206~1289)의 『삼국유사三國遺事』「원효불기元曉不羈」, 찬녕贊寧(919~1001)의 『송고승전宋高僧傳』 권4 「당신라국황룡사원효전唐新羅國黃龍寺元曉傳」·「당신라국의상전唐新羅國義湘傳」 정도를 꼽을 수 있다. 원효의 생애 전체를 파악하기가 난감한 상황이라는 것이다. 그러한 까닭에 장편소설로 형상화된 원효는 원효의 실체에 다가서 있다기보다는, 각 작가 그러니까 이광수·남정희·한승원·김선우·신종석의 원효에 가까울 수밖에 없다. 그런데도 이들 작가들은 일찌감치 예상되는 위험에도 불구하고 왜 원효를 대상으로 장편소설을 써 내려간 것일까. 이는 결국 그러한 위험을 상쇄하고도 남을 만한 매력을 원효에게서 느꼈기 때문일 터인데, 이 글은 각 작가가 부각시키고 있는 원효의 면모를 비교하는 한편 그 성취를 검토하는 데 목적을 둔다.

원효의 면모를 비교하기 위해서는 먼저 기준이 요청된다. 각 작가가 형상화해낸 원효(a)를 비교하기 위해서는 단편적이나마 원효(A)의 실체가 전제되어 있어야 한다는 것이다. 이를 위하여 2절에서는 원효에 관한 몇 가지 중요한 사실을 정리하고자 한다. 이에 근거가 되는 자료는 앞서 제시한 비문 및 문서이다. 그리고 작가의 성취 여부는 궁극적으로 그가 재현해낸 원효(a)가 원효(A)의 사상을 과연 얼마나 담지하고 있는가가 될 터이다. 즉 원효의 사상이 작품의 성취를 측정하는 열쇠가 되리라는 것인데, 이는 원효(A)를 복원하는 데 중요한 거점으로 작용하는 바도 있다. 따라서 2절에서 원효의 사상도 간략하게나마 정리하고자 하며, 3절에서는 이에 입각하여 각 작품의 면면을 살펴볼 것이다. 그리고 마지막 4절에서는 3절의 분석을 바탕으로 원효를 형상화하는 데 요청되는 과제에 대하여 논의하고자 한다.

2. 원효의 생애−출가, 오도송悟道頌 그리고 소성거사로서의 삶

「고선사서당화상비」에 따르면, 원효는 수공垂拱 2년 3월 3일 70세에 입적하였다. 그러니 원효가 617년 출생하여 686년 사망하였음을 알 수 있다. 이는 신라 진평왕(578년 즉위), 선덕여왕(634년 즉위), 진덕여왕(647년 즉위), 태종무열왕(654년 즉위), 문무왕(661년 즉위), 신문왕(681년 즉위) 대에 해당한다. 출생지는 현재의 경상북도 경산시 압량면이며, 어릴 적 이름이 서당誓幢이었다는 사실은 『삼국유사』에 실려 있다.[1]

원효의 출가 시기에 대해서는 『송고승전』에 "관채의 나이丱髮之年"라고 나와 있는데, 이를 둘러싼 해석은 크게 세 가지로 나뉜다. 첫 번째는 모치쓰키 신코望月信亨가 『대승신기론 연구大乘起信論之硏究』(동경 : 金尾文淵

---

1 일연, 김원중 역, 「원효는 얽매이지 않는다」, 『삼국유사』, 민음사, 2007, 465~466쪽.

堂, 1922)에서 내세웠던 '29세 출가'이다. 이는 한동안 통용되었으나, 현재 사료 해석에서 오류를 범한 데 불과하다는 비판받고 있다. 기실 이는 '관채' 해석과 관계가 없으며, 의상이 29세에 황룡사에 출가하였다는 사료와 원효의 경우를 혼동한 데 불과하며, 의상이 29세에 출가하였다는 분석 또한 정확한 것이 아니다. 두 번째, 모로하시 데쓰지諸橋轍次가 주장하는 '15세 출가'다. 그는 『대한화사전大漢和辭典』에 근거하여 '관' 자의 용례를 '총각 관'으로 파악하였다. 대다수 학자들은 이를 수용하고 있는 상황인데, 예컨대 황영선의 경우 "관채는 어린아이들의 머리카락을 두 갈래로 묶어 올려 만든 쌍상투를 말하는 것으로 관채지년은 15~16세의 나이를 의미하기 때문이다"라고 주장하고 있다.[2] 세 번째, 10여 세에 구도의 길에 나섰다는 '동진출가童眞出家'다. 고영섭의 주장에 따르면 "서당誓幢은 관채지년丱綵之年의 나이인 열 살 이전, 정확히는 약 8~9세에 이미 출가하여 사문沙門(승려)이 된다".[3] 『삼국유사』의 「경덕왕·충담사·표훈대덕」 조목을 보면, 8세가 된 혜공왕의 나이에 대해 '유충幼沖'이라 하였으며, 그러한 까닭에 태후가 섭정한 것으로 기술되어 있다. 고영섭은 이를 근거로 '관채의 나이', 즉 관례冠禮에 들어서기 전 쌍가마 올린 어린아이의 연령을 이빨 가는 나이齠齒之齡(7~8세)와 대나무말 타고 노는 나이竹馬之齡(10세 이상) 사이로 추출한 것이다.[4]

원효의 출가 시기가 중요한 까닭은 두 가지이다. 첫째, 발심發心 동기

---

2 황영선, 『원효의 생애와 사상』, 국학자료원, 1996, 26쪽. 남동신은 현재 학계에서는 대체로 15세 무렵의 출가를 인정하는 추세라고 정리하고 있다.(남동신, 『영원한 새벽 원효』, 새누리, 1999, 67쪽)
3 고영섭, 『나는 오늘도 길을 간다─원효, 한국 사상의 새벽』, 한길사, 2009, 31쪽. 은정희 또한 『원효의 대승기신론소·별기』의 해제에서 동진출가에 따르고 있다.(은정희, 「해제」, 『원효의 대승기신론소·별기』, 일지사, 2004, 8쪽)
4 위의 책 257~258쪽의 미주8 참조.

를 추정해 내는 데 용이해진다. "출가에서 가장 중요한 불교적 가치는 발심이다. 출가의 목표의식이 분명해야 그 인물의 구도열과 교화행을 불교적 가치에 맞게 설명할 수 있다."[5] 그러니 출가한 인물에게 발심 동기는 이후 펼쳐지게 될 행적과 사상을 이끄는 일종의 나침반이라 할 만하다. 그렇지만 원효의 경우 출가 시기조차 분명하게 전해지지 않는 실정이니 발심 동기가 제대로 알려져 있을 리 없다. 이를 어떻게 설정할 것인가. 원효를 대상으로 창작된 서사에서 이는 중요한 대목일 수밖에 없으며, 작가의 기본적인 역량은 여기서 일차적으로 드러나게 될 터이다. 둘째, 출가 시기는 원효의 상을 정하는 데 초석이 된다. 동진출가의 경우 구도求道 측면이 부각될 터이나, 15세·29세 출가의 경우에는 전력前歷을 부여하게 되어 원효의 면모가 보다 복잡해진다는 것이다. 사료 속의 원효(A)가 각 작가의 원효(a)로 재구성되는 초석으로 기능하므로 이 또한 중요한 사항이라고 하겠다.

출가를 둘러싼 분분한 해석과는 달리, 원효가 깨달음을 얻는 장면은 분명하다. 650년 원효와 의상은 고구려를 거쳐 당에 유학하려 하였으나, 고구려에서 간첩으로 몰리는 바람에 1차 유학에 실패한 적이 있다. 그리고 그들이 다시 유학을 시도했던 것은 661년이었고, 이때 원효의 나이 45세였다. 당시 상황에 대해서는 『송고승전』 「당신라국의상전」에 나타나 있다. 당주계唐州界(현 화성시 서신면, 송산면, 마도현 일대)에서 배를 타고 당으로 건너고자 길을 재촉하던 원효·의상은 비바람이 불고 날이 어두워지자 토감土龕(비바람을 가리기 위하여 흙을 파고 임시 만든 집)에서 하루를 보냈다. 그런데 아침에 깨어보니 오래된 무덤의 해골(古墳骸骨)이

---

5   최원섭, 「불교 주제 구현을 위한 원효 캐릭터 비판—이광수의 소설 『원효대사』를 중심으로」, 『불교학보』, 동국대 불교문화연구원, 2014.7, 351쪽.

보였다. 하늘에서 여전히 비가 쏟아지고 땅은 진흙탕이어서 한 치도 나아가지 못한 채 그들은 그곳에 머물렀는데, 다시 밤을 맞았을 때 문득 귀물鬼物이 나타나서 원효는 괴이함을 느꼈다. 이 순간의 깨달음을 원효는 다음과 같이 읊었다.

> 어젯밤 토감에서 잘 때는 편안했는데
> 오늘밤 무덤[鬼鄕]에 의탁하니 근심이 많구나.
> 알았다! 마음이 일어나니 갖가지 법[法]이 생겨난다는 것을
> 마음이 멸하니 토감과 무덤은 둘이 아니구나.
> 또한 삼계(三界)는 오로지 마음뿐이며
> 만법은 오로지 인식에 의한 것이니
> 마음 바깥에 법이 있는 것이 아닌데
> 어디서 따로 구할 것이 있겠는가.
> 나는 당에 가지 않겠노라.[6]

"이것은 『대승기신론大乘起信論』의 핵심 구절을 놀랍게 자리바꿈한 원효의 오도송이었다."[7] 토감이라 여겼을 때는 편안했으나 무덤이라는 사실을 알고 몸을 맡기니 귀물이 생겨났다.(1, 2행 : 生滅, 相) 그렇다면 귀물은 마음가짐에 따라 일어난 것일 뿐이니, 토감이냐 무덤이냐의 사실 여부에 달린 것이 아니다. 그 깨달음이 벼락처럼 내리쳤으니, 원효는 굳이 알았노라 밝혔을 터이다.(3, 4행 : 眞如, 法 = 一心의 用) 진여와 생멸은

---

6   이상의 「唐新羅國義湘傳」 내용은 贊寧, 『宋高僧傳』 4(『大正新修大藏經』 50, 법보원, 2012, 729쪽) 원문을 졸역, 필요한 대목을 정리한 것이다.
7   고영섭, 『분황 원효의 생애와 사상』, 운주사, 2016, 17쪽.

일심一心,體이 일어나 작용하는 데 따르는 현상에 불과하다는 깨달음을 이미 얻었으므로, 원효로서는 이제 일심의 도를 구하러 굳이 당까지 갈 필요가 없어지게 되었다. 이때 원효가 깨달은 바는 『대승기신론大乘起信論』 해설서인 『대승기신론소大乘起信論疏 · 별기別記』의 깊이와 긴밀하게 대응하는데, 일심一心 이문(眞如門, 生滅門)을 구체적으로 논술한 '해석분解釋分'이 『대승기신론』의 핵심 내용이고 보면, 이는 당연한 귀결이라고 할 수 있다.

한편 『삼국유사』에 실린 요석 공주와 원효의 정분에 대한 내용은 다음과 같다. 어느 날 원효는 "누가 내게 자루 없는 도끼를 주려는가. / 내가 하늘을 떠받칠 기둥을 찍어 보련다"라고 노래를 지어 불렀다. 태종무열왕이 그 말을 듣고 "대사가 아마 귀한 여인을 얻어 어진 아들을 낳고 싶어 하는 것 같구나. 나라에 위대한 현인이 있으면 이로움이 막대할 것이다"라고 하여 원효를 궁으로 불러 들였다. 이리하여 원효와 요석궁의 공주는 인연을 맺었고, 그 결과 태어난 자식이 설총薛聰이다. 설총이 태어난 후 원효는 속인의 의복으로 바꿔 입고 스스로를 소성거사小姓居士라 불렀다.[8] 여기 등장하는 요석 공주와 설총에 관한 자료는 극히 미비하다. 황영선은 요석 공주가 태종무열왕의 둘째 딸이라고 단정하고 있지만 근거를 제시하지 않고 있으며,[9] 설총의 출생연도는 대체로 655년으로 알려졌으나 이 또한 근거가 불확실하며 태종무열왕이 즉위했던 시기 원효와 요석 공주가 얼마 간 동거했다는 사실 정도만 분명할 따름이다.

이 대목에서 고영섭의 추론이 흥미를 끈다. "계율에 관한 다수의 저술

8   일연, 김원중 역, 앞의 글, 467쪽.
9   황영선, 앞의 책, 34쪽.

을 남긴 원효로 볼 때 깨달음 이전에는 있을 수 없는 일이다. 더욱이『발심수행장』에 나오는 젊은 날의 치열한 수행의 이력을 되짚어보더라도 그런 일은 없었을 것이다." 그렇다면『삼국유사』에 소개된 요석 공주와의 인연은 "유학을 그만두고 돌아온 661년 몇 월 이후부터 태종무열왕이 승하하기 이전의 6월 며칠 그 사이에 있었던 일이어야 할 일이다".[10] 『대승기신론소』와『열반경종요涅槃經宗要』의 유사한 사유 구조를 염두에 둔다면 이러한 주장은 설득력이 더욱 커질 듯하다. "원효는『대승기신론』의 진여문과 생멸문의 이문 일심의 구조를 원용하여『열반경종요』에서는 열반경과 불성문의 이문 일미의 구조로 변용하였다. 진여문은 열반문에 상응하고, 생멸문은 불성문에 상응한다. 이러한 구도는 중생이 있기 때문에 부처가 있음을 확인시켜 준다. 만일 중생이 다하면 부처가 존재할 이유가 없는 것이다. 중생이 있기에 교화가 있는 것이다."[11]

생멸이 펼쳐지는 세계에서는 이것이 있어 저것이 있고, 저것이 일어나니 이것이 일어난다. 원효의 오도송에서 어젯밤과 오늘밤의 대비가 이를 보여준다. 어젯밤의 편안은 오늘밤의 근심을 통하여 확인되었고, 오늘밤의 근심은 어젯밤의 편안과 대조되면서 괴이하기만 하다. 그런데 이러한 사태가 마음의 작용으로써 빚어졌다는 사실을 깨닫기 이전에는 생멸문이 드러나지 않는다. 생멸의 상이 실체이고 전부라고 여겨지기 때문이다. 그렇지만 마음의 작용, 즉 진여의 관점에서 본다면 편안이니 근심이니 하는 따위는 그저 스스로 지어낸 허상에 불과할 따름이다. 그러한 의미에서 생멸문은 진여문을 통해 드러난다. 역으로 진여문은 생멸문에 의지하여 개시된다. 눈앞에 펼쳐진 상을 통해서만 진여

---

10   고영섭,『나는 오늘도 길을 간다―원효, 한국 사상의 새벽』, 한길사, 2009, 88쪽.
11   고영섭,『분황 원효의 생애와 사상』, 운주사, 2016, 288~289쪽.

의 문을 여는 법이 비로소 드러나기 때문이다. 그러한 까닭에 생멸문과 진여문은 둘이되 하나이며, 하나이되 둘이다.(不一不二) 생멸문과 진여문의 관계가 그러하므로 중생과 부처의 관계 또한 이에 따를 수밖에 없다. 따라서 대오각성한 원효가 이를 실행하기 위하여 하화중생下化衆生의 길에 나선 것은 당연한 수순으로 이해할 수 있다.

원효가 요석 공주와 인연 맺은 시기는 깨달음을 얻고 나서 하화중생에 나서기 전에 해당한다. 그렇다면 요석 공주를 둘러싸고 벌인 원효의 기행은 무애행无涯行의 한 단계로 파악할 만한 해석 단서가 마련된다. 660년 백제를 병합한 태종무열왕으로서는 아마도 민심을 수습해 낼만한 원대한 이념이 요청되었을 터이며, 자신의 깨달음을 신라 전역의 중생들에게 퍼뜨리려는 원효로서는 권력의 도움이 필요했을 수 있다. 기실 소성거사로 나선 이후에도 원효는 신라의 중앙권력과 어느 정도 관계를 유지하고 있었다.[12] 그리고 이는 비록 현대의 민족 개념과 일치하지는 않을지라도, 삼한일통三韓一統에 근거한 민족의식과 신라를 중심으로 하는 국가 관념 사이의 긴장을 포착하는 계기가 되기도 한다. 따라서 복잡하게 얽힌 이 대목을 작가는 과연 어떻게 처리하고 있는지 살펴보는 것도 흥미로울 것이다.

---

12 668년 고구려를 치기 위하여 신라군은 당나라 군대와 합세하고자 했다. 만날 날짜를 문의하니 당나라 장수 소정방이 종이에 난새와 송아지를 그려 보냈다. 나라 사람들이 그 뜻을 알지 못하여 원효법사에게 물으니 속히 회군하라는 뜻이라고 알려주어 신라군은 몰살을 면하였고, 다음 날 김유신은 반격하여 승리를 거둘 수 있었다.(일연, 김원중 역, 「태종 춘추공」, 『삼국유사』, 민음사, 2007, 137쪽) 원효가 군공(軍功)을 세웠다는 자료는 이 기록이 유일하다.

3. 한 명의 원효, 다섯 개의 시뮬라크르 원효

1) 이광수의 『원효대사』 — 멸사봉공滅私奉公으로 성전聖戰에 임하라는 원효[13]

역사소설의 외피를 쓰고 있지만, 『원효대사』는 원효의 생애에 그다지 관심을 두고 않고 구성된 창작물이다. 몇 가지 사실만 살펴보자. (1) 출가 : ① "십칠 세 되던 해에 조부도 병몰하자 원효는 곧 출가를 결심하고" 살고 있던 집을 절로 만들었다.[14] 그런데 소설 앞부분에는 다음 문장이 제시된 바 있다. "왕 이년 삼월에, 즉 거진 부자가 용장하게 싸워 죽은 이듬해에 백제군이 또 쳐들어왔다."(1, 43) 이로써 가상인물 거진擧眞이 목숨을 바친 전투는 진성여왕이 즉위했던 647년 벌어졌음을 알 수 있다. 소설은 원효가 화랑으로 참전하여 적진에서 거진의 시신을 안아오는 수훈을 세웠다고 전개되고 있는바, 그렇다면 이때 원효의 나이는 31세이니 17세 출가와는 모순되고 만다. ② 유신(595~673)·춘추(604~661)·원효·거진·관창 등이 문노文弩(538?~606?) 문하에서 화랑으로 활동하였다는 설정도 수긍하기가 곤란하다.(1, 117과 1, 36) 열 살 남짓

---

13 민족과 관련하여 이광수의 『원효대사』는 현재 상반된 두 해석이 맞서고 있는 양상이다. 김준태의 「통일과정시대의 인물—원효의 현재성—춘원 이광수의 『원효대사』 재출간에 즈음하여 붙이는 글」(『원효대사』 1, 화남, 2006)이라든가 정효구의 「한국문학에 그려진 원효의 삶과 사상—소설문학을 중심으로」(『분황 원효가 한국 인문학에 미친 영향』(동국대 세계불교학연구소 제6차 학술대회자료집), 동국대 세계불교학연구소, 2017.3.18)는 민족주의 맥락에서 읽어나간 대표적인 사례이며, 친일파시즘의 맥락에서 해석하고 있는 최근 논의로는 박균섭의 「이광수의 『원효대사』를 통해 본 전시동원체제와 식민교육의 성격」(『教育問題研究』 46, 고려대 교육문제연구소, 2013)을 꼽을 수 있다.

14 이광수, 『원효대사』 1, 화남, 2006, 146쪽. 이하 3절 1항에서 인용 뒤 괄호 안의 앞 숫자는 같은 책의 인용 권수, 뒤 숫자는 인용 쪽수를 가리킨다.

인 김유신은 어찌어찌 이해한다고 쳐도, 김춘추는 화랑이 되기에 너무 어렸으며, 나머지 셋은 문노 사후에 태어났기 때문이다.

(2) 유학 : ① "원효는 지금으로부터 십 년 전 의상과 함께 당나라에 가던 일을 생각하였다. 그때 원효는 스물세 살, 의상은 스무 살이었다."(1, 104) 원효가 회상을 시작하는 시점은 진성여왕이 죽은 654년이니, 이로부터 십 년 전이면 644년이 된다. 하지만 앞서 정리하였던 것처럼 원효의 제2차 유학 시도는 661년에 있었고, 이때 원효의 나이는 45세였으며, 의상의 나이는 37세였다. 그리고 유학이 644년에 감행되었다고 할라치면 원효의 나이를 28세라 했어야 마땅하다. 또한 644년 스님 신분으로 유학을 시도했다는 설정은 647년 원효가 화랑으로 전쟁에 참여였다는 내용과 모순되기도 한다. ② "두 사람은 양주까지 배를 타고 가서 낙양을 향해 걸었다."(1, 104) "원효는 의상과 함께 당나라에 갈 때 호구虎丘에서 선묘라는 여자의 방에 들어갔던 것을 생각하였다."(1, 165) 원효는 당으로 유학 갔으리라 보기 어려우며,[15] 더군다나 선묘善妙는 의상과 관련이 있을 뿐 원효와는 생면부지였다.

(3) 기타 : ① "거진랑擧眞郎과 관창랑官昌郎이 아유다의 배필로 경쟁자가 되었다가"(1, 31) 결국 거진랑이 아유다를 아내로 삼게 되었다고 했는데, 거진이 죽었을 때 관창(645~660)은 겨우 서너 살에 불과했다. 따라서 거진과 관창을 연적 관계로 설정한 것은 무리다. ② 자료가 뚜렷하게 남아있지는 않으나, 대안大安은 유학하지 않은 것으로 추정된다.[16] 그런

---

15 영명연수(永明延壽)의『종경록(宗鏡錄)』(961)에는 의상과 함께 당으로 건너간 원효가 스승을 찾아가다가 토감에서 시체 썩은 물을 마신 것으로 나타나 있고, 혜홍(慧洪)의『임간록(林間錄)』(1107)에는 당으로 건너간 원효가 토감에서 해골의 물을 마신 것으로 기술되어 있다. 그렇지만 불교학계에서는 대체로『송고승전』의 내용을 신뢰하고 있다.

16 "지배층을 중심으로 한 귀족(왕조) 불교를 전개한 사람들이 모두 유학파(국외파)들이라면, 서민(대중)들을 중심으로 한 불교를 전개한 사람들은 모두 국내파였다는 것이 대비

데 이광수는 다음과 같이 기술하고 있다. "대안이 원광법사에게 가르침을 받은 것은 수隨시대에 오吳의 호구산虎丘山에서였다. (…중략…) 지공智公 혜가慧可도 만나 달마達磨의 설법도 들었다."(1, 98) ③ 원효가 요석궁을 떠나 요석 공주와 헤어진 지 삼 년 되었다고 했다가(2, 119) 뒤에서는 일 년 반이 지났다고 하고 있다.(2, 157)

그렇다면 파계와 깨달음은 어찌 변형되는가. 이광수가 써낸 『원효대사』의 참된 주제는 바로 여기에 있다. 해골바가지에 담긴 물을 먹었어도 원효는 깨달음을 얻지 못하였다.(1, 105~106) 그로부터 십 년 뒤 원효는 공주의 절박한 애원에 파계한다. "원효사마께서 아니 오시면 이 칼로 이 몸의 목숨을 끊기로 마음먹고 있었소."(1, 181) 파계 뒤 죄책감에 시달리는 원효는 이를 씻어내기 위해 방랑과 수련에 나섰다. 그러다가 작품 말미에 가서 죽음에 맞닥뜨려 두려움을 걷어내었을 때 원효는 비로소 "해탈청정보전解脫淸淨寶殿(해탈을 얻어 맑고 깨끗한 경지)"에 이를 수 있었다.(2, 301) 기실 이러한 방식의 깨달음은 작품 내에서 먼저 제시된 바 있다. 원효의 제자 의명義明은 두려움을 극복하여 살아있는 뱀의 목을 쥐어 죽임으로써 깨달음을 얻었다. "대체 무엇을 아껴서 무서워하였는가. 의명은 몸을 결박하였던 쇠줄이 끊어진 듯 함을 느꼈다."(2, 223)

원효, 의명의 깨달음이 하필 죽음과 대면하여 이를 끌어안아야만 가능해지는 까닭은 이광수 방식의 자비慈悲가 죽음을 통하여 실현되는 것이기 때문이다. "이 몸을 살리시느라고 당신 몸을 버린 것이오. 저를 버리는 마음—이것이 어머니의 마음이니 이것을 자비라 이르는 것이

된다. 원광·안함·자장·명랑·의상(의상은 두 쪽을 아우른 측면이 있다)이 국외파이자 국가를 중심으로 불교를 전개했다면, 혜숙·혜공·대안·원효 등은 서민을 중심으로 불교를 펼쳤던 점이 뚜렷하게 경계 지어진다."(고영섭, 『나는 오늘도 길을 간다─원효, 한국 사상의 새벽』, 한길사, 2009, 56쪽)

오."(1, 191) "범부는 저를 위해서 남을 죽이고 보살은 중생을 건지기 위하여서 남을 죽이니라. (…중략…) 보살은 삼계 중생을 다 죽여도 살생이 아니니라. 자비니라."(2, 99~100) 종교의 장막을 둘러쳤으나, 중생(共)을 위하여 자신(私)의 희생을 감당해야 한다는 주장은 일제가 내세웠던 멸사봉공滅私奉公 논리에 불과하다. 작가가 겨냥하는 바는 다음 대목에서 보다 뚜렷하게 드러난다. "충의, 필살必殺, 필사必死. 임금을 위하여 이놈을 꼭 죽여야 한다, 내 목숨을 안 돌아본다, 이것이오. (…중략…) 충의의 칼에는 선신善神의 가지加持가 있어서 공을 도우니 재주 없는 칼이 능히 재주 많은 칼을 이기는 것이다."(1, 197~198) 여기서 죽음을 감수하여 지켜야 할 대상은 중생에서 임금으로 바뀌었으나, 중생이 귀일해야 할 대상이 임금이라면, 결국 중생은 임금의 다른 표현인 셈이 되고 만다. 그런 점에서 『원효대사』가 연재될 당시 천황귀일天皇歸一 담론이 요란하였음을 상기할 필요가 있다.[17]

일제가 벌인 침략전쟁을 성전聖戰으로 떠받들었던 이광수의 입장은 이러한 논리의 연장에서 구축되었다. 성전이란 전쟁이 차별 세계를 무차별 세계로 이끄는 방편이라는 인식 위에 작동하는데, 이를 위하여 일제가 내세웠던 이념이 팔굉일우八紘一宇(도의로써 천하를 하나의 집처럼 만듦)였다. 이를 좇아 이광수는 단편 「육장기鬻庄記」에서 다음과 같이 주장한 바 있다. "전쟁이 없기를 바라지마는 동시에 전쟁을 아니 할 수 없단 말요. 만물이 다 내 살이지요마는 인류를 더 사랑하게 되고 인류가 다 내

---

17 교토학파의 거두 니시다 기타로가 쓴 다음 문장은 천황귀일 담론의 요체를 간명하게 드러낸다. "황실은 과거와 미래를 감싸는 절대 현재로서 우리는 여기에 태어났고, 여기에 일하고, 여기에 죽는다. 때문에 일본에서 주권은 제정일치라고 말할 수 있는 바와 같이 종교적 성질을 갖는 것이다."(西田幾多郎, 「國家理由の問題」, 『西田幾多郎全集』第十卷, 東京 : 岩波書店, 1978, 333쪽)

형제요 자매이지마는 내 국민을 사랑하게 되니 더 사랑하는 이를 위하여서 인연이 먼 이를 희생할 경우도 없지 아니하단 말요. 그것이 불완전 사바세계의 슬픔이지마는 실로 숙명적이오."[18] 그 내용을 달리 표현한 것이 『원효대사』의 다음 구절이다. "일체중생을 건지는 것이 보살의 원"이지만, "속인은 그럴 수 없다. 남보다도 제 가족을 위하여 빌 수밖에 없다". 그러한 까닭에 "살아나가기에 필요한 물건을 취하고, 또 생명을 살해하는 것은 최소한의 탐욕이다. 이렇게 한 집을 이루고 최소한의 죄를 지으면서 최대한도의 공덕을 쌓는 것이 인생의 가정생활이다".(2, 167~168) 그러니 소설 안에서 "일시에 많은 사람이 죽더라도 아주 화근을 끊어" 버리기 위하여 백제·고구려와 "두 번 큰 전쟁을 하여야 할 거라고" 판단하는 원효를 소설 바깥에서 성전을 응원했던 작가 이광수라 이해해도 그리 틀림이 없겠다.(1, 236~237)

천황제 이념으로 얼룩진 이광수의 원효는 불교와 신도神道를 접합시키는 면모도 드러낸다. 불교에서 말하는 '공空 사상'을 멸사봉공의 맥락으로 해석한 뒤, 이를 신도의 가르침과 일치시켜 내는 것이다. 이광수가 파악하는 공의 요체는 이러하다. "석가세존의 천언만어가 일언이폐지하여 빌 공空자 하나니 공이라는 것은 '나'를 비게 한단 말이라, 속에 '내'가 가득 차고야 충효를 어찌 행하며 신용인은 어찌 행하오."(2, 42) 신도에서 최고 자리를 차지하는 "앙아신은 허공신이요 창조신이기 때문에 아무 형상이" 없으며(2, 27), "앙아 수련이 무비 나를 비게 하는 것"(2, 42)이니 가르침이 다를 바 없다는 주장이다. "고신도는 곧 고불古佛의 가르치심으로 석가세존이 성도하신 것도 고불의 가르치심을 받으심이니

---

18 李光洙, 「鬻庄記」, 『문장』, 1939.9, 34쪽.

고불은 곧 우리 조상이시요, 고불의 가르치심은 우리의 말 속에 있다고 하였다."(2, 40)

이러한 맥락에서 이광수가 비로자나불을 굳이 '대일여래大日如來'라고 표기하는 양상도 주목을 요한다. 신도에서는 양아신에게 나아가기 위하여 "마음을 일광같이 맑게 밝게 하는" '강아사 수련'을 거쳐야 한다.(2, 12) 이는 "일신日神의 하시는 일이요, 은혜"를 받드는 과정인데(2, 12), 불교에서의 대일여래는 바로 그와 같은 은혜를 베풀고 있다. "스님도 빛을 받고 소승도 빛을 받고 이 너구리 새끼들도 빛을 받고 저 풀과 나무들도 같은 빛을 받지 아니하오. 이것을 일러서 평등보시법문이라 하오. 법계가 온통 대일여래의 한 자비심인慈悲心印이란 말요."(1, 157) 따라서 불교와 신도가 이광수를 매개로 하여 접합되는 지점에 욱일旭日, 즉 일제의 상징이 자리한다고 해석할 수 있겠다. 기실 이광수가 "독자에게는 좀 지루할지 모르지만"(1, 224), 군이 한민족 고신도의 신들을 명확한 자료도 없으면서 장황하게 설명한 까닭은 일본 고유 종교인 신도와의 연관성을 암시하고자 했기 때문일 터이다. "신라에서 존숭하던 중요한 신들을 통틀어 말하면, 가나라사이다. 이것을 한꺼번에 읽으면 '거느리시와'가 된다. 거느리시와는 나라를 다스린다는 말이요, 일본어의 '가나라수ヵナラス'와 같은 말이다. 백제의 가나다, 또는 가나다라ヶダラ라고 하는 것과 같다."(2, 230) 이는 일제가 내세웠던 동조동근同祖同根 논리에 부합한다.

이광수가 재현해 낸 고신도의 면모가 그러하니 고신도를 옹위하였던 화랑은 멸사봉공 정신의 구현체로 제시된다. "나라에 바친 몸이라 언제라도 부르시면 간다는 것이요, 한번 전장에 나가면 살아서는 아니 돌아온다는 것이었다. 춘추도 유신도 다 화랑 출신이었다."(1, 235) 물론 이 역시 일제가 당대 청년들에게 요구했던 바와 일치한다. 그리고 김유신의 내력에 대한 긴 설명은 내선일체內鮮一體의 이념을 내장하고 있는 것으로 읽어낼 수 있다. 즉 조선과 일본의 관계를 가야와 신라의 관계로 유비시킨 후, 복속당한 나라 출신으로서 성공한 모델로 김유신을 내세웠다는 것이다. 김유신의 내력에 관한 내용은 "유신은 본래 신라 사람이 아니다. 그는 가야국(가라, 금관) 사람이다"(1, 124)에서 시작하여 "지금은 유신이 선대에 가야국 사람이라 하여서 그 충성을 의심하는 사람은 없었다"(1, 130)로까지 이어지고 있다. 그러니 이광수의 『원효대사』는 팔굉일우, 천황귀일, 내선일체·동조동근 따위의 논리를 흩뿌려놓고, 이를 실천해 나갈 멸사봉공 이념의 체득을 향해 내달리는 소설이라 할 수 있겠다. 이를 위하여 굳이 원효의 생애 및 사상 복원이 필요할까. 이광수가 원효의 구체적 생애에 관심을 기울이지 않은 까닭이 여기에 자리한다.

2) 남정희의 『소설 원효』 —여성 판타지로서의 원효

남정희가 완성한 『소설 원효』의 주제를 한 문장으로 정리하자면 다음과 같다. "원효는 말 잘 하고 글 잘 쓰고 활 잘 쏘고 말 잘 타며, 씩씩하고 용감한 신라의 잘난 남자 중에서도 그 으뜸이었기에 가는 곳마다 여자의 유혹이 줄을 잇고 따라다녔다."[19] 작품 앞부분에서는 진덕여왕의 사랑이 절박하며, 진덕여왕이 원효를 그리며 죽어간 이후에는 요석

---

19 남정희, 『소설 원효』(상), 장원, 1992, 150~151쪽. 이하 3-2절에서 인용 뒤 괄호 안의 앞 상·중·하는 같은 책의 인용 권, 뒤 숫자는 인용 페이지를 가리킨다.

공주가 그 뒤를 잇는다. 요석 공주가 남장하여 원효를 찾아 떠도는 동안에는 은서라, 은서라의 어미 등이 그러한 역할을 떠맡고 있다. 드디어 요석 공주가 원효를 찾아내었을 때, 그동안 여인들의 육체 공세를 적절하게 막아내었던 원효는 그만 허물어지고 만다. 따라서 『소설 원효』가 원효와 어린 설총의 만남·이별에서 끝맺는 것은 당연하다고 할 수 있다. 원효와 요석 공주가 맺은 사랑의 결실이 바로 설총일 터이기 때문이다.

그러한 까닭에 『소설 원효』는 불교와 별 관계가 없다. 경전 문구가 등장한다고 우길 수 있겠으나, 이는 원효가 대중에게 설교할 때 날 것 그대로 노출되고 있을 따름이며, 소설 전개와 겉도는 양상을 극복하지 못하고 있다. 사정이 그러하니 원효가 언제, 왜 출가했는가에 관한 물음을 담아내지 못하게 되었고, 원효의 깨달음이 어떤 내용과 의미인가에 대한 관심도 드러낼 수 없었다. 또한 원효가 스스로 소성거사라 칭하여 무애행无涯行에 나선 이유를 하화중생下化衆生과 연결시키기는커녕, 파계에 따른 죄책감이 워낙 큰 데 따라 발생한 광기狂氣의 발로로 처리하고 있는 대목도 심각하다고 할 수 있다.

현대소설의 문법 측면에서 보더라도 『소설 원효』는 결함이 크다. 첫째, 원효의 설화를 그대로 가져다 썼는데, 이를 긍정적으로 평가할 수는 없다. 예컨대 원효가 상추쌈을 먹다가 던지자, 원효가 던진 상추쌈의 물이 어느 산골 마을 불자의 집에 난 불을 껐다는 얘기(상권, 255), 산속에서 만난 호랑이가 "나는 석가여래의 진리를 선포하는 원효다. 물러서라!"라는 원효의 호통에 인간의 말로 "그대의 신심이 천지를 진동하니, 나 그만 물러가오"라고 인사하고 사라지는 장면(중, 118) 따위는 쉽게 수긍하기가 어렵다. 둘째, 작가가 소설 표면에 등장하여 원효의 행적을 찬양하는 것도 작품의 완성도를 떨어뜨리지만, 다음과 같이 시공간을 건너뛰는 비교는 쉽게 납득하기가 곤란하다. "원효의 웅변은 실로 감동적이었다. 로마의 시저보다도, 로마의 저 브루투스보다도 더 감동적인 웅변을 하고 있었다. 로마의 시저가 자기를 죽이려는 브루투스에게 원효처럼 웅변을 하였더라면 아마도 시저는 브루투스에게 목숨을 빼앗기지는 않았을 것이라고 생각되었다."(상, 277) 셋째, 모순되는 내용이 더러 나타난다. 예컨대 원효가 탁발하고, 남장한 요석 공주가 걸식할 때 문전박대를 당하기 일쑤였다. 작가는 그 이유를 원효가 탁발할 때 불교는 경주 부근에서나 퍼졌을 뿐 시골로까지 알려지지는 않았기 때문이라고 했고, 요석 공주의 경우에는 사지 멀쩡한 사내가 구걸한다고 핍박당했던 것이라고 밝혀 놓았다. 신라에서 불교가 공인된 지 100여 년 지나 원효가 태어났으니 이러한 설정 자체도 문제지만, 작가는 그것조차 제 스스로 뒤엎어 버리고 있다. "그때 신라에서는 걸인을 거랭이라 하기도 하고 걸뱅이라 하기도 하였더랬다. 걸뱅이가 오면 신라 사람들은 사랑채에 후히 대접을 하여 보내곤 하였다. 걸뱅이들은 대개가 화랑이거나 승려들이었으므로 신라인들은 그들을 걸인 취급을 하지 않고 손님 대접을 극진히 하였더랬다."(상, 258)

원효와 대안에 관한 이해 수준도 그리 높아 보이지 않는다. 신라가 백제를 멸망시킨 해가 660년이며, 고구려를 멸하여 삼국을 통일한 해는 668년이다. 원효가 무애행을 행했던 시기와 삼국 통일 시기와 일치하는 만큼 이와 관련된 행적을 담아낼 수는 있겠으나, 고구려·백제로 보낼 간첩 승들을 많이 길러낸 인물로 원효를 형상화하는 것이 합당한가는 의문이다.(하, 108) 출가 전 원효가 화랑도에서 활동하였다는 정보가 몇 번 제공되고 있으나, 이는 국가의식(신라)이나 민족의식(한민족)과 상관이 없이 다만 수 명 혹은 수십 명의 산적 따위를 홀로 제압하는 활극 장면에서 정당화를 위하여 활용되고 있을 따름이다. 대안이 원효에게 육식을 권하면서 정당화하는 논리도 조야하기 이를 데 없다. "천지만물은 인간을 위해 있는 것이오. 악인이 만물을 먹으면 식물이거나 동물이거나 억울해서 벌벌 떨지요! 그러나 선한 사람이나 수도자가 먹으면 기뻐서 춤을 춘다오. (…중략…) 모든 만물은 원효 대사가 먹어주기를 고대하고 있단 말이오."(하, 117) 불교사상은 도저한 인간 중심주의에 묶여 있지 않으며, 파계했다고는 하나 원효·대안이 스스로를 세계 한 가운데 세우고 만물 위에 군림할 만큼 깨달음이 낮지도 않았을 터이다.

기실 남정희의 『소설 원효』 위에는 이광수가 쓴 『원효대사』의 그림자가 어른거린다. 이광수가 만들어낸 삽화가 그대로 옮겨진 경우도 더러 있거니와, 이광수 역시 연애소설 측면에서 다음과 같은 원효의 상을 부각시키고 있기 때문이다. "그는 글 잘 하고, 말 잘 하고, 칼 잘 쓰고, 기운 좋고, 날래고, 거문고 잘 타고, 노래 잘 하고, 잘 놀고, 이 모양으로 화랑 중에도 으뜸 화랑이었다."[20] 그렇지만 이들 작품에는 커다란 차이가 있으니, 이광수는 이광수 방식의 깨달음을 향하여 원효가 나아가고 있는 것으로 그려낸 반면, 남정희는 그러한 흐름이 없이 다만 여성들의 거친 애정 공세를 원효가 어떻게 감당하는가에 맞춰 형상화하는 데 멈춰 있다는 것이다. 그러니 남정희의 『소설 원효』는 여성이 남성에게 가질 법한 판타지를 원효에게 투사해낸 판타지 소설이라 정리할 수 있겠다.

---

20 이광수, 「작가의 말―내가 왜 이 소설을 썼나」, 『원효대사』 1, 화남, 2006, 18쪽.

3) 한승원의 『소설 원효』 – 평민불교에 뿌리 내린 반전주의자 원효

한승원의 원효는 반전주의자로서의 면모가 부각된다. 예컨대 다음과 같은 발언은 그러한 성격을 한꺼번에 드러낸다. "내 삶의 결론을 말한다면 내 조국은 신라이면서 동시에, 백제국이고 고구려국이고 대국이고 대식국이고 파식국이고 왜국이오. 아니 사해의 모든 나라들이오. 나는 서라벌로 돌아가 김춘추를 향해 외칠 것이오. 당나라와 더불어 고구려를 치기 위해 내보낸 군사들을 철수시키라고. 이 나라를 부처님 나라로 만들고 싶거든 당장에 나라를 들어 부처님께 참으로 헌상하라고요."[21] 이러한 측면에서 한승원의 원효는 불토국 건설을 위하여 성전 참가를 독려하였던 이광수의 원효와 대척점에 서 있다. 또한 이광수의 원효가 천황으로 귀의하는 반면, 한승원의 원효는 민중으로 수렴한다는 사실도 대조된다. "죽기 아니면 살기의 내기 같은 싸움을 하는 동안, (…중략…) 신라의 백성들은 얼마나 죽고 얼마나 살아남게 되겠습니까? 땅과 성을 빼앗으려고 싸움을 일으키는 자들은 백성들이 아니고, 그들을 지배하는 권력자들입니다. 왕과 그 왕을 둘러싼 지배계층 사람들의 시각으로 세상을 보려하지 말고, 지배당하는 중생의 시각으로 세상을 보아야 합니다."(2, 170)

반전주의자 원효를 형상화하기 위하여 작가는 퍽 체계적으로 원효의 생애를 재구성해 나갔다. 먼저 한승원은 다른 작가들과는 달리 원효가 출가한 시점을 동진출가로 설정하였다. 열 살 때 이복누이 달이와 각시놀이를 했다는 진술이 나타나 있으며(2, 204), 열다섯이 되면 낭도로 삼

---

21 한승원, 『소설 원효』 2, 비채, 2006, 151쪽. 이하 3-3절에서 인용 뒤 괄호 안의 앞 숫자는 같은 책의 인용 권수, 뒤 숫자는 인용 페이지를 가리킨다.

으리라는 김유신의 약조를 뿌리치고 출가하였으니(1, 111), 원효의 출가
는 열 살과 열다섯 살 사이가 될 터인데, 낭지朗智를 스승으로 모시기 위
해 찾아 나선 과정에 어린 측면이 부각되고 있으므로 출가 즈음 원효의
나이는 열 두어 살 정도로 파악하면 무난할 듯싶다. 작가가 하필 낭지
를 원효의 스승으로 지목한 까닭은『삼국유사』의 내용에 근거했을 터
이다.『삼국유사』에는 원효가 반고사磻高寺에 머물렀을 때 낭지를 자주
찾아 가르침을 청하였고, 낭지가 원효로 하여금『초장관문初章觀文』과
『안신사심론安身事心論』을 짓도록 하였다고 기술되어 있다.[22]

　동진출가를 감행함으로써『소설 원효』의 주인공은 두 가지 지점에서
불교사상에 착근할 근거를 얻게 되었다. 첫째, 원효의 출가에 나름의
발심 근거가 생겼다. 어머니·달이의 죽음, 전쟁에 나가 공훈을 세우려
다 죽은 숙부·아버지 등은 그로 하여금 삶과 죽음, 평화와 전쟁 따위
에 관한 철학적인 물음을 가지도록 이끌었다. "왜 사람은 죽는 것인가.
죽으면 어디로 가는 것인가. 왜 사람들은 서로 정답고 화평하게 살지
않고 상대를 죽이고 상대의 땅을 빼앗으려 하는가."(1, 101) 그러니 출가
자로서의 수행은 이러한 물음을 풀어가기 위한 과정이 될 터이다. 둘
째, 화랑으로 청소년기를 보내는 것이 아니라, 화랑 바깥에서 화랑제도
를 관통하는 이념체계를 관찰하고 스스로에 대한 성찰 속에서 불심을
닦을 수 있게 되었다. 화랑도란 무엇인가. "낭도들은 어떤 경우에도 절
대로 항복하지 않습니다. 진짜 싸움이 아니고, 수련을 위해 하는 대결

22　일연, 김원중 역,「낭지의 구름 타기와 보현보살 나무」,『삼국유사』, 민음사, 2007, 565
　　쪽. 고영섭은『삼국유사』에 실린 원효의 게(偈)로써 낭지와 원효의 관계를 다음과 같이
　　추론하고 있다. "이 시구를 보면 자신을 서곡(西谷) 사미로 낮추고 가르침을 준 낭지화
　　상에게 제자의 예를 다하고 있는 것처럼 보인다. 위의 두 저술이 낭지의 가르침에 대한
　　자신의 리포트 내지 졸업논문과도 같은 글이 아니었을까?"(고영섭,『나는 오늘도 길을
　　간다―원효, 한국 사상의 새벽』, 한길사, 2009, 58쪽)

이기는 하지만 이 대결에서도 항복은 항복인 것이고, 항복은 화랑으로서의 불명예이고 불명예는 죽음 그 자체니까."(1, 267) 이러한 현장을 목격하며 원효는 다음과 같은 사상을 다져 나간다. "낭도들의 저 수련은 정의를 앞세운 광기이다. 정의를 앞세울 때 인간은 속에 들어 있는 용감 같은 광기를 주체하지 못하게 마련이다. 그것은 어떤 방법으로든지 발산해야 하는 마성을 지니고 있다."(1, 271)

영글지 못한 사상이 성장해 나가는 과정을 기술해 나가는 과정은 지리해질 공산이 크다. 관념적 내용을 날 것 그대로 중개하는 데 급급해질 수 있기 때문이다. 한승원은 『삼국유사』의 여러 설화들을 자신의 관점으로 새롭게 해석하는 한편, 이를 격변하는 역사의 현장과 병치시킴으로써 돌파구를 마련해 내고 있다. 작가의 이러한 선택은 성공적이라고 평가할 수 있겠는데, 원효 수준 불교사상가의 출현을 평지돌출로 파악하기는 어려울 터, 평민불교를 이끌었던 혜공惠空, 혜숙惠宿, 대안大安, 낭지 등 당대 승려들과의 교섭을 통한 영혼의 성장은 충분히 설득력이 있기 때문이다.[23] 또한 모호하고 상징적인 설화의 내용을 현실 지평으로 끌어내려 독창적으로 해석해 내고 있는 측면도 꽤 흥미롭다. 그리고 원효가 성장해 나가는 세계의 반대편에는 온갖 야망과 원한 그리고 음모·술수, 정치 세력 간의 합종연횡이 횡행하는 김유신·김춘추 등의 세계가 펼쳐져 있다. 여기에서도 『삼국유사』의 내용이 등장하고 있으나, 그보다 돋보이는 것은 당대의 역사적 상황 및 문화 양태를 해석하

---

23 이는 당대 상황과 대조하여 평가한다고 해도 근거를 확보하고 있다. "서당(원효-인용자)의 어린 시절에는 이미 원광·안함·지장 등의 고승들이 귀족(왕실 중심)을 중심으로 광범위하게 불교를 펼치고 있었다. 동시에 낭지·혜숙·혜공·대안화상 등이 대중불교(서민 중심)를 펼치고 있었으나 국가의 적극적인 지원을 받은 왕실 중심의 귀족불교에는 미치지 못했다."(고영섭, 『나는 오늘도 길을 간다―원효, 한국 사상의 새벽』, 한길사, 2009, 29쪽)

고 이에 대응하는 인물들을 복원해내는 측면이다.

자신의 세계를 구축해나가던 원효가 유학에 나섰다가 깨달음을 얻고, 요석 공주와 인연을 맺는 것은 김유신·김춘추의 세계와 정면으로 충돌하면서이다. 이 대목에서 원효가 읊었던 "누가 내게 자루 없는 도끼를 주려는가. / 내가 하늘을 떠받칠 기둥을 찍어 보련다"의 뜻을 해석하는 한승원의 견해가 독특하다. 전쟁이 벌어지자 시장으로 뛰쳐나간 원효는 반전시위를 선동하며 외친다. "하늘이 무너지고 있습니다! 우리 젊은이들은 모두 전쟁터로 끌려가고 있습니다! (…중략…) 우리 소중한 목숨을, 전쟁 일으킨 임금과 몇몇 대각간 이찬 파진찬들과 장군들을 위해 바치지 맙시다. 뜻있는 자는 나서십시오. 무너지는 하늘을 떠받치기 위해서는 기둥이 있어야 합니다. 그런데 이 땅에는 기둥을 깎을 도끼가 없습니다. 모든 도끼들은 자루가 빠져 있어 사용할 수가 없습니다. 나에게 자루 빠진 도끼를 주면 나 스스로 자루가 되어 기둥을 깎아 하늘을 받칠 것이오."(2, 86~87) 원효 자신이 도끼 자루가 될 터이니 자루 빠진 도끼인 중생이 나서준다면 무너지는 하늘을 바로 세울 수 있다(反戰)라는 해석이다.

태종무열왕으로서는 반전시위를 펼치는 원효가 달가울 리 만무하다. 그러한 까닭에 그는 원효를 제거하고자 했는데, 원효를 존경하고 사랑하는 요석 공주에게 제시한 유일한 타협책이 원효의 당 유학이었다. 왕과의 흥정이 끝나자마나 요석 공주는 밤길을 달려 원효에게 찾아간다. "부디 이 기회를 잃지 않도록 하십시오. 서라벌에 머무르시면 목숨을 부지할 수마저 없게 됩니다. (…중략…) 시방 당장 준비를 서둘러야 합니다. 소녀는 의상스님 속가 어머니에게 달려가 재촉하겠습니다."(2, 122) 이리하여 원효는 2차 유학을 떠나게 되나 당주계로 가던 도중 토감

/ 무덤에서 깨달음을 얻어 다시 서라벌로 돌아오고 만다. 서라벌로 돌아와서 다시 반전시위를 벌이던 원효는 요석궁에 연금 당하였고, 이때 태종무열왕은 원효의 '자루 없는 도끼' 구호를 다음과 같이 뒤집어 버렸다. "원효스님이 진정으로 해야 할 일은 내 사위가 되는 것입니다. 시방 요석 공주가 원효스님을 간절하게 기다리고 있을 것이오. 부디 좋은 인연 되어 장차 세 나라를 통합한 신라의 하늘을 꿋꿋하게 떠받칠 인물을 하나 생산하도록 하시오."(2, 196)

한승원의 이러한 원효 해석은 불교계의 연구 동향과 일치하는 바 있다. 앞서 인용하였듯이, 고영섭은 사상의 성숙 과정을 전제한다면 깨달음을 얻기 이전에는 원효가 요석 공주와 인연을 맺었다고 파악하기 곤란하다고 지적하고 있다. 또한 『대승기신론』의 진여문과 생멸문은 각각 『열반경종요』의 열반문·불성문에 상응할 만큼 유사한데, 유학을 떠나는 원효의 심리 및 고민에서 그 뿌리가 하나였음이 드러나기도 한다. "나는 지금 당나라로의 유학을 핑계로 중생들을 외면한 채 먼 곳으로 달아나고 있다. 수레에 중생을 싣지 않고 나 혼자만 타고 간다. 서라벌에서 전쟁을 일으키려고 광분해 있는 자들의 위해를 피해 달아나고 있는 나는 무엇인가. 왜 나는 그들을 두려워하는가. 왜 비굴해지는가. 두려워지고 비굴해지는 마음은 어찌하여 생기는 것인가. 비굴해지는 마음, 두려워하는 마음으로 우주를 만드는 씨앗을 찾아낼 수 있는가."(2, 129) 따라서 원효가 깨달은 바를 중생과의 관계에 겹쳐서 풀어낸 것은 『소설 원효』의 깊이를 드러내는 대목이라 할 수 있겠다.

그리고 요석 공주의 형상화도 설득력이 있다. 요석은 출생부터 정치적인 맥락 속에서 뒤흔들린 형국이었으며, 김춘추의 야욕에 따라 정략결혼으로 내몰렸고 몇 달 뒤 백제와의 전쟁에 출전한 남편이 죽어 과부가 되었다. 언니와 형부 또한 백제에 의해 죽었으며, 동생 또한 정략의 희생이 되고 있다. "소녀의 아버지는 복수와 야망을 위해서 수단과 방법을 가리지 않는 분이십니다. 당신의 셋째 딸 지소는 막리지 김유신 대장군의 조카 아닙니까? 한데 그 딸을 김유신에게 환갑 선물로 시집 보냈습니다. 당신의 권력을 한 방울도 새나가지 않게 하고, 그 힘을 모아 백제와 고구려를 치고 통일 국가를 만들어놓겠다는 것입니다."(2, 61) 원효를 향한 사랑도 사랑이려니와, 원효가 주장하는 바에 대한 공명이 요석에게 이르러 더욱 클 수밖에 없는 까닭이 드러난다. 권력-체계 바깥에서 권력의 의미와 무상함을 따지면서 중생의 편에 자리한 원효가 요석 공주에게 존재 근거를 마련해줄 인물로 떠오르기에 충분하다는 것이다. 훗날 요석 공주가 출가하는 까닭도 이로써 자연스럽게 이해할 수 있다.

연금에서 풀리자 원효는 산비탈의 땅굴을 터전으로 삶아 복성거사ㅏ姓居士로 처신하기 시작한다. 거사라고 하였으나, 기실 삶의 면면은 불도를 닦던 시절과 다를 바 없고, 불교사상에 착근한 반전사상은 영향력을 얻기 시작한다. 통일신라가 제국인 당과 직접 마주하게 되자 발생한 문제들은 원효가 예측했던 그대로였고, 점령자로서 신라의 패악을 질타하는 한편 백제 유민들을 위무할 수 있는 자격은 원효에게만 허용된 양상이었으며, 전쟁에 침묵하는 당의 승려들을 매섭게 몰아쳐서 동아시아의 평화를 촉구하는 활동으로 나오도록 이끌었기 때문이다. 이광수·남정희의 소성거사가 병들고 굶주린 중생들을 찾아다니며 죽음을 무릅쓰고 구호 활동을 펼친다는 사실과 비교한다면, 한승원의 소성거사는 사상가로서의 풍모가 한결 강조된 양상이라 하겠다. 이광수·남정희와 한승원의 이러한 차이는 중생에 대한 관점 차이에서 비롯될 터이다. 민족의 선지자로 자처했던 춘원에게 민중(중생)은 한낱 계몽의 대상으로 자리하였다. 남정희에게 중생은 원효 판타지를 부각시키기 위한 배경에 머물렀다. 그래서 그들에게 중생은 구제의 대상에 불과할 따름이었다. 그렇지만 한승원에게 중생은 누군가의 구제를 기다리는 피동적인 존재가 아니다.

"중생들은 어느 누구의 수레에도 실려 가서는 안 됩니다. 싣고 가려해도 실려 갈 수 없는 존재입니다. 세상에 존재하고 있는 모든 것들은 다 절대고독의 존재들입니다. 어디서든지 주저앉으면 그 자리가 그의 지옥이고 극락입니다. 자기 고독을 자기 혼자서 내내 짊어지고 가지 않으면 안 되는 존재란 말입니다. 중생들도 스스로 자기의 독자적인 수레를 타고 가야 합니다. 그러면서 부처님을 자기들의 수레에 싣고 가야 합니다. 그래야 그들도 똑같은 자격으로 떳떳하게 아미타 세상에 이를 수 있습니다."(1, 258) 『소설 원효』의 주인공이 지나친 이를 돌아보면서 문득 관세음보살의 현신現身이 아니었던가, 되새기는 장면이 몇 번 나오는 까닭은 작가가 중생 속에서 부처의 모습을 발견해낼 수 있기 때문일 터이다. 원효가 중생을 일심의 구현체로 내세우고 있는 만큼 이러한 한승원의 해석은 큰 무리가 없다 하겠다. "중생 마음의 마음됨은 형상을 떠나고 성품을 떠나서 바다와 같고 허공과도 같다. 허공과 같으므로 형상이 융합되지 않음이 없거늘 어찌 동쪽과 서쪽이 있겠으며, 바다와 같으므로 성품을 보존하지 못하는데 어찌 움직임과 고요함이 없겠는가."[24]

---

24 원효, 『佛說阿彌陀經疏』(『한불전』 1책) 562쪽 하; 고영섭, 『나는 오늘도 길을 간다―
원효, 한국 사상의 새벽』, 한길사, 2009, 153쪽에서 재인용.

4) 김선우의 『발원』 – 개별자로서 요석과의 사랑으로 나아가는 원효

『발원』에 등장하는 원효는 근대인의 면모에 다가서 있다. 이는 요석과의 사랑을 중심에 배치한 까닭에 빚어진 결과이다. 그러니 우선 원효와 요석의 사랑에 초점을 맞춰 읽어나가는 것이 『발원』 이해에 필요하겠다. 기실 요석과 만나기 전 원효의 행적은 쉽게 용납하기 어려울 만큼 무모한 측면이 있다. 열여섯 살이 된 원효는 왜 화랑의 길을 걷기로 결심하였던가. 육두품 출신으로 맞닥뜨려야 할 현실의 장벽과 정면 대결하기 위해서였다.[25] 주지하다시피 화랑도는 정규군이 아닐 뿐 군사조직임에 분명하니, 낭도가 되는 순간 진검 쥐는 일은 당연한 의무로 부여된다. 그런데도 낭도가 된 원효는 살생 도구라 하여 진검 들기를 거부하고 나섰다.(1, 45) 그렇다면 승려의 길로 나아가지 않고 굳이 낭도(군인)에 자원했던 원효는 퍽 경솔했다고 판단할 수밖에 없다. 또한 3년여 고민 끝에 내린 정면에서 현실과 맞서리라는 결의가 그렇게 진중한 것이 아니었다고 판단해도 무방해진다. 화랑도 내에서 적과 맞닥뜨려 살생하는 일만 피할 수 있다면 학문 담당 낭두가 되거나 적을 척후하는 소임 따위를 수행할 수 있다는 인식에도 선뜻 동의하기 힘들다. 자신의 활동이 군사 활동의 일환이라는 사실을 몰각하고 있는 형국인 까닭이다.

낭도로 있을 때 원효는 요석과 처음 대면하였는데, 원효가 받은 첫인상은 한 문장으로 요약 가능하다. "도대체 이 소녀의 정체는 무엇인가. 마음을 읽는 듯한 이 신비한 소녀는."(1, 83~84) 원효로서는 그럴 수밖에 없는 것이, 열세 살 소녀에 불과한 요석이 그 즈음 원효가 개인적으로

---

25 김선우, 『발원 – 요석 그리고 원효』 1, 민음사, 2015, 25쪽. 이하 3-4절에서 인용 뒤 괄호 안의 앞 숫자는 같은 책의 인용 권수, 뒤 숫자는 인용 페이지를 가리킨다.

겪었던 사건의 전말뿐만 아니라, 원효가 고뇌하는 바까지 정확하게 꿰뚫고 나아갈 바를 제시해 주고 있기 때문이다.[26] "당신이 옳아요. 나라도 그렇게 했을 거예요, 원효랑."(1, 83) 어떻게 요석은 원효와 야신이 사적 공간에서 벌였던 논쟁, 그러니까 굶주리는 백성에 대해 인의를 강조하는 원효와 부국강병으로써 굶주리는 백성을 없애야 한다는 야신 사이의 갈등을 알고 있었을까. 그리고 자신의 주장이 구체적인 현실 한가운데서는 무력한 동정에 불과할지 모른다는 원효의 두려움까지 간파하고 있는 것일까. 더군다나 이 모든 상황을 한 문장으로 정리해 버리고 있으니 원효로서는 "한바탕 꿈을 꾸듯" 몽롱할 수밖에 없는 노릇이다.(1, 83) 뿐만 아니라 마지막 남기는 말에서는 예지가 느껴지기도 한다. "돌아가 눈앞의 일들을 하세요. 다시 만나게 될 거예요."(1, 84) 그러니 원효에게 요석은 신비한 존재일 수밖에 없다.

첫 대면에서부터 원효의 마음을 두근거리게 했던 요석은 이후 원효의 심리를 요동치게 만드는 존재로 부각되는 양상이다.(1, 79) 예컨대 두 번째 대면에서 "시선이 마주치는 순간" 요석이 "생긋 웃자" 원효는 "가슴 속 깊은 어딘가에서 통증이 욱신, 순식간에" 지나가는 감각을 느꼈으며(1, 148), 세 번째 대면에서는 요석의 목소리가 떠오르는 것만으로도 원효의 심장은 쿵쾅거려 "그 목소리가 마치 자신의 심장 속에서 튀어나온 것만 같아 눈앞이" 아련해질 정도에 다다른다.(1, 185) 원효는 이러한 감정을 회피하거나 억누르려 하지 않고 오히려 자석에 끌리는 철가루처럼 속절없이 포섭될 따름이다. 그리고 요석의 신비한 면모 또한 여전히 이어진다. 세 번째 대면이 이루어질 때 "마치 원효가 그 길을 지나가

---

26 원효를 처음 만났을 때 요석의 나이가 열세 살이었다는 사실은 2권 105쪽에 나타나 있다.

리라는 것을 알고 있었던 사람처럼" 요석은 "오동나무 아래 서" 있으며,(1,184) 원효가 정신적·육체적으로 힘들 때는 여지없이 눈앞에 나타나 심리적 버팀목이 되어준다. 예컨대 백제군으로 인해 부상을 당하여 "부처는 이런 세상의 고통을 어떻게 파하여 전진합니까"라는 식의 "질문이 들끓어 마음의 고통이 덜어지지 않을 때면 더욱더 사무치게 요석이" 그리워지는 원효인데, 때마침 나타난 요석은 "막막하고도 고통스러운 전장의 시간 역시 부처를 일깨우는 시간으로 써야 하리라는 무언의 전언"을 남기고 돌아간다.(2, 18과 20)

이렇게 본다면, 원효와 요석을 범상한 도반道伴 관계로 보기는 어려울 듯하다. 물론 두 사람 사이에 남녀 문제로 규정할 만한 특별한 사건이 벌어지지는 않았으나, 『발심수행장發心修行章』에서 원효는 사문沙門을 "마음속의 애착을 버린 존재"라고 규정한 바 있다는 사실을 떠올릴 필요가 있겠다. 『발심수행장』에서 원효는 그 마음가짐만으로 사문의 자격을 엄중히 묻고 있으니 『발원』의 원효는 『발심수행장』을 써 내려가는 원효의 면모를 지워 버린 경우에 해당하겠다는 것이다. 덧붙이건대 『발심수행장』에서 원효는 사랑하여 집착하는 마음을 다음과 같이 질타하고 있다. "다음이란 것은 끝이 없는데 사랑하고 집착함을 끊지 못하는구나. 이 일은 한이 없는데 세속의 일 버리지 못하며, 그 꾀가 끝이 없는데 끊을 마음 일으키지 못하는구나."[27] 작품 전반부에서는 신성한 요석이 원효의 불심을 견고하게 이끌면서 원효의 연심戀心이 크게 부각되지 않으나, 요석이 신성함을 잃는 후반부에서는 상황이 달라지고 만다.

그렇다면 승려로서의 원효는 어떠한가. 백제군의 동향을 척후하러

---

[27] 元曉, 홍기돈 역, 「發心修行章」, 『韓國佛教全書』 1, 한국불교전서편찬위원회, 1979, 841쪽.

나섰던 원효는 포로로 잡히고 마는데, 백제군 소년병이 그를 치료해 준다. 그 순간 신라군이 공격하여 성을 함락하고, 야신은 소년병의 처형을 명하나, 원효는 오히려 소년병과 함께 탈출해 버린다. 그런 뒤 승려가 되어 나타나니 원효의 출가 시기는 17세 즈음이 되겠다. 그의 스승 역할을 담당하는 이는 혜공이다. "원효는 여러 불경의 소(疏)를 지으면서 항상 혜공에게 찾아가 의심나는 것을 물었는데"라는 대목이 『삼국유사』에 등장하는데,[28] 작가는 이를 근거로 삼은 듯하다. 스승이 혜공인 만큼 원효는 철저하게 민중불교에 입각해 있다. 귀족불교의 상징인 황룡사 백고좌 법회에 홀연히 등장하여 선덕여왕에게 "이곳 황룡사는 더 이상 수행의 장소라 하기 어렵습니다. 전각 곳곳의 곳간들은 백성들의 혈세로 기름지며 왕실의 재물들로 부패의 냄새가 진동합니다"라고 "날렵한 한 마리 백호"처럼 포효하며,(1, 131) 어머니의 마지막 소원인 황룡사 지장전 참배를 얻어내기 위하여 3장 높이 장륙존상 위에 올라간 소녀 편에 서서 황룡사 부주지와 논쟁을 벌이기도 한다. 출가 계기가 전쟁과 관련되어 있었으니 반전주의자로서의 활동도 뚜렷하다.

불교에 대한 김선우의 기본 태도 및 역량은 이 가운데서 드러난다. 원효의 입을 통해 작가는 다음과 같이 주장하고 있다. "모든 것이 전생의 업의 결과여서 지금의 모든 행동이 전생에 규정된 것일 뿐이라면 인간이 스스로 수행하고 노력하는 것은 아무짝에도 쓸모없는 것이 되고 맙니다. 그렇게 되면 인간 스스로의 의지로써 무엇을 한다는 것이 애초에 불가능합니다. 그런 이해는 귀족과 평민과 노예 계급이 전생의 업에 의해 정해졌다고 강조하겠지요. 그러나 그것은 부처님 법에서 거리가

---

28 일연, 김원중 역, 「혜숙과 혜공이 여러 모습으로 나타내다」, 『삼국유사』, 민음사, 2007, 453~454쪽.

멉니다."(1, 242) 업에 대한 김선우의 이러한 이해는 이광수의 경우와 뚜렷하게 대조된다. "어저께 과식하였으면 오늘은 배탈이 나서 밥을 굶어야 하듯이 금생에 빈궁한 사람은 모두 전생에 호화로운 탐욕생활을 하던 사람들이다. 금생에 살생을 많이 하면 내생에 병약한 몸을 타고 난다. 내가 음란한 값은 나 자신에게도 오거니와 내 자녀에게 영원히 따르는 것은 내 업보다. 피하려 해도 피할 수 없는 내 업보다."[29]

"부처님의 금란가사를 전해 받아 불조법맥 1조가 된 가섭의 마음을" 생각한다는 의상에게 비판하는 원효의 논리 또한 날카롭다. "부처님의 금란가사라니요? 평생을 탁발하며 사신 붓다게 무슨 금란가사가 있겠으며, 누군가 비단으로 지은 가사를 바쳤다 해 부처께서는 그것을 소유하지 않았을 분입니다." 이어지는 불조법맥에 대한 입장도 단호하다. 붓다가 열반에 들려할 즈음 아난다 존자는 누구를 의지해야 할 스승으로 삼아야 하는지 물었다. "그때 붓다는 말씀하셨습니다. 후계자는 따로 없다. 영원한 스승은 내가 깨닫고 설파한 가르침이다. 그대들은 오로지 법에 의지하고 사람에 의지하지 말라. 법이야말로 영원한 그대들의 스승이다!"(2, 71~73) 불법의 무차별 정신을 강조했던 의상을 귀족불교 방향으로 몰아붙인다는 인상이 들지만, 『열반경涅槃經』 내용을 매개로 불교사상의 중요한 지점을 부각시키는 작가의 능력은 제대로 드러나고 있다.

그런데 김선우의 원효는 요석에 대한 사랑 앞에서 결국 근대인으로 기울어지는 면모를 내보인다. 김춘추·김유신은 647년을 기점으로 권력의 정점으로 올라선다. 비담의 난을 진압한 데 이어 선덕여왕이 승하

---

29 이광수, 『원효대사』 2, 화남, 2006, 168쪽.

하자 진덕여왕을 즉위시켜 배후에서 조종할 수 있게 되었기 때문이다. 전쟁을 벌이려는 이들에게 민중불교에 입각하여 반전 운동의 거점으로 떠오른 불교공동체 '아미타림'과 사찰 분황사는 커다란 걸림돌이었다. 그리하여 김춘추는 아미타림을 해체하기 위하여 원효의 당 유학을 기획하고, 의상에게 이를 실현시킬 경우 유학 후 국사로 임명하겠노라 약속한다. 그렇지만 유학길에 올랐던 원효는 도당을 앞두고 깨달음을 얻어 서라벌로 돌아와 버렸다.[30] 귀경한 원효가 분황사를 배경으로 반전 운동에 적극 나섰던 것은 당연하다.[31] 한편 원효가 유학길에 오른 뒤 아미타림은 해체되었고, 아미타림을 이끌었던 요석은 궁에 유폐될 뿐만 아니라 맞선다는 이유로 제 아버지이자 이제 왕이 된 김춘추로부터 살해될 위기에 처한다. 요석을 어찌 구해낼 것인가. 원효가 근대인으로서의 면모가 두드러지는 것은 바로 이 대목에서이다.

요석 출궁의 대가로 원효는 분황사를 내어주는 방안을 모색한다. "국왕 김춘추는 분황사의 개혁에 관심을 가지고 있고 분황사를 왕의 편으

---

30 원효가 첫 번째 유학을 시도했을 때는 34세(650년)였고, 두 번째 시도했을 때는 45세(661년)였다. 『발원』에서 유학에 나선 원효는 "서른세 살의 원효"(2, 65쪽), "서른네 살의 수행자"(2, 117쪽)로 나타나면서 두 번의 유학 시도가 하나로 묶이고 있다. 왜 그러했는지 알 수 없으나, 이러한 통합은 별다른 설득력을 얻기 어려워 보인다. 이미 고구려로 들어서서 옥고까지 치르면서 나아가던 원효 일행이 군이 고구려 승려 보덕의 뒤를 좇아 백제의 완산주로 유학 경로를 바꾼다는 설정이 의아하기 때문이다. 한편 『발원』에서는 원효가 당으로 건너가기 전 해골에 고인 물을 마셨다는 꿈으로 처리하고 있다. 이는 『송고승전』과 『임간록』의 내용을 혼용한 결과일 터이다.

31 『삼국유사』에 실린 원효의 자루 빠진 도끼 노래를 『발원』에서는 두 가지로 제시하고 있다. 첫째, "누가 자루 빠진 도끼를 빌려 주겠는가. 내가 하늘을 괴는 기둥을 깎겠다."(2, 194쪽) 둘째, "누가 자루 없는 도끼를 주겠는가. 내가 하늘을 받친 기둥을 찍어 버리겠노라!"(2, 195쪽) 전자는 태종무열왕이 해석한 바에 해당하며, 후자는 기존 체제를 뒤엎어 버리겠다는 의미가 된다. 원문 해석은 두 가지 모두 가능한데, 후자의 해석이 타당하다는 의견을 고영섭이 제시한 바 있다.(고영섭, 『나는 오늘도 길을 간다―원효, 한국 사상의 새벽』, 한길사, 2009, 91쪽)

로 회유하고 싶어 하지 않는가." 물론 원효 스스로 생각하는 것처럼 "이러한 거래는 공사를 구분하지 못하는 만용"에 불과하다.(2, 188) 사랑하는 이를 구하기 위하여 반전 운동의 불씨를 꺼뜨려도 어찌할 수 없다는 판단이기 때문이다. 결국 원효는 태종무열왕 앞에서 요석을 목숨과 같이 사모한다는 입장을 밝히고 요석과 함께 서라벌을 떠나기로 약속한다. 이후 상황은 불교국토 건설이라는 미명 하에 전쟁이 전면적으로 펼쳐지는 방향으로 이어졌다. 근대-체제의 가치관에서 보자면 원효의 이러한 선택에는 하등 문제될 바 없다. 근대의식이란 각각의 개별자個別子, individual들이 사회계약설에 근거하여 구성한 합체合體, assemblage가 사회라는 관점 위에서 작동하는바, 원효의 반전 운동은 누구와도 명시적으로 계약을 맺고 전개했던 것이 아니며, 그러한 까닭에 개별자로서의 욕망과 이해를 굳이 희생해야 할 까닭이 없는 것이다. 그렇지만 승려 원효가 떠난 뒤에도 남아있는 민중들과 달아오른 반전 움직임은 어찌할 것인가.

아마도 작가는 "전쟁과 반전. 상충하는 두 견해가 전면에서 맞부딪히면 혹여 피를 부르지 않을지" 우려되는 상황 가운데서 원효가 "이편과 저편을 모두 아우를 수 있는 부처님의 법"에 따라 내린 선택이라고 주장할 듯한데,(2, 197) 불상사만 막았을 뿐 전쟁에 관한 한 현실을 아우르게 된 것은 태종무열왕의 성전 담론이며, 원효로서는 이후 요석과의 사랑을 확인한 후 거사로서 설법하면서 대민對民 봉사 활동을 펼치는 데 머무르게 될 따름이다. 출가 계기와 관련을 맺는 반전사상은 제거되고만 형국이라는 것이다. 서사 차원에서 보자면, 애초부터 원효가 운명과도 같은 사랑에 속수무책 휘둘렸기 때문에 『발원』의 결말은 이러한 귀결을 예비할 수밖에 없었다. 그리고 작가 김선우가 『삼국유사』의 짧막한 몇 줄에서 이러한 경로의 서사를 만들어낸 것은 근대의 모순 너머로 나아갈 만한 원효의 가능성을 적극적으로 탐색하지 않았기 때문일 터이다.

5) 신종석의 『원효』―삼한일통 전쟁을 지지하는 민족주의자

신종석의 원효 역시 이광수·남정희·김선우의 원효처럼 화랑 출신으로 설정되었는데, 화랑으로서 원효의 활약은 다른 어느 작가의 경우보다 혁혁했던 것으로 부각되어 있다. "조실부모한 원효는 12살 때 (…중략…) 화랑 문로文勞 문하에서 신국의 현묘지도를 닦았다. 내을신궁 화랑수련권도대회에서 장원을 하자, 선덕여왕이 직접 환두대도를 하사했다. (…중략…) 원효는 어린 나이에 전쟁터에서 여러 공을 세워 대사大솝위를 거쳐 황금서당黃芩誓幢에 이르렀다."[32] 출가 시기는 정확히 제시되지 않았고 다만 "늘 곁에서 자신을 지켜봐주던 할아버지 잉피 공까지 돌아가시자 세상 허무함을 크게 깨닫고, 죽고 사는 것을 초월한 영원한 자유를 얻기 위해 계도 받지 않고 스스로 머리를" 깎은 것으로 나타나 있다.(27) 이 대목에서 원효가 계를 받지 않았다는 사실은 주목할 필요가 있다. 다른 작품들이 요석 공주와 부부의 연을 맺기 이전 원효를 그려내고 있는 데 반해, 신종석의 『원효』가 이를 과감하게 생략해 버릴 수 있는 근거는 여기서 마련되고 있기 때문이다. 원효는 파계破戒한 것이 아니라, 처음부터 계율에 얽매일 필요가 없는 자유인으로 등장하는

---

32 신종석, 『원효』, 청어, 2016, 26쪽. 이하 3-5절에서 인용 뒤 괄호 안의 숫자는 같은 책의 인용 페이지를 가리킨다.

것이다.

그런데 원효를 자유인으로 설정한 것이 긍정적인가는 의문이다. 작품의 통일성을 포기하는 알리바이로 작동하는 바 있기 때문이다. 다시 말해 나름의 필연적인 흐름에 의해 내용이 전개되는 것이 아니고 원효가 마음먹는 데 따라 펼쳐지는 몇 개 삽화들의 연결로 이어지고 있다는 것이다. ① 전생의 인연을 알고 있는 원효이기에 요석 공주와 합방하기 위하여 왕궁 앞으로 나가서 외친다. "누가 자루 없는 도끼를 주랴? 하늘 받칠 기둥감을 내 찍으련다."(49) ② "상구보리 하화중생上求菩提 下化衆生이란 원을 세우고 머리를 깎았는데" 그동안 힘없고 약한 천민들을 구제하는 데 나서지 못했다는 자책이 일어(38~41) 원효는 요석궁을 떠나 거지들이 모여 사는 부곡마을로 향한다.(55) ③ 부곡마을이 자리를 잡았다고 판단한 원효는 백제 땅 석굴로 떠난다.(108) ④ 의상이 찾아와 당 유학을 권유하자 함께 길을 나선다. 그런데 이는 유학이라 하기 어렵다. "좋아, 해동원효 당나라에 가서 삼장법사三藏法師와 법거량法擧場을 한 번 해 보자."(123) ⑤ 당항으로 향하던 원효는 토굴에서 자다가 바가지의 물을 마셨는데, 아침에 깨고 보니 그가 마신 것은 해골바가지의 물이었다. 이때 만법유식萬法唯識이고 일체유심조一切唯心造를 깨닫는다. "당나라에 가서 삼장법사와 한 판 법거량을 하겠다는 것은 정말 어리석고 부질없는 생각이었어. 이기고 지는 것은 내 마음에 달렸는데."(137) ⑥ 관악산에 머무르던 원효는 왜왕이 침략 준비를 한다는 소식을 듣고 동래로 내려가 금샘을 거점으로 삼아 성을 쌓는다.(213) 이렇게 『원효』에 나타나는 원효의 동선을 굵직하게 정리해 본다면 ④에서 ⑤로 이어질 때에만 개연성이 있을 뿐 나머지 부분의 연결에서는 어떠한 인과관계도 없음이 드러난다.

구성의 결함과는 상관없이 『원효』의 주제의식은 분명하다. 신종석에 따르면, 신라·백제·고구려 삼국은 고조선을 모태로 하는 하나의 민족이다. 그러니 이들은 마땅히 단결해야 한다. "삼국이 힘을 합쳐 옛 조선 모양 모두가 하나가 될 수 있는 정신이 필요합니다. 단군 임금께서는 홍익인간이란 이념으로 백성을 돌봤습니다."(110) 원효의 사상은 단군이 제시하였던 홍익인간의 정신을 잇고 있다. "원래 우리 삼한은 단군께서 홍익인간 이념으로 나라를 세웠습니다. 홍익인간이란 바로 빈도가 주장하는 일심이고 화쟁이었습니다."(156) 그런데 "백제와 고구려는 신하들 간에 서로 반목하여 아직도 싸우고 있습니다."(157) 그러한 까닭에 자중지란 상태의 백제, 고구려를 당에게 빼앗기지 않기 위해서는 통일전쟁이 요청된다. 이러한 논리를 근거로 하여 신종석의 원효는 전쟁에서 커다란 역할을 수행하고 있다. 백제와 벌였던 대야성 탈환전에 나타나 신라군의 사기 충전 계책을 김유신에게 알려주는가 하면,(111~112) 문무왕·김유신과 더불어 고구려 출병 전략을 세우기도 하고,(155) 당의 이적·설인귀와 마주 앉아 설전을 벌이기도 한다.(173~177) 뿐만 아니라 왜의 침략을 방비하기 위하여 금정산성을 쌓기도 하였다. 따라서 삼한일통三韓一統에 입각하여 통일전쟁에 적극 나서는 신종석의 원효는 민족주의자로서의 면모가 뚜렷하다고 할 것이다.

작가가 민족주의자 원효를 얼마나 강조하고 있는가는 여타 문제들이 이에 반비례하여 어떻게 사장되고 마는가를 통해 확인할 수 있다. 먼저 육두품 출신이지만 원효에게 골품제는 별 문제가 되지 않는다. 마음만 먹으면 문무왕이든 김유신이든 만날 수 있으며, "문무왕에게 꾸짖듯 일장연설을" 할 수 있는 원효이기 때문이다.(148) 친족 관계를 따진다면 원효가 육두품 출신이라는 사실은 의아해지기도 한다. 작가는 의상을 진골 출신이라 밝히면서 "의상과는 외종사촌 간으로 원효가 여덟 살 많은 형님"이라 하였으며,(43) 원효가 "처음 스스로 머리를 깎았을 때 육촌 형 자장慈藏에게 도움을 받았다고 하고 있다.(45) 주지하다시피 자장은 진골 출신으로 귀족불교를 대표하는 인물이다. 신종석의 이러한 관계 설정은 아무런 근거도 없다. 둘째, 귀족불교와 평민불교의 경계가 모호하다. 원효와 자장의 관계가 그러하며, 평민불교의 상징적 존재인 낭지가 귀족불교의 중심지인 황룡사에 좌정하고 있는 상황도 쉽게 수긍하기가 어렵다.(48) 민족주의자 원효의 자유롭게 활동을 부각시키기는 데 걸림이 될 만한 갈등 요소들을 작가가 제거해 버린 것이다.

『원효』가 다른 작가들의 작품들과 크게 변별되는 또 한 가지 특징은 전생 문제를 적극 끌어안고 있다는 사실이다. 전생에 서로 사랑했던 원효와 요석 공주는 각각 진나陳那라는 비구, 천축국의 아유타 공주였다. 진나 / 원효가 육신을 입어 사바세계에 내려온 까닭은 아유타 / 요석 공주를 극락정토로 이끌기 위해서이다.(51~53) 그래서 원효는 그 업을 풀기 위해 '자루 없는 도끼'를 외치고 나섰다. 사복蛇福의 전생 이야기도 『삼국유사』의 설화적 내용을 그대로 따르고 있다. 죽은 사복의 어머니는 전생에 사복이 키우던 염소였다. 자신의 젖을 사복에게 주고 무거운 짐을 날라 주었던 공덕으로 현생에서는 사람으로 태어났다. 원효와는 무슨 관계인가. "아무 조건 없이 『금강삼매경金剛三昧經』 집필에 필요한 수만 장의 패엽경을 산꼭대기 벼랑 끝까지 날라다 준 인연이 아닌가."(96) 『금강삼매경』을 완성한 전생의 진나 / 원효는 이를 검해鈐海 / 용왕에게 맡겼다가 현생에서 돌려받아 이에 대하여 풀이하고 강설하였다.(260~262) 이처럼 『원효』에서는 전생의 업이 현생의 삶에 짙은 그림자를 드리우고 있다.

업에 의하여 주체의 전생－현생－후생이 연결된다는 사유는 시공간을 아우르는 통체統體, whole를 전제하고 난 뒤, 각각의 존재를 연기자緣起子, destinater로 파악하는 관점이라 할 수 있다. 불교 신앙으로 널리 알려진 '통체－연기자' 세계관, 다시 말해 윤회輪廻 개념은 기실 인도인 특유의 관념이다. "윤회설이 가장 먼저 언급된 곳은 리그베다이며, 우파니샤드에서는 보다 구체적으로 언급하고 있다. 윤회설에서 가장 중요한 윤회의 주체를 우파니샤드에서는 아트만이라고 하였는데, 이 아트만은 영혼과 같은 관념이다. 이러한 베다의 윤회설을 붓다가 수용하였다는 견해와 불교의 기본적인 관점은 무아설無我說이므로 윤회의 주체는 당연히 부정되어야 한다는 견해가 있다."[33] 신종석은 전자의 견해를 취하고 있는 셈인데, 원효가 과연 그 편에 섰던가는 선뜻 동의하기 어렵다. 가령 『열반경종요』에서 상常과 무상無常을 회통시키고 있는 '화쟁문和諍門'의 내용을 보면 그러한 방식의 인식 체계는 끼어들 여지가 없기 때문이다. 따라서 신종석의 원효는 사상 측면에서보다는 (민간)신앙의 입장에서 형상화된 양상도 발견된다고 말할 수 있겠다.

---

33 곽철환, 『불교 길라잡이』, 시공사, 1995, 273쪽.

4. 원효 형상화에 요구되는 몇 가지 기본과제

신라가 삼한통일을 이룩했던 시기를 살아간 원효(A)는 하나이나, 이를 대상으로 삼아 이광수라든가 남정희・한승원・김선우・신종석이 그리고 있는 원효(a)는 제각각 다른 형상을 드러내고 있다. 즉 이광수의 원효가 일제 성전에 멸사봉공의 자세로 임하라고 격려하고 있다면, 남정희의 원효는 만나는 모든 여성들을 단숨에 사로잡아버리는 매력남이며, 한승원의 원효는 용맹정진 수행하는 평민불교에 뿌리 내린 반전주의자이고, 김선우의 원효는 반전주의자이되 요석 안에서 요석을 매개로 불교의 깊이를 체득해 나가고 있다. 그리고 신종석의 원효는 통일전쟁을 지지하고 이에 적극 공헌하는 민족주의자이다. 이러한 양상이 벌어지는 까닭은 우선 창작을 둘러싼 시대적인 상황과 관련이 있을 터이다. 이광수가 『원효대사』를 써 내려갈 때에는 파시즘에 근거한 군국주의가 극점에 이르러 있었고, 남정희가 『소설 원효』를 창작할 때에는 소비자본주의 경향이 팽배하는 상황이었으며, 한승원・김선우가 각각 『소설 원효』와 『발원』에서 통일 명분의 전쟁을 반대할 수 있었던 데에는 지난 2000년 남과 북이 합의한 6・15남북공동선언의 영향이 없지 않을 것이다. 그러한 창작 배경 위에서 김선우가 페미니즘의 색채를 덧입히고 있기에 두 사람은 변별되는 원효의 상을 지어내었다고 볼 수 있다. 반면 신종석은 통일전쟁이 생존 위기에 내몰린 북한 민중들의 비참한 상황을 타개해기 위한 같은 민족으로서의 노력이라는 데서 정당성을 확보하려는 듯하다.

원효는 과연 어떠한 시대 환경의 변화까지도 결부시켜 담아낼 수 있는 무색무취의 존재였을까. 이러한 현상에는 작가의 세계관 및 역량도 물론 작용하겠으나, 가장 근본적인 문제는 원효에 대한 자료의 절대 부족에 있을 터이다. 즉 원효에 관한 단편적인 사실들이 듬성듬성 제시된 양상인 까닭에 해석의 행간이 넓을 수밖에 없으며, 작가들은 저마다 넓은 행간 속에서 자신의 원효를 짓고 있는 양상이라는 것이다. 바로 이 지점에서 상상력의 의미를 묻게 된다. 문학개론서에 나와 있듯이 "상상은 아무것도 없는 무의 상태에서 새로운 것을 만들어 내는 신비한 창조력이 아니다. 상상의 힘은 체험으로부터 나온다. 자신의 여러 가지 체험들을 결합하여 새로운 세계를 만들어 내는 것이 상상이다".[34] 그렇다면 역사소설인 원효 형상화의 경우에는 체험을 대체할 만한 자료가 부족한 것이니, 이를 상쇄할 방안을 마련해야 할 터이다.

이를 위해서는 먼저 원효의 저술을 검토해야 할 필요가 요청된다. 예컨대, 고영섭의 지적처럼, 『발심수행장』을 써 내려가던 시기의 원효라면 요석 공주와의 연분은 상상할 수 없다. 또한 "높은 산 높은 바위는 지혜로운 사람이 사는 곳이고 푸른 소나무 골짜기는 수행하는 사람이 거처하는 곳"[35]이라 하였으니 이 시기 원효는 백성들 사이에서 무애행을 펼치기 이전인 듯하다. 그리고 『대승기신론』에 드러나는 불변하는 생멸심의 측면이라든가 바다의 비유 등을 보건대,[36] 원효는 통체統體, whole와 부분자部分子, positioner의 관계로 세계를 이해하였다고 볼 수 있다. 이와 더불어 원효의 사상 위에서 원효를 둘러싼 설화를 적극적으로 해

---

34 권영민, 『문학의 이해』, 민음사, 2009, 14쪽.
35 元曉, 홍기돈 역, 「發心修行章」, 『韓國佛教全書』 1, 한국불교전서편찬위원회, 1979, 841쪽.
36 "바닷물의 움직임을 파도라고 말하지만 파도는 자체가 없기 때문에 파도의 움직임이 없는 것이고, 바닷물은 자체가 있으므로 바닷물의 움직임이 있는 것과 같이, 마음도 사상도 그러하다."(원효, 『원효의 대승기신론소·별기』, 일지사, 2004, 171쪽)

석해 내는 작업도 필요하겠다. 원효가 널빤지를 던져 당의 구도자 천여 명을 구했다는 '해동 원효 척판구중海東元曉擲板救衆' 설화를 반전 촉구로 이끌어낸 한승원의 작업은 이의 한 가지 예가 되겠다. 이러한 방식으로 나마 원효 이해의 거점을 마련하지 않는다면, 장편소설 형식의 원효 형상화는 작가의 재기를 드러내는 계기 정도에 머무르고 말 것이다. 원효를 매개로 현실을 끌어안고 현재 너머로 초월transcendance하려는 시도 또한 무위로 떨어질 공산이 커지는 것이 당연해진다. 이는 사실 및 설화 해석을 통한 원효의 복원 측면에 관계할 터이다.

또한 원효 사상의 핵심인 화쟁和諍을 원효(a)에게 불어넣을 수 있어야 할 것이다. 고려 숙종 6년(1101) 원효에게 내려진 시호는 '대성화쟁국사大聖和諍國師'였다. 어째서 원효는 화쟁을 주창하게 되었던가. "부처가 살아있을 때에는 불설만이 진리임을 확고히 믿었으므로 교단 내에서는 다른 이설이 없었다. 그러나 부처가 열반에 들고 난 뒤부터는 많은 이설이 횡행하여 각기 자신만이 옳고 남은 그릇되다고 주장하게 된다. (…중략…) 따라서 원효는 중국으로부터 물밀듯이 쏟아져 들어오는 여러 불교이론들을 정리할 필요성을 느끼고 있었다."[37] 원효의 화쟁 사상은 현대사회의 통합원리로 작동할 근거로서 커다란 시사점을 가진다. 예컨대 다음과 같은 주장은 다문화사회 및 민주주의 체제에 요구되는 화이부동和而不同 혹은 톨레랑스tolerance 정신을 고스란히 담아내고 있다. "경經 하문下文에 이르기를 '저 눈먼 사람들이 각기 코끼리에 대해 설명을 하는 것과 같아서 비록 코끼리의 실체實體는 얻지 못했지만 그렇다고 코끼리를 설명한 것이 아님은 아니다' 하였다. 불성佛性을 말하

---

37 고영섭, 『나는 오늘도 길을 간다—원효, 한국 사상의 새벽』, 한길사, 2009, 198쪽.

는 분도 이와 같아서 여섯 분이 주장한 법法을 즉卽하여 있는 것도 아니며 여섯 분이 주장을 벗어나서 있는 것도 아니다."[38] 여러 일리一理들의 대화와 경합을 통하여 진리眞理 추구의 과정을 그려내는 작업은 원효사상의 이해 측면에 관계할 터이다.

이광수, 남정희, 한승원, 김선우, 신종석이 형상화한 다섯 가지 모습의 원효 가운데 저술 검토, 설화 분석 등의 노력을 집요하게 병행한 경우는 한승원이 유일하다. 그리고 화쟁사상의 면모를 살려낸 노력은 이들에게서 거의 확인되지 않는다. 다양하게 해석되고 있는 원효의 면모에도 불구하고 성과가 그다지 풍요롭다고 평가할 수 없는 까닭이 여기에 있다. 이후 원효의 형상화 작업은 이러한 상황을 염두에 두고 진행되어야 할 것이다.

---

38 元曉大師, 李英茂 譯, 『校訂國譯 涅槃經宗要』, 大星文化社, 1984, 171쪽.

제2장

이광수의 내선일체 논리 연구

『법화경』 오독을 중심으로

1. 「난제오亂啼烏」와 착오의 메커니즘

일찍이 서산대사는 「서남화권書南華卷」을 남긴 바 있다. 남화산南華山 아래 살았던 장자莊子를 가리켜 남화진인南華眞人이라 하고, 그가 남긴 책을 『남화진경南華眞經』이라고 칭하니, 「서남화권」이라고 하면 『장자』에 대한 서산대사의 평이 되겠다. 익히 알려진 바, 이광수가 1940년 『문장』 2월호에 발표한 단편 「난제오亂啼烏」의 제목은 「서남화권」의 마지막 세 글자에서 따온 것이다. 그런데 흥미로운 사실은 이광수가 오언절구 「서남화권」을 인용하는 과정에서 커다란 오류를 범하고 있다는 점이다. 애초 서산대사가 남긴 「서남화권」의 전문은 다음과 같다.

可惜南華子 祥麟作孼狐

寥寥天地濶 斜日亂啼烏[1]

　　박경훈朴敬勛은 이를 다음과 같이 해석하고 있다. "애석하다 남화자여 / 상서로운 기린이 요망한 여우되었구나 / 고요한 넓은 천지에 / 석양 까마귀 시끄럽게 울었어라."(「남화권南華卷에 쓰다」)[2] 이광수는 이 시에서 2연의 '狐'를 '虎'로, 그러니까 '여우'를 '호랑이'로 바꾸어서 인용하고 나섰다. 여우에게서 풍기는 요망한 뉘앙스를 증발시켜 버린 양상이다. 'SS노사'의 목소리를 빌려 작가가 소개한 문구는 정확히 다음과 같다. "서산대사 독남화경시가 있읍니다. 오언절구지요. 可惜南華子. 祥麟作孼虎. 寥寥天地濶. 斜日亂啼烏. 라고 하셨지요. (…중략…) 장자가 괜히 말이 많단 말슴이지요."[3]

　　이광수는 SS노사가 자신에게 한 말의 의미를 어느 정도는 파악하고 있다. 작품의 마지막 대목에서 이는 분명하게 드러난다. 그래서 그는 하필 '난제오'를 소설의 제목으로 가져다 붙인 것이다. "집에 오는 길에 나는 '사일난제오'를 수없이 노이고는 혼자 웃었다. SS사는 이 말을 내게 준 것이었다. '내야말로 석양에 지져귀는 까마귀다' 하고 자꾸만 웃음이 나와서 견딜 수가 없었다."[4] 그가 석양에 시끄럽게 지저대는 까마귀로 전락한 까닭은 그보다 먼저 요망한 여우가 존재하고 있기 때문이다. 즉 요망한 여우를 좇아 까마귀가 어둠을 재촉하며 울어댄다는 것이

1　國一都大禪師, 『淸虛堂集』, 寶蓮閣, 1972, 19쪽.
2　西山休靜, 朴敬勛 譯, 『淸虛堂集』, 東國大學校 附設譯經院, 1987, 57쪽. 이 글에서 밝힌 원문에는 '狐'가 '狐'로 잘못 기재되어 있다. 하지만 번역에는 별다른 문제가 없다.
3　春園, 「亂啼烏」, 『문장』, 1940.2, 45~46쪽.
4　위의 글, 46쪽.

다. 그런데도 왜 이광수는, 스스로에 대해 자각과 냉소를 가하면서도, 요망한 여우에 대해서는 판단의 방향을 잃어버린 것일까. 뿐만 아니라 여우를 호랑이로 착각하고 있음은 어떻게 이해해야 하는 것일까.

기실 이러한 유형의 착오란 믿음을 바탕에 깔고 있는 법이다. 여기에 대해서는 망각과 변별하여 프로이트가 이미 규정한 바 있다. "기억상의 착오錯誤는 결코 착오로 인식되지 않고 믿음의 대상이 된다는 작은 차이로 인해, 잘못된 기억과 함께 일어나는 망각과 구별된다."[5] 여기에 더하여 "일반적으로 착오는 해당 정신 행위가 혼란을 일으키는 영향에 맞서 싸울 때 일어나는데",[6] 이광수가 마침 혼란에 직면한 양상이라는 사실을 염두에 둘 필요가 있다. 즉 그에게는 SS선사로 인해 생긴 혼란을 견디는 나름의 방식이 '狐'와 '虎'의 착오였으며, 이러한 착오의 메커니즘이 「난제오」에 드러난다는 것이다. 따라서 「난제오」에 나타나는 착오의 메커니즘을 통해 이광수의 의식을 살피는 일은 흥미로운 작업이 될 것이다.

「난제오」의 전반부는 번잡한 생활사로 점철되어 있다. 그 가운데 중요한 축을 차지하는 내용이 '신의 힘'이다. 병원을 개업한 아내가 한동안 많은 돈을 벌어들였다. 득의만만한 아내에게 화자(이광수)가 깨우쳐 주고 싶었던 바가 바로 신력神力 앞에서의 겸손이었다. "그러면 안해는 내 진의(신의 뜻과 힘이 우리네 사람의 뜻과 힘 보다 크고 난측하다는 인식)를 모르고 자기의 실력을 짐짓 인정치 아니 하는것 처럼 오해하여서 도로혀 불쾌한 빛을 보였다."[7] 하지만 병상에 눕고 보니 아내는 화자의 말에 비로

---

5   지그문트 프로이트, 이한우 역, 『일상생활의 정신병리학』(프로이트 전집 7), 열린책들, 1998, 303쪽.
6   위의 책, 310쪽.
7   春園, 앞의 글, 32쪽.

소 동의하게 된다. 고통과 죽음이 그만큼 두려웠던 것이다. 뿐만 아니라 화자의 경우에는 어떻게든 돈을 변통하기 위해 이리저리 나다녀야하는 형편에 처하고 만다. 이게 다 신의 위력이다. 그의 앞에서 인간은 그저 나약하고 불안한 존재일 따름이다. 그렇다면 그 신은 대체 어떤 신인가. 이광수의 여우狐 혹은 호랑이虎는 이러한 물음을 통하여 그 면모가 드러난다.

이광수를 지탱하는 신은 『법화경』으로부터 출현하였다. 그의 신념은 확실하다. SS선사가 "불교를 많이 연구하셨다지요?"라고 묻자 당당하게 답변할 수 있을 정도이다. "법화경을 읽은 지가 육칠년 됩니다."[8] 이후 두 사람 사이에서 오고가는 문답은 이를 염두에 두고 파악해야 한다. 『법화경』을 육칠 년 읽었노라고 자부하는 이광수의 수준이라고 해봐야 '야호선野狐禪(선을 잘 모르면서 그런 경지에 들었다고 자신하는 것)'에 불과하다.[9] 가령 "선가도 타력을 믿습니까"[10]라는 그의 물음만 해도 그러하다. 선禪이란 본디 투탈자재透脫自在로 향하는 물음을 가로막는 도그마의 부정에서 출발한다. 임제臨濟의 '살불살조殺佛殺祖'—부처를 만나면 부처를 죽이고 조사를 만나면 조사를 죽이라—가 대표적인 예라 하겠다. 그런데도 이광수는 타력, 즉 신의 위력을 붙들고 있는 형국이 아닌가. 죽비로 내리치듯 이를 일깨우는 SS선사의 가르침이 바로 「서남화권」 문답이라고 할 수 있다. 이때 이광수는 그러한 지적을 자신에게로 돌리는 한편, 상서로운 기린이 요망한 여우를 낳은 장면에 대해서는 착오를 일으키고 만다. 신력에 대한 믿음이 그대로 유지되는 것이다. 이리하여

---

8   위의 글, 43쪽.
9   김윤식, 『이광수와 그의 시대』 2, 솔, 2008, 222쪽.
10 春園, 앞의 글, 45쪽.

까마귀 부르짖는 소리의 근원이라고 이야기할 만한『법화경』은 권위가 훼손당할 가능성으로부터 안전장치를 얻게 되었다.

선사의 입장에서 본다면『법화경』을 요망한 여우에 비길 만도 하다. 『법화경』은 "불성佛性을 성취하고 나서야 이해할 수 있는 '생성됨이 없는 다르마anutpattika-dharma, 無法性', 즉 본체"를 핵심으로 설정해두고, "본체에 묵묵히 순종하는 것[忍辱]"을 권장하기 때문이다.[11] 그런 까닭에, 이광수가 타력 / 신력에 미혹된 모습을 보이는 것처럼, "실제로『법화경』이 초기불교의 전통에서 볼 수 있는 것 이상의 '경이롭고 불가사의한 āścarya[稀有], adbhuta[奇特]' 감정을 불러일으키는 것은 사실이다".[12] 반면, 선의 세계란 이를 뒤집는 데서 출발하지 않던가. 이는 한국 불교의 역사에서도 확인할 수 있다. 통일의 원동력이 되었던 신라 불교는 혜공왕 시기惠恭王(765~779) 이래로 점차 주술적이고, 타력 의존의 신앙으로 변질되어 나간 형편이었다. 선의 물줄기가 이러한 상황을 깨치고 일어나 지금에까지 이르게 된 계기는 선문구산禪門九山의 성립(821~912)부터라고 평가받고 있다. 이기영은 이에 대해 "선禪은 사상적으로는 반야공사상般若空思想에 뿌리박고 논리와 정서를 배격하는 실천도"[13]라고 규정하고 있다.

그리고 대승불교라고는 하지만,『법화경』에 과연 공사상이 포함되어 있는가도 생각해 볼만한 문제이다. "만약 일부 학자들이 믿고 있듯이 대승불교 내의 절대주의가 '공성空性'을 근거로 수립되었다면, 우리는 『법화경』에서 아무 것도 얻지 못할 것이다.『법화경』에서의 공의 교리

---

11 D. J. 칼루파하나, 김종욱 역, 「『법화경』과 개념적 절대주의」, 『불교 철학사―연속과 불연속』, 시공사, 1996, 286쪽.
12 위의 글, 287쪽.
13 李箕永, 「韓國의 佛敎思想에 대하여」, 『한국의 불교사상』, 삼성출판사, 1993, 20쪽.

에 관해 논평하면서 허비츠가 간파하고 있듯이, '『법화경』이 공성에 관해 언급하는 것은 아무리 샅샅이 찾아보아도 별로 눈에 띄지 않는다. 결국『법화경』의 관심은 이론보다는 실천에 있다고 할 수 있다'."[14] 선과『법화경』사이에는 이처럼 커다란 간극이 존재한다. 그러한 까닭에 SS선사의 입장에서는『법화경』을 요망한 여우에 비기고,『법화경』에 매달려서 의견 피력에 나선 이광수를 석양에 시끄럽게 울어대는 까마귀라고 비판할 수 있었던 것이다. 하지만, 앞서 진술하였듯이, 이광수의 착오를 통해『법화경』은 비판의 과녁에서 비껴나가고 있다. 그만큼 이광수에게『법화경』은 대단한 것이었다.

이 장면에서 문제로 떠오르는 내용은『법화경』의 세계가 호랑이를 그리고 있는가, 아니면 여우를 그리고 있는가에 놓이지 않는다. 논의의 초점은『법화경』에 대한 이광수의 믿음이 그만큼 확고하며, 그 확고한 믿음이 착오를 낳았다는 사실이다. 따라서 이광수가 부여잡고 있는 『법화경』의 면모가 어떠한 것이며, 그러한 세계는 어떻게 발생하고 있는가를 따지는 일이 중요하다고 볼 수 있다. SS선사의 말마따나 "불교란 깊고 깊어서 들어갈사록 더 깊지요"[15]라고 한다면, 섣부른 접근으로 『법화경』에 대해 예단 내리고 마는 우를 피해가는 데도 이러한 선택이 나을 성싶기도 하다.

---

14 D. J. 칼루파하나, 김종욱 역, 앞의 글, 279쪽.
15 春園, 앞의 글, 43쪽.

2. '봉근'의 죽음과 『법화경』의 세계

이광수가 『법화경』의 세계로 몰입하게 된 직접적인 계기는 차남 '봉근'의 죽음이라고 할 수 있다. 1934년 2월 22일 죽은 그 자식에 대한 절절한 애정을 이광수는 「봉아의 추억」에서 기술해 두었다. 그 가운데에는 종교를, 철학을, 전설을 선택하는 기준 마련의 계기 또한 적시되어 있는데, 바로 다음 구절이 여기에 해당한다. "세상에 모든 종교와 철학과 전설이 왜 있는지를 인제 알았다. 사랑하던 이가 죽은 때에 그 견딜 수 없는 슬픔을 어떻게 처리할까 하는 것이 모든 종교와 철학과 전설의 근본 문제인 줄을 인제 알았다. 그러나 악아, 나는 그중에서 어떤 것을 믿어야 옳으냐. 어떤 것이든지 네가 살아 있다고 내게 믿게 하는 것을 믿으려 한다."[16]

이광수의 선택 기준은 명확하다. 죽음을 삶의 편으로 끌어당길 수 있으면 어떠한 종교든, 철학이든, 전설이든 가리지 않고 기꺼이 따라갈 준비가 되어 있는 셈이다. 이광수에게는 그 세계가 바로 『법화경』의 세계였다. 그는 '모골이 송연한' 『법화경』을 이미 알고 있었다. "금강산 마가연金剛山摩訶衍에는 피로 벗긴 법화경육책이잇다. 지단指端의 피를 뽑아 육 년 동안을 쓴 것이라는데 보면 모골이 소연(송연悚然의 오자-인용자)한다. 끗혜는 '爲現世父母一切親戚血書'라고 썻다."[17] '혈서법화경血書法華經'에서 강렬하게 드러나는 것은 현세의 부모를 위해 자신의 피로써 사경寫經의 공덕을 바치면 바람이 이루어진다는 믿음이다. 이러한 일은

---

16 李光洙, 「鳳兒의 追憶」, 『李光洙全集』 13, 三中堂, 1962, 360쪽.
17 長白山人, 「談片」, 『朝鮮文壇』, 1924.11, 78쪽.

다른 경전에 비하여 『법화경』이 유독 믿음을 강조하기 때문에 나타나는 현상이라 할 수 있다. 가령 살해되는 순간 관세음보살의 이름을 외우면 상대방의 손에 든 칼이나 채찍이 부러져서 그 사람은 살해를 모면할 수 있게 된다는 따위의 내용이 들어있기도 하다. 그러한 까닭에 김윤식은 "『법화경』에는 이처럼 매우 저차원의 혹세무민하는 요소로 비난받을 법한 장도 포함되어 있다"[18]라고 지적하고 있다. 하지만 이광수에게 이는 아무런 문제될 바 없다. 죽음을 삶의 편으로 끌어당길 수만 있으면 그만이다.

『법화경』은 이렇게 믿음을 강조하면서 그 위에서 생사의 불이不二를 설하고 있다. 그러니까 삶과 죽음을 대립적으로 파악하는 것이 아니라 하나로 설정한다는 것이다. 이는 삶이나 죽음이 모두 '붓다'(영원한 생명)라는 한 단계 높은 개념의 특정한 구현 양상에 불과하다는 긍정으로 인해 가능해지게 된다. 『법화경』에서 "일반적인 일체지一切智, sarvajñatva(모든 것에 대한 인식)라는 용어 대신에 일체종지一切種智, sarvākāajñatā(모든 양상들에 대한 인식)라는 용어를 사용하고"[19] 있는 까닭은 여기에 있다(강조는 원문). 이렇게 변별되는 용어의 사용은 『법화경』이 삶과 죽음을 하나로 파악하는 데 다른 경전보다 더욱 적극적이라는 사실을 증명한다. 일본에서는 일찍이 천태종天台宗을 중심으로 하여 『법화경』의 세계가 활발히 연구되었다.[20] 「법화경의 불타관」에서 타무라 요시로오田村芳郎는 천태종의 본각사상本覺思想에 나타나는 생사일여生死一如의 특징을 요령 있게 정리해 두었다.

---

18 김윤식, 앞의 책, 239쪽.
19 D. J. 칼루파하나, 김종욱 역, 앞의 글, 283쪽.
20 칼루파하나는 그 이유를 다음과 같이 추정하고 있다. "『법화경』이 일본 불교도들의 마음을 끌 수 있었던 것은 그 경에 내포된 의무 개념이나 자기 희생 정신이 그들의 사무라이 문화에 연결될 수 있었기 때문입니다."(「한국어판 서문」, 앞의 책, 5쪽)

생사에 관한 본각사상의 문헌에 '생사각용초(生死覺用鈔)'(本無生死論)로 명명된 것이 있는데 그중에 "무래(無來)의 묘래(妙來), 무생(無生)의 진생(眞生), 무거(無去)의 원거(圓去), 무사(無死)의 대사(大死)이다. 생사일체(生死一切)로서 공유불이(空有不二)이다"라 말하고 있다. 부제인 '본무생사론'은 '무생무사(無生無死)'(불생불멸) 즉 생사의 동시 부정에 포인트를 맞추어 명명된 것이다. 원제인 '생사각용초'는 삶도 죽음도 본래 각성(覺性)(본각)의 드러남이란 측면에서 명명된 것이다. '진생진사(眞生眞死)'는 즉 생사의 동시긍정에 포인트를 맞춘 것이다.

이렇게 해서 현실의 삶이나 죽음이 모두 긍정되는데 이러한 현실 긍정은 정토관에도 적용된다. 즉 영원, 절대의 정토를 상적광토(常寂光土)라 하는데 그것은 차안 내지 현세인 사바와 피안 내지 내세의 정토의 대립을 초월한 것이다. 이것을 적극적으로 말하자면 현세인 사바에 상즉해서 정토가 체득된다(사바즉적광(娑婆卽寂光))고 하는 것이다. 천태본각사상은 일단 그것을 긍정적으로 해석하고 현실 자체를 정토로 간주하기에 이르렀다.[21]

이러한 세계는 이광수가 찾아 나선 세계와 그대로 일치한다. 물론 정서적이고 심리적인 안정을 위해 요청되었던 세계인 까닭에 깨달음의 차원에서 획득되었다기보다는 믿음의 대상이란 측면에서 빛나는 세계였을 공산이 크다. 그러니까 '무생무사無生無死'(불생불멸)이란 표현이 하나의 주문呪文(다라니dhāranī)으로 앞에 놓여 있으면 그것으로 족할 뿐, 이광수가 요구하는 『법화경』의 세계는 그 이상의 의미가 요구되지 않았던 것이다. 이렇게 하여 펼쳐지는 야호선野狐禪의 세계[22]는 가령 「산사山

---

21 타무라 요시로오, 차차석 역, 「법화경의 불타관—久遠實成佛」, 『법화사상』, 여래, 1996, 99~100쪽.

寺사람들」을 보면, 부처와 범부가 별개가 아니라는 불범불이佛凡不二의 길만 제시되어도 놀라운 충격을 받는 것으로 나타나 있다. 돈치기 하는 어린 중들을 이광수가 타박하자 한 노승(경하)이 "돈치기도 선禪이거든. 계집질도 삼매경에 들어가면 선이구"라고 응수하는 데 대하여 "나는 순간, 이마에 몽둥이로 한 대 얻어맞은 꼴이"[23] 되었다는 식이다. 생사 일체, 공유불이, 불범불이 등이 상호 연관된 개념이며, 이 안에서 수행의 방안을 찾아야 할 터인데, 생사일체를 좇으면서도 이를 전혀 간파하지 못하고 있었다는 사실은 이광수가 이해하는 『법화경』 세계의 편협성을 증명한다. 더군다나 「봉아의 추억」은 봉근이 죽은 후 1934년 전체에 걸쳐 쓰인 수필인 반면, 「산사사람들」은 『경성일보』에 1940년 5월 17일부터 19일까지 연재된 체험기랄까 소설이다. 즉 5, 6년 동안의 『법화경』 독송에도 불구하고 종교적인 측면에서의 자각이 크게 진척되지 않고 있음을 이 대목에서 확인하게 된다.

이를 대신한 것이 『법화경』에 대한 절실한 믿음이었다. 혹세무민의 요소든 아니든 간에 상관이 없었다. 혹세무민의 여지를 넘어서기 위하여 상징으로 파악해야 할 대목에서 오히려 신력神力의 증거를 좇는 양상이 두드러지기도 한다. 『원효대사』의 여러 대목에서 이러한 양상이 두드러진다. 「삼경인상기三京印象記」에서도 마찬가지다. 예컨대 다음과 같은 대목. "누구나 부처가 될 수 있다. 장난삼아 불상 앞에서 한번 머리를 숙인 자도 부처가 될 수 있다. 아이들이 장난으로 모래 위에 불상을 그리기만 해도 모두 성불한다. 부처의 이름만 들어도 성불하기 마련인 것." 『법화경』의 주장을 액면 그대로 옮겨다 놓은 꼴이다. 그래도,

---

22   金東仁, 「作家 四人」, 『金東仁全集』, 朝鮮日報社, 1988, 304쪽.
23   이광수, 김윤식 역, 「山寺사람들」, 『이광수의 일어 창작 및 산문선』, 역락, 2007, 55쪽.

1943년 1월(『文學界』)에 발표된 글이라서 그럴까. 그 다음에 따라붙은 문장은 「삼경인상기」가 「산사사람들」에 비하여 한 발자국 진전된 모양을 보여준다. 불범불이 개념을 어느 정도 파악하고 나선 양상이기 때문이다. "그러나 이것은 구원실성久遠實成이다. 구원겁久遠劫 앞에서 이미 부처였기에 구원겁의 고행 난행을 거쳐 불법을 완성하는 것이다. (…중략…) 누구나 성불할 수 있지만 그것은 결코 살기 쉬운 길은 아니다. 피나는 수행, 수없는 신명 버리기에 의해서만 성취되는 것이다."[24] 그럼에도 불구하고 굳건한 믿음이 그러한 세계의 중심부에 우뚝한 양상은 변함이 없다.

이광수에게 『법화경』의 세계는 아무런 의심 없이 무조건 받아들여야 하는 대상이었다. 그래야만 일단 생사일체의 여지를 붙잡을 수 있었던 것이다. 종교적인 의미나 논리는 그 다음이었다. 그래서 『법화경』에 대한 믿음은 그렇게 견고할 수밖에 없다. 아무런 의심 없이 믿음의 대상으로 존재하는 『법화경』은 결코 '요망한 여우'의 수준으로 떨어질 수 없는 세계이고, 결코 그래서도 안 되는 세계였던 것. 이것이 바로 '狐'를 '虎'로 이끄는 이광수의 심리적 동인動因이었다. 「봉아의 추억」에는 그러한 믿음의 절박성이 다음과 같이 절절하게 울려 퍼지고 있다.

봉근아, 나는 네가 죽지 아니한 것을 믿는다. 다만 네가 잠시 썼던 연약하던 몸을 벗어 버리었을 뿐이요, 그 영은 무시에서 무종까지 살아있는 것을 믿는다. 그리고 지나간 전생에도 너는 나와, 혹은 부자로, 혹은 형제로,

---

24 이광수, 김윤식 역, 「삼경인상기(三京印象記)」, 『이광수의 일어 창작 및 산문선』, 역락, 2007, 134쪽.

혹은 친우로 여러 번 만났던 것도 믿거니와, 금후에도 너와 나와는 세세생생에 여러 곳에서 여러 관계로 만날 줄을 믿는다. 전생에는 네가 내 은인이었던 것만은 안다. 혹은 네가 내 선생이었던 것도 안다. 네가 전생에서 내게 미처 다 가르치지 못하고 간 인생의 이치를 너는 나에게 가르치고 갔다. 너는 나를 예수께 소개하고 다음에는 불타께 소개하였다. 네가 가매 나는 시편을 읽고, 금강경과 화엄경을 읽고, 사람이란 결코 죽지 아니할 뿐더러 죽지 못한다는 것을 배우고, 인과의 원리를 깨닫고, 변치 아니할 인생관을 얻었다. 그래서 네가 죽을 줄만 알고 슬퍼하던 마음을 돌려 너를 위하여 비는 마음을 얻었다.[25]

3. 이광수의 『법화경』과 내선일체의 논리

「육장기鬻庄記」란 집을 판 이야기의 기록이란 뜻이다. 여기서 말하는 집(庄)은 홍지동 산장을 가리킨다. 김윤식은 "「육장기」는 고백체 창작 방법으로의 전환이라는 점에서도 문제되지만, 이광수의 사상가로서의 종말에 해당된다는 점에서도 중요하다"[26]라고 이 작품의 의미를 밝혀 두고 있다. 1934년 11월 완공하고, 1939년 5월 팔아넘긴 이 홍지동 산장이 얼마나 대단한 의미를 지녔기에 이광수는 「육장기」를 써 내려가야 했을까. 이는 홍지동 산장이 단순한 거주지를 뛰어넘어 삶과 죽

25　李光洙, 「鳳兒의 追憶」, 앞의 책, 362쪽.
26　김윤식, 앞의 책, 267쪽.

음이 하나로 엮인 일종의 사찰 역할까지 겸하였기 때문이다. 즉 그 곳은 『법화경』 다라니가 끊이지 않는 신성한 장소였다고 할 수 있다. 이는 집을 지어가는 과정에서부터 이광수가 염두에 두었던 바다. "내가 지금 여기 지어 놓은 새집은 다시 너를 맞을 집으로 믿고, 내가 보기를 좋아하는 이 넓은 하늘과 많은 별과 흔한 해와 달의 빛을 너도 좋아할 것이요, 내가 항상 너를 생각하고 관세음보살을 부르면서 파 놓은 우물의 물을 좋아할 것이다. 그러나, 그 모든 것보다는 나는 네게 이번에는 무상도無上道에 이르는 길을 지시하지 아니하면 아니 될 것이다."[27] '무상도에 이르는 길을 지시'하는 방편이 『법화경』 독송임은 의심의 여지가 없다.

아모러나 나는 이 집을 지은지 육년 동안에 법화행자가 되랴고 애를 썼소. 나는 민족주의운동이란 것이 어떻게 피상적인것을 알았고, 십수년 계속하여 왔다는 도덕적 인격개조운동이란것이 어떻게 무력한 것임을 깨달았소. 조선사람을 살릴길이 정치운동에 있지 아니하고 도덕적 인격개조운동에 있다고 인식하게 된 것이 일단의 진보가 아닐수는 없지마는 나는 나 스스로의 경험에 비쳐어서 신앙을 떠난 도덕적수양이란 것이 헛된 것임을 깨달은 것이오. 내 혼이 죄에서 벗어나기 전에 겉으로 아무리 고친다 하더라도 그것은 의식에 불과하다고 나는 깨달았소.[28]

기실 「육장기」의 참주제라고 한다면, 각종 집착과 소유욕으로부터 한 발 거리를 둔 초탈한 심정의 피력이라고 할 수 있다. 고백체로 돌아

---

27 李光洙, 「鳳兒의 追憶」, 앞의 책, 363쪽.
28 李光洙, 「鬻庄記」, 『문장』, 1939.9, 7쪽.

선 까닭도, 구체적인 사건은 없으나, 심중의 토로하고 싶은 바를 적극적으로 드러내기에 적합했기 때문이다. 그렇지만 그에 값하는 깊이와 울림이 동반하는 것은 아니다. 아직까지도 믿음을 강변하는 수준에서 맴돌고 있는 탓이다. 가령 다음과 같은 대목이 그러하다. "나는 믿소. 나는 이렇게 평생에 법화경을 읽는 동안에 얼굴과 음성도 아름다워지고 몸에 빛이 나서 '중생낙견衆生樂見, 여모현성如慕賢聖'하게 되고 몸에 병도 없어지고 마츰내는 낳고 살고 죽고 하는 것을 마음대로 하여서 삼십이웅신, 백천만억하신을 나토아 중생을 건지는, 대보살이되고, 마츰내는 십호구족한 부처님이 되어서 삼계사생의모든 중생의 자부가 되느니라고."²⁹ 그러니 「육장기」의 주제문이라면 "이 중생세계가 사랑의 세계가 될 날을 믿소. 내가 법화경을 날마다 읽는 동안 이 날이 올 것을 믿소"³⁰ 정도가 되지 않을까 싶다.

그런데 이렇게 반복되는 믿음의 강조 속에서 현실을 파악하는 방식이 드러나는 대목은 주목할 필요가 있다. 현실, 즉 사바세계를 헤쳐 나갈 방향 또한 이 속에서 마련되기 때문이다. 자신이 파악한『법화경』의 세계 안에서 현실로 나아가는 이광수 논리의 밑그림은 다음 인용에서 어렴풋하게나마 드러난다.

신문에서 보는바와같이 우리군사가 적국의시체를 향하야서 합장하고 나무아미타불을 부른다는것이 차별세계에서 무차별세계에 올라간 경지야. 차별세계에서 적이오 내 편이어서 서로 싸우고 서로 죽이지마는 한번 마음을 무차별 세계에 달릴때에 우리는 오직 동포감으로 연민을 느끼는것

---

29 위의 글, 8~9쪽.
30 위의 글, 35쪽.

이오. 싸울때에는 죽여야지, 그러나 죽이고 난 뒤에는 불상히 여기는거야. 이것이 모순이지, 모순이지 마는 오늘날 사바세계의 생활로는 면할수없는 일이란말요. 전쟁이없기를 바라지마는 동시에 전쟁을아니할수 없단말요. 만물이 다 내 살이지마는 인류를 더사랑하게되고 인류가 다 내 형제요 자매이지 마는 내국민을 사랑하게 되니 더 사랑하는이를 위하여서 인연이 먼 이를 히생할경우도 없지 아니하단말요. 그것이 불완전 사바세계의 슬픔이지 마는 실로 숙명적이오. 다만 무차별세계를 잊지 아니하고 가끔 그것을 생각하고 그리워하고 그속에 들어가면서 이 **차별의 아픔을 주리랴고 힘쓰는 것이** 우리가 하여야할 일이겠지오.[31] (강조는 인용자)

'차별의 아픔을 주리랴고 힘쓰는 것'이 우리가 하여야 할 일이다. 이는 "모두 상극이 되지 말고 총친화總親和가 될 날을 위하여서 준비하는 것"이기에 "성전聖戰"이라고까지 의미를 부여할 수 있다.[32] 그렇지만 불완전 사바세계의 차별을 무차별세계로 이끌고 나가기 위하여 굳이 '더 사랑하는 이'와 '인연이 먼 이'를 변별하여 단계를 나눌 필요는 없다. 즉 우선 인연이 가까운 이와의 차별을 없애고, 다음으로 그 범위를 차차 넓혀가는 방식으로는 곤란하다는 것이다. 왜냐하면 '더 사랑하는 이'와 '인연이 먼 이'를 변별하는 순간 그 사이에는 상생(사랑)에 필적하는 상극(증오)의 건너지 못할 강이 만들어지기 때문이다. 다시 말해서 대상에 따라 차등을 두는 순간 자타불이自他不二라는 불교로서의 기본 가치를 잃고 만다는 것이다. 이 순간 '색즉시공色即是空 공즉시색空即是色' 이라는 인연설 또한 무색해지고 만다. 이렇게 해서는 상생을 바탕으로

---

31 위의 글, 34쪽.
32 위의 글, 35쪽.

하는 원융회통圓融會通의 세계가 구축될 리 만무하다. 그렇지만 이광수는 그러한 길을 좇아갔다. 그의 『법화경』 세계가 기복신앙祈福信仰 수준에 머물렀던 데 따른 한계라고 할 수 있다.

예컨대 「육장기」로부터 그리 오랜 시간의 격차를 두지 않고 작성된 「동포에게 보낸다同胞に寄す」[33]를 보면 그러한 논리가 나타난다. 이 글은 조선인을 대표하는 '나' 이광수가 일본인 전체를 대표하는 '그대'에게 보내는 형식을 띠고 있다. 그러니 제목에 나타나는 '동포'는 곧 일본인을 가리킨다. 어째서 일본인이 조선인과 같은 동포가 될 수 있는가. 미나미南次郎 총독의 정책이 차별을 없애고 나섰다는 판단이 근거가 된다. "미나미 총독은 '대동아질서의 건설은 내선일체를 기초로 한다'고 언명하여 교육의 차별 철폐, 징용제도 등을 실행했다네."[34] 이광수가 이렇게 일제의 내선일체를 믿고 따라갈 수 있는 배경에는 동조동근同祖同根에 대한 수긍이 작동하고 있다. "조선에서 고신도적古神道的 색채가 제거되기 시작한 것은 이조 성종 중종 무렵, 4백 년 전 무렵이라네. 그것은 유교가 성행하여 중국숭배 사상에 중독된 까닭이었네. 그렇지만 오늘날 조선 민족의 종교 감정은 고신도와 불교가 혼합된 것인 바 이는 내지의 경우와 다르지 않다네"라든가 "일본 불교의 전래가 백제에서이며, 쇼토쿠 태자聖德太子(574~622)에게 법화경法華經의 강의를 한 이는 고구려의 중 혜자惠慈라고"[35] 등이 이를 보여준다. 억만 겁 흐름 속에서 삼국시대 이후의 시간이야 찰나에 불과한 것. 그러니 이광수가 찰나를 뛰어넘어 현재의 차별을 해소하는 데로 나아가는 데는 거칠 것이 없었다.

---

33 香山光郎, 「同胞に寄す」, 『京城日報』, 1940.10.1~9.
34 이광수, 김윤식, 역, 「동포에게 보낸다」, 『이광수의 일어 창작 및 산문선』, 역락, 2007, 160쪽.
35 위의 글, 162쪽.

이광수가 중국전쟁(지나사변)을 지지하는 논리도 비슷하다. 미나미 총독이 이미 '대동아질서의 건설은 내선일체를 기초로 한다'라고 언명하였다. 그러니 이에 따라 그는 "지나사변은 아시아의 장래 운명과 일본의 국가적 의도 및 정신을 내게 보여주었고"[36]라며 동조하고 나설 수 있었다. 즉 내선일체를 통한 차별의 철폐가 첫 번째 단계라면, 대동아질서 구축은 다음 번 단계라고 판단했던 것이다. 이것이 '성전聖戰'에 임하는 이광수의 방식이었다. 그가 말하는 애초의 성전은 무엇이었나. '차별의 아픔을 주리랴고 힘쓰는 것'. 그리고 '모두 상극이 되지 말고 총친화가 될 날을 위하여서 준비하는 것'. 일제가 벌였던 자칭 '성전聖戰'이 과연 이러한 '성전'에 값하는 것이었던가. 그러니 이광수가 파악했던 『법화경』의 세계는 이 지점에서부터 벌써 파탄에 이르기 시작했다고 할 수 있겠다. 그리고 보면 「육장기」를 통하여 사상가로서의 종말을 읽어낸 김윤식의 혜안은 참으로 밝게 빛나는 셈이다.

4. 『원효대사』가 놓인 자리

내선일체에 동조할 수 있다는 견해를 피력하면서도 「동포에게 보낸다」의 기세는 자못 당당하다. 그럴 수 있는 근거는 과거의 인연을 따진다면 조선이 은혜를 베푸는 입장에 섰던 사실이 분명하기 때문이다. 그

---

36 위의 글, 160쪽.

럴진대 만약 조선인이 일본인과 동등한 의무를 감당할 경우 차별받을 하등의 이유가 없다고 판단했던 것이다. 그래서 「동포에게 보낸다」에는 핏줄과 문화의 내선일체 가능성이 언급되는 대목에서 과거 조선과 일본의 관계가 전면으로 부각되고 있다. 먼저 일본의 신도神道를 이야기하면서 그것을 전해준 국가가 조선이라고 밝히는 내용이 이에 해당한다. "오늘날 내지에서 받들어 모시고 있는 신으로 조선에서 온 것으로 명백히 밝혀진 것만 해도 경도京都의 평야신사平野神社의 신을 비롯 수다한 백산신사白山神社 등을 여럿 들 수 있을 정도라네."³⁷ 불교 전파에 관한 내용은 앞에서 살폈던바 그대로다. 쇼토쿠 태자에게 혜자 대사가 『법화경』을 강의한 내용은 「삼경인상기」에서 다시 한 번 반복되고 있기도 하다. 핏줄 문제에서는 은혜를 주고받은 관계가 드러날 리 없다. 하지만 문화 전수를 언급하는 내용과 이어져 있기에 시혜의 관계로 해석할 만한 뉘앙스가 짙게 다가온다. 뿐만 아니라 이광수는 산출 근거가 헤이안조 시대平安朝(강무천황의 平安京 정도 이후부터 가마쿠라막부 성립까지 약 4백년)의 성씨록을 추산한 자료라고 굳이 밝혀 두었다. 문화의 전파시기를 염두에 두었던 것이다. "지금의 일본인 속에는 조선반도의 혈통을 직접 잇고 있다고 추단되는 사람만으로도 그 수가 일천팔백만 이상이라고 말해지고 있다네."³⁸

실상 이러한 방식의 화해가 너무도 관념적인 차원에서 이루어지고 있음은 금세 드러난다. 이미 천년도 훨씬 더 지난 시절의 기억을 끌어와서 현재의 질서 속에 중첩시키려는 시도는 어떠한 인과율과도 하등 관계가 없는 것이다. 그럼에도 불구하고 이광수는 진지하다. 『법화경』

---

37 위의 글, 162쪽.
38 위의 글, 161쪽.

을 이해하는 방식의 연장이기 때문이며, 『법화경』을 파악하는 수준과
일치하기 때문이다. 그는 인연설을 이렇게 이해하고 있다. "그들이 남
이 입어서 더럽힌 옷을 빨아 줌으로 내생의 공덕을 쌓고 있는 것이지오.
아마 다음생에는 더러는 지위가 바뀌어서 지금 빨래하고있는 '행랑것'
이 주인 아씨나 서방님이되고, 지금 빨내 시키고 놀고앉았는 서방님이
나 아씨가 무거운빨래를 지고 자아문턱을 넘게되겠지오."[39] '행랑것'과
'아씨' / '서방님'의 자리 바꾸기가 인연에 따라 이러한 방식으로 정해
진다면, 민족국가 단위에 적용하여 '조선'과 '일본'의 관계로 치환할 수
도 있다. 그러니까 이러한 인연설에 입각하여 현실 긍정론으로 내달은
것이 이광수의 내선일체 동조인 것이다.

　논리의 수준이 이러하니 '민족주의자' 이광수의 관심은 천년 이전의
과거로 회귀할 도리밖에 없다. 현재의 상황을 긍정하면서도 민족의 우
뚝한 위상을 드러내기에는 이 방법 이외에 다른 길이 없기 때문이다.
그리고 그러한 위상은 문화(인)를 통하여 구현되어야만 한다. 승패의
향방이야 어찌 되었든 이제부터 그려나가야 하는 질서의 중심에는 '차
별의 아픔을 주리랴고 힘쓰는 것'이 놓여야 하기 때문이다. 신의 대리
자라는 징표로써 이적을 행하는 존재가 등장할 필요도 있다. 그가 파
악한 『법화경』의 세계가 그러했으니 자신이 가진 믿음을 공유하기 위
해서는 충분히 활용해야만 하는 내용이기 때문이다. 바로 이러한 지점
에서 『원효대사』(『매일신보』, 1942.3.1~10.31)가 쓰이기 시작했다. 그러한
조건에 맞춤하는 인물이 원효였던 것이다. 『이순신』(『동아일보』, 1931.6~
1932.4)을 써 내려가던 시절의 이광수와 비교하면 이 대목에서 현격한

---

[39]　李光洙, 「鬻庄記」, 『문장』, 1939.9, 28쪽.

차이가 느껴진다.

그렇다면 과연 『원효대사』에는 민족의식이 제대로 구현되었는가. 첫째, 당대의 제국이자 불교 중심지라 여겨지던 당을 주변부로 밀어내버리는 방식으로 원효의 위대성을 부각시키고 있다. 이는 원효가 당에 유학하지 않았기 때문에 가능한 설정이다. 그리고 이는 실제 사실에 부합하기도 한다. 여기에 어디 일본이 개입할 여지도 없다. 다음과 같은 구절이 대표적이다. "과연 원효의 대승기신론소大乘起信論疏라든지 화엄경소華嚴經疏라든지, 오시사교五時四敎의 설이라든지는 신라, 백제, 고구려에서보다도 멀리 당나라에서 추존을 받아서 불교 해석의 새 길을 연 것은 사실이다."[40] 둘째, 원효의 위대성은 원효 혼자만의 위대성에 그치는 것이 아니라 신라의 위대함과 결부되고 있다. 『원효대사』 곳곳에서 우리가 익히 들어 알고 있는 고승들의 이름이 등장하는 것은 그 때문이다. 기실 원효가 활동하던 시대는 학승이 배출되어 불교가 전성기를 맞이할 때였으니 충분히 가능한 시도라고 할 수 있다. "신라 국내에서도 노법사 원광圓光과 율사律師 지명智明이 불교로써 사회기풍을 바로잡고 있었으며, 원효보다 얼마 앞서 자장慈藏이 세상에 나왔고, 그의 친구 의상義湘은 그보다 8년 후배였다."[41] 작가가 진작부터 이를 의도했다는 점은 "나는 원효와 불가분의 것으로 당시 신라의 문화를 그려보려 하였다"[42]라고 「작가의 말―내가 왜 이 소설을 썼나」에도 나와 있다.

하지만, 이 두 가지 사실보다 더욱 흥미를 끄는 내용은 작가가 고신도古神道를 불러내는 방식이다. 앞에 지적한 사실이야 기록에 입각하여

---

40 이광수, 『원효대사』 1, 화남, 2006, 111쪽.
41 李箕永, 「원효와 불교사상」, 『한국의 불교사상』, 삼성출판사, 1993, 29쪽.
42 이광수, 「작가의 말―내가 왜 이 소설을 썼나」, 『원효대사』 1, 화남, 2006, 19쪽.

재구성하면 어느 정도 처리가 될 터이지만, 아무런 기록이 없는 데서 하나의 세계를 만들어 내려면 전적으로 작가의 세계관에 의거해야만 한다. 그러니 이러한 대목에서 『원효대사』의 특징, 『원효대사』가 나아가는 바가 선명하게 드러나게 된다. 자, 이광수가 불러낸 고신도의 세계에는 고구려, 백제, 신라가 등장한다. 더 자세히 마한, 진한까지도 등장한다. 그리고 현재 내선일체에 해당하는 논리를 당대에 적용한다. 이들 사이에는 서로 차별해야할 까닭이 있을 리 없다는 것. 즉 그들은 '더 사랑하는 이'의 기본 단위가 된다는 사실을 강변하는 것이다. 이광수 방식의 민족의식은 이러한 식으로 발현되고 있다.

> 고구려의 망아신은 신라에서는 방아신이 되고 백제에서는 당아신이 되었다. 같은 호랑이도 고구려에서는 멍이라 하고 백제에서는 달이라 하고 신라에서는 병이라 하였다. 물은 고구려 말로는 망가요, 백제 말로는 달다요, 신라 말로는 발다였다.
>
> 같은 하느님을 모시면서도 세 나라는 그 건국 조신을 이렇게 망아, 방아, 당아로 달리하여서 서로 미워한 것이다. '가나다라마바사아(ㄱㄴㄷㄹㅁㅂㅅㅇ)'는 모두가 신이요 하나, 둘 하는 셈이다. 마한(馬韓)과 고구려는 마신을, 변한(弁韓)과 신라는 바신을, 진한(辰韓)은 사신을, 백제는 다신을 주장으로 모셨으나 다만 주장이 다르다 뿐이지 열 분 신을 다 모시기는 마찬가지였다. 고구려는 가신 마신을 가장 높여서 '가라'라면 신이라는 총칭이 되고 신라는 '가바사' 세 분을 가장 존숭하였고 백제는 '가나다라'를 존숭하였다.[43]

---

43 이광수, 『원효대사』 1, 화남, 2006, 299쪽.

이러한 민족의식을 긍정해도 무방할 일일까. 고신도의 세계에는 일본이 빠져 있다. '더 사랑하는 이'와 '인연이 먼 이'를 나눌 때 고구려, 백제, 신라는 '더 사랑하는 이'로 묶을 수 있으나, 일본은 '인연이 먼 이'로 갈라선다는 의식이 발현된 결과이다. 이 순간 이광수의 민족의식은 선명하게 드러난다. 그렇지만, 그 범위를 조금 넓혀 일본까지 포함시킨 내선일체로 나아가면 상황은 달라진다. 그 순간부터 민족의식은 존립할 수 없게 될 뿐만이 아니라, 내선일체를 위해서는 오히려 그러한 민족의식을 뿌리에서부터 하나하나 해체해 나가야 하기 때문이다. 그렇다면 일제 식민지시대에 이광수가 써 내려가는 『원효대사』란 지붕 아래에 또다시 지붕을 짓는 행위에 불과한 수준으로 떨어지고 만다. '더 사랑하는 이'와 '인연이 먼 이'를 나누어 단계 지으면서 차별을 없애고자 시도하는 것은 그래서 모순 속에 존재하게 된다. 그리고 조선과 일본은 그러하다 치더라도 텍스트 바깥으로 밀려나 있는 무수한 중생들은 또 어찌할 것인가. 『원효대사』의 민족주의에 선뜻 동의하고 따라가지 못하는 이유는 여기에 있다.

5. 불교의 기본 가치와 민족이라는 관념

민족이란 근대에 만들어진 개념이라고들 한다. 물론 이는 진지하게 고려해 봐야 할 사항이다. 서구의 역사 전개에서와는 달리, 동아시아에서 민족의식에 값하는 민족 단위 지역에 근거한 공동체의식이 없었다고 단언하기는 어렵기 때문이다. 그렇지만 삼한일통으로 상징되는 원효 시대의 민족의식이 근대의 민족의식과 어떻게 같고 다른가는 면밀한 대조가 필요할 수밖에 없다. 이광수에게는 이러한 작업이 필요치 않았다. 즉 자신이 이해한 『법화경』의 세계를 기반으로 하여 과거 속에 허상을 만들어내었고, 그 허상으로 걸어 들어가서 안주했던 것이 이광수의 선택이었다는 것이다. 이는 그가 석양 까마귀처럼 시끄럽게 울어 댄다고 핀잔 받았던 이유이기도 하다.

기실 허상(환상)은 인간 존재의 한 가지 측면이기도 하다. 그런 까닭에 허상을 완전히 제거하려는 노력은 무모할 수밖에 없는 일이기도 하다. 따라서 사바세계의 인간이 허상을 지어내는 행위는 필연이라고 봐야 한다. 하지만 그렇게 만들어진 세계에도 가치 판단은 적용되어야 하는 법이다. 예컨대 일찍이 왜적의 침략에 맞서서 일어났던 승병들은 살생까지도 저질렀다. 폭력이 더 큰 폭력으로 번져 걷잡을 수 없는 상황에 이르는 것을 막기 위한 조처였다. 여기에도 물론 '국가'라는 단위의 관념이 개입하고 있다. 그럼에도 불구하고 이를 쉽게 비난할 수 없는 이유는 상생相生의 가치를 유지하기 위한 격렬한 몸부림이었기 때문이다. 즉 표면적으로는 국가나 민족 단위에 묶인 듯 보이지만, 그보다도 더 큰 가치를 실현하기 위한 방편이었다는 것이다.

선가에서 불상에 절을 하는 행위도 이와 같은 맥락에서 이해할 수 있다. 천지사방 만물 앞에서 스스로를 낮추는 행위는 그 존귀함을 받들어 모신다는 의미이기 때문이다. 불교의 기본 가치는 이 위에서 비로소 빛을 발할 수 있다. "선가도 불상에 절을 합니까." 『법화경』을 육칠 년 읽었노라고 자부하고 나섰으나, 절을 하는 것이 무슨 의미인지 제대로 몰랐기 때문에 이광수는 생뚱맞은 질문을 하고 말았다. SS선사가 "무시로 시방 제불께 절을 하는 것이지요"라고 일러주지만, 이광수는 이를 도저히 이해하지 못하였다. 거기에 대하여 다시 엉뚱한 소리를 더하고 나선 꼴이 그 증거이다. "선가도 타력을 믿습니까."[44] 자신이 타력, 즉 외부의 신비한 힘에 매달렸던 까닭에 선가의 절하는 행위를 그렇게 파악하고 나섰던 것이다. 이렇게 나아간다면 불도를 통하여 '차별의 아픔을 주리랴고 힘쓰는 것'이 어떻게 가능해지는가는 모호해지고 만다. 천지만물의 존귀함이 그 누구도 예측할 수 없는 타력 앞에서 움츠러들기 때문이다. 이광수가 내선일체에 호응하고, 침략 전쟁을 지지하고 나설 수 있던 까닭은 여기서 찾을 수 있다. 현실로 육화한 타력이란 그만큼 막강한 권력과 동행하기 쉬웠던 것이다.

---

44 春園, 「亂啼烏」, 45쪽.

제4부

강점기에 펼쳐졌던 탈근대의 문학사상

제1장
일제 후반기의 네오-휴머니즘론 고찰
김오성, 안함광, 김동리를 중심으로

제2장
김유정 소설의 아나키즘 면모 연구
원시적 인물 유형과 들병이 등장 작품을 중심으로

일제 후반기의 네오-휴머니즘론 고찰

김오성, 안함광, 김동리를 중심으로

1. 1930년대 세계 정세와 조선의 네오-휴머니즘론

1930년대 세계 정세는 유럽을 중심으로 하여 퍽 어수선하였다. 1929년 세계 경제공황이 벌어져 자본주의의 위기가 실감되었으며, 1930년 가을 무렵에는 이탈리아에 이어 독일에서도 파시즘의 약진이 두드러지기 시작하였다. 파시즘에 맞선 유럽 작가들의 활동도 활발하였는바, "1932년 국제혁명작가동맹UTER의 프랑스 지부로 혁명예술가협회AEAR가 설립되어 아라공, 엘뤼아르, 브르통 등의 초현실주의자들, 로맹 롤랑 등도 참여한 좌익 통일전선이 형성되었다".[1] 히틀러의 나찌스당이 독일의 정권을 장악한 것은 1933년이었고, 1934년 2월 파리에서는 파쇼 지지 세력에 의한 폭동이 일어나기도 하였다. 이에 심각한 문제의식을 갖게 된 사회주의 예술가들과 자유주의 예술가들은 1934년 2월 행동 통일을 협정하여 인민전선을 발족시켰고, 이들은 1935년 4월 1일부터 3일간 니스에서 지적협력국제협회를 개최하기도 했다. 이러한 유럽 예술가들의 동향은 식민지 조선의 작가들에게도 영향을 끼쳤다.

김기림의 「시에 있어서의 기교주의의 반성과 발전」(『조선일보』, 1935.2.10~14)은 유럽 예술계의 동향을 배경으로 작성된 평문이며, 진작 기교주의를 반성하고 나선 김기림에게 임화가 「담천하의 시단 일 년」(『신동아』, 1935.12)으로 비판하고 나선 까닭은 조선에서의 인민전선 모델을 모색하자는 데 있었다.[2] 1935년 함대훈・이헌구・이원조・홍효민 등이 주창하였던 행동주의는 유럽 작가들의 활동 소개이며, 이들 중 함대훈은 유럽의 지적협력국제협회에 상응하는 조선의 지식인연맹 결성을 촉구하고 나서기도 하였다.[3] "파시스트의 문화반동정책과의 투쟁"[4] 맥락에서 촉발되었다는 점에서 보건대, 휴머니즘론 또한 유럽 예술가들의 동향과 무관하다고 보기가 어렵다. 그렇지만 "혹정의 '이즘'을 제창함에 무슨 사상적인 체계라든가 과학적인 근거를 토대로 한 행사로서가 아니라 국제문단의 광경을 관망타가 가장 일반적인 수용성이 있음직한 문제를 피상적으로 수입 제창하는 천박한 거사"[5]로부터 거리를 두고자 했다는 점에서 보자면, 논의의 내용은 한결 진중해질 수밖에 없었다.

---

1   박홍규, 『카뮈를 위한 변명』, 우물이있는집, 2003, 52쪽.
2   홍기돈, 「일제 강점기 김기림의 의식 변모 양상」(『근대를 넘어서려는 모험들』, 소명출판, 2007) 참조.
3   함대훈, 「지식계급의 불안과 조선문학의 장래성」, 『조선일보』, 1935.3.30~4.6.
4   안함광, 「'지성의 자유'와 휴머니즘의 정신―진실로 그의 명예를 위하여」, 『동아일보』, 1937.6.27~7.2; 『인간과 문학』(안함광 평론선집 1), 박이정, 1998, 152쪽.
5   위의 글, 145쪽.

주지하다시피 휴머니즘론에 가장 적극성을 보인 평론가는 「웰컴! 휴머니즘」(『조광』, 1937.1)으로 상징되는 백철이었다. 그렇지만 그의 논의가 드러내는 한계는 명백한 듯하다. "국제작가회의에서 주창된 휴머니즘 문학론의 본질을 직시하기보다는 이를 단지 그 용어상의 유사성을 빌미로" 활용했다는 혐의가 크며,[6] "문화의 독자성을 문화의 고립성으로" 파악하는 오류를 드러내었을 뿐만이 아니라 "탈정치적인 목적에 한정되어" 있었던 까닭에 반파시즘인민전선과 같은 동향과는 애당초 겉돌 수밖에 없었기 때문이다.[7] 오히려 휴머니즘 논의를 내실 있게 다듬어 나간 이론가는 따로 있었던바, "백철에 의해서 이끌리던 휴머니즘문학론이 어느 정도 제 길을 찾기 시작한 것은 김오성을"[8] 통해서였으며, 안함광은 마르크스주의의 자리에 서서 이러한 논의를 심도 있게 검토해 들어갔으며, 김동리의 경우는 훗날 주창하게 될 '제3휴머니즘론'의 밑그림을 제시해 나갔다. 그럼에도 불구하고 하이데거와 니체를 바탕으로 김오성이 주장했던 바는 사상적 맥락에서 진지하게 검토된 바 없으며, 안함광의 논의는 전형기 마르크스주의의 견지라는 측면에서만 연구되었을 따름이다. 또한 김동리의 제3휴머니즘론은 이들 카프 출신 비평가들의 논의와 비교·대조되지 못한 채 진행되고 있으며, 이로 인하여 연구자의 선호에 따라 그의 제3휴머니즘론은 민족주의와 친일담론의 아류로 크게 갈리는 양상으로 나타난다.

따라서 이 글에서는 김오성, 안함광, 김동리를 중심으로 각각의 네오-휴머니즘론을 살펴보고자 한다. 이때 네오-휴머니즘은 근대 체제가

---

6   김영민, 『한국근대문학비평사』, 소명출판, 1999, 472쪽.
7   하정일, 「30년대 후반 휴머니즘 논쟁과 민족문학의 구도」, 『1930년대 민족문학의 인식』, 한길사, 1990, 694쪽.
8   김영민, 『한국근대문학비평사』, 소명출판, 1999, 473쪽.

작동하는 원리와는 질적으로 다른 방식의 세계 운영의 가치를 가리킨
다. 근대를 태동시킨 르네상스가 휴머니즘을 산출해낸 데 대응하는 개
념인 것이다. 사회주의권의 몰락 이후 탈근대 논의가 활발하게 펼쳐지
고 있음에도 불구하고, 한국문학사의 맥락 내에서 이에 참가하는 시도
가 거의 나타나지 않고 있음을 염두에 둔다면, 1930년대 네오-휴머니
즘론 검토는 한국문학과 탈근대 논의가 이론적인 접점을 마련하는 근
거로 작용할 것이다.

2. 김오성 — 내재적 초월론을 통한 새로운 인간형의 모색

1935년을 전후하여 식민지 조선에서는 세스토프, 니체, 하이데거의
사상이 '불안의 철학'이란 명칭으로 널리 유행하였으며,[9] 이러한 철학
자들의 견해는 근대의 한계를 논박하는 증거로 활용되곤 하였다. 김오
성은 이러한 조류를 적극 끌어안은 논자라 할 수 있다. 네오-휴머니즘
론을 펼친 첫 번째 문건 「문제의 시대성」에서 그는 우선 딜타이·쉐라
·하이데거·야스퍼스 등의 실존철학자들은 물론 문학, 종교계에서까
지 인간주의가 부각되고 있음을 환기시키고 난 후, 네오-휴머니즘이
과거의 휴머니즘과 변별된다고 주장한다. "전일前日의 휴머니즘은 중세

---

9 "一九三五年대를 전후하여 조선에서도 세스토프와 『비극의 철학』이 대유행을 하여 소
   의 상식에의 반역을 빌어서 그 절망의 深淵에 처하려는 표정을 인텔리의 긍지나 같이
   생각하고 一方 퇴폐적인 경향이 일시 철저하려는 것을 보았다."(白鐵, 『新文學思潮史』,
   新丘文化社, 1997, 421쪽)

의 신과 권위의 지배 밑에서 신음하는 인간(개성)을 해방시키려는 근대의 시민층을 대표한 지도적 이데올로기였다면 금일今日의 휴머니즘 즉 네오-휴머니즘은 사회적 제약에서 소외된 현대인간을 명일明日의 창건으로 지도하려는 실천적 인간 층의 이데올로기인 점에서 양자의 역사적 특이성이 있는 것이다."[10]

그렇다면 근대의 휴머니즘은 어찌하여 한계에 봉착하였던가. 르네상스가 배태한 "개성으로서의 인간, 사유하는 인간은 현실적으로는 자유경쟁의 독점 형태에로의 전화로 인한 사회적 조건의 지배 밑에서 문화적으로는 자연과학과 정신과학의 독립체계의 완성에 의한 압력 밑에서 매몰되고" 말았으니, 이러한 상황을 타개하여 "사회적 또는 문화적 압력에 매몰된 인간을 해방시키며 인간의 주체적 기능을 고취시키는" 작업이 네오-휴머니즘이라는 것이 김오성 주장이다.[11] 애초 마르크스주의자였던 그가 마르크스주의와 결별하는 양상은 다음 구절을 통하여 확인할 수 있다. "사회에 의한 인간의 피被제약성을 폭로하고 인간의 실천성을 고조한 것은 마르크스의 위대한 공적이라 할 것이다. 그러나 유물사관은 사회적 제약을 절대시한 까닭에 인간의 주체적 기능을 전혀 무시하게 되었다."[12] 김오성이 주장하는 네오-휴머니즘의 요체가 인간의 주체성 확립에 놓여 있음은 이로써 짐작 가능해진다.

이후 연이어 발표한 「네오-휴머니즘론」, 「네오-휴머니즘 문제」, 「휴머니즘문학의 정상적 발전을 위하여」는 주체성을 중심으로 하여 새로운 인간형을 모색해 나간 과정으로 정리할 수 있다. 니체 인용으로 시

---

10 金午星, 「問題의 時代性－人間探求의 現代的 意義」(2), 『朝鮮日報』, 1936.5.2.
11 金午星, 「問題의 時代性」(5), 『朝鮮日報』, 1936.5.6.
12 金午星, 「問題의 時代性」(6), 『朝鮮日報』, 1936.5.7.

작되는 「네오-휴머니즘론」을 먼저 살펴보자. 김오성이 판단하기에 네오-휴머니즘은 이성, 법칙과 맞서는 데서부터 방향을 잡아나갈 수 있다. "일찍이 인간의 자기해방, 자기건설의 무기로써 사용되었던 '이성, 법칙에 복종하라!'는 모토는 이제 와서 인간의 자기 속박, 자기 상실의 도구가 되어"[13] 버렸기 때문이다. 임화가 아직껏 폐기하고 있지 않은 유물론의 사회법칙이라고 하여 예외일 리 만무하니, 임화를 향하여 다음과 같은 비판이 펼쳐지기도 하였다. "인간은 법칙의 앞에 굴복하여 속박되며 자기를 상실할 것이 아니라 법칙을 이용하여 법칙과 싸워 이기며 법칙의 위에 인간의 원리를 강요하지 않으면 안 될 것이다."[14]

이성과 객관법칙을 극복해야 할 근대의 질곡으로 설정하였으나, 「네오-휴머니즘론」이 과연 그러한 질곡 너머로 나아갈 가능성을 예비하고 있는가는 의문이다. 절대적 개인주의는 근대의 한계를 고스란히 노출한 바 있으며, 그렇다고 집단적·사회적 인간관을 수용할 경우 법칙이 우선되는 까닭에 인간의 능동성은 제약받을 수밖에 없게 된다. 그래서 김오성은 "제3의 새로운 인간관을"[15] 제시하였는데, 이는 그저 수사적인 언술로만 파악되기 때문이다. "인간이 사회적 존재란 사실은 동시에 인간은 개성적 존재임을 의미하는 것이다. (…중략…) 왜 그러냐 하면 인간의 개성, 능동성은 외부적 제약 없이는 발휘되지 않는 까닭이다."[16] 개성(특수)과 사회(전체)의 이러한 통일은 특정한 세계관에만 해당

---

13 金午星, 「'네오-휴마니즘'論—그 根本的 性格과 創造의 精神」(1), 『朝鮮日報』, 1936. 10.1. 여기서 김오성은 '이성적 법칙'과 '객관적 법칙' 양자 모두 자연과학법칙을 근거로 성립한 사실을 지적하고 있다. 이는 이 평문에서 겨누는 이성 비판의 대상이 도구적 이성임을 드러내는 단서가 된다.
14 金午星, 「'네오-휴마니즘'論」(3), 『朝鮮日報』, 1936.10.4
15 위의 글.
16 金午星, 「'네오-휴마니즘'論」(4), 1936.10.6

하는 새로운 규정이라 볼 수 없다. 또한 "인간의 정복행위가 없이 세계(＝자연, 인용자)는 자체의 발전을 기도企圖할 수 없는 것이다"[17]와 같은 진술에는 근대 인간 중심주의 관점이 그대로 투영되고 있기에, 그가 전개해 나간 근대의 (도구적)이성 비판에 위반된다는 혐의가 생기기도 한다.

그렇지만 「네오-휴머니즘 문제」로 진행하면서 김오성의 논의는 점차 정교해지고 있다. 이 평문이 주목을 요하는 지점은 두 가지이다. 첫째, "문화적 유산의 토대가 없는 우리로서 남의 것이라고 경멸하여 봉쇄적 태도를 취한다면 거기에서 얻어지는 것이"[18] 무엇이겠냐고 따져 물음으로써 그는 조선에서의 지성 문제를 촉발하였다.[19] 이 지점에서 보편주의자로서 김오성의 면모가 분명하게 드러난다. "휴먼이즘은 어느 국민적인 것이 아니요, 전 세계의 인간의 한 개의 보편적 문제이다. (…중략…) 문제는 남의 것을 그대로 수입하는 데 있지 않고 그것을 자기의 것으로 섭취하며 발전시키는 데 있을 것이다."[20]

둘째, 니체에게서 발원하는 '내재적 초월론'을 자신의 입장으로 정면에 내걸었다. ① "네오-휴머니즘은 인간을 실체實體로서 해석할 것이 아니라 주체主體로서 탐구하지 않으면 안 된다."[21] 내재적 초월론에서의 초월이란 "어떤 초월적 세계를 가리키는 것이 아니라 자신의 존재성을

---

17 金午星, 「'네오-휴마니즘'論」(7), 1936.10.10
18 金午星, 「네오-휴맨이즘 問題-그것을 爲한 人間 把握의 方法」, 『朝光』, 1936.12, 189쪽.
19 예컨대 『批判』은 1938년 11월호 「知性擁護의 辯」에서 "知性의 傳統을 가저보지 못한 朝鮮에서 果然 知性의 擁護가 問題될 수 잇스며 또 可能할가?"라는 설문으로 金基鎭, 申南澈, 安含光, 金明植, 安浩相, 金鎭午, 朴致祐, 金珖燮, 蔡萬植, 李軒求, 朴勝極, 安懷南, 尹崑崗, 李陸史의 답변을 받아 싣고 있다.
20 金午星, 「네오-휴맨이즘 問題-그것을 爲한 人間 把握의 方法」, 『朝光』, 1936.12, 190쪽.
21 위의 글.

'스스로 넘어섬'에서 찾는 것이다. 즉 초월을 실체론적이 아니라 넘어 섬 그 자체에서 이해하는 존재성을 말한다".[22] 그러니 "초극超克이 없는 곳에 주체성은 발휘되지 않는다"[23]라는 진술은 김오성이 내재적 초월 론의 입장을 견지한다는 의미로 받아들여도 무방할 터이다. ② "네오-휴머니즘은 인간을 관상觀想적으로 해석할 것이 아니라 행위적 관점에 서 파악하지 않으면 안 된다."[24] 행위의 관점을 취해야 한다는 주장은 생성이라는 측면에서 사태에 접근해야 함을 의미한다. "생성을 사유하 는 것"은 "A became B라고 했을 때, A나 B를 사유하는 것이 아니고 'became'을, 'become' 자체를 사유하는 것"이라는 말이다.[25] 그러니 다음과 같은 진술에 이르면 주체(개성)와 객체(사회)의 통일을 설정하는 방식이 「네오-휴머니즘론」에서보다 진일보하였음을 확인할 수 있게 된다. "행위의 관점은 인간을 단순히 주관적 존재로나 또는 객관적 존 재로 보지 않고 주관과 객관의 대립적 통일로서 보게 되는 것이다."[26] ③ "네오-휴머니즘은 인간현실을 보존할 것이 아니라 오히려 그것을 초극하는 것이 아니면 안 될 것이다."[27] 이는 ①과 ②에 수반하는 당연 한 귀결이라 할 것이다.

「네오-휴머니즘 문제」에 제시된 주체로서의 인간, 행위의 관점, 현 실 초극은 '내재적 초월론'을 구성하는 몇 가지 개념이다. 이러한 철학

---

22 신승환, 「존재 / 존재성」, 『우리말로 학문하기』 4, 지식산업사, 2006, 354쪽.
23 金午星, 「네오-휴맨이즘 問題-그것을 爲한 人間 把握의 方法」, 『朝光』, 1936.12, 192쪽.
24 위의 글, 193쪽.
25 이정우, 『시뮬라크르의 시대-들뢰즈와 사건의 철학』, 거름, 1999, 22쪽.
26 金午星, 「네오-휴맨이즘 問題-그것을 爲한 人間 把握의 方法」, 『朝光』, 1936.12, 194쪽.
27 위의 글, 195쪽.

적 지반을 바탕으로 하여 문학에의 적용 가능성을 제시한 평문이 「휴
머니즘문학의 정상적 발전을 위하여」이다. 이 글에서 김오성은 네오-
휴머니즘문학의 구현을 위하여 문학의 두 가지 경향을 동시에 비판하
고 나섰다. 첫째, 리얼리즘 경향의 문학 : "사건이 인물을 지배해서는
안 되고 인물이 사건을 처리하는 것이 아니면 아니 될 것이다." 그럼에
도 불구하고 "발자크는 인간을 그리기 위하여 소설을 쓴 것이 아니고
당시의 사회상을 그리기 위하여 소설을" 썼다. "프로문학은 한 개의 타
입은 완성하였다. 사회적 인간, 계급적 인간이 그것이다. 그러나 그들
은 성격을 발견치는 못하였다."[28] 둘째, "심리주의는 사건을 심리해부
의 한 증빙자료로서만 취급하였다. 그 결과는 (…중략…) 인격의 분열
을 초래한 것뿐이었던 것이다. (…중략…) 심리주의는 성격을 발견했
을 뿐 타입은 발견치 못했다. 아니 타입 없는 성격을 해부한 결과는 부
단히 타입을 파궤破潰하고 있었던 것이다".[29] 이 두 가지 경향의 문학을
동시에 넘어서는 데서 네오-휴머니즘문학이 가능해질 터이니, 김오성
은 작가(근대적 주체)의 내부와 외부를 한데 묶어 풀어낼 수 있는 문학을
구상했던 듯하다. 그렇지만 이는 방향 제시 정도의 의미만 있을 뿐 너
무도 막연하여 체계적인 이론으로 받아들이긴 곤란할 수밖에 없는 수
준이다.

오늘날 탈근대 논의는, 1930년대와 마찬가지로, 프랑스·독일을 중
심으로 하여 유럽에서 활발하게 펼쳐지고 있으며, 전 세계로 확산되는
추세이다. 여기서 '내재적 초월론'은 담론의 전제가 될 정도로 중요한
위치를 점하고 있다. 이는 네오-휴머니즘을 펼쳐나갔던 김오성의 논의

---

28 金午星, 「휴맨이즘文學의 正常的 發展을 爲하야」, 『朝光』, 1937.6, 325~326쪽.
29 위의 글, 327쪽.

가 어느 정도 타당하였음을 방증하는 사례로 내세울 만하다. 즉 김오성의 네오-휴머니즘론은 현재의 탈근대 논의에서 검토해 볼 만한 가치가 충분하다는 것이다.[30] 그리고 그 위에서, 김오성은 의식하지 못하였으나, 주체 단위(경계)의 안팎과 관련하여 동아시아사상과의 접합점도 모색해 볼 만하다. '내성외왕內聖外王'이라는 개념이 『장자』에 등장한 이래[31] 동아시아 전통에서는 주체의 안팎을 가로질러 윤리적 가치와 사회적 가치를 통일시켜 파악했던 관점이 대세였던바, 「휴머니즘문학의 정상적 발전을 위하여」에서 김오성이 도달한 결론과 유사한 측면이 있기 때문이다.

3. 안함광―유물사관을 통해 파악하는 잡계급(중간층)의 이데올로기

김오성이 "금일 인간 생존에 질곡이 되어있는 것은 신·권위와 같은 자연적 세력이 아니고, 자본·문화 등의 명칭으로 불리는 역사적 현실이다"[32]라고 주장할 때, 역사적 현실의 질곡으로 제시된 자본과 문화는

---

30 유럽의 지적인 흐름이 네오-휴머니즘을 전면에 표방하여 전개되지는 않았던 것으로 보인다. 다만 근대가 직면한 막다른 벽을 인지하면서 인간에 대한 새로운 규정에 나섰음은 분명하다. 일본 문학계가 이를 수용하면서 '네오-휴머니즘론'이란 깃발 아래 새로운 인물형의 탐구 과제로 제출한 바 있고, 김오성은 사상사와 문학사의 결합 속에서 이를 흡수하는 한편 나름의 입론 마련에 나섰던 것이다. 1989년 베를린 장벽 붕괴 이후 탈근대 논의가 불거지면서 김오성이 전개하였던 근대 비판의 관점은 대부분 논의의 바탕이 되고 있다.
31 莊子, 安炳周·田好根·金炯錫 譯, 「天下」, 『莊子』 4, 傳統文化硏究會, 2006, 224쪽.
32 金午星, 「휴맨이즘文學의 正常的 發展을 爲하야」, 『朝光』, 1937.6, 323쪽.

각각 자본주의와 파시즘을 가리킨다. 즉 네오-휴머니즘론은 자본주의와 파시즘을 넘어설 수 있는 대안이념이라는 것이다. 그렇지만 안함광은 이와는 다른 견해를 드러낸다. 계급의식으로 무장한 그로서는 "계급사회에 있어서는 결코 단일한 문화가 존재할 수 없다는 것은 벌써 한 개의 상식문제"인 까닭에 "문화투쟁의 의욕도 그 방향의 설정은 응당 이러한 위치에 공사工事되지 않아서는 아니"[33] 된다. 그런데 네오-휴머니즘론은 이를 몰각한 "양대 계급 사이에" 위치한 잡계급(중간층)의 이데올로기이므로 "중간층의 일부는 이미 완전한 퇴각을 수행하였고 일부분은 이지와 정열의 완전한 통일성 밑에서 명맥을 거두려는 문화의 진실한 옹호를 위하여 감연히 안티 파시즘의 선명한 기치를 메고" 일어선 사례에 해당한다.[34] 그러니 이에 따른다면, 네오-휴머니즘론이 파시즘과 투쟁하는 것은 사실이지만 자본주의 너머를 지향한다는 주장은 근거를 가질 수 없게 된다.

네오-휴머니즘론에 관한 안함광의 견해는 시종 이러한 틀을 벗어나지 않는다. 그러한 까닭에 그는 '네오-휴머니즘'이라는 용어를 사용하지 않으며, '휴머니즘'이란 표현으로 일관한다. 즉 마르크스주의가 지도력을 상실한 전형기轉形期를 맞아 잡계급(중간층)이 일거에 문단에 들이쳐서 자유주의가 팽배하게 된 것인바, "현금 조선문단의 현상적 주류로써 자유주의적 문학태도를 지적함에 아무런 주저도"[35] 가질 필요가

---

33 안함광, 「'지성의 자유'와 휴머니즘의 정신−진실로 그의 명예를 위하여」, 『인간과 문학』(안함광 평론선집 1), 박이정, 1998, 149쪽. 이 글은 백철의 네오-휴머니즘론이 안고 있는 논리적 허점에 관한 비판이 주를 이루고 있으며, 이에 비하여 휴머니즘 일반에 관한 평가는 부수적이라고 볼 수 있다.

34 위의 글, 149~150쪽.

35 안함광, 「문학에 있어서의 자유주의적 경향−그의 현실적 면모를 척결(剔抉)함」, 『인간과 문학』(안함광 평론선집 1), 박이정, 1998, 155쪽.

없으며, 네오-휴머니즘론 역시 자유주의의 한 분파로 취급하였던 것이다. 이처럼 마르크시즘에 대한 신념을 거두지 않는다면, 「'지성의 자유'와 휴머니즘의 정신」(『동아일보』, 1937.6.27~7.2)에서처럼 "정세의 급박에 따라 잡계급적 존재가 마침내는 두 개의 진영 그 어느 한쪽으로 합류될"[36] 것이라는 낙관적인 전망을 유지할 수 있으며, 문학에서의 자유주의 경향을 척결하겠노라 나설 수도 있게 된다. '그의 현실적 면모를 척결剝抉함'이라는 부제를 달고 있는 평문 「문학에 있어서의 자유주의적 경향」(『동아일보』, 1937.10.27~30)에서 척결 대상으로 설정된 문인은 이효석, 이태준, 백철, 박영희, 최재서, 이헌구 등이다.

안함광이 네오-휴머니즘에 대해 진지한 검토를 벌였던 것은 「'지성의 자율성'의 문제」(『조선일보』, 1938.7.10~16)와 「불안·생의 사상·지성」(『비판』, 1938.11)에 이르러서였다. 1937년 7월 28일 발발한 중일전쟁에서 일제가 초반 승승장구하였고, 1938년 10월에는 전략적 요충지인 무한·삼진 지역을 함락하기에 이른 현실 상황이 안함광의 변화를 추동하였을 터이다.[37] 즉 날로 위세를 더해가는 파시즘에 맞서서 유물변증주의자와 네오-휴머니즘 주창자들은 하나의 대오를 형성하고 있다는 사실이 절박하게 다가섰으리라는 것이다. 현재 '문화주의자'와 '타일자他一者(마르크스주의자—인용자)가 지성을 옹호하는 두 진영인데, "각자 근본적 이념의 합일성을 갖지 않으면서도 오늘날에 있어 동일한 포지션 위에 입각해 있다는 것은 요컨대 지성의 옹호란 것이 금일에 있어 초미의 급무인 동시에 공통적인 과제이기 때문이다.[38] 이러한 상황에

---

36 안함광, 「'지성의 자유'와 휴머니즘의 정신—진실로 그의 명예를 위하여」, 『인간과 문학』(안함광 평론선집 1), 박이정, 1998, 150쪽.
37 일본군의 무한·삼진 함락이 당시 조선 지식인들에게 끼친 영향에 대해서는 김재용의 「친일문학과 근대성」(『협력과 저항』, 소명출판, 2004) 참조.

서 안함광이 힘을 쏟는 것은 네오-휴머니즘론과 변별되는 유물사관의 옹호였다.

먼저 「'지성의 자율성'의 문제」를 살펴보자. 안함광은 지성의 자율성 문제가 부각된 까닭을 두 가지로 정리하고 있다. "문화의 영역은 사회의 경제적 조건에 그 기초를 다진다는 것을 근본명제로 삼는" 유물사관에 대해 "지성의 자율성을 무시하는 '도그마'라고 비난하는 주장"이 하나이며, 다른 하나는 "독일과 같은 국가에 있어서의 문화에 대한 정치적 지배에 대한 항의다".[39] 이들 중 안함광이 적극 변론에 나선 것은 전자前者의 비판에 대해서이다. 이를 위하여 그는 유물사관이 설정하고 있는 토대와 상부구조의 관계가 부정될 수 없음을 분명히 규정하는 데서 논의를 펼쳐 나간다. 이는 마르크스주의의 관점에서 지성 문제를 파악해 나갈 안함광의 기본입장이 드러나는 대목이라 할 수 있다.

> 우리가 여기에서 명백히 해야 할 것은 제1의 경우에 대하여 지성의 자율성 침해를 운위(云謂)한다는 것은 하나의 인식착오에 불과하다는 점이다. 왜냐하면 사회의 경제적 조건이 문화의 태반(胎盤)을 이룬다는 것은 마치 현상의 배후에 잠재한 본질을 부인할 수 없는 것과 마찬가지로 학계의 정리가 되다시피한 하나의 사실일 뿐으로 결코 외부의 권력이나 명령의 문제가 아니기 때문이다.[40]

---

38 안함광, 「불안·생의 사상·지성—사실이냐? 낭만이냐?」, 『인간과 문학』(안함광 평론선집 1), 박이정, 1998, 191쪽.
39 안함광, 「'지성의 자율성'의 문제—그의 진실한 이해를 위하여」, 『인간과 문학』(안함광 평론선집 1), 박이정, 1998, 167쪽.
40 위의 글.

유물사관을 여전히 유지하였음에도 불구하고, 안함광은 네오-휴머니즘 논쟁이 벌어졌던 당시를 "근대와 현대의 교차선상에서"[41] 파악하였다. 즉 김오성 수준까지는 아니었으나, 시대가 급격하게 변화하고 있다는 인식 정도는 확보하고 있었다는 것이다. 그 지점에서 안함광은 도구적 이성에 관한 옹호를 표명하고 있었다. 이는 다음 네 가지 주장으로 나타난다. ① "우리는 지성의 계승이 오히려 인간을 불행케 한다는 견해와 맞서게 된다. (…중략…) 그러나 인류사회의 불행은 지성의 기술적 산물, 그 자체에 있는 것이 아니라 그를 운용하는바 외재적 조건에 이유되어 있다는 것은 하나의 상식이다."[42] ② "지성은 자연을 정복한다고 말한다. 물론 옳은 말이다. 그러나 지성은 자연과 합치되는 것에 의해서만 자연을 지배할 수 있다는 것은 영원한 진리가 아닐까?"[43] ③ "합리적 객체에 대한 주체적 능동(실천)의 세계를 가지지 않는 지성은 벌써 지성일 것을 저버린 데 지나지 않는다."[44] ④ "사회와 개인의 문제, 다시 말하면 개인의 전체화, 전체적 통제의 강요, 통제의 문제다. (…중략…) 실로 문화사적인 교훈은 문화의 개성적 세계의 전개, 학문적 견해의 다양성은 언제나 상호계몽적인 공조자였을지언정 결코 진리 탐구의 장해자障害者는 아니었다는 것이다."[45]

현재 관점에서 보건대, 도구적 이성을 옹호하는 이와 같은 논리의 한계는 명백한 듯하다. ①의 경우 과학기술의 가치중립성에 관한 안함광의 믿음에 동의하기가 어렵다. 이에 대해서는 다음과 같은 지적을 참고

---

41 위의 글.
42 위의 글, 168쪽.
43 위의 글.
44 위의 글, 169쪽.
45 위의 글, 170쪽.

할 수 있다. "과학적 합리성과 사회적 합리성은 실제로 분리되지만, 동시에 서로 결합되며 의존한다. 엄격히 말해서 이 같은 구분은 점점 더 불분명해지고 있다. (…중략…) 과학의 비책임성은 실업계의 암묵적인 책임성과 정치의 단순한 정당화 책임과 상응한다."[46] ②를 일러 안함광은 '주체와 객체의 변증법적 통일'이라 설명하고 있지만, 이는 자연을 인간(주체) 바깥의 대상으로 설정하여 펼치는 약탈 행위를 '자연과 합치'라는 표현으로 정당화하는 데 불과하다. ③에서는 주체 중심주의를 고수하는 나머지 주체와 객체의 상호주체성을 고려하는 데까지는 나아가지 못하고 있다는 혐의가 따라붙을 만하다. 마지막 ④는 파시즘에 관한 반대 표명이니 별다른 첨언이 필요 없겠다.

도구적 이성을 옹호하고 난 뒤 안함광은 '조선에 있어서의 지성'을 살피고 있는데, 이는 그가 여전히 백철 류의 네오-휴머니즘 비판에 머물고 있는 양상으로 읽을 수 있다. "지성이 일반을 주체화하는 본래의 사명을 저버리고 일반을 추상화함에 의해서 퇴질退質된 조선적 리버럴리즘"이라든가 "동굴洞窟적 세계로의 칩거가 지성의 본령本領이며 지성의 지성다운 점이라는 듯한 은연隱然한 경향"은 백철의 논리를 지시하는 것이기 때문이다.[47] 반면 평문의 뒷부분을 보건대, 안함광의 지성론은 김오성의 네오-휴머니즘론과 공유하는 측면이 존재한다고 해석할 가능성도 나타난다. "사회와 개인의 합리적 통일만이 지성 행정의 유일한 도표道標이다. 따라서 여기에서 한 가지 더 이해해야 할 것은, 지성의 자율성은 결코 역사적 흐름에 역행하여 리버럴리즘이 향유享有하던 세

---

[46] 울리히 벡, 홍성태 역, 『위험사회-새로운 근대(성)를 향하여』, 새물결, 2006, 68·331쪽. 강조는 원문.

[47] 안함광, 「'지성의 자율성'의 문제-그의 진실한 이해를 위하여」, 『인간과 문학』(안함광 평론선집 1), 박이정, 1998, 171~172쪽.

계로의 복귀시킴을 의미하지 않는다는 것이다."[48] 평문 앞부분에 르네 상스를 언급한 마당이니 이는 김오성의 주장과 동일한 셈이며, 이를 이어서 "지성의 동굴적 칩거성에서 지성의 능동성에로!"를 주창하고 있으니 이 또한 김오성이 강조하는 바와 유사하다고 하겠다.

「'지성의 자율성'의 문제」가 네오-휴머니즘 논의에 맞서 유물론자로서의 입장을 표백한 평문이라면, 「불안·생의 사상·지성」은 네오-휴머니즘의 의미를 분석하고 있는 평문이다. 그러한 까닭에 내용은 전형기 문단의 상황 분석에서부터 시작된다. "경향문학의 퇴조 이후 조선에 나타난 불안의 정신은 '절망'이란 것에 대한 반역의 정신과 함께 굴신성屈伸性 있는 개성적 세기에 대한 기분의 주체적 신뢰를 갖고 어떻게 해서든 창조와 건설의 방향을 탐구해 보겠다는 노력으로서 현현顯現되었다. 이러한 젊은 제너레이션의 정신이 그의 심정을 일시 '키에르케고르'라든가 '하이데거' 등에게로 의탁해 보았다는 것은 주지의 사실이다."[49] 이로써 안함광은 주어진 상황에 맞서는 한 가지 능동적 방편이 네오-휴머니즘이었노라 인정하였음을 알 수 있다. 그렇지만 그가 그러한 선택에 동의했던 것은 아니었다. 실존설이 결국 "무력인無力人의 창백한 망향곡에" 그치리라는 예측이 이를 드러낸다. 안함광은 키에르케고르를 들어 그 근거를 제시한다. "키에르케고르가 '객관적 진리'에 대하여 '진리는 주관적'이다 하고 설파했을 때 그는 결국 소부르주아지의 개인주의의 심정을 대변하고 있는 것이나 아니었을까? 그는 통틀어 불안에서의 해방을 객관적인 방법에 의해서가 아니라 순전히 주관적, 내부적인 방법에 의하여 달성하려 한 자임을 이해할 수 있다."[50]

---

48 위의 글, 173쪽.
49 안함광, 「불안·생의 사상·지성─사실이냐? 낭만이냐?」, 앞의 책, 182~183쪽.

이후 안함광의 논의에서 흥미로운 내용은 '생의 철학'과 마르크스주의가 공히 헤겔철학에 대한 안티테제로 성립하였다고 설명하는 대목이다. 헤겔철학의 "논리와 이성에 대한 파토스적 반역으로서 나타난" 것이 생의 철학이며, "또 다른 한 개의 철학도 포이에르 바하를 통해서 헤겔철학의 안티테제로서 등장하지 않았던가! (…중략…) 생의 철학이 헤겔철학에 대하여 이성의 철학을 부정하는 것이었음에 반하여 다른 한 개의 철학은 그와는 반대로 이성철학을 살리면서 유물변증법에로 진화했다는 것은 만인이 목도하는바 사실이다".[51] 평문의 부제는 바로 이 지점에서 성립한다. "그렇기 때문에 '생의 사상'이냐? '지성'이냐? 하는 문제는 낭만이냐? 사실이냐? 하는 중대한 분수령의 문제가 아닐 수 없다."[52] 물론 안함광이 양자선택의 문제로 제시하지는 않았을 터, "베르그송과 무솔리니의 관계, 니체와 파시즘의 관계 그리고 하이데거가 니체를 찬贊하면서 파시즘에로 전향했다는 사실 등을 상기해 보면"[53] 선택이 어떠해야 할 지 자명해지리라 진술하는 데서 그의 의도가 드러난다.

도구적 이성의 문제점을 몰각한다는 한계가 있으나, 안함광의 논의가 내포하고 있는 의미까지 폄하해서는 곤란할 것이다. 먼저 김오성의 네오-휴머니즘이 파시즘의 비합리주의에 맞서 문화를 옹호하는 방식은 문화 영역을 중심으로 설정되어 있었다. 따라서 정치경제학의 관점에서 그 의미와 한계를 타진해나갔던 작업은 나름의 의미를 확보하게 될 터이다. 또한 근대이성에 관한 반성이 어느 층위에서 폐기 혹은 계

---

50 위의 글, 183쪽.
51 위의 글, 186 · 189쪽.
52 위의 글, 190쪽.
53 위의 글, 189쪽.

승해야 할 것인지, 그러니까 헤겔철학의 '이성'과 유물변증법의 '이성'을 분별함으로써 사태에 접근하고 있다는 사실은 눈여겨보아야 할 것이다. 기실 현재에 있어서도 이성의 규정 및 반성과 계승을 둘러싼 논란은 명쾌하게 정리되지 못한 형편이기도 하다.

4. 김동리의 경우 – 한限 없는 자연으로의 귀환

김동리가 펼쳤던 네오-휴머니즘론에 대한 평가는 그다지 긍정적이지 못한 형편이다. 예컨대 김영민은 김동리가 단순한 수준에서 김오성의 휴머니즘론을 반복했을 따름이라 평가하고 있다. "세대론에서의 김동리 주장의 귀결은 비평사적 맥락에서 볼 때 휴머니즘론의 성과에 기대고 있으면서 그 가운데 극히 초보적인 수준의 논의만을 이어받은 것으로 평가할 수 있다."[54] 그렇지만 이러한 평가가 합당한가는 면밀하게 검토해야 한다. 왜냐하면 김동리는 애초부터 김오성, 안함광 등과는 다른 세계관 위에 서서 출발하고 있었기 때문이다. 현민 유진오와의 세대논쟁 과정에서 김동리는 「순수 이의」를 발표하였는데, 여기 포함된 김오성의 「신세대의 개념」(『조선일보』, 1939.4.19~25) · 임화의 「신인불가외新人不可畏」(『동아일보』, 1939.5.6) 등에 대한 반박에서 이를 확인할 수 있다.

---

54 김영민, 『한국근대문학비평사』, 소명출판, 1999, 515~516쪽.

나는 여기서 문득 '진리는 하나뿐'이라는 경구의 역설을 생각한다.

진리가 하나뿐이란 말은 일정한 공간, 일정한 시간, 일정한 객관, 일정한 주관 등을 조건으로 하고 성립된 말이다. 즉 그 경우에 진리는 하나뿐이란 말이다.

그러므로 뉴턴의 진리와 이태백의 진리는 동일한 것이 아니다. 원래 자연이란 어떤 정착된 존재가 아니기 때문에 '그 경우'란 무한한 것이요, 그 경우가 무한함에 따라서 진리의 수효도 무한한 것이다. 그러므로 진리가 하나뿐이란 이 '하나'는 몇 억천만으로 분리할 수 있는 초자연적 소수 '일(一)'이다.[55]

마르크스주의, 즉 국제주의internationalism에서 출발했던 김오성·안함광·임화 등이 보편주의를 포기하지 못했던 반면, 김동리는 자연이 어떤 정착된 존재가 아니라는 사실을 근거로 들어 상대주의의 강조로 나아갔다. 덧붙이건대, 근대는 국가를 단위로 작동하는 체제인 까닭에 상대주의의 입장에 서서 다른 국가와 변별되는 지표를 표나게 내세울 경우 민족주의nationalism로 경사하게 되는 바, 김동리의 민족주의는 이로써 이해할 수 있게 된다. 「나의 소설수업」에 나타나는 리얼리즘에 대한 김동리의 맹렬한 공박도 김오성, 안함광 등의 시각과는 현격한 차이를 드러낸다. 가령 안함광은 "프로문학이 문단의 지배적 세력일 수 있던 시기에 있어서도 일정한 문제의 수입 제창이 혹종或種의 천박성을 체현하지 않은 바는 아니나, 그래도 그것들은 언제나 역사적 시대의 의의를 풍부한 문학의 보다 건실한 진취를 의욕하는 적극성에 의하여 자기를 관찰

---

[55] 金東里, 「'純粹' 異議—兪氏의 歪曲된 見解에 對하야」, 『문장』, 1939.8, 148쪽.

해왔고"[56]라고 하여 의미를 부여했던 반면, 김동리는 이를 인정치 않고 있다. "평론가들은 이 땅의 문단현실이나 문학적 전통에서 모종의 리얼리즘이 가능한지 어떤지, 또 그러한 문학적 의장意匠을 수립할 문단적 지반이 성숙하여 있는지 없는지 그런 것을 생각할 겨를도 없이, 왈, 사회주의 리얼리즘이다, 왈 변증법적 리얼리즘이다, 왈 또 무슨 객관적 리얼리즘이다 하고 참으로 다색다채한 공중누각이 처처에 건설되는 형편에 있다."[57]

김동리의 리얼리즘 비판이 주목을 요하는 까닭은, 카프 출신 이론가들과 리얼리즘에 관한 입장이 다르기 때문이 아니라, 주체와 객체를 설정하는 방식이 현격하게 다르기 때문이다. 근대의 인간관에서는 개별자個別子, individual를 먼저 설정하고 난 뒤 개별자들의 계약에 입각하여 구축된 것이 합체合體, assemblage로서의 사회라고 설명한다. 계급에 입각하여 개인의 무한한 자유를 억제해야 한다고 주장하고는 있으나, 카프 출신 이론가들은 근대의 인간관에 발 딛고 계약의 수준을 문제 삼고 있었기 때문에 주체와 객체의 대립 혹은 주관과 객관의 대립을 전제할 수밖에 없었다. 반면 김동리는 주관과 객관의 대립을 허물어뜨리는 데서 출발하였다. 즉 김동리가 설정하고 있는 인간관은 근대의 틀 바깥에서 마련되었다는 것이다.

어떠한 주관이나 객관이 그 자체가 따로 떨어져서는 아무런 리얼리즘도 성립될 수 없다는 것이다. 작자의 주관과 아무런 교섭도 없는 현실(객

---

56 안함광, 「'지성의 자유'와 휴머니즘의 정신-진실로 그의 명예를 위하여」, 『동아일보』, 1937.6.27~7.2; 『인간과 문학』(안함광 평론선집 1), 박이정, 1998, 145쪽.
57 金東里, 「나의 小說修業-'리얼리즘'으로 본 當代作家의 運命」, 『문장』, 1940.3, 173~174쪽.

관)이란 어떠한 경우에도 그 작가적 리얼리즘과는 아무런 상관도 없는 것
이다. 한 작가의 생명(개성)적 진실에서 파악된 '세계'(현실)에 비로소 그
작가적 리얼리즘은 시작하는 것이며, 그 '세계'의 여율(呂律)과 그 작가의
인간적 맥박이 어떤 문자적 약속 아래 유기적으로 구체화하는 데서 그 작
품(작가)의 '리얼'은 성취되는 것이다.[58]

작가의 주관과 교섭이 없는 현실이란 그 작가의 리얼리즘과는 아무
런 상관도 없다는 주장은 왕양명의 '암중화조巖中花條'를 연상시키는 바
있다. 바위틈에 핀 꽃나무를 가리키며 제자가 물었다. "천하의 마음 밖
에는 물이 없다고 하셨는데(天下無心外之物) 이 꽃나무의 꽃은 혼자서 피
고 지니 제 마음과 무슨 상관이 있겠습니까." 양명의 대답은 이러했다.
"자네가 이 꽃을 보지 못했을 때 이 꽃은 자네 마음과 더불어 정적의 상
태에 돌아가 있네(歸於寂). 그러다가 자네가 이 꽃을 보았을 때 이 꽃의
색깔은 뚜렷해졌네. 이것을 보면 이 꽃이 자네의 마음 밖(儞的心外)에 있
지 않음을 알 수 있네."[59] 김동리의 이런 태도를 굳이 양명학과 연관시
키지 않는다고 하더라도, 동아시아의 사상 전통과 연관이 있음은 분명
해 보인다. 해방 이후 발표된 「문학하는 것에 대한 사고」를 통하여 이
러한 추론이 가능해진다. "우리는 한 사람씩 한 사람씩 천지 사이에 태
어나 한 사람씩 한 사람씩 천지 사이에서 살아지고 있다는 사실을 통하
여, 적어도 우리와 천지 사이엔 떠날래야 떠날 수 없는 유기적 관련이
있다는 것과 이 '유기적 관련'에 관한 한 우리들에게는 공통된 운명이

---

58 위의 글, 174쪽.
59 최재목, 『내 마음이 등불이다―왕양명의 삶과 사상』(이학사, 2014)의 256쪽 해석과 진
래(陳來), 『양명철학』(전병욱 역, 예문서원, 2009)의 107쪽 해석을 참조하여 재구성하
였다.

부여되어 있다는 것을 발견하게 되는 것이리라. (…중략…) 우리가 이 사실을 수행하지 않는 한 우리는 영원히 천지의 파편破片에 그칠 따름이요, 우리가 천지의 분신分身임을 체험할 수 없는 것이며, 이 체험을 갖지 않는 한 우리의 생은 천지에 동화될 수 없기 때문이다."[60]

노장사상이나 신유학에서는 먼저 통체統體, whole를 설정하고 난 뒤 통체의 분신으로서 부분자部分子, positioner를 설명하고 있다. 이때 부분자는 통체의 분신인 까닭에 자연自然이라든가 도道와 같은 통체의 가치를 구현하고자 노력해야 한다. 물아일체物我一體 따위의 표현은 이를 드러내는 것이다. 또한 통체가 전제되어 있기에 주관 / 주체와 객관 / 객체는 통체 안에서 각각 부분자와 부분자로서 통일 가능성을 끌어안고 있다. 김동리가 득의만만하게 주장하였던 '구경적究竟的 문학'이란 천지(자연)와 동화를 향해 나아가는 것이었으니 김오성, 안함광 등과 휴머니즘 모색의 방향이 달랐던 것이 당연하였다. 덧붙이건대, 김동리는 평론집 『문학과 인간』(백민문화사, 1948)을 상재하면서 「문학하는 것에 대한 사고」를 수정 게재하였는데, 이때 "종교는 이미 발견되고 체현된 신에 대하여 복종하고 신앙하고 귀의하지만 문학에 있어서는 각자가 자기 자신 속에 혹은 자기 자신들을 통하여 영원히 새로운 신을 찾고 구하는 것이다"[61]라는 내용이 첨가되었다. 부분자는 결코 통체가 될 수 없기에 구도의 과정만이 남을 터, 결과가 아닌 과정의 관점에서 구경적 삶(문학)을 구성하고자 시도한 것도 동아시아 사상의 면모가 반영된 흔적이라 할 수 있겠다. 김동리의 네오-휴머니즘론을 평가하려면 이상과 같은

---

60 金東里, 「文學하는 것에 對한 私考―文學의 內用(思想性)的 基礎를 爲하여」, 『白民』, 1948.3, 44~45쪽.
61 金東里, 「文學하는 것에 對한 私考―나의文學精神의 志向에 對하여」, 『文學과人間』, 白民文化社, 1948, 101쪽.

맥락을 이해하고 접근하여야 한다.

「신세대의 정신」에 나타난 네오-휴머니즘론의 내용은 대략 다음과 같다. 첫째, 서구 르네상스에 기원을 두고 있는 근대 휴머니즘은 신이라는 우상 체제로부터 인간성 옹호를 이끌어내었으니 의미가 있었다. "허나 이러한 개성과 생명의 구경 탐구를 기본으로 한 인간성 탐구의 정신은, 19세기 말 20세기 초두에 걸쳐 온 세계를 풍미한 물질주의정신에 석권되고 말았으니"[62] 오늘날에 이르러 새로운 르네상스운동이 요구되기에 이르렀다. 둘째, 김동리 자신의 경우에는 선仙의 이념에 입각하여 네오-휴머니즘을 모색하고 있다. "선의 이념이란 무엇인가? 불로불사不老不死 무병무고無病無苦의 상주常住의 세계다.(자세한 말은 후일로) 그것이 어떻게 성취되느냐? 한限 있는 인간이 한限 없는 자연에 융화됨으로써이다. 어떻게 융화되느냐? 인간적 기구機構를 해체시키지 않고 자연에 귀화함이다. 그러므로 무녀 '모화'에게 있어서는 이러한 '선'의 영감으로 말미암아 인간과 자연 사이에 상식적으로 놓인 장벽이 무너진 경우다."[63] 뒤쪽에서 김동리는 "서양정신의 한 대표로 취한 예수교에" 맞서 "동양정신의 한 상징으로"「무녀도」의 모화를 취했노라 밝혀 놓기도 하였다.[64]

기실 첫 번째 내용은 그리 새로울 바 없다. 물질주의를 매개로 삼아 근대의 도구적 이성(과학) 비판으로 나아간 궤적은 이미 김오성이 펼쳐 보인 바 있기 때문이다. 그렇지만 도구적 이성(과학)의 반대편에 이처럼 자연을 선명하게 내세워서 의미를 부여해 나간 사례는 일찍이 한국문

---

62   金東里, 「新世代의 精神—文壇 '新生面'의 性格, 使命, 其他」, 『문장』, 1940.5, 83쪽.
63   위의 글, 91쪽.
64   위의 글, 92쪽.

학사에 나타난 적이 없었다. 마치 근대-체제로 진입하며 부강한 조선을 만들기 위해서는 서구의 과학을 수용해야만 한다는 관점, 예컨대 "만물을 내는 것은 천지이지만 그 만물을 취하여……천지자연의 이익을 도모하는 것은 사람의 재력才力으로 되는 것이다"[65]라는 설득을 무위로 돌려놓으려는 시도처럼 느껴질 정도이다. 그러한 점에서 본다면, 김동리의 네오-휴머니즘론은 동아시아의 사상 맥락 속에서 접근해야 할 필요성이 더욱 커질 수밖에 없겠다. 여기에 그가 진작부터 선보였던 상대주의 관점, 주-객체 설정 방식, 선仙의 이념 등이 포함되어야 함은 물론이다.

5. 네오-휴머니즘론의 문학사적 의미

한 연구자는 한국 근대문학이 태생적으로 끌어안을 수밖에 없었던 모순을 다음과 같이 지적한 바 있다. "일제 강점기 이래 지금까지 한국 문학에서의 근대적 주체는, 자기 자신과 사회를 '근대화'하는 동시에 그 '근대화'를 부정과 극복의 대상으로 삼아야 하는 모순에 처해 있었

---

65 「富國說」上, 『漢城旬報』 22, 1884.5.25, 19쪽과 「富國說」下, 『漢城旬報』 23, 1884.6.2, 15쪽. 자연을 개발 대상으로 설정해야 하며, 이를 추진하기 위해 과학이 요청된다는 주장은 이후 『西北學會月報』(1908~1910), 『大韓興學報』(1909~1910), 『大韓自強月報』(1906~1907), 『大同學會月報』(1908~1909), 『畿湖興學會月報』(1908~1909) 등에서도 꾸준히 이어졌고, 이러한 과정을 통하여 이는 조선에서도 상식으로 통용되기에 이르렀다. 자세한 사항은 장성만의 「개항기의 한국 사회와 근대성의 형성」(『모더니티란 무엇인가』, 민음사, 1994) 참조.

고, 그 모순을 살아냄으로써만 근대적 주체로서 자기 동일성을 유지할 수 있었다."[66] 그렇지만 근대의 틀을 넘어서고자 했던 네오-휴머니즘론의 경우 그러한 지적은 적용되지 않는다. 탈근대의 입장에서 근대의 한계를 파악하게 되는 변동이 발생함으로써 조선의 상황을 달리 이해할 수 있는 시야가 열렸기 때문이다. 요컨대 '위치의 정치학'이 작동하던 것이다. 그런 점에서 국제주의자 임화와 세계주의자 김기림이 비슷한 시기에 조선의 근대화 양상을 동일하게 성찰, 반성했던 것은 결코 우연이라 할 수 없다. 1939년 임화, 1940년 김기림은 각각 다음과 같이 토로하기에 이르렀던 것이다. "신문화사는 조선에 있어서의 서구적 문학의 이식으로부터 시작되는 것이다",[67] "조선에 있어서의 지금까지의 신문화의 코스를 한마디로 요약한다면 그것은 근대의 모방이었다".[68]

네오-휴머니즘론을 매개로 작동하기 시작한 '위치의 정치학'은 해방기 민족문학론의 창출과 연관하여 고찰할 만하다. 예컨대 네오-휴머니즘론이 근대를 비판하며 현대로의 진입을 표방하였듯이, 해방기 조선문학가동맹의 민족문학론은 근대와 변별되는 현대의 상황을 전제로 하여 논리가 구축되었다. "민족의 형성과정은 주지와 같이 두 가지 경우밖에 없다. 하나는 봉건사회로부터 자본주의사회로 넘어오는 근대의 경우요, 또 하나는 이러한 과정을 통하여 독립한 민족국가를 완성하기 전에 제국주의 제국諸國의 식민지가 된 제諸 민족의 해방투쟁으로 표현된 현대의 경우다."[69] 그러니까 당초 마르크스주의로 출발했던 이들이

---

66 김철, 「친일문학론―근대적 주체의 형성과 관련하여」, 『민족문학사연구』 8, 민족문학사학회, 1995, 24쪽.
67 林和, 「槪說 新文學史」, 『朝鮮日報』, 1939.9.7.
68 金起林, 「朝鮮文學에의 反省―朝鮮現代文學의 한 課題」, 『人文評論』, 1940.10, 38쪽.

민족국가 기획까지 고려하게 된 배경에는 '현대'라는 시대 인식이 있었고, '위치의 정치학'은 그러한 시대 인식에 작동했던 셈이다. 이 지점에서 조선문학가동맹의 민족문학론을 이끌었던 이가 네오-휴머니즘 논쟁에 뛰어들었던 임화, 안함광이었다는 사실은 주목을 요한다. 안함광이 "임화와 더불어 리얼리즘론과 민족문학론을 수립, 발전시키는 데 큰 역할을"[70] 수행하였다는 연구는 이미 제시된 바 있다. 주지하다시피 좌파(조선문학가동맹)의 민족문학론에 맞서 우파의 민족문학론을 주도했던 논객은 김동리였다. 김동리의 민족문학론은 식민지시대 제출하였던 네오-휴머니즘론의 연장이니 별도 설명을 생략한다. 다만 한반도가 38선에 의해 남과 북으로 나뉘고 각각의 지역에 각각의 정부가 수립될 즈음에 이르러 좌파의 민족문학론, 우파의 민족문학론 모두 파탄을 맞이하였다는 사실만은 부기해 둔다.

이후 체계적인 연구를 통하여 구체적인 내용의 비교가 필요하겠지만, 일제 후반기 네오-휴머니즘론은, 이후 제국주의에서 내세웠던 근대 극복 담론인 '신체제론'과 잠복 형태로 긴장관계를 이루다가, 해방을 맞아 민족문학론의 창출에 활용되었다고 전제할 수 있다. 전형기의 사상 혼란을 타개하기 위한 이론적 고투가 집약된 담론이 네오-휴머니즘론이었으니, 민족문학론은 그 성취와 한계 위에 뿌리 내렸던 것이다. 안함광은 전형기 조선문단에서 펼쳐졌던 지적 모색을 야구경기에 나선 타자에 빗대어 다음과 같이 말하고 있다. "경향문학의 퇴조 후에 계기繼起 발생한 불안의 정신이라든가, 생의 사상이라든가, 지성의 문제 등 그리고 이것들을 일관되게 연면連綿하고 있는 휴머니즘, 이는 정히 그러

---

69 林和, 「民族文學의 理念과 文學運動의 思想的 統一을 爲하야」, 『文學』 3, 1947.4, 11쪽.
70 김재용・이현식, 「머리말」, 『안함광 평론선집』 1(인간과 문학), 박이정, 1998, 3쪽.

한 정신적 성격 위에서 이해할 수 있는 것이 아닐까! 다시 말하면 휴머니즘의 수건으로 안경의 훈기를 닦으면서 불안의 '배트', 생의 '배트', 지성의 '배트'…… 이런 것들을 골고루 잡아보는 것은 아닐까?"[71] 전형기에 제출되었던 온갖 논리는 네오-휴머니즘론으로 포섭된다는 말이다. 그렇지만 일제의 강압적인 문화정책으로 인하여 네오-휴머니즘론은 중단될 수밖에 없었다. 네오-휴머니즘론이 타락한 형태인 신체제론, 변형된 형태인 민족문학론과의 비교는 차후 과제로 미룬다.

---

71 안함광, 「불안·생의 사상·지성─사실이냐? 낭만이냐?」, 앞의 책, 180쪽.

제2장

김유정 소설의 아나키즘 면모 연구

원시적 인물 유형과 들병이 등장 작품을 중심으로

1. 김유정 소설과 크로포트킨의 상호부조론

　김유정 소설의 특징이라면 "약자나 피해자를 주인공으로 내세웠다는 공통점을" 지니되 이들을 "부정적인 존재로 그리고 있지도 않고 (…중략…) [이들에게] 연민의 시선을 보내고 있지도 않다"는 사실을 꼽을 수 있다.[1] 동시대 작가들이 농민, 노동자 및 기생 등의 약자들을 연민과 계몽의 대상으로 설정하여 창작해 나갔다는 양상과 비교한다면, 이는 김유정 소설의 두드러진 면모로 꼽을 수도 있겠다. 이덕화가 김유정 소설에서 타자윤리학을 확인할 수 있었던 근거도 여기서부터 가능해졌다. 예컨대 김유정의 삶이 서사화된 「생의 반려」라든가 「연기」, 「형」에

1　조남현, 「김유정 소설과 동시대소설」, 『김유정의 귀환』, 소명출판, 2012, 22·33쪽.

드러나는 형·누나의 괴롭힘은 그로 하여금 심부름하는 아이 선이와 동일시하도록 만들었을 뿐만 아니라, 선이의 괴로움조차 자신에게로 전이되도록 이끌었을 수준이었다.[2] 타자윤리학에서 이를 설명하는 용어가 '전환'이다. "레비나스는 '전환'이라는 단어를 사용하는데, '전환'이란 것은 자기의 이해관계에 사로잡히지 않는 존재, 타자로부터 오는 윤리적 절박성을 받아들이는 것, 박해받는 사람들에 대한 관심과 책임으로 향하는 것, 다른 사람의 고통을 돌아보고 타자의 고통에 대해 책임을 완수하는 것이라고 말한다."[3]

이처럼 김유정 소설을 타자윤리학의 관점에서 접근하는 것도 의미가 있겠으나, 이를 사상이라는 보다 거시적인 차원에서 파악하는 것도 유효한 방식일 수 있다. 기실 '전환'이라는 용어로 설명되는 윤리의식은 아나키즘에서 인간을 이해하는 방식과 일치한다. 예컨대 크로포트킨의 상호부조론에 따르면, 연대성과 사회성은 인간의 본능에 해당한다. 그리고 윤리의식이라든가 도덕 감정은 인간이 진화하면서 본능이 발전한 데 따라 생성된 부산물이라 할 수 있다.[4] 그렇다면 이덕화가 거둔 성취는 김유정 소설의 아나키즘 면모 이해로 자연스럽게 이월시킬 수 있을 터이다. 김유정 또한 크로포트킨에 대해 직접 언급한 바 있기도 하다.

---

2 이덕화, 「김유정 문학의 타자윤리학과 서사구조」, 김유정학회, 『김유정과의 산책』, 소명출판, 2014, 249~250쪽.

3 위의 글, 254쪽.

4 "인간 사회의 근간이 되는 것은 사랑도 심지어 동정심도 아니다. 그것은 인간의 연대 의식—본능의 단계에서만 존재하는 것이기는 하지만—이다. 이는 상호부조를 실천하면서 각 개인이 빌린 힘을 무의식적으로 인정하는 것이며 각자의 행복이 모두의 행복과 밀접하게 의존하고 있다는 점을 무의식적으로 받아들이는 것이기도 하다. 마지막으로 이는 각 인간마다 자기 자신뿐 아니라 다른 모든 사람들의 권리도 존중해주는 의식 즉 정의감 혹은 평등 의식을 무의식적으로 인정하는 것이다. 이 폭넓고 필수적인 기반 위에서 보다 높은 수준의 도덕 감정이 발전된다."(P. A. 크로포트킨, 김영범 역, 「서문」, 『만물은 서로 돕는다—크로포트킨의 상호부조론』, 르네상스, 2005, 17쪽)

"소란히 판을 잡았던 개인주의는 니체의 초인설, 맬서스의 인구론과 더불어 머지않아 암장暗葬될 날이 올 겁니다. 그보다는 크로포트킨의 상호부조론이나 마르크스의 자본론이 훨씬 새로운 운명을 띠고 있는 것입니다."[5]

크로포트킨과 마르크스를 함께 언급하고 있으나, 김유정이 이 두 가지 갈래에서 크로포트킨의 방향으로 기울어졌음은 분명한 듯하다. 가령 '김유정전金裕貞傳'이란 부제를 달고 있는 안회남의 「겸허」에는 다음과 같은 장면이 제시되어 있다. " ─ 인류人類의 역사歷史는 투쟁鬪爭의 기록이다. 한참 좌익 사상이 범람할 임시 누가 이런 말을 하자, 옆에 있던 유정은 ─ 그러나 그것은 사랑의 투쟁의 기록이다. 하고 이렇게 대답한 일이 있다."[6] 마르크스주의가 역사 발전의 동력을 계급투쟁에서 찾고 있는 반면, 크로포트킨은 상호부조와 연대의식에서 그 근거를 마련하고 나섰다. "인간의 역사는 피비린내 나는 살육과 아무런 보호 장치도 없이 무제한적으로 내몰리는 경쟁의 역사가 아니라 어떠한 악조건 속에서도 구성원들을 최대한 보호하고 공존하게 하는 지혜로운 장치들을 끊임없이 만들어 온 역사라고 크로포트킨은 체계적으로 증명하고 있다."[7] 그러니, "산 사람으로 하여금 유령幽靈을 만들어 놓는 걸로 그들의 자랑을 삼는" 신심리주의와 "예술을 위한 예술을 표방하고 함부로 내닫는" 예술지상주의의 반대편에 위치한,[8] 마르크스와 크로포트킨을 함께 부각시키고 있으되 김유정이 크로포트킨 편으로 기울어졌다는 판단은 큰 무

---

5   김유정, 「病床의 생각」, 『원본 김유정 전집』, 강, 2007, 471쪽.
6   安懷南, 「謙虛─金裕貞傳」, 『문장』 1-9, 1939.10, 56쪽.
7   김영범, 「옮긴이의 말」, 『만물은 서로 돕는다─크로포트킨의 상호부조론』, 르네상스, 2005, 403쪽.
8   김유정, 앞의 글, 468·469쪽.

리가 없다.

방민호는 크로포트킨 사상과 관련하여 「김유정, 이상, 크로포트킨」에서 김유정에 관한 적절한 분석을 내놓은 바 있다. 「겸허」에 드러난 김유정의 면모를 크로포트킨 사상으로 읽어내었는가 하면, 일본 크로포트킨주의자 오스기 사카에大杉榮의 영향 가능성을 설득력 있게 제시한 것이다. 「병상의 생각」에 나타나는 것처럼 김유정이 "문학을 생활의 과정으로 간주하고자 한 것은 예의 크로포트킨이나 그를 번역하고 또 사상적 교호를 이루었던 오스기 사카에의 것에 통한다. 그 두 사람은 모두 예술지상주의를 비판하면서 인류 사회에 공헌할 수 있는 보편적인 전달력을 가진 예술로 나아가야 한다고 역설했다".[9] 이러한 성과에도 불구하고, 방민호의 연구는 김유정의 작가의식을 크로포트킨 사상과 연결시키는 데 머물렀을 뿐, 구체적인 작품 분석으로까지 이어나가지 않았다는 점에서 아쉬움이 남는다.

서동수의 「김유정 문학의 유토피아 공동체와 크로포트킨의 상호부조론」 또한 김유정 문학에 나타난 크로포트킨의 영향을 살피고 있는 논문이다. 1932년 귀향하여 김유정이 벌였던 문맹퇴치운동, 노름 퇴치, 마을의 길 넓히기, 야학운동, 협동조합운동 등을 크로포트킨에 대한 실천적 수용으로 해석하는가 하면,[10] 김유정 산문에 나타나는 '유토피아 공동체로서의 고향(자연)'을 근대(과학)에 대한 안티테제이자 문학적 응전의 지향으로 읽어내고 있는바, 이를 크로포트킨의 사상과 결부

---

9 방민호, 「김유정, 이상, 크로포트킨」, 『한국현대문학연구』 44, 한국현대문학회, 2014.12, 300~301쪽. 전신재 또한 김유정이 크로포트킨의 사상 쪽으로 나아갔을 가능성이 있었음을 「김유정의 '위대한 사랑'」(『김유정과의 향연』, 소명출판, 2015)에서 암시한 바 있다.
10 서동수, 「김유정 문학의 유토피아 공동체와 크로포트킨의 상호부조론」, 『스토리 & 이미지텔링』 9, 건국대 스토리 & 이미지텔링연구소, 2015.6, 109쪽.

하여 제시하고 있다. 서동수의 이러한 분석이 설득력을 가지는 것은 분명하겠으나, 김유정 소설에 나타나는 자연(고향) 이미지가 산문과는 정반대의 양상으로 펼쳐진다는 지적을 하는 데 머물렀다는 사실은 재론을 필요로 하는 대목이라 하겠다. 즉 산문에서 분석한 내용과 소설 세계와의 관계가 새롭게 논의되어야 하리라는 것이다.

이 글에서는 김유정 소설을 분석하는 데 유효한 아나키즘 및 아나키즘 예술론의 내용을 방법론으로 제시하는 한편, 이로써 흔히 '골계와 해학'으로 집약되는 김유정 소설의 특징이 아나키즘과 관련되는 측면을 살펴보고자 한다. 이를 위하여 분석 대상은 아나키즘의 성격이 비교적 잘 드러나는 범위로 한정하는데, 여기에는 (ㄱ) 강원도 여성의 적극적 성격이 잘 드러나는 「봄·봄」 계열과 (ㄴ) 들병이의 삶이 펼쳐진 「아내」 계열이 해당한다.

2. 아나키즘 예술론의 특징 – 공동체 지향과 예술가 축출론

1) 아나키즘의 공동체 지향과 「봄·봄」 계열의 소설

김유정은 실재하는 대상을 소설의 소재나 등장인물로 취한 경우가 빈번하며, 농촌의 궁핍한 현실을 재현해 놓기도 하였다. 그러한 까닭에 김유정 소설을 사실주의로 파악하는 경향이 일각에 존재한다. 그런데 김유정 소설을 사실주의라는 범주로 설정할 경우, 그 특징이라고 할 골계와 해학을 설명하기에 난감한 측면이 불거진다. 그래서 사실주의 일반과 변별하고자 김유정 소설을 '토속적 사실주의'로 명명하는 경우도 등장해 있는 형편이다. 이러한 상황을 보다 넓게 조망하기 위해서는 우선 크로포트킨이 가하고 있는 사실주의 비판에 주목할 필요가 있어 보인다. "매춘부나 방직공을 세밀히 묘사한다는 것은 단지 고통스러운 사실 묘사에 불과하다는 것이다. 이런 사고방식에는 단지 혁명의 이상이 차갑게 식어버린 현상만 존재한다는 것이다. (…중략…) 예술은 공동체적 삶에서 영감을 얻게 되고, 예술가는 이러한 영감에서 '생명력의 원천'을 찾아내게 된다. 이러한 예술 작품에는 당연히 '인간적인 감정'이 깃들게 된다. 바로 이러한 감정이 사회적·교육적·도덕적 사명으로 승화된다."[11] 요컨대 고통스러운 현실을 그대로 재현하는 데 머무를 것이 아니라, 여기에 생명력을 불어넣기 위하여 공동체적 삶에 주목하라는 것이 크로포트킨의 요구이다.

기실 아나키즘에서 지향하는 사회는 자율적인 공동체에 입각해 있다. 예컨대 근대 아나키즘의 선구자 피에르-조제프 프루동이 "그린 이상 사회는 그의 부모와 선조들과 같은 농민과 수공업자들이 권력의 압제에 시달리지 않고 자율을 누리는 목가적인" 사회였다.[12] 러시아 출신인 표트르 크로포트킨이라고 하여 다를 바는 없다. "러시아 농민들은 '옵쉬나'라는 농민공동체 내에서 토지를 공동경작하면서 상호부조의 원칙하에 자치를 이루고 있었고, 마을의 주요 사안도 '미르Mir'라고 하는 마을회의에서 처리하였다. 그들에게는 사실상 법이 필요 없었고, 관습이 그들을 통제하였으므로 국가란 곧 억압의 수단일 뿐이라고 간주

---

11 구인회 외, 『한국 아나키즘 100년』, 이학사, 2004, 297쪽.
12 위의 책, 24쪽.

되었다. 이러한 농민공동체가 이후 19세기 후반 혁명가들에게 러시아적인 이상 사회 건설의 배경이 되었던 것이다."[13]

김유정이 보건대, 강원도는 교통이 불편한 탓에 근대 문화의 마수가 뻗치지 못한 지역이었다. 이는 거꾸로 생각하면, 강원도에는 전근대적인 공동체 문화가 잔존할 가능성이 있다는 사실을 함의한다.[14] 크로포트킨에게 경도된 작가라면 이러한 사실을 간과할 리가 없다. 왜냐하면 공동체문화에서 드러나는 연대의식이야말로 앙상한 사실주의의 현실 고발 위에 '생명력의 원천'을 덧입혀 현실 변혁의 가능성을 탑재할 수 있는 가능성으로 자리하기 때문이다. 뿐만 아니라 재능 있는 작가라면 여기서 개성이 뚜렷한 인물을 확보할 수 있어야 하는데, 이는 작가의 사상이 등장인물을 통해 매개되는 장르가 소설인 까닭이다. 김유정의 작가적인 역량은 바로 이 대목에서 증명되고 있다.

교통이 불편할수록 문화의 손이 감히 뻗치지 못합니다. 그리고 문화의 손에 농락되지 않는 곳에는 생활의 과장이라든가 허식이라든가, 이런 유령이 감히 나타나질 못합니다.

뿐만 아니라 타고난 그 인물까지도 오묘한 기교니 근대식 화장이니, 뭐니 하는 인공적 협잡이 전혀 없습니다. 선천적으로 타고난 그대로 툽툽하고도 질긴 동갈색(銅褐色) 바닥에 가 근실(根實)한 이목구비가 번듯번듯이 서로 의좋게 놓였습니다.

다시 말씀하면 싱싱하고도 실팍한 원시적 인물입니다.[15]

---

13 위의 책, 34쪽
14 서동수는 이를 보다 적극적으로 해석하여 "수필 속의 자연(고향)은 (…중략…) 이른바 유토피아적 공동체로 나타난다"고 평가한 바 있다.(서동수, 앞의 글, 105쪽) 이 글에서 말하는 공동체는 대체로 이러한 긍정적인 면모와 닿아 있다.

이리하여 창조된 인물이 「봄·봄」의 '점순'과 「동백꽃」의 '점순', 「산골」의 '이뿐이' 등이다. 봄이 되어 생강나무에 꽃(동백꽃)이 필 즈음 강원도 여성의 심리 상태를 김유정은 다음과 같이 설명하고 있다. "그들은 봄에 더 들떠 방종하는 감정을 자제치 못하고 그대로 열에 띄웁니다. 물에 빠집니다. 행실을 버립니다. 나물 캐러 간다고 요리조리 핑계대고는 바구니를 끼고 한번 나서면 다시 돌아올 줄은 모르고 춘풍에 살랑살랑 곧장 가는 이도 한둘이 아닙니다."[16] 그러니까 이러한 본능에 충실하다는 면에서 「봄·봄」, 「동백꽃」의 '점순', 「산골」의 '이뿐이'는 싱싱하고도 실팍한 원시적 인물이라는 것이다.

원시적 인물은 현대문명을 거부하는 아방가르드(정치적으로 아나키즘 입장을 취하는 예술)가 중요하게 탐색하는 인물 유형이라 할 수 있다. "그것(아방가르드 – 인용자)은 부정만을 일삼는 것이 아니라 언제나 유토피아적 대안을 내포한다. 그 대안에는 사상성, 민중성, 원시성이 포함된다."[17] 따라서 아나키즘의 입장에서는 응당 원시적 인물이 공동체 내에서 어떠한 의미 있는 역할을 감당하고 있는가, 에 주목하게 될 것이다. 바로 이 대목이 「봄·봄」 계열 소설들을 파악해 나가는 초점이 된다.

2) 아나키즘의 예술가 축출론과 「아내」 계열의 소설

김유정은 사회에서 주변으로 내밀린 약자들을 계몽의 대상으로 설정

---

15 김유정, 「江原道 女性」, 『원본 김유정 전집』, 강, 2007, 445쪽.
16 김유정, 「닙이푸르러 가시든님이」, 『원본 김유정 전집』, 강, 2007, 412쪽.
17 박홍규, 『아나키즘 이야기』, 이학사, 2004, 227쪽.

하지 않았다. 이는 민중을 계급의식의 각성 대상으로 파악했던 카프, 계몽시켜야 할 대상으로 내려다보았던 이광수 류의 민족주의와는 선명하게 변별되는 김유정 소설의 특징이다. 타자윤리학의 관점에서 접근 가능한 이러한 면모는 아나키즘의 기본 관점과 일치한다. 아나키즘에서는 예술가가 사상을 선취했다고 하여 우월한 권위를 차지하는 것이 아니라, 오히려 그 자신도 민중 가운데 하나라는 사실을 수용해야만 한다. "아나키스트들은 이데올로기나 선전이 아니라 각자의 삶을 통해 자신의 주장을 전파했다. 그들 자신도 대중이었기 때문이다. 이처럼 아나키스트들이 보여줬던 '실행을 통한 선전'(또는 '삶을 통한 선전')은 동료 대중에게 이데올로기의 주입이 아니라 '공명共鳴'을 일으켰고, 합리적이고 이성적인 설득만이 아니라 열정적이고 감정적인 공감을 불러일으켰다."[18]

민중에 대한 아나키즘의 입장은 예술론으로 이어진다. 프루동은 관청에서 예술가를 쫓아내야 한다는 '예술가 축출론'을 주장한 바 있다. "왜냐하면 '사회의 도움 없이는 예술가의 재능이 나오거나 발휘될 수 없다. 만일 그 반대로 예술가가 사회를 지도하고 계몽하고자 한다면 예술가는 그 재능을 상실하게 된다'는 이유에서이다. 즉 예술가는 사회의 일반의지를 읽어내야지, 자신이 사회를 지배하거나 계도하려 해서는 안 된다는 것이다."[19] 「병상의 생각」에 나타났던 김유정의 신심리주의·예술지상주의 비판은 이러한 아나키즘의 예술관과 그대로 일치한다. "창조란 일상생활과 격리된 것이 아니라 보통 사람들의 생활과 일치되는 것이다. 따라서 예술과 생활을 분리하는 소위 순수예술관을 아나키즘은 거부한다."[20]

---

18 하승우, 『세계를 뒤흔든 상호부조론』, 그린비, 2006, 19쪽.
19 구인회 외, 앞의 책, 313쪽.

이러한 맥락에서 주목을 요하는 것이 들병이가 등장하는 「아내」 계열의 작품들이라 하겠다. 당대 사회에서 들병이는 민중 가운데서도 가장 밑바닥 삶을 살아나갔던 존재인 만큼 민중에 대한 김유정의 관점이 분명히 드러나기 때문이다. 주지하다시피 김유정이 활동하였던 1930년대 조선 농촌은 해체 상황에 직면해 있었다. 예컨대 다음 자료가 이를 증언한다. "1914년부터 1929년까지 자작하는 농가는 62,133호 줄었으며, 자작과 소작을 겸하는 농가는 180,111호 늘었고, 소작 농가 역시 34,332호 늘었다. 통계에 잡히지 않던 화전민 가구의 수도 34,322호 생겨났다."[21] 그러한 까닭에 현실 상황에 관심을 두었던 당대 작가들은 농촌 문제에 적극적인 경향을 드러내곤 하였다. 김유정이 소설의 제재로 들병이를 취했던 것은 이와 무관치 않다. 해체된 농촌의 부산물이 들병이이기 때문이다. "그들도 처음에는 다 나쁘지 않게 성한 오장육부가 있었다. 그리고 남만 못지않게 끼끗한 희망으로 땅을 파던 농군이었다." 그런데 땅에서 쫓겨나 "밥 있는 곳이면 산골이고 버덩을 불구하고 발길 닿는 대로 유랑하는 것이" 들병이다.[22] 따라서 들병이는 식민지 조선의 최하층민이었다고 할 수 있겠는데, 들병이를 다룬 김유정의 「아내」 계열 소설에는 이들과의 연대 의식이 기입되어 있으리라는 추론이 가능해진다.

들병이에 대한 김유정의 기본 입장은 '들병이 철학'이라는 부제를 달고 있는 산문 「조선의 집시」에 드러난다. 들병이로 인한 폐해보다 순기능이 더 크다는 다음 인용의 주장에서 알 수 있듯이, 「조선의 집시」는

---

20 박홍규, 앞의 책, 228~229쪽.
21 鈴本正木, 『朝鮮經濟の現段階』, 437쪽; 林鐘國, 「민족적 빈궁의 현장-최서해의 탈출기」, 『韓國文學의 民衆史』, 실천문학사, 1986, 140쪽에서 재인용.
22 김유정, 「朝鮮의 집시-들뼁이 哲學」, 『원본 김유정 전집』, 강, 2007, 415쪽.

들병이를 적극 옹호하는 내용으로 진행되고 있다. 인용 앞뒤로는 들병이의 존재 방식, 들병이의 출현으로 인해 나타나는 농촌 남성들의 반응 양상 등이 흥미롭게 제시되어 있기도 하다.

들병이를 객관적으로 평가하여 빈궁한 농민들을 잠식하는 한 독충이라 할런지도 모른다. 사실 들병이와 연관되어 발생하는 춘사(椿事)가 비일비재다. 풍기문란은 고사하고 유혹, 사기, 도난, 폭행 — 주재소에서 보는 대로 축출을 명령하는 그 이유도 여기에 있을 것이다.
그러나 이것은 일면만을 관찰한 편견에 지나지 않는다. 들병이에게는 그 해악을 보상하고도 남을 큰 기능이 있을 것이다.
시골의 총각들이 취처(娶妻)를 한다는 것은 실로 용이한 일이 아니다. (…중략…) 그리고 한편 그들이 후일의 가정을 가질만한 부양 능력이 있느냐 하면 그것도 의문이다. 현재 처자와 동락하는 자로도 졸지에 별리되는 경우가 없지 않다. 모든 사정은 이렇게 그들로 하여금 독신자의 생활을 강요하고 따라서 정열의 포만 상태를 초래한다. 이것을 주기적으로 조절하는 완화작용을 즉 들병이의 역할이라 하겠다.[23]

들병이가 등장하는 「총각과 맹꽁이」, 「솥」, 「아내」 등의 작품은 이러한 관점, 즉 ① 농촌 해체로 인한 들병이의 발생 ② 들병이의 존재 방식 ③ 들병이의 출현에 따라 벌어지는 사건 등을 중심으로 이해될 필요가 있겠다. 물론 이러한 접근이 나름의 의미를 획득하기 위해서는 그 바탕에 들병이에 대한 작가의 연대 의식이 유지되고 있음이 확인되어야 할

---

23 위의 글, 417~418쪽.

것이다. 그래야만 이 글에서 가설로 설정하고 있는 아나키즘에 접근해 있는 김유정의 면모가 부각될 터이기 때문이다.

3. 노란 동백꽃 속의 강원도 여성들
—원시적 인물 유형과 공동체

1) 「봄·봄」, 「동백꽃」, 「산골」의 공통점

「봄·봄」, 「동백꽃」, 「산골」의 주인공은 모두 여성으로 이들은 '싱싱하고도 실팍한 원시적 인물'의 면모를 보여준다. 그러한 까닭에 세 작품의 시간적 배경은 봄이다. 왜 봄이어야만 하는가. 이들로 하여금 원시적 본능을 일깨우는 계절이 바로 봄이기 때문이다. "동백꽃이 필라치면 한겨울 동안 방에 갇혀있던 처녀들이 하나둘 나물을 나옵니다. 그러면 그들은 꾸미꾸미 외딴 곳에 한 덩어리가 되어 쑥덕공론입니다. 혹은 저희끼리만 들을 만치 나직나직한 음성으로 노래를 부르기도 합니다. 그 노래라는 것이 대개 잘 살고 못 사는 건 내 분복分福이니 버덩의 서방님이 그립다는 이런 의미의 장탄長歎입니다."[24] 그러한 점에서 이들 작품의 ㉠ 진정한 주재자는 '점순'이나 '이뿐이'가 아니라 자연이라고 할수 있다.

---

[24] 김유정, 「江原道 女性」, 『원본 김유정 전집』, 강, 2007, 446쪽.

「봄·봄」의 '점순'을 보자. 밭일하는 '나'에게 밥을 가지고 온 점순이가 "밤낮 일만 하다 말텐가!" 하고 쫑알거렸던 날 밭에는 꽃향기가 온통 충만한 상황이다. "밭 가장자리로 돌 때마다 야릇한 꽃내가 물컥물컥 코를 찌르고 머리 위에서 벌들은 가끔 붕, 붕 소리를 친다. 바위틈에서 샘물 소리밖에 안 들리는 산골짜기니까 맑은 하늘의 봄볕은 이불 속같이 따스하고 꼭 꿈꾸는 것 같다."[25] 「동백꽃」에서 '점순'이 "뭣에 떠밀렸는지 나의 어깨를 폭 짚은 채 그대로 픽" 쓰러진 것도 하필 동백꽃이 흐드러졌을 때였다. "그 바람에 나의 몸뚱이도 겹쳐서 쓰러지며 한창 피어 퍼드러진 노란 동백꽃 속으로 폭 파묻혀버렸다."[26] 「산골」에서는 도련님이 "손에 꺾어들었던 노란 동백꽃을 물 위로 홱"[27] 내던졌다는 표현으로 보건대, '이뿐이'가 도련님과 정분을 나누었던 계절은 봄이 분명하다. 도련님이 수작을 걸어올 때 '이뿐이'의 심리가 "앙살을 피면서도 넉넉히 끌려가도록 도련님의 힘이 좀 더, 좀 더 하는 생각이 전혀 없었다면 그것은 거짓말이 되고 말"[28] 정황에 이르는 데는 계절의 영향도 있었을 터이다.

이처럼 두 명의 '점순'과 '이뿐이'는 원시적 인물인 까닭에 ⓒ 사회적 위계질서에 무감각하며, 그러한 가치를 수용할 의지도 전혀 드러내지 않는다. 다시 「봄·봄」을 보자. 이 소설에서 갈등을 해결할 만큼 권위가 부여된 인물은 구장이다. 그래서 '나'와 봉필은 사안을 해결하고자 구장을 찾아갔던 것인데, 구장은 자신이 공동체 바깥 질서(국가체제)와 관련된 존재라는 사실을 환기시킴으로써 권위를 확보하고 있다. 서울

---

25 김유정, 「봄·봄」, 『원본 김유정 전집』, 강, 2007, 160쪽.
26 김유정, 「동백꽃」, 『원본 김유정 전집』, 강, 2007, 226쪽.
27 김유정, 「산골」, 『원본 김유정 전집』, 강, 2007, 132쪽.
28 위의 글, 125쪽.

에 다녀오고 나서 윗수염을 기르기 시작하였고, 법률 조항을 근거로 징역 운운하며 판결하고 있기 때문이다. 이에 주눅이 든 '나'는 "그래서 오늘 아침까지 끽소리 없이 왔다." 하지만 '점순'은 다르다. 구장이 안 된다는 걸 어떻게 하느냐는 '나'의 대꾸에 자기 아버지의 "수염을 잡아채야지 그냥 둬, 이 바보야?" 라면서 성을 내고 있으니, 그녀의 욕망은 이장의 권위·아버지의 위엄보다 윗자리를 차지하고 있는 셈이다.[29]

「동백꽃」에서는 이러한 면모가 '나'와 '점순'의 대조를 통해 드러나고 있다. "그렇잖아도 즈이는 마름이고 우리는 그 손에서 배재를 얻어 땅을 부침으로 일상 굽실거린다." 그뿐만이 아니라 집을 마련하는 데도 점순네의 호의를 입었으며, 양식이 떨어질 때마다 꾸어다 먹는 처지다. 그러니 '나'로서는 점순이와의 관계를 조심할 수밖에 없다. "내가 점순이하고 일을 저질렀다가는 점순네가 노할 것이고 그러면 우리는 땅도 떨어지고 집도 내쫓기고 하지 않으면 안 되는 까닭이었다." 하지만 '점순'은 이를 도무지 헤아릴 줄 몰라서 자신의 감정을 받아들이지 못하는 '나'를 도발할 뿐이다. "이 바보 녀석아!" "얘! 너 배냇병신이지?" "얘! 네 아버지 고자라지?" '점순'에게 중요한 것은 오로지 자신의 욕망일 따름이며, 물질을 중심으로 구축된 사회적인 관계는 전혀 고려의 대상이 아닌 것이다. 그런 점에서 「봄·봄」의 '점순'과 「동백꽃」의 '점순'은 똑같다고 말할 수 있다.[30]

한편 「산골」의 '이뿐이'는 애오라지 공부하러 서울로 떠난 도련님을 기다리고 있다. 그녀의 심경은 어떠한가. "가슴은 여전히 달랑거리고 두려우면서 그러나 이 산덩이를 제 품에 품고 같이 뒹굴고 싶은 안타까

---

29 김유정, 「봄·봄」, 앞의 책, 163·165쪽.
30 김유정, 「동백꽃」, 앞의 책, 221~223쪽.

운 그런 행복이 느껴지지 않는 것도 아니었으니 도련님은 이렇게 정을 들이고 가시고는 이제 와서 생판 모르는 체 하시는 거나 아닐런가―"
여기에는 두 개의 세계 사이에 걸쳐 있는 '이뿐이'의 상황이 개입해 있다. 산은 본능적인 욕망을 해소할 수 있는 공간인 까닭에 이곳에서 '이뿐이'와 도련님은 정분을 나눌 수 있었다. 그렇지만 마을에는 마을의 규칙이 따로 있다. '이뿐이'에게 이에 따를 것을 요구하는 이가 마님과 어머니이다. '이뿐이'는 "좋은 상전과 못사는 법이라던 어머니의 말이 옳은지 그른지 그것만 일념으로 아로새기며 이리 씹고 저리도 씹어본다." 요컨대 산의 질서에 따를 것인가, 마을의 규칙에 따를 것인가가 '이뿐이' 앞에 놓인 과제인 것이다. 갈등하기는 하지만, '이뿐이'는 마을의 규칙으로 기울어지지 않기에 기다림을 이어 나간다. 덧붙이건대, 소설 속에 '산', '마을'과 같이 소제목이 붙여진 까닭은 그 공간을 지배하는 규율이 다름을 환기시키기 위함이며, 도령이 머무르는 서울은 마을의 규칙이 완강하게 작동하는 세계를 가리킨다.[31]

2) 「봄·봄」·「동백꽃」과 「산골」의 분기점

원시적인 인물을 내세웠음에도 불구하고 「봄·봄」·「동백꽃」과 「산골」의 정조는 사뭇 다르다. 전자의 작품들에서 골계와 해학을 쉽게 발견할 수 있는 반면 후자에서 이를 확인하기가 어렵다는 사실은 단적인 예다. 분함을 참지 못한 '이뿐이'가 단단히 아플만한 돌멩이를 집어 들

---

31 김유정, 「산골」, 앞의 책, 126~127쪽.

고 석숭이의 정강이를 내려칠 때에도, 원시적 인물로서 '이뿐이'의 면모는 드러나나 이는 골계·해학과는 거리가 멀다. 어찌하여 이러한 차이가 발생하는 것일까. 두 가지 지점에서 원인을 추적할 수 있겠다. 첫째, 「봄·봄」·「동백꽃」의 경우 산의 질서가 공동체를 매개로 마을의 규칙 속으로 내려앉고 있으나, 「산골」에서는 산의 질서와 마을의 규칙이 대척하고 있다. 둘째, 「봄·봄」·「동백꽃」의 '점순'은 마름의 딸인데 반하여 「산골」의 '이뿐이'는 일개 종에 불과하다. '점순'은 소작농의 아들인 상대 인물보다 우월한 위치를 차지하고 있는데, 「산골」에서는 이러한 관계가 역전되어 나타난다는 것이다.

먼저 첫 번째 지점부터 살펴보도록 하겠다. 「봄·봄」에 나타난 혼인 풍습은 데릴사위제 가운데 예서預婿에 해당한다. 예서란 남자가 결혼 전 여자 집에 들어가서 노동력을 제공하고 여자가 성장했을 때 혼인하는 방식을 말한다. 남자 집안이 가난할 경우 행해졌는데, 고려시대 처녀를 몽고에 바치던 공녀제貢女制로 말미암아 생긴 풍습이다. 데릴사위로 들어온 '나'와 딸 '점순'의 결혼 가능성을 좇는 것이 「봄·봄」의 내용이니 예서 풍습은 작품 전체를 관통한다고 볼 수 있다. 여기서 주목해야 할 지점은 예서가 상호부조에 입각한 계약을 바탕으로 한다는 사실이다. 그렇기 때문에 「봄·봄」의 "나는 애초 계약이 잘못된 것을 알았다"라거나, 마름으로서 장인이 마을에서 아무리 대단한 위세를 부린다 해도 "그러나 내겐 장인님이 감히 큰 소리할 계제가 못된다"라고 판단할 수 있는 것이다.[32]

예서 풍습에서의 계약은 구장이 얘기하는 법률에 근거하는 징역, 죄

---

32 김유정, 「봄·봄」, 앞의 책, 157·159쪽.

따위와는 다르다. '나'와 장인이 맺은 계약은 공동체의 관습에 의거하고 있지만, 구장이 들이대는 법률은 근대이성에 입각한 사회계약론과 연관되기 때문이다. 전자가 신뢰 범주에 닿아 있다면, 후자는 처벌 차원의 영역이다. 인물의 행동, 인물 간의 갈등이 신뢰가 작동하는 자장 내에서 펼쳐질 때 사태의 심각성은 휘발되게 마련이다. 장인의 욕심, '나'의 고지식한 반항, 갑작스레 제 아버지의 편에 서서 '나'의 귀를 잡아당기는 '점순' 등이 해학적으로 다가오는 까닭은 이로써 빚어진다. 「동백꽃」에서도 공동체 내의 신뢰는 중요한 덕목이다. 마을에 정착하여 집을 마련할 때부터 매양 신세를 지고 있으므로 '우리' 입장에서 보자면 점순네는 은인이라 할 수 있다. 그러니 '나'의 행동은 신뢰를 훼손하지 않는 범위 내에 묶일 수밖에 없다. 반면 '점순'에게는 이러한 제약이 부과되지 않는다. '나'와 '점순'의 갈등과 화해가 아기자기하게 부각되는 까닭은 신뢰를 둘러싼 입장 차이 위에서 발랄한 원시성이 약동하기 때문이다.

이렇게 따진다면, 「봄·봄」과 「동백꽃」에서 '점순'의 원시성이 충분히 발현될 수 있는 조건은 ㉠ 공동체의 상호부조 전통이라고 할 수 있다. 그렇지만 「산골」의 경우에는 산의 질서와 마을의 규율이 애당초 배타적으로 배치된 형국이라, 공동체가 그 두 세계를 매개할 여지는 조금도 없다. 그러한 까닭에 '이뿐이'의 원시성은 활달하게 밖으로 발산되는 대신 기다림이라는 수동적 형태로 유지되고 마는 것이다. 이 대목에서 예술은 공동체적 삶에서 영감을 얻고, 예술가는 이러한 영감에서 '생명력의 원천'을 찾아내야 한다는 크로포트킨의 주장을 떠올릴 필요가 있다. 이에 따른다면, 「산골」은 아나키즘의 입장에서 높은 성취를 이루었다고 판단하기가 어려울 것이다.

한편 「산골」이 「봄·봄」, 「동백꽃」과 다른 점은 원시적 여성 '이뿐이'의 위치가 상대 남성보다 기울어진다는 사실이다. 이러한 설정은 신분제 사회의 주인집 도련님과 종으로 고착되면서 극복 가능성이 봉쇄되고 말았다. 만약 '이뿐이'가 싱싱하고도 실팍한 원시성 하나로 신분제의 모순을 훌쩍 건너뛰어 버린다면 근대소설의 문법에 미달하게 되고, 서울로 떠난 도련님이 '이뿐이'를 찾아 돌아오면 『춘향전』의 아류로 떨어지고 만다. 리얼리즘에 입각한 비판이었다고는 하나, 현금의 농촌 현실을 피상적으로 관찰하였다는 카프 출신 비평가들의 지적이 타당성을 확보하는 것은 「산골」 자체에 이러한 맹점이 내장되어 있기 때문이다.[33] 이와 비교했을 때, 원시적 여성 유형에게 활기를 불어넣는 방편으로 상대 남성보다 우월한 위치를 부여한 「봄·봄」, 「동백꽃」의 관계 설정은 성공적이었다고 할 수 있다. 물론 이는 자치를 운영 원리로 삼는 공동체 질서를 배경으로 삼는 까닭에 고착된 신분의 위계 지점을 피해가게 되었다. 그런 점에서 ⓒ 원시적 여성과 상대 남성의 관계를 어떻게 설정하였는가가 「봄·봄」, 「동백꽃」, 「산골」의 완성도를 갈랐다고 할 수 있겠다.

---

[33] 김남천(巴朋)의 「最近의 創作」(『朝鮮中央日報』, 1935.7.23), 안함광(安含光)의 「昨今 文藝陣 總檢—今年 下半期를 主로」(『批判』 3-6, 1935.12) 등 참조. 한편 전신재(2012)는 김남천·안함광의 비판이 자연을 표상하는 '이뿐이'의 성격을 고려하지 못한 데 따른 결과로 파악하고 있다. "이 소설에서 작가는 자연을 묘사하는 데 큰 공을 들였다. 그리고 그 자연 속에 이뿐이를 배치해 놓았다. (…중략…) 이것은 이뿐이가 가지고 있는 원초적 천진성을 부각시키는 기법이다. 이것은 또한 현대 문명 속에서 교활해진 인간성, 문명에 때 묻은 인간을 되돌아보게 하는 장치이기도 하다."(「김유정 소설의 설화적 성격」, 『김유정의 귀환』, 소명출판, 215~216쪽) 전신재의 지적이 타당하기는 하지만, 그렇다고 「산골」에 내재해 있는 문제가 해명되었다고 보기는 어려울 듯하다.

4. 들병이의 윤리 그리고 공동체와의 갈등

1) 연대의식에 기초한 들병이의 윤리 -「산골 나그네」,「아내」

농촌에서 최하층으로 내몰린 존재가 들병이다. "지주와 빚쟁이에게 수확물로 주고 다시 한겨울을 염려하기 위하여 한 해 동안 땀을" 흘리는 이가 농민이며, "여기에서 한 번 분발憤發한 것", 즉 더욱 괴로운 상태로 몰락한 것이 "들병이 생활"이기 때문이다.[34] 김유정은 「아내」, 「솥」, 「총각과 맹꽁이」 등에서 들병이를 출현시키고 있다. 그런데 여기서 다뤄지는 들병이의 면모는 각각 다른데, 「아내」는 들병이 탄생기의 실패담이고, 「솥」은 들병이에게 홀딱 빠진 농부 이야기이며, 「총각과 맹꽁이」는 들병이의 출현으로 농촌 공동체에서 벌어지는 사건을 다룬 작품이다. 김유정은 민중 앞에 나서서 지도·계몽하려는 태도를 취하지 않았던바, 들병이를 다룬 이들 소설에서도 이러한 입장은 그대로 이어진다.

들병이 탄생기의 실패담인 「아내」에 앞서서 「산골 나그네」의 내용부터 검토해 보자. 어느 날 홀연히 나타난 「산골 나그네」를 들병이라고 단정하기가 곤란하지만, "계집은 명령 내리는 대로 이 무릎 저 무릎으로 옮겨 앉으며 턱 밑에다 술잔을 받쳐" 올리고 있으며, 이 손님 저 손님과 입맞춤하고 있으니 들병이의 역할을 어느 정도 수행하고 있다.[35] 덕돌 어머니는 산골 나그네가 무척 마음에 들어 "딸과 같이 자기 곁에서 길

---

34 김유정, 「朝鮮의 집시-들병이 哲學」, 앞의 책, 415쪽..
35 김유정, 「산ㅅ골나그네」, 『원본 김유정 전집』, 강, 2007, 21쪽.

게 살아주었으면" 바라기도 하고, "소 한 바리와 바꾼대도 이것만은 안 내어 놓으리라 생각도" 하였으며, "나그네를 금덩이 같이 위하였다".[36] 그렇게 공을 들인 결과 노총각 덕돌과 산골 나그네는 혼인에 이르게 되었다. 아내를 사랑하는 덕돌의 마음가짐도 퍽이나 살뜰하다. 그런데 어느 날 문득 아내가 달아나 버리고 말았다. 혼수로 받은 값나가는 은비녀 따위는 그냥 두고 덕돌의 옷이며 버선가지를 들고 내뺀 것이다.

그렇다면 산골 나그네는 어찌하여 안정된 삶을 포기하였는가. 「산골 나그네」의 주제는 이 대목에 놓여 있다. 산골 나그네는 이전 남편에게로 돌아간 것인데, 남편은 병들어 골골대는 부축이 필요한 거지일 따름이다. 달리 말하면, 이전 남편은 산골 나그네가 떠나 버리면 홀로 존립할 수 없는 상황에 놓인 것이다. 따라서 산골 나그네의 귀환은 사회적 약자 사이에 작동하는 연대 의식의 확인이면서, 사랑의 발현이라고 할 수 있다. 누군가가 인류의 역사는 투쟁의 기록이라고 하자, 김유정이 이에 덧붙여서 "그러나 그것은 사랑의 투쟁의 기록이다"라고 말하였는 바, 「산골 나그네」의 결말은 그러한 주장의 소설적 형상화인 셈이다. 그리고 산골 나그네가 값나가는 은비녀 따위를 덕돌 집에 그대로 내버려 두고 떠났다는 처리는 산골 나그네의 윤리 의식을 드러내기도 한다. 절박한 생존 상황을 극복하려는 범위 내에서만 타인에게 피해를 끼치고 있기 때문이다.

「산골 나그네」의 분위기가 잔잔하게 가라앉아 있다면, 「아내」의 경우엔 활기를 띠고 있다. 이는 소설의 화자話者인 남편과 그의 아내가 '싱싱하고도 실팍한 원시적 인물'의 면모에 다가서 있기 때문이다. 이들은

---

36 위의 글, 22 · 23쪽.

시종 만담과 같은 대거리를 주고받는다. "'이년아! 그게 얼굴이야?' / '얼굴 아니면 가지고 다닐까―' / '내니깐 이년아! 데리고 살지 누가 건드리니 그 낯짝을?' / '뭐 네 얼굴은 얼굴인 줄 아니? 불밤송이 같은 거, 참, 내니깐 데리고 살지―'"[37] 이들 역시 농사에서 쫓겨난 상황이다. "우리가 요즘 먹는 것은 내가 나무장사를 해서 벌어들인다. 여름 같으면 품이나 판다 하지만 눈이 척척 쌓였으니 얼음을 깨 먹느냐."[38] 가뜩이나 얼굴이 못난 아내가 호구를 위해 들병이로 나서고자 하는데, 소리를 가르쳐 보니 설상가상 음치이기까지 하다. 그렇지만 아내의 노력은 계속 이어져 담배를 연습하고 술파는 경험까지 시도하게 된다. 허나 술을 파는 자리에서 아내는 혼자 취해 정신을 잃고 만다.

자, 아내는 과연 들병이로 나설 수 있을 것인가. 취한 아내를 업고 가는 남편의 생각을 보건대 어려울 성싶다. "년의 꼴 보아하니 행실은 예전에 글렀다. 이년하고 들병이로 나갔다가는 넉넉히 나는 한옆에 재워놓고 딴 서방 차고 달아날 년이야. 너는 들병이로 돈 벌 생각도 말고 그저 집안에 가만히 앉아있는 게 옳겠다."[39] 들병이의 남편이 되려면 그에 따르는 나름의 예의를 갖추어야 한다. 가령 성의 문란과 같은 문제에는 애당초 눈감을 수 있어야만 한다. 그런데도 남편은 아내에게서 술 사는 뭉태를 메다꽂아 버렸으니, 들병이 탄생기가 결국 실패할 수밖에 없는 것은 남편 때문이라고 할 수 있다. 하지만 아내와의 대거리에서 지기 싫어하는 남편이 자신의 책임을 순순히 인정할 리 없다. 이때 등장하는 것이 들병이로 나갈 만큼 아내의 행실이 뒷받침되지 않는다는

---

37 위의 글, 172쪽.
38 김유정, 「안해」, 『원본 김유정 전집』, 강, 2007, 173쪽.
39 위의 글, 179쪽.

윤리의 문제이다.

과연 아내에게 그만한 정도의 윤리의식이 있는지, 없는지는 확인할 수 없다. 다만 못났다고 괄시해왔던 아내의 가치를 이제 남편이 생각하기 시작했다는 사실은 확인할 수 있다. 이들의 연대는 이로부터 견고해질 것이고, 이것이야말로 거친 환경을 헤쳐 나가는 원시적 인물의 건강함일 것이다.

> 너는 들병이로 돈 벌 생각도 말고 그저 집안에 가만히 앉아있는 게 옳겠다. 국으로 주는 밥이나 얻어먹고 몸 성히 있다가 연해 자식이나 쏟아라. 뭐 많이도 말고 굴때같은 아들로만 한 열다섯이면 족하지. 가만 있자, 한 놈이 일 년에 벼 열 섬씩만 번다면 열다섯 섬이니까 일백오십 섬, 한 섬에 더도 말고 십 원 한 장 씩만 받는다면 죄다 일천오백 원이지. 일천오백 원, 일천오백 원, 사실 일천오백 원이면 어이구 이건 참 너무 많구나. 그런 줄 몰랐더니 이 년이 뱃속에 일천오백 원을 지니고 있으니까 아무렇게 따져도 나보다는 낫지 않은가.[40]

2) 농촌 공동체와 들병이의 관계 — 「솥」, 「총각과 맹꽁이」

들병이 남편의 예의에 대해서는 「조선의 집시」에 나타나 있다. 예를 들면 야심한 시간 남편이 들병이 처소에 들어가는 경우가 있다. "강박强迫이나 공갈은 안" 하고 그는 다만 "방에 들어가 등잔의 불을 댕겨놓고

---

[40] 위의 글, 179쪽.

한구석에 묵묵히 앉았을" 뿐이다. 들병이와 동침하고 있던 농군이 비몽사몽 남편의 존재를 깨닫는다면 놀랄 수밖에 없다. "실상은 죄가 못되나 순박한 농군이라 남편이라는 위력에 압도되어 대경실색하는 것이 항례다. 그러나 놀랄 건 없고 몇 십 전 희사하면 그뿐이다. 만일 현금이 없을 때에는 내일 아침 집으로 오라 하여도 좋다. 그러면 남편은 무언으로 그 자리를 사양하되 아무 주저도 없으리라. 여기에 들병이 남편으로서의 독특한 예의가 있는 것이다."⁴¹ 「아내」의 남편이 이러한 예의를 수용할만한 태도를 아직 갖추지 못한 반면, 「솥」의 남편은 이미 들병이 남편으로서 능수능란하다.

「솥」에서 주목할 첫 번째 사항은 '들병이 남편의 독특한 예의'이다. 들병이 방에서 잠들었던 근식은 걸걸하고 우람한 목소리에 깬다. 들병이의 남편이다. 김유정은 이러한 상황에서 긴장하고 있는 근식의 심리를 짧지 않은 분량에 꽤 공들여 묘사하고 있다. 이 작품에서 말하고자 했던 바가 바로 이 대목이었기 때문이다. 근식은 들병이에게 빠져서 제 집에서 맷돌과 솥뿐만 아니라 처의 속곳마저도 훔쳐다 바치기까지 했다. 그리고 들병이와 함께 길 떠나기를 바란다. 빼먹을 것은 더 이상 남아 있지 않으니 이제 근식을 버릴 것인가. 이때 남편은 근식을 깨워 등짐 지워 달라고 부탁한다. "근식이는 잠깐 얼떨하여 그 얼굴을 멍히 쳐다봤으나 그러나 하란 대로 안 할 수도 없다. 살려주는 것만 다행으로 여기고 본시는 제가 질 짐이로되 부축하여 그 등에 잘 지워 주었다."⁴² 그리고 등짐 지워주고 우두커니 서 있는 근식에게 남편은 "왜 섰수, 어서 같이 갑시다유 —"라고 권유하고 나선다.⁴³

---

41 김유정, 「朝鮮의 집시−들쌩이 哲學」, 앞의 책, 420쪽.
42 김유정, 「솟」, 『원본 김유정 전집』, 강, 2007, 153쪽.

가부장제가 통용되는 사회의 부부 관계에서 남성은 여성을 배타적으로 독점하게 마련이다. 이는 「아내」의 남편이 극복하지 못한 지점이다. 그렇지만 「솥」의 남편은 이러한 틀 바깥으로 나아가 있다. 엄중한 현실의 패배자로서 또 다른 패배자인 근식을 이해하고 그와 공명하는 것이다. 달리 말하자면, 농촌 공동체에서마저 내쫓긴 이들 사이의 연대 의식이 분출하는 지점에서 들병이 남편의 독특한 예의가 작동하는 셈이다. 이를 환기시키기 위해 작가가 「솥」에 배치한 장치는 농민회라 할 수 있다. "좀 더 있으려 했으나 아까 농민회 회장이 찾아왔다. 동리를 위하여 들병이는 절대로 안 받으니 냉큼 떠나라 했다."[44] 농촌 공동체가 질서를 보호・유지하기 위하여 농민회를 운영한다면, 들병이 세계에서도 연대를 가능케 하는 나름의 윤리가 작동한다. 이것이 「솥」에서 주목할 두 번째 사항이다.

그렇다면 「솥」에서 농민회는 왜 적극적으로 나서서 들병이를 쫓아낸 것일까. 그 까닭을 보여주는 작품이 「총각과 맹꽁이」다. 그래서 「총각과 맹꽁이」에서는 들병이가 아닌 농촌 공동체의 상황에 초점이 맞춰져 있다. 어머니와 단 둘이 사는 김덕만은 올해 서른넷의 총각이다. 나이가 나이인 만큼 혼인에 초조할 수밖에 없다. 김덕만의 심정을 부각시키기 위하여 김유정은 「총각과 맹꽁이」의 배경을 여름으로 설정하였다. 농가의 삶은 가을과 겨울에 그나마 숨통이 트이지만, 봄과 여름이라면 빈궁기로 접어든 시점이다. 그럼에도 불구하고 들병이와 함께 하는 "오늘밤 술값은 나 혼자 전부 물겠다고 그리고 닭도 한 마리 내겠으니 아

---

43 위의 글, 154쪽. 서동수는 이러한 부부 관계의 "상호부조는 이처럼 '아내는 근육으로 남편은 지혜로, 이렇게 공동전선을 치고 생존경쟁에' 대처하는 방법"이라고 분석하고 있다.(서동수, 앞의 글, 112쪽)
44 김유정, 「솥」, 앞의 책, 142쪽.

무쪼록 힘써 잘해 달라고" 당부하는 데서 덕만의 처지를 읽어낼 수 있다. 하지만 덕만의 혼인 도전기는 실패하고, 암숫놈이 의좋게 사랑의 노래를 주고받는 맹꽁이가 "골창에서 가장 비웃는 듯이 음충맞게 '맹—' 던지면 '꽁—' 하고 간드러지게 받아" 넘길 따름이다.[45]

들병이가 출현하기 전 농촌 공동체는 어려운 상황에서나마 상호부조의 태도에 입각해 있었다. 김유정이 소설 앞부분에서 작열하는 태양 아래 가뭄 든 땅 위에서의 노동이 얼마나 고된가를 그려낸 까닭이 이를 보여주는 데 놓인다. 농촌 공동체가 열악한 환경과 맞서면서 버틸 수 있는 근거는 품앗이 등을 통한 연대에서 마련된다. 그리고 그 위에서 다시 혈연을 넘어선 끈끈한 관계 맺기도 이루어지는 데 이를테면 의형제 맺기도 그 한 방편일 터이다. 그러니 미모의 들병이가 등장했다는 소식에 덕만이 의형 뭉태를 찾아가 협조를 요청하는 것은 당연한 수순이라고 하겠다. 그렇지만 막상 술판이 벌어지자 "믿었던 뭉태도 제 놀구멍만 찾을 뿐으로" 변심하고, 마지막엔 들병이의 손을 끌고 콩밭으로 숨어들어 버렸다. 품앗이 동지인 얼굴 검은 총각 또한 뭉태의 방식을 따라 콩밭으로 달려간다. 따라서 덕만의 믿음은 맹꽁이의 비웃음을 받을 만큼 철저하게 배신당한 꼴이 되며, 이는 들병이의 출현이 농촌 공동체의 상호부조 전통을 흔드는 원인이 될 수 있음을 암시하는 것이라 할 수 있다.

농촌 공동체의 상호부조를 위해서는 들병이의 출현이 부담스러울 수밖에 없다. 그래서 농민회는 들병이를 공동체 바깥으로 밀어내야 한다. 반면 농촌 공동체에서 밀려난 들병이는 어떻게든 살아남기 위해서 길

---

45 김유정, 「총각과 맹꽁이」, 『원본 김유정 전집』, 강, 2007, 35·37쪽.

위를 유랑하면서 농촌 공동체 주위를 기웃거릴 수밖에 없는 처지이다. 「솥」과 「총각과 맹꽁이」의 관계는 이를 보여준다. 김유정은 이 두 세계가 어떻게 화해할 수 있는가, 라는 가능성을 마련하지 못한 채 그들 각각의 입장에서 그들과 모두 감싸안는 방식으로 작품을 써 내려갔다. 김유정이 만약 두 세계의 화해를 감당할 수준에까지 이르렀다면 장편소설의 세계로 나아갔어야 했을 터인데, 여기 도달하기에 그가 맞이했던 스물아홉의 죽음은 너무나 이른 감이 있다. 김유정의 요절에 대한 안타까움은 이러한 지점을 향해 다가서기도 한다.

5. 크로포트킨의 '가족의 기원'과 김유정의 가부장제 비판

「봄·봄」 계열의 작품들은 싱싱하고 실팍한 원시적 인물형으로 여성을 내세웠다. 그런 만큼 여성의 능동성이 부각되는 것은 당연한 귀결이라 할 수 있다. 여성이 들병이로 나서서 가족의 생계를 책임져야 하는 「아내」 계열 소설에서는 여성의 역할이 막중한 양상으로 나타난다. 이렇게 정리한다면, 「봄·봄」 계열과 「아내」 계열의 작품은 여성의 위상에 무게가 부여되었다는 측면에서 공통점을 갖게 된다. 그리고 조금 더 나아간다면, 매음 여부에서 차이는 있으나, 두 계열 모두 성性 문제와 잇닿아 있음도 드러난다. 즉 「봄·봄」 계열의 경우 여성의 춘심春心을 다루고 있는 것이며, 「아내」 계열에서는 여성의 매춘賣春을 취급하고 있다는 것이다. 「봄·봄」 계열과 「아내」 계열 사이에서 확인할 수 있는 이러한 공통점은 충분한 검토를 요한다. 여성의 성 문제를 전면에 배치한 것은 가부장제 비판에 마련된 김유정의 사상과 연동된 사항이며, 이로써 아방가르드 예술이 내재하게 마련인 사상성, 민중성, 원시성이 김유정 소설에 어떻게 개입하고 있는가가 떠오르기 때문이다.

크로포트킨에 따르면, "초기에 인류가 '군혼 혹은 집단혼'으로 볼 수 있는 단계를 거쳤다는 점은 의심의 여지가 없다. 즉 혈연관계를 거의 고려하지 않고 종족 전체가 남편과 아내를 공유하였다".[46] 집단혼이 유지되었던 인류 초기, 씨족 사회의 공유 대상은 남편과 아내뿐만이 아니라 모든 생산물에까지 미치고 있었다. 이에 입각하여 그들은 끈끈한 연대감 위에서 높은 수준의 도덕을 성취해 냈다. 그렇지만 "씨족 사이에서 독립된 가족이 나타나면서 기존의 통일성이 저해되었다. 가족이 독립되면 사유 재산이 독립되어 부의 축적이 일어난다".[47] 크로포트킨은 이렇게 출현한 가족을 '가부장적 제도'라고 못 박고 있다. 그가 「가족의 기원」을 부록으로 덧붙이면서까지 "가족은 원시적인 조직형태가 아니라 인간의 진화 과정에서 아주 최근에 나타난 산물"임을 강조하는 까닭은 분명하다.[48] 가족 제도의 성립은 성의 배타적 독점에 정당성을 부여하였고, 이는 가부장적 제도인 까닭에 여성성을 억압하고 있으며, 사회적 불평등과 연동하고 있기 때문이다. 그러므로 아나키즘에 입각해 있는 작가에게 가부장적 가족 제도가 한낱 예사로운 사안에 불과할 리는 만무해진다.

---

46 P. A. 크로포트킨, 김영범 역, 앞의 책, 118쪽.
47 위의 책, 149쪽.
48 위의 책, 111쪽.

여성의 성 문제를 부각시키고 있는「봄·봄」계열의 작품과「아내」계열의 작품은 가족의 기원에 관한 아나키즘의 사상을 환기시킨다. 먼저 여성의 춘심, 즉 원시성을 다루고 있는「봄·봄」계열을 살펴보자. 여기 해당하는 소설들은 가족 구성 방식에서 서로 비교가 가능하다.「동백꽃」의 '나'와 '점순' 사이에는 가족으로 결합하는 데 대한 아무런 고려도 없다. 이는 '점순'이 아무런 제약 없이 원시성을 발산할 수 있는 근거로 작용한다. 이와 비교하였을 때「봄·봄」의 '점순'은 가족 구성(혼인)의 문제를 끌어안고 있기에 그 원시성은 어리바리한 '나'를 매개하는 방식으로 표출된다. 그렇지만 여기서의 가족이 가부장제로 쉽게 귀결되지는 않을 터인데, 가족 구성 방식이 예서제이기 때문이다. 앞서 언급하였듯이 남자 집안이 가난할 경우 성립하는 혼인 형태가 예서이며, 이는 중앙권력(고려, 몽고)의 작동방식에 맞서면서 공동체의 원리에 입각하여 운영되어왔던 전통을 배경으로 하고 있다. 반면「산골」에서 '이뿐이'는 종과 상전이 같이 못산다는 마을의 법에 얽매여 있으니 가부장적 가족 제도 앞에 속수무책 내던져진 양상이다. 그 견고한 벽 앞에서 '이뿐이'는 원시성을 발산하지 못하고 그저 내면으로 간직하고 말 따름이다.

원시성의 관점에서 가족 구성 문제를 탐구한 것이「봄·봄」계열이라면, 민중성(사회적 불평등)의 관점에서 가족 제도의 해체를 기록하고 있는 것이「아내」계열이다. 여기 속하는 작품들 가운데「총각과 맹꽁이」와「산골나그네」에 등장하는 총각은 들병이를 아내로 들이고자 하지만, 결국 실패하고 만다. 왜 실패할 수밖에 없는가. 배타적인 성의 독점은 상황 타개책이 될 수 없기 때문이다. 즉「총각과 맹꽁이」에서 덕만이 바라는 대로 들병이와 가족을 이룬다고 할지라도, 뭉태를 위시한 함께 품앗이하던 총각들은 여전히 홀로 남아있게 될 터이니 농촌 상황은 마찬가지라는 것이다. 「산골나그네」에도 이를 동일하게 적용할 수 있는데, 산골나그네가 덕돌과 가족을 이룬다면 물레방앗간에 누워있던 애초의 남편은 버림받아 쓸쓸하게 죽음에 이르고 만다. 그러니 덕돌을 배신한 산골나그네의 선택을 문제 삼으려면 그 이전에 먼저 배타적 성의 독점을 둘러싼 이러한 상황을 따져 물어야 한다.

「아내」에서는 가족의 틀이 유지되고 있다. 그렇지만 그 관계를 가능케 하는 것은 가부장적 권력이 아니다. 결혼 초기 아내는 "오늘은 구박이나 안 할까, 하고 은근히 애를 태우는" 모양을 보이기도 하였으나, 똘똘이를 낳고 나서는 "내가 이년, 하면 저는 이놈, 하고 대들기로 무언중 계약"이 되었고, 작품 말미에 가서는 출산 가능한 아내가 "아무렇게 따져 보아도 나보다는 낫지 않은가"라고 변화하는 데서 이를 알 수 있다.[49] 그러니 「아내」에서 가족은 삶의 끝자락으로 내몰린 빈궁한 남녀가 연대하는 단위로 기능하는 셈이다. 이는 「산골나그네」가 물레방앗간의 헐벗고 병든 남편에게로 돌아가는 장면에서 확인할 수 있는 가족 의미와 상통하는 대목이기도 하다. 한편 가부장제가 허물어진 자리에서 (여)성의 공유 가능성을 타진하고 있다는 점에서 「솥」은 「총각과 맹꽁이」, 「산골나그네」, 「아내」보다 작가의식에서 적극적이라 하겠다.

물론 가부장적 가족 제도를 비판하고 있는 김유정의 탐구에 대해 세부적인 층위에서 지적이 가능하다. 예컨대 「아내」의 결말에 나타난 화해 방식에는 아내를 출산하는 존재로 규정하는 남편의 편협한 관점이 개입해 있다. 또한 「솥」·「산골나그네」 등 들병이 소설에 나타나는 매

---

49 김유정, 「안해」, 앞의 책, 170~171·179쪽.

춘은 여성의 성을 상품화하고 있기에 여전히 남성 중심적인 관점을 넘어서지 못했다는 비판도 가능하다.[50] 나름의 근거를 갖추고 있지만 이러한 지적에 선뜻 동의하기는 어려운데, 작가는 등장인물을 매개로 주제를 펼쳐야 하는 까닭에 제약이 따를 수밖에 없으며, 조건으로 주어진 현실 또한 한달음에 훌쩍 뛰어넘을 수는 없는 노릇이기 때문이다. 그렇다면 절대빈궁에 직면한 인물들을 통하여 가부장적 가족 제도의 틀을 해체해 나간 데서 김유정 작품에 충분한 의미를 부여할 수 있는 것 아닐까. 더군다나 아나키즘 예술론에서는 예술가가 사회의 지도·계몽에 나서서는 안 된다고 명시하고 있으니, 김유정이 당대 민중의 의식 너머로 뛰쳐나갈 수 없는 노릇이기도 하였다. 바로 이 대목에서도 아나키즘에 입각해 있던 김유정의 면모를 확인할 수 있다.

---

50 이 글은 2017년 4월 15일 강원대학교에서 열린 '김유정학회 제7회 학술발표회'에서의 발표문을 수정한 것이다. 당시 토론을 맡았던 이명원은 다음과 같이 논의를 펼친 바 있다. "들병이는 남성 본위의 공동체에 받아들여질 때조차 빈궁농민의 봉쇄된 성욕의 유일한 통로로 기능하지만, 그 역시 철저하게 남성 중심적인 관점에서 교환되는 매음으로 기능하고 있다. 연대감이 있다면, 그것은 들병이의 성을 교환하는 남성들의 연대에 불과한 것이며, 설사 들병이의 남편과 들병이와 교섭했던 사내가 서로 관용했다 할지라도, 그것은 들병이 편에서의 욕망을 긍정했다기보다는 절대빈궁에서 생존의 비극성에 대한 긍정 정도로 이해되는 편이 옳을 것이다." 이명원, 「김유정 소설의 아나키즘 면모 연구에 대한 토론문」, 『제7회 학술연구발표회 자료집』, 김유정학회·강원대 강원문화연구소 공동주관, 2017, 121~122쪽.

찾아보기